Gerhard Richter

위르겐 슈라이버 지음 | 김정근·조이한 옮김

한 가족의

독일 화가, 게르하르트 리히터

드라마

이 도서의 국립중앙도서관 출판시도서목록(CIP)은 e-CIP홈페이지(http://www.nl.go.kr/ecip)에
서 이용하실 수 있습니다. (CIP제어번호 : CIP2008000734)

Jürgen Schreiber

EIN MALER AUS DEUTSCHLAND

Gerhard Richter
Das Drama einer Familie

Pendo München und Zürich

책머리에

게르하르트 리히터는 화가다.

지그마 폴케, 안젤름 키퍼, 게오르크 바셀리츠와 함께 현재 독일을 대표하는 미술가로 회자된다. 흔히 이들을 일컬어 '신표현주의' 화가라고 하지만, 작가들 대부분이 그렇듯이 리히터 역시 그런 도식적인 구분에 동의하지도, 긍정적으로 대꾸하지도 않는다. 그도 그럴 만한 것이, 그의 작품 세계가 어느 하나로 분류될 수 있을 만큼 단일하지 않기 때문이다. 1932년에 독일 드레스덴에서 태어나 그곳에서 교육을 받았지만 동독 체제에 안주하지 못한 그는, 서독으로 탈출을 감행한다. 1960년대 초반 지그마 폴케, 콘라트 뤽, 만프레드 쿠트너와 함께 당시 사회주의 국가의 공식 미술 교의인 '사회주의 리얼리즘'을 비꼬는 동시에, 소비

지향적 자본주의 사회를 비판의 눈으로 성찰하는 '자본주의적 리얼리즘'을 신조로 작업했다. 이런 과정을 거쳐 발전한 그의 작품 세계는 한 가지 양식으로 묶을 수 없을 만큼 다양하게 전개되었다. 많은 사람들이 그를 '사진과 똑같이, 그러나 초점이 흐릿한 방식으로 그리는 데 능숙한' 화가로 알고 있지만, 어떤 이들은 다양한 크기의 화폭이나 플렉시 글라스를 회색으로 뒤덮은 화가로 기억하고 있다. 또 다른 이들은 미묘한 색채의 선들이 직선으로 뒤섞인 거대한 그림을 그린 추상화 화가를 떠올릴 것이다. '회화가 죽었다'고 이야기되던 시대에 회화를 포기하기는커녕 "회화는 지금보다 더 완성되어야 한다"면서 캔버스를 붙잡고 씨름하던, 할리우드 스타만큼이나 멋진 외모의 화가 리히터. 이 책은 그에 관한 책이다.

"그 아이는 화가가 될 것이다"라는 문장으로 시작하는 이 책은, 이미 확인한 사실을 과거의 시점에서 예언하는 방식을 취한다. 저자는 제2차 세계대전이 끝날 무렵 폭격으로 잿더미가 되어버린 어느 날의 기억에서 이야기를 풀어간다. 그러고 보니 이 책의 저자는 미술사가나 미술 평론가가 아닌 신문기자다.

아직 책을 읽지 않은 사람들에게 미리 내용을 알려주어 독서의 긴장감을 앗아가는 오류를 범하지 않기 위해 내용을 요약하는 어리석은 짓은 하지 않으려고 한다. 다만 ≪베를리너 타게스슈피겔≫지의 수석기자로 현장 밀착취재와 특집 등으로 수차례의 수상 경력이 있는 베테랑 신문기자인 위르겐 슈라이버가 이 책의 내용과는 별개로 나를 감동시켰다는 것을 밝혀야겠다.

이 책은 리히터가 그린 한 점의 그림에 대한 관심에서 시작해 철저하게 객관적 사실을 쫓아다니면서, 끈질긴 인내심과 꼼꼼함, 추진력을 가지고 추적한 결과물이다. 이는 물론 투철한 직업 정신을 지닌 프로 저널리스트의 태도이기는 하지만, 프로라고 해서 누구나 그렇게 할 수 있는 것은 아니다. 세계 어디에서나 공통으로 나타나는 관료주의가 만들어낸 형식적인 장애물을 뚫고, 밝히고 싶어 하지 않는 역사의 어두운 측면을 헤집어가면서 지독스럽게 매달리는 저자의 태도는 이 책의 내용만큼이나 충격을 주면서 존경심을 불러일으킨다.

책의 첫머리에서 한 예언은 현실이 되었다. 그는 화가가 되었다. 그것도 아주 유명하고, 부와 명성을 거머쥔 성공한 화가가 되었다. 2008년 현재 76세가 된 그는 해마다 발표되는 '세계에서 제일 영향력 있는 화가' 명단의 상위권에 몇 년 동안 올랐을 뿐 아니라, 그의 그림은 생존한 화가들의 그림 가운데 가장 비싸게 거래되는 작품 중 하나다. 예술가의 유명세가 오로지 작품의 질에서 비롯되는 것은 아니다. 거기에는 시대적인 상황이나 예측하기 어려운 시장의 동향 등 작품을 둘러싼 수많은 요소가 작용한다. 그러므로 그를 그토록 유명하게 만든 것이 무엇인지를 미술사 측면에서 규명해볼 수도 있을 테지만, 분명히 말하건대 이 책의 목적은 작품에 대한 미술사적인 접근이 아니다. 그보다는 우연히 이 세상에 던져진 한 개인이 화가를 직업으로 택해 살아가면서 겪은 독일 역사의 소용돌이와 개인사, 그가 택한 그림 소재와 가족사가 국가라는 거대한 역사의 한 축과 만나면서 만들어내는 복잡하고도 비극적인 무늬의 그림을 보여주고 있다.

인생은 우연의 연속일지도 모른다. 운명, 그런 건 없다고 생각할 수도 있다. 인간은 이 세상에서 매번 최선을 다해 선택을 하는 것으로 삶에 대한 겸손을 표현할 뿐이라고 생각할 수도 있다. 하지만 이 책을 보면, 과연 그런 것을 순전히 우연이라고 말할 수 있을지 의문이 들기도 한다. 그는 그림의 소재가 되는 사진을 선택하는 것에 대해 다음과 같이 말한 적이 있다. "그 당시의 동기가 무엇이었는지를 재구성하는 것은 어려운 일이에요. 왜 내가 특수한 사진을 선택했는지, 어째서 이러저러한 사건을 표현하고 싶어 했는지에 대해 말하자면, 저는 다만 내용과 관련된 이유가 있었다는 것만을 알고 있었을 뿐이죠."

그가 말한 대로 분명하지는 않지만 막연하게 서로 연관성이 있다고 느끼며 직관적으로 선택한 소재의 연관성은, 한 뛰어난 기자에 의해 밝혀진다. 마지막 장을 넘기면서 가슴 먹먹해지던 경험을 독자 여러분과 나눌 수 있기를 바란다.

2008년 2월

조이한, 김정근

차례

한 가족의 드라마: 독일 화가, 게르하르트 리히터

내 기억이 곧 나다
아우구스티누스

화염

그 아이는 화가가 될 것이다.

그는 열세 살이었다. 게르하르트 리히터는 막 생일을 맞이했다. 선물도 생일잔치도 없었다. 1945년에는 아무것도 없었다. 전쟁이 시작된 지 1,993일째 날이다. 그 날수는 그가 산 날의 절반쯤에 해당되는 기간이다. 곧 러시아 군인들이 쳐들어올 것이다. 그래서 어머니 힐데가르트와 여동생 기젤라와 함께 작센의 발터스도르프로 피난을 갔다. 그 시골 마을은 체코 보호령과 맞닿은 국경 지대에 자리 잡은 외진 곳의 행정 구역이었다. 아버지 호르스트 리히터는 서부 전선에서 싸우고 있었다. 동쪽에서 저공으로 날아와 기관총을 쏘아대는 전투기들이 오버라우지츠 Oberlausitz 지역을 훑고 지나갔으며, 피난민 행렬과 퇴각하는 히틀러의 방위군을 길가 도랑 속으로 내몰았다. 괴를리츠 쪽을 향해가는 포성. 폭력이 후방을 유린했다. 총살, 약탈, 강간. 아이는 아군 또는 적군이 일으킨 무시무시한 일을 유희하듯 피했다. 어른들은 후에 그 전쟁을 긴박감 넘치던 모험으로 기억할 것이다. 그 아이는 언젠가 전 세계에서 유명한 화가가 될 것이다.

영국의 폭격기들이 직선거리로 이 시골 마을에서 서쪽으로 70킬로미터 떨어진 곳에 위치한 리히터의 고향 드레스덴을 잿더미로 만들었다. 1945년 2월 13일 야음을 틈타 이루어진 엄청난 공격이었다. 히틀러는 '국가사회주의가 그 도시에 제대로 된 모습을 부여할 것'이라고 약속했다. 그래서 그 도시는 없어져야만 하는 도시에 포함되었다. 간단히 말하자면 터마이트 소이탄 65만 발과 공중 지뢰 529개가 투하되면서, 이전에 왕이 거주했던 그 도시는 수만 명의 사람들이 갇혀 떼죽음을 당한 함정으로 변해버렸다. 폭격 14일째 되던 날 환한 대낮에 미국 폭격기 편대가 '엘베 강의 플로렌스'로 불린 그 도시에 최후의 일격을 가했다. 시력이 미치는 모든 곳에는 파괴된 건물과 잿더미로 뒤덮인 공터만 보였다. 그 도시 출신의 유명 인사 게르하르트 리히터의 그림이 아니었다면 입을 벌리고 있는 그 공허를 제대로 표현한 개념은 전혀 존재하지 않았을 것이다.

1950년대에 대학생이 된 그는 매일 폐허 더미를 통과해 예술 아카데미로 걸어갔는데, 뼈대만 앙상하게 남은 프라우엔 키르히 Frauen-kirche 앞을 지나쳐갔다. 완전히 파괴된 황량한 도시, 단 몇 시간 만에 이루어진 도시의 몰락은 지금까지도 가상假像의 고통처럼 사람들의 마음을 짓누르고 있다. 자주 묘사되던 문화의 중심 도시에 남은 것이라고는 '염소가 돌아다니는 풀밭'과 '아무짝에도 쓸모없는 것'뿐이라고 에리히 케스트너Erich Kästner 같은 연대기 작가는 기록하고 있다. "꿈속에서 소돔과 고모라를 지나가는 것처럼 이 도시를 지나간다." 다른 것과 비교하기 어려운, 드레스덴에 대해 느끼는 특이한 감정은 폭넓은 상실감을 남겼다. 새로운 건축물이나 복구도 이런 감정을 치유할 수 없었다. 충격 상태에서 이야기되는 것처럼, 파괴된 것은 결코 다시 부활하지 않을 것이라고 했다. 과도기 상태가 지속되는 동안 리히터는 '고향에 있다는 느낌'을 전혀 느끼지 못했다. 다양한 모습으로 파괴된 도시 풍경이 불러일으키는 충격적인 인상은, 그에게 정치적으로 희망이 없다는 느낌을 강하게 심어주었다. 1961년, 마침내 그는 실망감 때문에 사회주의에서 자본주의로 탈출을 감행했다.

1995년 드레스덴이 파괴된 지 50년이 지난 것을 기념하기 위해서 19×23미터의 깃발이 걸린 아카데미 앞쪽의 석조 제방 브륄세 테라스Bruhlsche Terrasse(검게 그을린 엘베 강 사암 표면은 마치 영원히 애도해야 할 듯이 2월의 재난을 간직하고 있다) 앞에는 리히터가 그린 <두 개의 촛불>이라는 벽화가 있다. 그것은 애도의 표시이면서 리히터의 귀환을 나타내는 상징이다. 그는 예술 아카데미에서 교육을 받았다. 재고품 조사 목록에 따르면 아카데미 건물은 '중간 정도 손상된' 건물이었다. 여기서 '중간 정도 손상'되었다는 말은 어쩔 수 없는 경우에 건물을 수리해서 사용할 수 있다는 의미였다. 기둥, 벽감, 조각상, 메달, 그 밖에 돌에 새겨지거나 청동으로 주조된 섬세한 작품이 있던 건물은 그렇게 부서진 상태였는데도, 대학 신입생에게는 '매우 인상적'이었다. 정문 위에는 '예술의 수호신'을 새겨놓았다. 리히터는 개선문을, 세상을 향해 난 이 문을 정말 춤추듯 지나갔다. '이제 그 학교 소속 학생이 되었고, 학교 선생님들이 진짜 예술가'라는 사실은 아주 유리한 출발 조건이었다. 그는 오토 딕스Otto Dix와 우연히 만났으며, 크레츠슈마르Kretzschmar, 루돌프Rudolph, 그룬디히Grundig 부부 같은 아주 유명한 사람들을 만났다. '인상적인 인물'로 기억된 건축가 마르트 슈탐Mart Stam이 입학 등록을 축하하는 행사에서 연설했을 것이다. 행운으로 가득 한 출발로 리히터의 마음은 뜨겁게 들떠 있었다. 학기 초에 열린 몇 일간의 축제만으로도 충분했다.

'지역 방공 본부'는 아카데미 옆에 있던 웅장한 알베르티눔 박물관 건물에 은신처를 마련했다. 그곳에서 1945년 2월에 '북동쪽으로 방향을 잡고' 다가오는 '초고속 전투기들'을 경계하라는 경보가 발령되었다. 연합군은 공습 계획표에 그려진 그 건물을 검은 십자가로 표시했다. 파괴하도록 넘겨준 것이다! 나중에 리히터는 야생 말벌 떼처럼 평지 위에서 급강하하는 여덟 대의 '무스탕 전투기 편대'와 적군을 향해 달려드는 급강하하는 독일군 전투기를 그릴 것이다. 드레스덴 공습에서 요격기 430대로 구성된 전투 편대가 미국 폭격기들을 호위했다. 적재된 폭탄은 사람들을 산 채로 불태웠고 갈기갈기 찢었다.

2004년 리히터는 알베르티눔 전시회에서 자신의 고향 도시를 파괴시킨 전투기 그림을 선보였다. 몸을 돌리는 곳마다 그의 작품이 가득 걸려 있는 전시장. 아카데미의 반원형 유리 지붕 위에서 춤추고 있는 인간의 모습을 한 소문의 신 '파마Fama'가 그를 향해 속삭였다고 해도, 학생 시절 그는 가장 대담한 꿈속에서조차 그런 전시장을 상상할 수는 없었을 것이다. 1960년 그는 <조개껍데기가 있는 정물>을, 박물관에서 개최된 '젊은 예술가' 전시회에 출품할 수 있었다. 그러나 지금은, 그가 원하기만 한다면 모든 벽을 이용할 수 있다. 화가가 될 어린아이가 겪은 최초의 경험

〈무스탕 전투기 편대 Mustangstaffel〉 1964년, 88×150cm

공간은 전쟁이었다. 그의 곁을 스쳐간 것은 하나같이 상처를 남겼다. 심연을 겪은 경험은 폭발력을 지닌 이라크의 갈등을 휘황찬란한 색채로 표현한 예술가의 작품집 『전쟁 상처』로 귀결된다. 이라크의 갈등은 드레스덴이 파괴된 지 59년 뒤에 일어났다.

1945년 2월 13일. 죽음과 불행이 잇달아 닥쳤다. 영국에서 북해의 검은 수면 위를 거쳐 날아온 폭격기의 끝없는 행렬. 얼마 지나지 않아서 엘베 강은 폭격기 밑에서 반짝였다. 죽음을 실어 온 전투기 1,281대가, 일찍이 들어본 적이 없는 결코 끝나지 않을 것처럼 규칙적으로 반복되는 낭랑하면서도 윙윙거리는 소리로 대기를 가득 채웠다. 대공포 사격도 거의 받지 않은 야간 공습 비행 편대는 무방비 상태로 그들에게 노출된 목표물에 쉽게 도달했다. "국민 여러분, 모래와 물을 준비하십시오!" 사람들이 들은 유일한 최후의 경고였다. 영국의 기상학자들이 예견한 것처럼, 저녁 무렵 중부 유럽의 하늘에 드리웠던 짙은 구름은 몇 시간 동안 걷혀 있었다. 조종사들이 헤집고 들어가기만 하면 되는 구름의 틈새, 그 밑에 잠들어 있는 도시. 100만 명에 조금 못 미치는 도시 주민과 피난민들은 자신들은 안전할 것이라고 착각했다. 지금까지 비교적 안전하게 제2차 세계대전의 곤경을 헤쳐온 드레스덴은, 1944년에 감행된 가을 공습을 착각에 의한 것이라고 믿을 만한 충분한 근거가 있었다. 아름답다고 칭송받던 그 도시의 사람들은, 오만하게도 이 도시에 아무도 손댈 수 없다는 그른 생각을 했다. 평화가 곧 도래하지 않을까? 드레스덴은 상상할 수 없을 정도로 많은 귀중품을 간직한 바로크의 작은 보석과도 같은 도시라는 운명을 굳게 믿고 있었다.

그런 만큼 첫 폭격은 더욱 잔인하게 도시를 강타했다. 휘파람 같은 소리와 쉭쉭거리는 소리가 공기를 가르며 지나가고, 폭발로 땅이 흔들리고, 커다란 연기가 솟구쳤다. 마치 조롱하는 것처럼, 공격자들은 약 5,000미터 상공에서 자신들의 발밑에서 녹아내리는 도시를 촬영했다. 지상에서 맹렬하게 발산하는 섭씨

1,000도의 열기는 공중에서도 감지할 수 있을 정도였다. 녹색, 흰색, 붉은색 폭탄이 그 광경을 밝히고 있었다. 높은 하늘에서 본 불빛은, 이제껏 어느 천문학자도 알지 못했던 반짝이는 별들로 보였다. 열기로 녹아내린 거리에서 생존자들이 달아날 곳은 어디에도 없었다. 대부분, 발에 붙은 불이 아래에서 위쪽으로 타고 올라 사람들을 새까맣게 태웠다. 잇단 폭격은 마치 단 한 번의 폭격처럼 보였고, 사람들은 공포에 질려 길을 따라 급하게 달려 도망치거나 사람들을 도와 불을 끄기 바빴기 때문에 피해 상황은 끔찍할 정도로 악화되었다.

길거리와 길모퉁이에는 상상할 수 없는 혼란 상태가 지속되었다. 수천 개의 불길이 7×5킬로미터 면적에서 솟구쳐, 아무리 끄려 해도 꺼지지 않았다. 주민들은 자신들의 도시에서 이방인처럼 헤맸다. 화염에 휩싸인 사람들은, 그 열기로 엘베 강의 물이 전부 증발할 것이라고 두려워했다. 그것은 요행히 재난을 모면한 사람들의 마음속에서 평생 타오를 형상으로 남았다. 마치 연합군이 연기를 피워 나치라는 악령을 영원히 몰아내는 동시에, 방화자들처럼 모든 것을 불태워 없애버리려는 듯한 엄청난 폭력이었다. 그런데도 그 밤의 끝 무렵에 새벽이 깨어났고, 드레스덴은 탄식 소리로 가득 찼다.

'티리히Thierig의 지시로 작성된' 문서번호 7-45 치안경찰의 비밀 「최종 보고서」는 엄습한 재난에 대해 통계상으로나마 일종의 체계를 부여하려고 노력했다. 하지만 실제 피해 자료는 재난을 받아들이기 더욱 어렵게 했다. "공습경보: 21시 55분. 해제 예보: 22시 40분. 해제: 23시 27분. 폭탄 투하: 22시 9분부터 22시 35분까지 지속." 건물 약 1만 2,000채가 전소되었다. 젬퍼 오페라 극장, 중앙극장, 자라자니 서커스 공연장, 타센베르거 궁정, 코젤 궁정, 구시청사 등도 포함되어 있었다. 녹색으로 된 반원형 천장이 불타 사라져 버린 옛 여름 궁정과, 건축가 쉥켈Schinkel이 지은 경찰 본부 건물 등이 '심하게 훼손'되었다.

그날은 참회의 화요일이었고, 작센 지방의 하늘은 전쟁의 신 마르스의 표식 속에서 빛나고 있었다. 전쟁을 상징하는 피처럼 붉은색과 유황 같은 노란색이, 갈가리 찢기고 구멍 난 것처럼 보이는 구름과 함께 도시를 뒤덮고 있었다. 그 광경은 1824년에 제작된 카스파 다비드 프리드리히의 그림 <저녁>과 비교할 만하다. 보라, 연분홍, 주홍의 색조가 번갈아가며 화폭을 지배한다. 죽음이 연상되는 이런 색채는 리히터의 후기 그림에서도 발견된다. 눈부신 광채와 연기로, 점점 더 짙어지는 어둠의 변화 속에서 흩날리고 반짝이는 불꽃이 모든 것을 짓누르고 있다.

초등학생 게르하르트 리히터는 모든 마을 사람들과 함께 발터스도르프 거리에 서 있었다. 눈이 조금 쌓여 있었다. '베를린 전투 지휘소'가 송출하는 라디오 방송을 듣고 깜짝 놀라고 흥분한 사람들의 무리. 처음에는 단조롭게 째깍거리는 소리, 바스락거리는 소리, 곧 이어 흘러나온 "주목, 주목, 여기는 드레스덴. 다수의 적군 폭격기로 이뤄진 편대가 접근 중 …… 거리 20킬로미터"라는 방송. 이미 사이렌은 요란하게 울어대고 있었다. 어두워졌는데도 피난민 617명을 포함한 총 2,402명의 주민들에게는 지평선이 불타는 것처럼 보였다. 겨울밤의 어둠 속에서 터져 나온 것처럼 작열하는 치명적인 밝은 빛이 생겼다. 유성이라도 떨어진 것일까? 화산이 폭발한 것일까? 무엇 때문에 드레스덴이 그처럼 엄청난 불을 뿜어내는 걸까? 무한한 빛의 아치 속에서 시간의 종말을 알리는 솟구치는 화염.

리히터의 초등학교 동창인 게오르기네 헤더는 '마을 위쪽에 살았고, 리히터는 마을 중간 즈음에 살았다.' 그녀는 그날의 재난을 결코 사라지지 않는 얼음처럼 차가운 화염으로 경험했다. 그날 날씨는 특이했다고 한다. 그 때문에 마을을 향해 다가오는 소리 속에 불꽃이 피어오르던 그날의 모습이 아직도 그녀의 마음속에 생생하게 떠오른다고 말한다. 그녀는 다락으로 달려가서 채광창을 통해 마을 저편 북서쪽에 생긴 "무시무시한 반사광을 내려다보았는데, 지금도 머리카락이 곤두설 정도로 무시무시한 빛"이라고 말한다. 그녀는 커졌다가 잦아드는 '끔찍한 소리'를 들었는데, 그것을 괴물의 울부짖음으로 생각했다고 말한다. 전쟁이 뭔지 알고 있던 그녀의 삼촌은, 곧바로 '공습'이라고 외쳤다고 한다.

광란의 그 밤을 회고하던 일흔세 살의 리히터는 너무 오래된 일이라 사람들이 시각적으로 더 이상 드레스덴의 재앙에 대해서 인지하고 있지 않을 것이라고 추측한다. 하지만 "끔찍한 일이 일어났다는 것을 우리는 정확히 알고 있었죠." 아마도 사람들은 '요란스럽게 쿵쿵거리는 소리를 듣지 못했어?'라고 물을 것이다. 독일군의 레이더와 무전을 방해하기 위해 연합군이 투하한 알루미늄 조각 수백 만 개가 발터스도르프 마을로 비처럼 쏟아져 내렸다. 학생들은 그 후 며칠 동안, 은박지와 멀리서 바람에 날아온 검게 탄 종잇조각을 주워 모아야만 했다. 그들은 소용돌이를 그리면서 떨어져 내리는, 살짝 스치기만 해도 부서지는 바싹 마른 종잇조각을 주웠다.

종말이 닥친 것 같은 시각에 발터스도르프 마을의 사내아이들은 수리부엉이가 새끼를 부화하는 채석장 구역으로 몰려갔다.

그곳은 아이들의 활동 영역이었다. "나는 종종 그곳에 갔어요." 그들은 구덩이를 파고 오두막을 세웠는데, 그곳에서 탄약을 발견하기도 했다. 부터베르크 기슭에서 사람들이 아주 무거운 98형 카빈총과 루거 08형 권총을 난사했다는 소문도 있었다. 오직 사내아이들만이 전쟁놀이를 할 만한 은신처를 알고 있었다. 리히터는 부드럽고 둥근 산봉우리와 부터베르크와 존네베르크 위에서 이리저리 몰려다니는 것을 간절히 꿈꾸었다. 아이들은 감시 지점을 탐문해 찾아내고, 이제 막 도착했거나 퇴각하는 군대의 뒤를 적당한 거리를 유지하면서 쫓아갔다. 그것은 굉장히 멋진 장면이었다. "그 모든 것이 멋지다고 생각했어요. 나는 헛간에 머물고 있던 병사들을 부러워했죠." 리히터의 말이다. 리히터의 집에서 멀지 않은 동쪽 집단 주거지에 붉게 칠한 널판을 이중으로 댄 전시 공간이 있었다. 아이들은 다른 아이들이 용기를 내도록 부추겼다. 사내아이들은 살그머니 창가로 다가가서 시체를 염해 관에 넣는 것을 몰래 훔쳐보았다. 근처에 있는 '케멜 가족묘지'의 낮은 담장 위로 해골을 든 채 울고 있는 천사상이 솟아 있었다. 우체국 앞에는 모래시계와 긴 낫을 들고 있는 날개 달린 사티로스 두상이 있었다. 마치 아이들이 두려움과 기쁨이 뒤섞인 감정에서 그 같은 것을 필요로 하는 것처럼, 무시무시한 모습이었다.

1938년, 히틀러를 수행하던 행렬이 참호와 사격장, 차단목이 겹겹이 설치된 '셰버릴니에'로 가는 도중에 그들이 살던 시골 마을을 거쳐 갔다. 길가에 서 있던 주데텐 지역 독일인들은 붉은 글라디올러스로 엮은 나치 갈고리 십자가 화환을 총통에게 선사했으며, 그를 꽃으로 뒤덮었다. 1945년 5월 5일 셰르너 장군이 전략적으로 중요한 발터스도르프의 동쪽 경계선을 방어하려고 진격하여, 마지막으로 남은 병사들 100여 명과 함께 상급 학교에 주둔했다. 그들은 내일이면 패배할 것이고, 곧 프라하 동쪽 지역이 포위될 것이다. '키가 아주 작은 남자'인 셰르너는 리히터의 어머니 힐데가르트를 찬미한 사람 중 하나였다고 한다. 마지막 남은 독일 포병 중대는 마을에서 멀지 않은 헤른후트 지역에 주둔해 있었다. 동독 치하에서 '베벨 가衛'로 불린 동쪽 주거지에 있던 리히터의 집 345b번지 바로 옆 공터에는 독일군이 항복한 후, 대공포 받침대와 곡사포가 포함된 무기가 쌓였다. 리히터는 총에 대해 잘 알고 있었다.

전쟁 상황에서 비켜나 있던 아이들은 전쟁을 무엇의 끝이 아닌 본격적인 모험의 시작으로 여긴다. 마을 연대기는 진정한 불행에 관해 자세하게 전하고 있다. '1939~1945년 제2차 세계대전에서 전사하거나 전쟁에서 얻은 후유증으로 죽은' 남자 63명이 사망일자와 함께 기록되어 있다. 그것이 지역적 관점에서 본 끊임없는 전쟁의 결과였다. "우리 모두는 가난해졌다. 이보다 더 가난할 수 없을 지경이었다. 제대로 되는 일은 하나도 없었다. 모든 것이 사라졌고, 약탈되었다." 전쟁은 마을로 걸어 들어왔고, 게오르기네 헤더는 러시아 군인들이 진격해오는 것을 직접 목격했다. '땅바닥까지 닿는 긴 검은 외투와 코사크 모자를 쓴' 초원에서 온 몽골인들이 선두에 서 있었다. '그 무리는 두려움을 불러일으켰으며, 사람들은 그들의 얼굴에서 잔인함을 읽어냈다.' 그들은 승리자였다. 다른 러시아 병사들은 거친 사내들을 무장해제하고 통솔해야만 했을 것이다. 동유럽 산 말들은 탄약을 실은 마차를 끌지 못했다.

갖가지 소문이 돌았다. 사람들은 두려움으로 3주 동안 잠을 청하지 못했고, 옷을 입은 채 잠자리에 들었다고 했다. 몇몇 가족들만이 무모하게 집을 지키고 있었다. 사람들 대부분은 숲속에서 숨을 곳을 찾았다. 리히터의 어머니는 여자들 몇 명과 함께 숨어 견뎌냈다. 함께 있던 이웃집 여자는 다음과 같이 이야기한다. "우리는 문을 걸어 잠그고 바닥에 몸을 숨기고 있었어요." 리히터 부인은 창가에 서서 진군하는 군인들을 향해 손짓을 했다.

그녀는 장교가 보는 앞에서 적군에게 강간당했는데, 장교는 권총을 빼들고 쳐다보았다고 한다. 돈이나 귀중품을 주겠다는 제안에도 그는 무관심했다. 힐데가르트 리히터는 훗날 되풀이해서 그 이야기를 했다. 살인사건 세 건과 강간 범죄 다섯 건이 확인되었다. 5월 18일 친위대 하급 간부였던 아르투르 요한 슈미트는 부인, 세 아이들과 함께 숲에서 죽은 채 발견되었다. 그는 리히터 어머니와도 알고 지내던 사람이었다. 리히터의 집에서 멀지 않은 교회 맞은편 상업은행 건물에 러시아군 지휘부가 들어섰다. 강간당한 여자들은 그곳에서 임신 중절 수술을 문의할 수 있었다.

여행안내 책자에 '살기 좋은 장소'로 소개된 발터스도르프는 리히터에게는 결코 행복한 출발점이 아니었다. 훗날 이 시기가 "믿을 수 없을 만큼 아름다웠다"고 할 정도로 전원생활과 행동의 자유를 누렸지만, 더 중요한 것은 그것이 죽음과 함께 시작된 삶이라는 것, 재난 속에 태어난 세대의 운명이라는 사실이었다. 전쟁은 리히터가 사물을 보는 법을 배운 학교다. 수많은 밤 중 바로 그날 밤, 한 화가가 태어났다는 말은 아니지만, 드레스덴에 쏟아진 소이탄 폭격은 사물의 진행을 극단적으로 바꾸었다. 철학자 한스 블루멘베르크의 용어인 '평생을 좌우할 순간'이 감수성이 예민한 아이를 까맣게 태웠으며, 아이의 마음속 깊숙한 곳에 슬픔, 재난, 정열이 묻히게 되었다. 그런 원초적 장면이 훗날 그의 작품 재료로 저장되었다. 어느 날 그 근본적인 경험이 솟아올라, 화가가 될 어린 아이에게 영향력을 발휘할 것이다. 리히터는 현재까지, 이 재료에서 자신의 주제를 길어내고 있다. 지나간 것이 변하지 않는 것이 되었다.

어린 리히터는 우박같이 쏟아지는 폭격을 먼 곳에서 일어난, 따라서 별로 위협적이지 않은 것으로 생각했을지도 모른다. 이제 전혀 핵심을 파악할 수 없던 시간은, 특별히 '긴장으로 가득 찬 시간'으로 기록될 수 있다. 반면에 전쟁은 멀지 않은 곳에서 전 세계적으로 유명한 그의 고향 마을의 윤곽을 가루로 만들었고, 드레스덴 주민들을 동굴 거주자로 만들었다. 1945년 2월 공습 당시 그가 직접 겪은 일은 그의 마음속에 새겨졌으며, 그림으로 선보이기까지는 오랜 시간이 걸렸다. 왜냐하면 리히터가 실제보다 좋게 기억하는 전쟁의 막바지가 거의 참을 수 없을 만큼 강렬하게 그를 재촉해댔기 때문이다. 기억의 외딴 방에 차곡차곡 쌓여 있던 것이, 나중에 그의 예술을 위대하게 만든 것이다. 그것이 파괴, 상실, 덧없음, 죄, 희망, 책임, 죽음, 공포, 아이들, 가족, 종말, 새로운 시작에 대한 끝없는 연상과 표식을 만들어낸다.

죽음은 리히터의 그림에서 다양한 소재를 통해 되풀이된다. 수채화 <해골>이나 유화 <두개골>에서도 마찬가지다. 그는 얼음덩어리 아래 매장된 남자와 케네디 암살자로 알려진 오스왈드를 그린다. '여덟 명의 견습 간호사'은 살해된 여덟 명의 견습 간호사를 그린 그림에 붙인 무난한 제목이다. <상여꾼>은 1962년 작품이고, <총살>은 같은 주제를 다룬 또 다른 그림이다. 그는 초기 작품을 <전투함>, <상처>, <고발>, <손상>, <상처 자국>, <재부검>, <제트 전투기>, <팬텀 요격기>로 이름 붙였다. 그런 제목들은 기억 속에 각인된 것을 암시한다. 그는 기독교의 십자가와 성물을 황금으로 형상화한다. 그의 마음을 심란하게 한 사건은 1988년 '슈탐하임 연작'에서 절정을 이루었고 사람들의 이목을 끌었다. 마치 흡착포로 빨아들인 듯이 예술가의 마음속에 감춰둔 상흔 같은 어린 시절의 경험에서 그는 일어난 것, 예감했던 것, 겪었던 것을 끄집어내고, 다루고, 그린다. 그것 외에 '1945년 2월 14일'이라고 적힌 '다리'라는 제목의 오프셋 인쇄 작품도 있다. 그날은 첫 번째 고향 도시인 드레스덴이 폭격당한 날이었다. 그의 두 번째 고향인 쾰른을 공중에서 촬영한 사진이 그 밑에 놓여 있다. 이 인쇄물은 그의 작업실에 걸려 있다. 자세히 관찰해야 비로소 점처럼 찍힌, 넓은 땅에 폭탄이 떨어져서 생긴 분화구를 알아볼 수 있다. 사진 속에 담긴 도시의 한 지역은 지금 그가 살고 있는 주거지와 맞닿은 곳이다.

그의 모든 작품을 보면 걱정과 두려움에 사로잡혀 있고 일찍이 안전을 빼앗긴 회의주의자를 사람들은 알아챌 수 있다. 분명 그와 같은 예술가들은 안전의 결핍을 절실하게 느꼈을 것이다. 그는 아주 어려서부터 삶의 가혹함에 익숙해졌다. 리히터는 패배감을 품은 채 발터스도르프에서의 삶을 시작했다. 아마도 패배감은 동정, 자비에 마음이 끌린 화가가 지닌 전제 조건 중 하나일 것이다. 훗날 그는 일상적 폭력을 묘사하는 데 몰두한다. 기꺼이 스스로를 비정치적이라고 규정하면서 추상적 표현으로 달아난 그에게서, 그런 폭력적 모습을 확실히 찾아내는 것은 가능하지 않을지도 모른다. 어떤 의미로 보자면 리히터는 화폭 뒤에 몸을 숨긴 채, 신이 선호하는 회색으로 표현된 하나의 중립성을 추구한다. 그는 검은색과 흰색을 같은 양으로 섞어 만든 회색에 '개인적 견해가 없는 상태, 진술 거부, 침묵'이라는 특성을 부여한다. 익히 알려진 리히터가 사용한 색채 범위에서 아무도 예상할 수 없을 만큼 다양한 회색 색조가 사용된 것을 확인할 수 있다. 그가 원하는 만큼 풍부하게 존재하는 다양한 회색. 회색의 토대 위에 칠한 또 다른 회색의 토대 위에 바른 제3의 회색 토대 위의 제4의 회색. 약화된, 금속성의, 광물성의, 그슬린 듯한, 효과가 풍부한, 고동치는 듯한 회색. 그가 사용하는 회색은 상상할 수 없을 정도로 다양하다. 회색은 관람자를 투영면으로 끌어당긴다. 그것은 그가 색채로 만드는 소리다.

여전히 1945년 2월이다. 드레스덴은 잿더미가 되었다. 통신사의 사진은 '불타는 드레스덴1945년 2월 16일 13시 30분 촬영'이라는 제목이 붙어 있다. 나치당의 기관지 ≪자유를 위한 투쟁≫은 다음과 같이 떠벌린다. "어떤 공포나 위협에도, 우리들은 단호하게 대처할 것이다." 그 주 금요일에는 드레스덴에 사는, 강제노동을 할 수 있는 마지막 유대인이 이송될 예정이었다. 바로 이날 리히터의 이모 마리안네 쇤펠더가 그로스슈바이드니츠 주립 정신병원에서, 사망진단서에 따르면 11병동에서 비참하게 죽었다. 발터스도르프에서 북쪽으로 20킬로미터도 채 떨어지지 않은 곳에서, 어머니의 어린 여동생이 스물일곱 살을 일기로 사라졌다. 히틀러 정권이 자행한 안락사 범죄로 희생된 25만 명의 희생자 중 한 명으로 정신분열증을 앓고 있던 마리안네는, 1938년 드레스덴에서 '불필요한 존재'로 판정을 받아 이후 작센의 여러 정신병원에서 감금 생활을 했다.

그녀의 60번째 기일에 베를린의 '총통 참호'와 얼마 떨어지지 않은 한 집에서 나는 이 책의 다음 문장을 쓰고 있다. 의사 하인리히 오이핑어의 드레스덴 저택이 모든 것을 집어삼킨 화염 속에서도 멀쩡했던 것 또한 1945년 2월이었다. 훗날 리히터의 장인이 된 그는 비너 슈트라세 91번지에 살았다. 산부인과 전문의로, 초창기부터 활동한 나치 당원이었다. 나치 친위대의 고급 장교라는 특수 신분이며 프리드리히슈타트 병원의 산부인과 과장인 그의 삶은 손가락 사이로 빠져나가 사라졌다. 오이핑어는 분명히 아무 불평 없이 나치 인종정책을 달성했을 뿐만 아니라, 그것을 자신의 진정한 소명으로 여겼다. 그는 「유전적 질병에 후손이 걸리지 않도록 예방하는 법」에 따라 거의 1,000명에 달하는 여자 정신병자들에게 강제 불임수술을 한 책임이 있다. 「유전적 질병에 후손이 걸리지 않도록 예방하는 법」은 '국가가 실시하는 박멸 조치의 시작'이라고 명백하게 공포되었다.

오이핑어의 아주 매력적인 딸 엠마에게 푹 빠진 이후, 리히터는 1953년 비너 슈트라세 91번지에 있는 엠마의 아버지 집에서 안식처를 발견했지만, 당시에는 그녀의 아버지가 어떤 사람이었는지 전혀 알지 못했다. 기이하게도 엠마의 이름도 마리안네였다. 그는 그녀와 함께할 수 있어 행복했고, 발터스도르프를 벗어

날 수 있어 행복했으며, 또한 전설적인 아카데미가 1951~1952
년 겨울 학기에 그를 받아들였기 때문에 행복했다. 한 해 전, 그
는 아카데미에 입학하려고 시도했었다. 고등학교 생활에 제대로
적응을 하지 못한 그는, 장식 서체화와 무대 장식화 도제 수업을
도중에 포기했다. 리히터는 금방 두꺼워진 자신의 작품집에서
가려 뽑아낸 제일 잘 그린 그림 덕에 받은 고등학교 졸업증명서
로 지원했지만, 그 외에는 내세울 만한 이력이 전혀 없었다.

공습 후 오이핑어가 근무했던 병원은 '심하게 훼손된 건물'로
공식 문서에 기록되어 있었다. 1945년 2월 16일에 병원을 소개疏
開하고 근처의 주립 정신병원인 아른스도르프로 옮기라는 명령
이 떨어진다. 그 병원의 주소는 그 일대에서 사람들에게 두려움
을 불러 일으켰던 주소 중 하나였다. 참담한 정신병 진단과 함께
그곳 병원에서 리히터의 이모인 마리안네는 소멸되기 시작했고,
2월 16일 겨울 저녁에 끝을 맞았다. 마지막 순간까지 그녀의 운
명과 친위대 내에서 오이핑어가 보여준 놀라운 승진은 겹쳐졌
다. 표본이 될 만한 드라마, 리히터 가족의 드라마가 시공간 속
에서 드러났다. 이 드라마는 아직까지 드러나지 않은 화가와 관
련된 비밀이다. 죄와 고통, 사랑, 증오와 죽음이 얽혀 있는 극적
인 이야기.

리히터가 있다. 그리고 그와 긴밀하게 결부된 두 사람, 하인리히 오이핑어와 마리안네 쉔펠더가 있다. 한 사람은 결혼으로 연결된 사이이고, 다른 한 사람은 핏줄로 이어진 관계다. 그들은 겉으로 보기에 한없이 멀리 떨어져 있는 배타적 세계에 살고 있는 것처럼 보인다. 한 세계에는 나치에 의해 사망선고를 받은 불치병자가 산다. 다른 세계에는 건강하지만, 치료하지 못할 정도로 '위대한 독일우월주의'를 내세우는 나치 사상에 빠진 산부인과 의사이자 히틀러가 말한 '민족공동체를 정화'하는 작업을 수행한 하수인이 살고 있다. 두 사람은 서로 대립적인 존재다. 그러나 그들은 섬뜩한 관계를 맺고 있다. 어떤 예정된 섭리가 있다고 믿고 싶은 정도다. 오이핑어가 살던 비너 슈트라세 91번지는 최근까지 화가가 의식하지 못했던 비극이 일어난 은밀한 중심지다.

리히터는 1960년대에 <마리안네 이모>를 그렸다. 고통스러울 정도로 아름다운 그 초상화에서 그녀를 위한 기념물을, 히틀러 정권에 의해 희생된 사람들을 기리는 기념물을 세웠다. 오직 이 그림을 통해서만 아주 의기소침한 삶을 살았던 그녀라는 존재가 전부 사라지지 않게 되었다. 리히터는 기억에 생기를 불어넣었다. 그의 예술을 통해 암담한 존재의 파편으로부터 형상이 생겨났다. 그 그림은 어떤 한 사람의 존재를 나타내는 그림이다.

그 존재는 병적 기록 서류가 증명한 것처럼, 1947년 드레스덴에서 열린 안락사 사건을 다룬 재판에서 사형 선고를 받은 집단 살인자의 손에 떨어졌다.

결론적으로 말해 리히터는 여러 차례 산부인과 의사이자 장인인 오이핑어를, 가족을 성실하게 부양하는 가장의 모습으로 그렸다. 전능한 권력에 대해 히틀러가 품었던 공상을 공유했으며 마리안네 이모를 죽인 의사와 관련된 끔찍한 일련의 견해가 있다. 그 당시 예술가는 본능적으로 뭔가 감춰진 쪽으로 시선을 던졌다. 그의 작품 목록에는 희생자의 그림과 더불어 가해자의 그림도 있다. 여하튼 오로지 독일에서만 생각할 수 있는, 믿을 수 없을 정도로 얽히고설킨 상태가 결정結晶된 장소인 비너 슈트라세 91번지도 채색화로 포착되어 있다. 어떤 연출자도 그런 상황을 더 음산하게 연출할 수는 없을 것이다. 이런 소재를 다룬 단편소설은 모두 과장이라고 폄하될 것이다. 매우 세밀하게 나뉜 갈래 속에서 사건은 소설처럼 작용하고, 실제 자료라고는 믿기 어려울 정도로 아주 실제적이었다. 이모와 교수 사이의 틈은 이보다 더 벌어질 수 없을 정도지만, 그들은 자신들의 역할 속에서 서로를 향해 다가간다.

불행한 모습의 마리안네, 행복한 모습의 오이핑어. 불타는 드레스덴의 새빨간 빛을 배경으로 흔적이 완전히 사라지기 전에, 이제 실제 인물들이 자신들을 그린 그림 속에서 걸어 나오게 해야 할 시간이 되었다. 연대기 기록자의 이름은 게르하르트 리히터다. 위대한 침묵자는 그림이 이야기를 꺼내게 내버려두고, "기억력은 의식하기 전에 먼저 회상을 믿는다"는 포크너Falkner의 문장을 충실히 따라 그녀를 회상하기 전에 그녀의 초상화를 그렸다.

아이는 화가가 될 것이다. 이 이야기가 끝나는 곳에서 게르하르트 리히터는 세계적으로 유명한 화가가 되어 있을 것이다.

접근

리히터의 쾰른 작업실은 아주 조용하다. 가끔씩 애견 라이카 사진기와 같은 이름이다가 가족적인 분위기와 쾌적하면서도 차가운 듯한, 현대적 모습이 뒤섞여 있는 공간을 휘젓고 다닌다. 이처럼 이상적인 작업실은 오랫동안 찾아야만 얻을 수 있다. 건강에 도움이 되는 실내화를 신고, 참선 수도자에게 어울릴 법한 빛으로 가득 찬 공간에서, 그는 불필요한 것을 털어내고 놀라운 평온 속에서 그림을 찬양한다. 연출가가 그를 위해 무대를 마련해주기라도 한 것처럼 하얀 커튼이 방을 갈라놓고 있다. 그는 인사를 하기 위해 그 위로 걸어 나온다. 기대했던 것보다는 작고 가냘프지만, 미리 그려본 것처럼 생각에 잠겨 있는 모습이다. 체조용 링이 천장에 달려 있고 그 밑에 대담하게 다양한 색채로 그린 전형적인 추상화들이 걸려 있다. 공중에 떠 있는, 뚝뚝 떨어지는, 배어나오는, 빛을 내는, 반사하는, 혼란에 빠지게 하는, 무지개를 발하는, 흐르는, 미묘한, 화려한, 흥분에 빠지게 하는 색채. 유리를 씌운 것처럼 반질거리는 그림의 표면은 오직 그만이 알고 있는 광택 니스로 처리되어 있다. 더 많은 것을 바라게 하는 색채. 휩쓸려가기를 기대하게 하는 소용돌이. 미니멀 음악가인 케이지Cage, 글라스Glass, 몽크Monk, 스티브 라이히Steve Reich의 CD가 서재 옆에 있다.

동료 기자들은 사람을 위축시키는 그가 풍기는 분위기에 마음의 준비를 단단히 하도록 미리 귀띔을 해주었다. 전화 통화를 할 때 리히터는 드레스덴이라는 표제어를 말하자 거부했었다. 가까이하기 어려운 권위를 지녔다는 명성에 걸맞게 목소리는 차갑고, 헤집고 들어갈 틈이 없는 것처럼 들렸다. 처음 인사를 나눌 때 그는 탐색하고 평가하듯 친구인가? 적인가? 그가 원하는 것이 무엇인가? 관찰한다. 그리고 친절하지만 짧은 문장의 대답으로 일정한 거리를 유지한다. 말하기 어려운 주제를 그에게 연달아 질문하는 것이 처음에는 불가능한 것처럼 보였다. 그런데 전시회 준비로 몹시 바쁜 그는 마침내 결심을 한 듯 자신의 출생에 관해 내게 묻는다. 분명 주저하면서도 묻는다. 그것은 이미 50년도 더된 일이고, 그동안 많은 시간이 흘렀으며, 이제 더 기억나는 것은 없다고 말했지만, 마침내 그는 양보를 한다. "과거의 사실을 받아들여야 할" 나이가 되었다고 그는 말한다.

2004년 쾰른에서 처음 만났을 때 리히터는 이상할 정도로 낯설어하고 경직된 태도로, 그의 특징과도 같은 딱딱한 태도로 자신의 삶이 이루어지는 공간 속을 천천히 돌아다녔다. 그는 딴생각에 몰두하는 것처럼 보였다. 색채 구성과 대담한 생각, 미래의 계획, 애틀랜타·에든버러·샌프란시스코나 다른 도시에서 실현할 계획으로 분주했다. 그 모든 계획은, 잊지 않기 위해 쪽지에 써서 벽에 걸린 메모판에 꽂아놓았다. 회화가 대세였던 시기는 지나갔다는 비판이 꾸준히 제기되었다. 하지만 리히터는 그 사이 세계적으로 활동하는 1인 기업가가 되었으며, 그가 지닌 취향과는 어울리지 않는 보험, 운반, 전시 조직 문제로 자주 집중력이 흩어지게 되었다. 그는 이런 상황을 끝내고 싶어 한다.

우리 둘이 처음 만났을 때 리히터는, 몸을 뒤로 젖힌 채 의자에 앉아서 되도록 먼 거리를 유지했다. 그런 다음 좀 더 가까이 다가와 앉는다. 그는 감정이 관련된 이 여행에서 더 이상 단어를 하나하나 신중하게 끄집어내지 않는다. 개인숭배와 거리가 먼 그는, 공공장소에서 수줍어하는 태도를 보인다. 자신의 예술을 성찰하는 강한 의지력과 영향력을 두루 갖춘 대담 상대. 처음에 나는 질문과 관련한 그의 암시가 내 생각을 확인시키는 것인지 또는 불안하게 하려는 것인지에 대해 곰곰이 생각한다. 반면에 그는 메아리에 귀를 기울이는 것처럼 미간을 모으고, 개별적인 것을 곰곰 생각하는 것처럼 보인다. 마침내 리히터는 부드럽게 늘어진 재킷 단추를 푼다. 긴장이 사라진다. 그는 마음을 열고, 함께한다. 오직 그림을 그릴 때만 거침없이 자신을 드러내는 화가가 격의 없이 행동을 했다는 사실은 아무리 높이 평가해도 지나치지 않다. 아마도 개인적인 것을 냉정하게 묻는 질문에 리히터만큼 자신을 솔직하게 보여줄 명사는 없을 것이다.

대담 이후에 일이 바쁘게 돌아갔다. 만나는 사이사이, 대규모로 열릴 예정인 뒤셀도르프 전시회에서 선보일 예정이던 미완성 그림들이 완성되었다. 다시 방문했을 때 교수인 리히터는 근엄하고 어두운 뿔테안경 대신 무테안경을 끼고 있어, 좀 더 유쾌하고 새롭게 태어난 것처럼 보였다. 수염은 깎지 않은 모습이었다. 드레스덴 알베르티눔 박물관을 인형의 집 크기로 축소한 모형이 작업대 위에 놓여 있다. 리히터는 그 일을 지나칠 정도로 꼼꼼하게 처리하고, 우표 크기로 복사된 그림이 걸릴 위치를 센티미터까지 정확하게 정한다. 다음에 방문했을 때는 높이가 사람 키만 한, 빈 아마포 10개가 틀에 팽팽하게 매여 있었다. 물감통과 붓이 준비되어 있고, 물감이 묻지 않도록 바닥에 테이프로 신문지를 붙여놓았다. 테르핀 기름 냄새가 가득 퍼져 있다. 커튼이 부풀어 오르면, 나는 티겔른 거리의 다른 쪽 끝에 있는 집 입구에서 그가 페인팅 나이프를 다루고 있는 모습을 볼 수 있었다. 그는 필요 없는 물감을, 잘라놓은 우유팩에 덜어낸다. 작업은 많이 진척되었다. 리히터는, 달리고 싶은 기분이 들도록 잠시 축사에 가둔 경주마 같은 느낌을 받는다고 한다. 그는 "그림을 그리고 싶다"고 말한다. 곧 추상화 여덟 점을 그리는 작업이 시작되었다. 보는 순간 그 그림은 뉴욕과 어울린다는 느낌이 들었다.

대화를 나누는 사이 그는 점차 과거가 지닌 흡인력에 사로잡힌다. 그에게는 많은 것이 변했다. 3제국 시대에 일어났던 사건이 점차 형태를, 마리안네 이모와 장인 오이핑어의 형태를 갖춘다. 눈에 보이는 모습 너머 저편에 존재하는 고유한 세계는 그림을 쳐다볼수록 그녀의 모습이 담긴 유명한 초상화의 뒷면에서 더욱 또렷하게 드러난다. 파악할 수 없을 만큼 얽히고설킨 관계. 서로 떨어져 있는 점들의 만남을 이성적으로는 설명할 수 없을 정도다. 그 만남은 밑바닥 깊숙한 곳까지 닿아 있다. 리히터 가족사의 퇴적층이 드러난다. 그림 퍼즐 조각은 어리둥절할 정도로 다른 것과 꼭 맞아떨어진다. 그것은 그 자신과도 연관된 가족사의 공개이며, 돌이켜보면 이 같은 공개로 개인적 역사 서술이라는 은밀한 형식이 만들어지게 된다.

복원 전문가에게서나 볼 수 있는 것처럼 니스 광택 밑에서 점점 원래의 것이 드러난다. 그가 알고 있던 모든 것을 능가하는 고통, 재난, 절망. 세세한 가족사가 불안할 정도로 많이 드러난다. 그 자신도 세부 사항을 믿지 못할 것이다. 하지만 이제는 그러한 것을 직시해야만 한다. 과거와 현재에 관한 절박한 대화가 있었다. 베를린 정치라는 곁가지를 곁들인 현재에 관한 대화 속에 아직도 존재하는 과거 사건에 대한 중요한 대화가 들어 있다. 밤을 탐색할 때는, 가벼운 것이 견딜 수 없을 만큼 무거운 것과 뒤섞이게 된다. 리히터는 관리자가 아니라 예술가다. 때때로 그는 시야가 좁은 일정표를 들여다보고, 날짜를 찾고, 새로운 날짜를 써넣고, 정확한 진술을 하려고 했으며, 스케치에 세심한 선을 덧붙인다. 다시 작은 공책은 곧장 서랍 속으로 사라진다. 리히터는 질서를 아주 중시한다. 책상은 항상 깨끗하게 정돈되어 있고, 그 위에는 커피, 과자, 속에 무언가가 들어 있는 초콜릿 사탕이 있다. 그리고 늘 과일이 담긴 접시가 있다. 가끔 그의 부인 자비네가 합석하기도 했다. 어린 딸 엘라 마리아는 쾰른 카니발에 등장하는 병사 복장을 한 채 구석에서 엿본다. 리히터가 사용하는 관용적 표현에 작센 사투리 관용구가 섞여 있다.

초기 시절의 빵

화가는 1943년 중반부터 1948년까지 발터스도르프에서 살았다. 그의 여동생 기젤라는 드레스덴 토박이인 부모가 1960년대 후반 삶을 마칠 때까지 그곳에 머물렀다고 했다. 엄마의 사랑을 받던 아이인 그는, 아버지가 전쟁터에 나가고 없는 상태를 마음껏 누렸다. 엄마에게 매여 있던 그는, 행동의 지표指標가 될 만한 중요 인물이 없다는 사실을 인정하고 싶어 하지 않았다. 하지만 점차 불길한 소식이 친척들의 실제 삶을 압박하고 위협했다. 가족의 총애를 받던 루디 삼촌이 전쟁터에서 죽은 것이다. 루디의 형 알프레드 삼촌은 전쟁터에서 실종되었다. 지금도 리히터는 할머니 도라와 어머니 힐데가르트의 한탄 소리가 생생히 들린다고 말한다. 우편배달부는 의무적으로 발송되는 "민족과 조국을 위해 전사했음"이라는 전사 통보를 듣고 드레스덴 교외인 랑에브뤽에 살던 외할아버지 집으로 왔다. 리히터는 할아버지 집에 놀러와 있었다. 잘생긴 루디 삼촌이 알프레드 삼촌보다 더 많은 애도를 받았다고 한다. 리히터는 그 차이를 기억하고 있다.

하지만 그들의 슬픔은 동부 집단 주거지에서 리히터 가족이 살던 건물 아래층에 기거한 이스라엘 부인의 한탄과는 비교할 수 없었다. 그녀는 남편의 사망 소식에 날카로운 비명을 질렀다. 그 소리는 리히터의 귀에 날카롭게 꽂혔다. 비명 소리는 '잊을 수 없게!' 리히터의 귀에 박혀버렸다. 그 비명은 동물적인 울부짖음과 같았다. 그 비명은 리히터가 보기에는 3제국의 광기를 포함하고 있었다. 점점 불리해지는 살인적 전쟁 소식을 골라서 이해할 수 있게 되었으며, 바로 이 순간 거실 난로 옆에 의무적으로 걸려 있어야만 했던 나무판에 새겨진 히틀러 초상화를 떼어낼 시간이 도래한 것이다. 리히터의 기억이 틀리지 않다면, 총통 히틀러를 대신해 전사한 삼촌 루디가 들꽃 다발로 치장된 벽 가운데를 차지하고, 추모를 받았다.

L5152번으로 분류된 2만 5,000분의 1 축척 지도를 살펴보면

발터스도르프는 정확히 해발 370미터 높이에 위치했다. 라우쉐 산기슭에 있던 리히터 가족의 주거지는, 그가 '황량할 정도로' 단조롭다고 생각한 집단 주거지 내에 있는 가옥이었다. 라우쉐 산은 793미터 높이의 원추형 산으로 우뚝 솟아 있으며, 치타우 산맥에서 제일 높은 인상적인 봉우리다. 사람들이 즐겨 찾는 소풍 장소이며, 북쪽 경사면에는 스키를 탈 수 있을 정도로 눈이 내리는 곳이 있고, 숙소와 슈네코페 산, 봉우리가 두 개인 뵈지히와 저 멀리 피히텔 산맥까지 조망할 수 있는 목재 탑이 있던 곳이다. 오늘날에도 리히터의 여동생 기젤라는 일요일마다 45분 동안 함께했던 등산에 대해 열정적으로 이야기한다. 자연을 가까이했던 부모와 함께 버섯과 산딸기를 따러간 산행이었다고 했다. 리히터는 어머니를 위해 프리뮬러 꽃을 꺾어 모았다. 녹색으로 된 등산 지도에는 '라차루스', '조르게타이히', 정상에 도달하기 위해 거쳐야 하는 '자일러슈티게' 같은 기준점이 표시되어 있다. 오솔길은 약초가 많이 자라나는 너도밤나무 숲을 지나 남쪽을 향해 나 있다. 보호 구역에 있는 다양한 종류의 식물 중 하얀 머위가 두드러져 보였다. 루타, 용담 또는 거이삭여뀌가 발견되는 곳이 표시되어 있는데, 동독에서 발행된 향토 특산물 전체 목록을 보면 이런 식물에 대한 설명이 형광이끼, 털이 많은 실새풀과 함께 실려 있다. 가파른 경사면에는 가시가 솟은 수고사리가 자란다. 밤나무 숲과 떡갈나무 숲에 사는 고사리, 희귀한 가시 달린 족제비고사리, 그 밖에도 식물 채집가들의 관심을 끌어들일 만한 식물이 자란다. 사슴과 야생 양이 모습을 드러내고, 드문드문 영양도 보인다. 반면 그 산에는 살모사도 우글거린다. 지역 사람들은 그 산을 '우리들의 산'이라고 말한다. 길이 모이는 정상에서는 너도밤나무 수관樹冠이 바람에 심하게 시달리고, 겨울에 짙은 성에가 끼면 독특한 모양으로 얼음 꽃이 핀다.

집 주소가 345b번지였던 건물은 작센 주정부 택지와 건축개발공사 소유였으며, 제국 공군성 직원을 위해 세운 것이다. 공군성은 전선에서 멀리 떨어진 곳에 낙하산 제작을 지시했다. 마을 여성들에게 잘 찢어지지 않는 기구용 천이 생겼다. 리히터는 어머니 몸을 감싼 천을 보았다. 그 천은 여동생 기젤라가 입을 옷을 만들 정도로 충분한 크기였다.

집단 주거지는 하나의 독자적인 세계였고, 여자들과 아이들만 살았다. 남자들은 모두 전쟁터에 있었다. 수많은 사람들의 눈동자가 창밖을 내다보기도 했다. 외지인은 아무 거리낌 없이 기분 좋게 그 거리를 지나갈 수 없었다. 100가구가 사는 고층 건물은 주변과 어울리지 않는 이물질처럼 보인다. 리히터의 집에는 욕실도 있었다. 비록 화가가 목욕물을 난로에서 데워야 했다고 의미를 축소했지만, 그 당시 욕실은 사치를 의미했다. 화장실은 층계참에 있었지만, 평균적 기준으로 보자면 집단 주거지에 있는 그 집은 작은 마을에서는 제일 살기 좋은 집이었다. 마을에는 그때까지도 하수구가 설치되지 않은 집이 있었다. 당시의 월세는 20~40마르크였다. 리히터의 가족은 줄맞춰 심은 너도밤나무를 부엌에서 내려다볼 수 있었다.

동일한 사물을 서로 다르게 인지한다는 사실이 놀랍다. 리히터는 부족함을 느꼈지만, 반대로 이웃들은 리히터 가족을 부러워했고 특권을 누린다고 멋대로 상상했다. 리히터의 가족은 '방이 네 개 딸린 집에 처음으로 입주한 사람들'이었고, 지붕 밑에 작은 공간이 있던 그 집은 당시 상황에 비춰보자면 아주 널찍한 주거 공간이자, '자랑거리'였다. 그렇지만 노동자와 농부들이 사는 주거 환경에서 느낄 수 있는 편협함과 답답함이 어린 소년의 마음을 내리눌렀다. 그것은 자신을 드레스덴의 상류 시민으로 변형해 생각하도록 그의 마음을 괴롭혔다.

쾰른의 작업실에 있는 리히터는 머릿속에서, 어린 시절을 보낸 발터스도르프로 되돌아갔다. 그는 동부의 집단 주거지와 연관된 사실을 머릿속에 준비해두고, 표제어가 나올 때마다 즉시

대략적인 윤곽을 그려 넣는다. 가족들은 거실, 침실, 부엌, 욕실을 사용했다. 그는 욕조와 난로를 스케치한다. 그는 침대 두 개가 놓여 있는 어린 시절 자기 방을 표시한다. 그중 한 침대 밑에다 첫 나체 소묘를 숨겼는데 얼마 후 부모에게 들켰고, 그들은 그의 정확한 해부학 지식에 놀라워했다고 말했다. 물론 열네 살이 된 그가 정확한 지식을 갖고 있었을 수도 있다. 복도에는 "나에게 아주 깊은 인상을 준 네덜란드의 젖소와 목초지가 있는 원본" 그림이 걸려 있었다고 말했다. 리히터는 서독으로 도망칠 때 거실을 찍은 흑백 사진을 가져갔다. 유감스럽게도 거실 벽은 '밝고 짙은 녹색으로 칠해져' 있었는데, 그는 그 위에다가 말라버린 '새빨간 꽃무늬' 모양 한 개를 직접 그려 넣었다고 한다. 그 시기 리히터는 반 고흐에 몰두해 있었는데, "나는 집에 불꽃을 갖고 싶었다"고 말한다. 부모는 그 혼란스러운 불꽃 그림을 용케 견뎌냈다고 한다. 작은 서랍장 위에 걸린 수채화 <라메나우의 들길>은 그가 그린 그림이다. 마치 진공 상태를 두려워하는 것처럼 방은 잡동사니로 가득 차 있었다. 주름 잡힌 전등갓 아래 있는 꽃다발, 촛대, 병, 도자기 화분에 담긴 화초, 케이크 굽는 둥근 틀, 중국식 문양을 새긴 냅킨, 예나 산産 유리 냄비, 행주. 1956년에 부모가 은혼식 기념으로 선사받은 선물이 안락한 느낌을 주는 탁자 위에 놓여 있었다. 리히터가 쾰른 작업실의 세세한 부분에 이르기까지 쾰른 작업실을 완고한 발터스도르프 집과 정반대되는 공간으로 꾸민 이유를 이해할 수 있게 된다.

"잠시만"이라고 말하면서, 그는 동부 집단 주거지를 담은 사진 한 장을 꺼낸다. 리히터는 깃발을 꽂도록 고정대가 달린, 어두운 색 목재로 구성된 건물 앞면을 가리킨다. 총통 히틀러의 생일에는 나치들에 의해, 공산정권 시절에는 노동자의 날인 5월 1일에 그곳에 국기가 걸렸다. 도드라지게 문양이 장식된 반투명 유리 현관문. 2층 왼쪽이 그들의 거처였다고 했다. 하지만 지역 주민들은 다르게 기억하고 있으며, 현장 답사를 할 때 그 지역 주민들은 리히터가 살던 곳이 틀림없이 오른쪽이라고 주장했다.

발트후펜도르프 지역은 마을 뒤편 후미진 곳의 오른쪽 또는 왼쪽에 있었다. 보헤미아와 지리적으로 가까운 지방이 간직하고 있는 풍부한 역사적 사건들은 그의 흥미를 거의 유발하지 못했다. 그곳은 오래전에 사라진 가내 방직업의 전통이 보존되고 있는 야외 박물관과 같은 장소일 뿐이다. 지역에서 구한 사암으로 만든, 요란하게 치장한 문틀에 새긴 조합의 표식은 관광객을 위한 것이다. 사람들은 억양이 억센 남부 라우지츠 독특한 사투리를 사용한다. 그 사투리는 원래 입 안 뒤편에서 소리가 나는데,

자갈에 짓눌린 듯한 소리가 나므로 사람들은 그 음성 체계와 단어 선택에 익숙해져야 한다. 작은 촌락, 중앙로, 한적한 모퉁이가 그가 보낸 학창 시절이 되었다. 오버쿤너스도르프와 혼동되어서는 안 되는 쿤너스도르프라는 기이한 이름의 외딴 지역이 리히터에게는 시대에 뒤떨어진 장소였고, 호르니스베틀라오버리히텐발데 지방을 향해 난 571미터의 오르막길에서 멀지 않은 곳에 살던 그는 자신이 추방된 것처럼 느꼈을지도 모른다. 단순히 도시에서 시골로 옮겨간 것만이 아니라, 높은 천장이 있는 공간에서 낮은 천장의 공간으로, 유복함에서 가난함으로 옮겨간 것이었다. 그는 추방이라는 말을 이해하지 못했다.

리히터는 자신이 일정한 사회등급에 속한다는 그른 생각을 했지만, 어쨌든 가족의 형편이 나아지지 않으리라는 것은 예감하고 있었다. 그 마을에 들어가서 처음 살던 집은 철도원 집단 주거지 그로센하이너 슈트라세 18b번지에 있는 14세대가 살던 4층짜리 보통 건물이었지만, 곤궁 속에 살던 그는 드레스덴 시절이 좋았다고 말함으로써 자기 자신을 납득시키려고 했다. 그러나 좋게 말한다고 해도 그 집은 낭만적 색채라고는 전혀 없는 중하층민이 사는 건물이었다. 그것만은 확실하다. 모퉁이 집 1층에는 현재 보험중개인 사무실이 있다. 지상 전철 3번이 '빌더 만'

라이헤나우에서 리히터 가족 1938년

방향으로 요란한 소리를 내면서 지나간다. '그로센하이너'에서 리히터 가족은 라이헤나우 지역으로 이사했다. 오늘날 폴란드의 보가티니아 지역이 된 그곳에서 아버지 호르스트는 실업자로 몇 년을 보낸 뒤 1936년에 마침내 교사 자리를 얻었다. 그 자리는 아돌프 히틀러 슈트라세 259번지에 있는 나무 베란다가 있는 낡았지만 안락한 집을 얻기에 충분한 직업이었다. 세월 탓에 누렇게 바랜, 머리를 말아 올린 어머니 힐데가르트의 모습이 담

멜빵을 맨 리히터와 기젤라 1938년

긴 사진과 인형 두 개를 안고 있는 여동생 기젤라, 멜빵을 맨 그의 모습을 담은 사진이었다. 금방이라도 장난칠 듯 보이는 영리한 남자 아이. 리히터는 사진 두 장을 앨범에서 떼어 나에게 주었다. '돌격대 제복으로 갈아입은 교장'은 아이를 무릎 위에 올려놓고 엉덩이를 때렸다. 매를 맞을 때 오줌을 싸서 그 선생의 옷을 흠뻑 적셔놓았다고 화가는 즐거운 듯 이야기한다.

라이헤나우. 발터스도르프. 그것은 뿌리 뽑힌 그의 상태를 지칭하는 이름이다. 그 단어는 드레스덴 성곽 밖에 위치한 랑에브뤽에 살던 그레틀이라는 애칭의 존경하는 마르가레테 외숙모의 전원주택에서 그를 점점 떼어놓았다. 랑에브뤽은 좀 더 나은 생활을 뜻하는 단어였고 리히터가 고향으로 인정하는 유일한 곳이다. 그들의 집이 있던 모리츠 슈트라세 거리는 황무지를 향해서 나 있었고, 그 황무지는 남쪽으로 개방 경작 지구인 '자우가르텐' 또는 '옥센코프' 깊숙이 뻗어 있었다. '헤거 교수의 부인'을 그는 대단한 인물로 기억하고 있다. "그녀를 좋아했소!" '그레틀 외숙모'는 관대한 후원자였고 그를 보살펴주었는데, 그가 동일시하고 싶은 사람이었다. 그는 마음 착한 요정에게 이끌려간 것처럼 느꼈다. 그레틀이라는 여자 아이가 예전에도 헨젤을 구하지 않았던가? 리히터는 그녀를 "차분하고, 고귀하고, 가족의 일에 전혀 얽매이지 않은" 사람이었다고 말한다. 천성이 차분하고, 매력이 넘치며, 광대뼈가 눈에 띄게 튀어나온 그녀는 버찌만큼 커다란 진주를 착용하고 다녔다. 그녀는 로메라고 부르는 카드놀이도 했다. 리히터는 청년이 되어서도 변함없이 진심으로 그녀를 좋아했다. 랑에브뤽에서 보낸 아름다운 시절은 해방감을 느끼게 하는 무언가가 있었다. 안식처에 대한 이 같은 동경은 거리가 멀어질수록 더 증가했다.

어린 시절 리히터의 집 정원은 분명 멋졌을 것이다. 그는 대화 중에 정원 이야기가 나오면 생기가 돌았고, 예전에 사과나무 밑에서 그랬던 것처럼 생기에 넘쳐 활발해졌다. 마리안네 이모도 안락함과 평화로움으로 한껏 이상화된 그 안식처를 그리워하면서 쇠약해졌다. 1942년 정신분열에 시달리던 그녀는 아른스도르프 정신병원에서 의사에게 간청하듯이 깊은 속마음을 드러냈다. "나는 평화가 있는 랑에브뤽의 한 장소에 속한 사람입니다. 그곳에는 전쟁이 벌어지고 있어요!" 신고전주의 양식으로 지은 헤거 교수의 전원주택과 비교하면 발터스도르프는 볼수록 더욱 초라하게 비쳤을 것이 분명하다. 비교하는 것만으로도 그는 견딜 수 없는 패배감에 사로잡히고, 마음을 갉아먹는 모욕을 느꼈을 것이다. 동부의 집단 주거지는 보호받지 못하는 정처 없는 곳이었으며, 리히터 입에서 '추락한 시민 계층'이라는 말을 이끌어 냈다. 그런 평가는 친척 중에 '양조장으로 부유해진 일가'가 있다는 소문과 관련이 있다. 이 모든 것이 화가가 될 사내아이의 생존 반사 신경을 강화시켰다.

리히터는 벗어나고 싶어 했다. 그는 언제나 사나운 라우지츠 기후에 맞춘 시골 생활을 떠나 도시로 가려고 했다. 그곳에서는 보헤미아 산악에서 불어오는 산바람 때문에 숨 쉬는 것이 어려

© Andreas Mühle

리히터 2004년

웠다. 그 바람은 "사람의 얼굴을 베어내는 것 같았죠"라고 했다. 집들은 폭이 좁고, 돌풍에 고개를 숙인 것처럼 서 있다. 강풍은 그곳에 머물려는 듯이 끈질기게 골목을 지나쳐 불어댄다. 그런 기후는 순환기 계통이 약한 사람들에게 적합한 기후가 아니다. 리히터 가족이 '바람의 촌락Winddorf'이라는 말을 하면 그것은 곧 발터스도르프Waltersdorf를 의미하는 것이었다. 사회주의 국가가 세워진 다음에 매우 낡아버린 그 집을 방문하고 나서야, 나는 리히터가 뛰어난 예술가로 성숙하고, 자리매김하기 위해 들였을 엄청난 노력을 짐작할 수 있었다. 늘 주변인이라는 감정이 그를 지배했다. "나는 그곳에 속하지 않았어요. 나의 유일한 생존 가능성은 다른 존재가 되기를 바라는 것이었죠!" 궁핍을 피해 달아나는 긴 도피 중에 그는 자신의 삶을 직접 떠맡았지만, 그것은 젊은이의 낙관주의가 아니라 절망 때문이었다. 1982년 마침내 예술적 성공을 달성하기 전까지, 리히터는 꼬불꼬불한 인생 여정에서 아주 먼 길을 걸어야만 했다. 교양 소설에서 이야기하는 것처럼 성공은 갑작스럽게 이루어졌다. 현재 그는 모든 예술의 전당에서 선망하는 대상이 되었다. 예술의 전당이 지닌 배타적 모습은 그가 자란 발터스도르프와 합치되기 어렵다. 리히터는 일흔 살의 나이에 정점에 서 있고, 소수의 사람들에게만 허용된 성공을 달성했고, 성공이 발하는 빛을 받고 있다. 마술사처럼 마지막 무렵에 부자가 된 것이다. 이제야 그는 성공에 관해 이야기할 수 있게 되었다.

가족이 하필 발터스도르프로 오게 된 이유를 아는 사람은 아무도 없다. 리히터도 알지 못한다. 아버지는 1939년부터 군대에 있었다. 전쟁의 부유물처럼 어머니는 두 아이와 함께 동부 집단 주거지로 흘러들어왔다. 그녀는 돈이 필요했고, 놓아둘 장소가 마땅히 없었으므로 이사하기 전에 피아노를 팔아야만 했다. 그것은 작은 파국이었다. 어머니는 피아노를 치면서 흥에 겨워 유행가 몇 소절을 아들에게 불러주곤 했다. "내 소유인 사랑의 원두막,

나의 낙원으로 와요. 왜냐하면 내 소유인 사랑의 원두막에서는 달콤하게 꿈을 꿀 수 있으니까요." 그것은 호슈나의 오페레타인 <마담 세리>에 나오는 유행가였다. 그녀는 파울 링케의 아첨하는 듯한 유행가 「사랑은 한밤중의 대담한 도둑처럼 무시무시한 소리를 내지 않고 조용히 온다」를 불러 어린 아들의 마음을 사로잡았다. 리히터는 이제 가물가물해진 음정을 작업실로 끄집어내어, 노래 가사를 기억해내고, 감동적인 작은 목소리로 노래 선율을 읊조린다. 그러는 사이에 10살 된 리히터의 아들 모리츠는 나무 위에 만들어 놓은 작은 오두막 집 문을 열려고 했지만 문이 열리지 않자, 방안을 들여다보았다.

그는 아버지의 이글거리는 듯한 눈길을 물려받았다. 리히터는 그런 눈빛으로 주변을 놀랄 만큼 비판적으로 관찰할 수 있다.

이상하게 생긴 모자를 좋아했던 그의 어머니 힐데가르트 리히터는 사람들의 눈에 쉽게 띄었다. 터번처럼 말린 두건은 드레스덴에서도 사람들의 눈길을 사로잡기에 충분했다. 하지만 발터스도르프에서 그 모자는 엽기 자체였다. 견습 과정을 마치고 서점 직원이 된 그녀는 그 지역에서는 흔치 않은 우아함을 밖으로 드러냈고, 언제나 도시 사교계 부인들의 면모를 풍겼으며, 한껏 세련되게 치장하고 다녔다. 리히터는 무릎까지 내려오는 치마를 입

리히터가 처음 손에 넣은 상자형 카메라로 찍은 중년
의 힐데가르트 1947년

고 있는 어머니를 그가 자신의 첫 소유물이라고 부를 수 있었던 '상자형' 사진기로 촬영했다. 장식 주름을 넣은 상의, 드러난 팔, 약간 부풀어 오른 소매 끝에 달린 주름, 하얀 양말은 그녀가 애써 감추려고 했던 것, 즉 처녀들의 유행복을 입기에는 나이가 너무 많다는 사실을 강조한다. 리히터 가족은 그리 부유하지는 않았지만, 그녀는 관대하게 처신을 했고, 더는 입지 않는 리히터의 옷을 다른 아이들에게 선물했다. 그것은 아름다운 외지 여자가 토박이에게 다가가려는 시도였다.

대도시에서 온 여자는 마을 사람들과 친해지려고 노력했다. 마을 사람들은 그녀가 자신들보다 생활 형편이 좋고, 조금은 신비로운 존재로 생각했다. 하지만 드레스덴 여자가 이곳에서 무엇을 하려는 것이며, 무슨 바람이 불어 이 변두리까지 오게 된 것일까? 아들은 그녀에게서 어떤 대답도 듣지 못했다. 라이헤나우 지역의 기념품 상인인 M 씨는 다른 친지들보다 더 자주 집에 드나들었다. 뚱뚱한 그는 부담 없이 사귈 수 있는 사람이었다. 가끔 그녀에게 선물을 주었다고 한다. 리히터 부인이 선물의 일부를 '헐값에 팔'거나 먹을거리와 바꾼다는 것을 모든 사람이 알고 있었다. 그의 가족은 자주 돈에 쪼들렸다. 그러나 가족에 대한 험담이 공공연히 나돌지는 않았다. "어머니는 누구하고도 다투지 않았어요." 리히터는 전쟁이 끝난 뒤, 미취케 목공소에서 자작나무 원판을 깎아서 그 위에 라우쉐 산봉우리를 그렸다. 맨 앞에 전나무를 그렸으며, '발터스도르프에서 보내는 인사'라는 글자가 그림 아래 쓰여 있었다. 이 그림은 기념품 가게인 구릴히에서 많이 팔려나갔다. 가격은 크기에 따라 2~4마르크 사이였다. 화가로 번 최초의 돈이었고, 가족을 부양하는 데 꼭 필요한 돈이었다. 알 수 없는 곳, 깨지지 않는 유리 장식장 속에 리히터의 그림이 보관되어 있을지도 모른다. 기념품을 찾으려는 사냥이 시작될 수도 있다.

힐데가르트는 1943년 그로스쉐나우 역부터 차를 타고 왔으며 오는 도중에 폭포처럼 말을 쏟아내어 버스 승객 모두를 즐겁게 했다고, 같은 차를 타고 오면서 그녀의 첫 등장을 직접 보았다는 여자가 이야기했다. 다른 동행인들은 그런 행동을 '미친' 짓으로 여겼다. 그래서 사람들은 그녀를 처음부터 흥분 잘하는, 소란스러운 여자로 생각했다. 발터스도르프는 작고, 차분한 공동체다. 이곳에서는 모든 사람이 서로를 알고 있고, 비밀이 없을 정도로 쉽게 관찰되었으며, 속속들이 드러나 있었다. 1943년까지 거슬러 올라가는 비밀도 알고 있었다. 같은 거리에 살던 몇 명의 이웃은 많은 '지체 높은 양반들'이 리히터 부인 집에 드나든 것을 정확하게 기억하고 있었다. 그들은 그녀가 '경박한 여자'였을지도 모른다고 말한다. 쾌활하고 생을 즐긴다는 말은, 생을 지나치게 향락한다는 것을 의미했다. 하지만 그런 말만으로 그녀의 기질을 정확히 묘사할 수는 없다. 그러나 힐데가르트가 조신하지 못하고, 즐거움을 몹시 탐닉했으며, 사람을 사귀는 데 그리 까다롭지 않았다는 것은 맞는 말이다. 그러나 그녀는 세심하고, 음악적 감성을 지니고 있었으며, 맵시가 있었다. 그녀는 욕도 제대로할 줄 알았다. 남자들이 방문하면, 리히터와 기젤라는 한 집 건너에 있던 이웃 크네쉬케 집에서 놀았다. 1943년 십이월 그믐날 리히터가 가지고 있던 책상용 라이터에 크네쉬케 집 커튼이 홀랑 타버렸다. 리히터 부인은 커튼을 만들도록 다마스커스 천으로 된 식탁보를 주었다. 크네쉬케 부인은 아직도 그것을 가지고 있다. 그녀는 소련 점령군이 집안으로 들어오는 것도 보았다.

1939년 방위군에 소집되었던 그의 아버지 호르스트 리히터는 7년 뒤 문 앞에 서 있었다. 미군 포로수용소에서 돌아온 것이다. "나는 아버지와 아무 관계도 없었어요. 아버지는 전쟁에서 돌아왔고, 완전한 이방인이었어요." 아들은 거리감을 일정하게 유지하면서 이야기한다. 그는 예전에는 아버지의 호의를 아쉬워했지만, 이제는 너무 늦었다. 자신의 어깨 위에 손을 얹어줄 사람이 더는 필요하지 않았다. 리히터는 편지를 꺼낸다. 그가 '브뤼셀'에 있는 '호르스트 리히터 병장'에게 보냈던, 야전 우체국 분류번호 L55844, 1944년 5월 22일 발터스도르프 우체국 직인이 찍힌, 마지막 순간까지 미루다 보낸 편지. 분명히 그 편지는 이틀 만에 도착했을 것이다. "사랑하는 아버지! 우선 생신을 진심으로 축하합니다. 모든 일이 잘되기를, 특히 건강하게 저희에게로 돌아올 수 있기를 바랍니다. 오늘은 어머니날입니다." 편지는 "오늘은 이만 줄이겠습니다. 당신의 사랑하는 아들 게르하르트와 기젤라가"로 끝맺었다. 아버지 호르스트는 2장짜리 편지를 보관했고, 편지 위에 "프랑스에 있을 때 편지가 도착함"이라고 적어놓았다. "8일 후 세부르 지역에서 대서양 침공이 시작되었으며 1944년 8월 우리는 후퇴하기 시작했다."

리히터가 사용한 점잖고 아주 부드러운 단어에서는 그가 아버지 때문에 몹시 고통을 겪었다는 사실을 추측할 수는 없다. 아들은 사춘기 아이들이 그런 것처럼 격렬하게 아버지를 거부했다. 아버지는 그의 삶에서 이방인이었고, 그에게서 어머니를 빼앗아가려는 침입자일 뿐이다. 두 사람은 서로를 이해하지 못했으며, 이유가 무엇이든 간에 친밀한 관계를 맺지 못했다. 그는 어머니와 별 문제 없이 지내는 방법을 배웠다. 아버지는 '연합군 점령 지역'에서 보잘것없는 나치 당원이던 전력 탓에 교직으로 되돌아갈 기회를 잃었다. 교육 수준에 어울리는 직업을 더는 얻지 못했다. 그는 발터스도르프 사람들 눈에, 말 없고 우울한 사람으로 비쳤다. 사람들은 그의 행동에 공감했다. 하지만 그를 추락시킨 것이 무엇인지는 아무도 알아낼 수 없었다. 인생의 진로에서 내동댕이쳐진 가련한 사람, 게르하르트 동료들의 기억 속에서 그는 커다란 슬픔에 빠져 있는 동시대인 중 한 명이었을 것이다. 1949년 10월 그의 아버지는 '호적등본'을 작성했다. 전직 수학 교사는 '현재 직업'란에 '연금수령자'라고 적었다. 그는 마흔두 살이었다. 그는 아들 게르하르트를 '실업자'로 기입했다. 그는 열일곱 살이었다.

학창 시절 호르스트는 아주 똑똑한 학생으로 인정받아, 쉽게 두 학년을 월반할 수 있었다. 그의 자식들은 종종 그 이야기를 들었다. 하지만 이제 그의 추진력은 파괴되었다. 또한 어머니의 말에만 귀를 기울이는 리히터가, 어머니의 의도대로 자신의 이름을 약골과 동일하게 여긴다는 사실 때문에 더욱 고통을 받았다. 『리히터 전기』를 쓴 작가 디트마 엘거에 따르면 그녀는 아들과 남편을 서로 반목하게 했고, 남편을 "무능하고, 문화적으로 교양 없고, 음악을 전혀 모르는 인물"이라고 폭로했다. 그녀는 아들에게 시부모에 대한 험담도 했다. 자신에게 실망을 남긴 남편 호르스트를 처벌하려는 듯이 그녀는 리히터를 응석받이로 키웠으며, 몹시 애지중지했고, 높이 평가했다. 사람들은 이렇게 말한다. "그녀는 그에게 모든 것을 쏟아 부었어요." 그것이 발터스도르프 때문에 생긴 죄의식에서 벗어나려는 그녀의 방식이었다. 동독 시절에 이름을 줄여 '게르트'로 불린 게르하르트를 위해 그녀가 꿈꾼 직업적 성공에는 당연히 천재라는 단어도 들어 있었다.

아버지와 어머니 사이에 있는 근본적인 불화 중에서 미래에 화가가 될 날카로운 관찰력을 지닌 아이에게 숨겨진 채 드러나지 않은 것은 거의 없었다. 깨지기 쉬운 가족의 평화, 닫힌 이중 커튼 뒤에서 벌어진 다툼은 전쟁으로 생긴 포기 상태를 훨씬 넘어섰으며, 그들 사이에 치유할 수 없는 것이 존재한다는 것을 추측케 한다. 그들의 집은 좁고 방음이 제대로 안 됐는데, 관청에서는 일시적으로 그곳에 이주 피난민을 받아들이도록 명령을 내리기도 했다. 그 와중에 리히터는 자신의 길을 갔고, 본능적으로 멀찍이 떨어져 있었으며, 상상력이 제공하는 절대적 자유로 달아났고, 주변부에서 맴돌았다. 나중에 '저 너머 서독'에서 발터스도르프를 딱 한 번 짧게 방문한 것은 단지 양 독일 사이에 놓여 있던 국경선 때문만은 아니었다. 짧은 방문 뒤 그는 금세 다시 우울해졌다. 리히터는 거리를 유지한 채 시민적 외양이 가까스로 감췄던 것 중에서 어떤 것도 자신에게 다가오지 못하게 했다. 이웃 사람들은 부모, 특히 그의 성공을 확신하던 어머니가 그 기간 내내 뒤셀도르프로 '넘어간' 아들의 방문을 몹시 기다렸지만, 헛수고였다고 이야기한다. 사회주의를 배반한 리히터가 부모를 버리고 떠난 것은 이별이 아니라 오히려 해방의 행동이었다.

그에 비해 호르스트는 임시직을 얻고, 비스무트 회사에서 삼각함수 지식을 사용할 수 있는 '광구 측량 기사'로 일한다. 그는 방직공장 리델의 '보조 근무자'로 승진했고, 인민 소유 공장 다미노에 속한 미트로파 회사의 식탁보와 커튼 생산자 자리를 얻는다. 그는 테리 천과 손수건을 만드는 인민 소유 공장 그로스쉐나우에 합병된 '프로타나'에서도 자리를 얻었던 것 같다. '엄청나게 시끄러운 기계' 옆에서 야간 근무를 했다고 아들은 이야기한다. 아버지는 "책을 아주 많이 읽고, 책 속에 파묻혀 있는" 사람으로 묘사되었다. 1960년대에 중병을 앓은 힐데가르트의 손을 잡고 슬픔이 밴 조심스러운 걸음걸이로 마을을 지나다녔다. 마을 사람들은 옆에서 간호해야 할 만큼 그녀가 중병을 앓았던 것으로 기억하고 있다. 그녀는 갑자기 쇠약해졌으며, 호르스트는 그녀를 씻기고, 먹이고, 옷을 입혀야만 했다. 그는 그녀가 병원에 수용되는 것을 결코 원하지 않았다. 그녀를 돌보기 위해 그가 발휘한 인내력에는 이제 역할이 바뀌었다는 작은 승리감이 섞여 있었다. 결국 그가 더 강한 사람이며, 그녀는 자신에게서 벗어날 수 없다는 만족감을 느끼면서 그녀를 보살폈다. 그는 '국영 소매점'에서 모든 일을 혼자서 해야 한다고 사람들에게 불평하기는 했지만, 이웃들이 도와주려고 그녀에게 너무 가까이 다가오면 질투심으로 도와주지 못하게 막았다. 그는 그녀를 '잘 돌봤'는데, 리히터의 친구가 일하는 미용실에 그녀의 머리를 단정하게 깎아달라고 부탁했다고 사람들은 말한다. 쿠르트 브뤼켈트는 약품을 사용해 파마를 해주고 20마르크를 받았다. 그녀는 예쁘게 꾸미고 실컷 울기 위해 미용실을 자주 찾았다.

리히터가 수년 동안 모아둔 밑그림, 스케치, 콜라주로 가득한, 흡사 리히터 삶의 모습과도 같은 두툼한 두께의 작품집 『도해서 Atlas』 속에는 인생 말기에 찍은 힐데가르트의 사진 한 장이 숨어 있다. 아들은 책을 뒤적이다가 주름투성이가 된 그녀의 얼굴을 가리킨다. "그 당시에 이미 어머니의 건강 상태는 매우 심각했어요." 모진 시련을 겪은 여인의 모습이다. 그 사진 속에서 아름답고, 가무스름하고, 사람과 사귀기를 좋아하던 힐데가르트를 더는 찾아볼 수 없었다.

대조되는 면들이 서로 끌어당긴다는 속담은 그녀가 남편과 사랑을 시작했을 무렵을 제대로 표현했다. 힐데가르트는 요구 수준이 높았으며, 문화 계통에서 일하면서 문화를 돌보고자 했다. 야심에 찬 그녀는 고등학교 준교사와 드레스덴에서 결혼했다. 수학 교사는 이성적인 사람이고, 객관적이다. 전쟁이 끝나고 보조 측량 기사로 전락한 남편을 되돌려 받았지만, 그는 그녀가 원하던 활동 영역, 전망, 사회적 지위를 가져다주지는 못했다. 대신 서른 여덟 살이 된 그녀는 발터스도르프에 묻혀, 망가진 삶이 주위에 널려 있어 즐거움을 찾을 수 없는 현재를 살라는 저주를 받았다. 삶의 변화, 안정적인 삶, 대도시로 되돌아갈 전망은 전혀 없었다.

탈출 시도

　마치 어제였던 것 같다. 증언할 만한 마을 사람 수는 몇 명으로 줄어들었는데, 그들의 나이는 약 70~80세였다. 그들은 리히터가 그림을 그리기 시작한 시기를 알고 있다. 가까운 사이는 아니지만 유명해진 친구, 친하지만 제대로 알지 못했던 친구 때문에 게오르기네 헤더, 쿠르트 브뤼켈트, 프리드리히 호프만, 디터 벤젤이 느낀 즐거움이 여실히 드러난다. 라우지츠 사람들은 미화하거나 우수에 찬 향수에 쉽게 빠져들지 않는다. 입에서 입을 통한 전승은 그들에게는 인쇄된 전승만큼이나 유효하다. 리히터를 안다는 것은 그들에게는 일종의 영예다. 그들은 거리낌 없이 일화를 탐닉한다. 발터스도르프 출신인 한 사람이 선택된 것이다. 그는 그들의 곁을 떠나 사라졌을지 모르지만, 그들 모두는 그를 자랑스러워한다. 이제는 자주 텔레비전에서 리히터를 볼 수 있게 된 그들은 그의 은발 머리를 예전의 어린 애송이의 모습과 일치시켜 보려고 애를 쓴다. 리히터에 관한 모든 소식은 일요일에 모이는 '남성 사우나 클럽'에서 자세히 오간다. 부러워할 만하다. 어쨌든 그들은 미래의 예술가를 제일 먼저 알던 사람이다. 그들은 그가 붓을 다루는 것을 보았으며, 그를 잃을 것은 없고 얻을 것만 있는 사람으로 보았다. 그들에게는 시간의 경과와 사물의 진행에 따라 희미해진 것이 아무것도 없다. 그 지역의 애국자들은 그가 살았다는 것을 그 지역 역사에서 제일 중요한 사건으로 받아들일 것이다. 그렇게 되기까지는 그리 오래 걸리지 않을 것이다. 그러고 나면 '이곳에서 장차 화가가 될 아이 게르하르트 리히터가 살았다'는 간판이 주거지를 장식하게 될 것이다.

발터스도르프에서 여러 방식으로 해본 실험은 달아나려는 사람의 가출 시도다. 일곱 개의 산 뒤에 있는, 아직 이루지 못한 꿈을 간직하고서 손놀림을 연습하고 있던 리히터는 자아를 확신했다. 리히터는 마비되기 전에 무조건 떨쳐버리고 싶어 하는 무엇, 즉 태생에 사로잡혀 있다고 생각했다. 그래서 그는 떠나야만 했다. 놀라운 점은 그가 임시 거처인 발터스도르프 대신 훨씬 더 불확실한 삶, 즉 자유로운 화가의 삶을 선택했다는 것이다. 리히터는 저항이 제일 작은 길이 아니라 저항이 제일 큰 길을 택했고, 다른 사람들의 판단에 자신을 내맡겼다. 사람들은 그를 몽상가로 간주했을지도 모르지만, 그가 옳았다. 그것은 삶에 대해 느끼는 이중적인 감정에서 생겨난 결정이었다. 훗날 국제적인 상품명인 '리히터'라는 단어가 생겨날 것이라고 당시의 그로서는 전혀 예견할 수 없었다.

하지만 그의 상상력은 바로 그 답답함에서 피어났다. 야심에 찬 어머니와 몰락한 아버지 사이에서 아들은 창조적 저항을 통해 주변 환경을 넘어섰다. 마찰 에너지가 그의 내부에서 발산되어 나중에 그를 '21세기의 피카소'《가디언》로 만든다. 그는 생각해낼 수 있는 온갖 인정을 모두 받은 사람, 유명한 잡지의 표지 사진으로 평가를 받고, 미국에서 일본에 이르기까지 대규모 전시회로 진가를 인정받게 된다.

발터스도르프의 순진한 사람들은 '산골' 마을에서 살던 경험이 그의 인생 역정에서 결정적인 시기였다고 단언한다.

날카로운 감각을 키우고, 그를 단련시킨 것이 그 작은 세계라는 것은 분명했다. 앞서 말했듯이 마을에는 주민 2,200명과 술집 열두 개, 식당 '도시 빈' 외에 음식점 '하얀 사슴', '보리수 정원', 여관 '새로운 근심', 특히 광장 옆에 있는 제일 큰 건물 '니더 크레참'이 있었다. 그곳과 체육관에서는 일주일에 두 번씩 데파 Defa 영화사에서 제작한 영화가 상영되었다. 리히터는 영화를 보려고 그곳에 간 적이 한 번도 없었다. 1945년에 마을에는 빵집이 여섯 개가 있었는데 그중 세 곳만 문을 열었고, 정육점은 네 곳 중에서 두 곳만 장사를 했다. 모든 비축품은 그로스쉐나우 지역에 자리 잡은 사령부의 명령에 따라 신고해야만 했다. 각 마을이

자급하기 위해서는 7,790킬로그램의 밀가루, 2만 7,800킬로그램의 감자, 1,100킬로그램의 보리를 각각 제공해야 했다.

매우 황량했던 전쟁 뒤의 일상에서 남과 다른 존재가 되기를 바란 리히터의 노력, 그 아이가 옷을 입는 방식과 걷는 모습, 그가 자신을 드러내는 방식. 마치 인생의 실패자가 눈에 띄기 쉬운 것처럼, 그가 시작했다가 곧바로 포기한 것은 사람들 눈에 쉽게 띄었다. 이러한 사회에서는 불안정한 태도가 곧 거부의 모습으로 드러나는 특징이 있다. 아버지의 허약함은 리히터의 발전을 촉진시켰으며, 긴장과 갈등 없이 대안을 찾으려는 노력은 생각할 수 없었다. 다른 사람들은 그를 게으름뱅이로 여겼을지 모르지만, 게르하르트는 글자 그대로 그가 상세히 상상한 것을 통해 자신을 시험해보았다. 앞으로 일어날 멋진 것을 느낄 수 있는 재능을 지녔던 그는 먼저 겉모습으로 자신을 명백하게 구분함으로써 자신이 지니지 못한 것을 보충했다. 그는 이상한 옷차림으로 자신의 엄청난 의지를 감추었다. 모든 것이 상황을 이겨내고 얻어낸 결과다.

치타우 견습생 기숙사 1947년, 사진 왼쪽 아래에 파이프를 들고 있는 리히터. 개인 소장

졸업시험

『발터스도르프의 근면한 연대기』의 저자인 디터 벤젤은 '1948~1949년도'와 '숄 남매 견습생 기숙사'라는 글자가 인쇄된 멋지고 희귀한 물건을 꺼낸다. 그는 "5.5×7센티미터의 원본 사진"이라고 덧붙인다. 갈색으로 빛바랜 사진에는 어려웠던 시

절을 나타내는 표지가 담겨 있었는데, 벤젤은 그것을 내놓고 싶어 하지 않았다. 십이월 그믐날 밤에 눈에 띄게 잘 차려입은 친구들 사이에 있는, 곧 열일곱 살이 될 리히터의 모습이 찍힌 사진이다. 화환 장식과 종이 초롱 아래에서 떠들썩하게 웃고 있는, 적당한 비율로 남녀가 섞인 무리를 상상해본다. 유쾌함을 유지하기 위해 애를 쓰는 젊은이들. 리히터는 첫 번째 줄 맨 끝에 친구와 어깨를 맞대고 있는데, 아주 잘 차려입었다. 넓적한 칼라가 달린 그의 가로 줄무늬 양복은 라이프치히 인민 소유 전문서적 출판사에서 출간한 '의상' 사전의 '새로운 시작'이라는 항목에 수록된 "유행에 민감한 남자들의" 최신 유행 의상과 바느질 모양까지 일치한다. 리히터는 머리카락을 길게 기르고, 응석받이 어린아이 같은 얼굴을 하고 있다. 그는 파이프 담배를 피우는 자세를 취하고 있으며, 그 자세로 오른손을 어색하게 않게 처리하고 있다. 리히터는 무리에 속하고 싶어 하는 동시에 그것을 거부한다. 그의 얼굴 표정에는 오버라우지츠 지역 출신의 보잘것없는 존재인 나는 누구인가, 나는 대체 어떻게 이곳으로 오게 된 것인가라는 질문이 분명하게 드러나 있다. 마을 사람들은 이 사진이 예술가 같은 자세를 취한 리히터를 보여준다고 즐거워한다. 그는 의사나 치과 기공사 또는 산림지기가 되겠다고 했다.

그는 어머니와 함께 해당 관청에 문의했지만, 그러려면 먼저 산림노동자가 되어야만 하는데 그러기에는 너무 약하다는 말을 들었다고 한다. 아이가 성장하는 시기에 거치기도 하는 실망스러운 모습은 뒤로 한다고 쳐도, 그는 선생님들과 삶을 빼앗긴 아버지에게 강한 인상을 남기지는 못했을 것이다. 그 후 그림을 그리기로 결정했다. 그의 아버지는 소묘들을 브뤼켈트 이발소로 몰래 가져가서 아들의 재능에 대한 견해를 듣고 싶어 했지만, 정작 그 자신은 아들의 재능을 높이 평가하지 않았다. 사후에는 모든 것이 의미를 지니는 법이다. 특이한 것이 지닌 아우라는 후세에 얻게 될 명성의 전조가 될 수도 있을 것이다. 실제로 마을의 모든 사람은 몽상가 리히터를 우스꽝스럽다고 생각했다. 하지만 그것은 지속적인 인상을 남길 수도 있다. 그 이후 거둔 엄청난 성공.

게오르기네 헤더는 1946년 리히터와 함께 견진성사를 받기 위해 수업을 받았다. 4월 14일 마을 교회의 바로크풍 제단 앞에서 일대 사건이 일어났다. 그녀가 한 상세한 묘사를 그대로 받아들이면, 전장에서 돌아온 키가 2미터나 되는 티메 목사가 설교를 했다. 앞면에는 뒤러의 기도하는 손을 그려 넣었고, 속지에는 리히터를 위한 요한복음 5장 4절의 성경 구절을 새긴 견진 축하

'기념' 카드. "주님의 천사가 때때로 못에 내려와 물을 휘저어 놓는데 물이 움직인 뒤에 맨 먼저 들어가는 사람은 무슨 병에 걸렸든지 나았기 때문이다"라는 구절이다. 리히터를 통해 이루게 될 희망에 대한 약속이다. 선택받은 자는 보살핌을 받는다는 약속.

붓을 들고 있는 리히터 1951년

어떤 경우에는 격렬한 상승으로, 다른 경우에는 미친 것 같은 상승으로, 어쨌든 매우 가파른 상승으로 간주되던 리히터의 전설 같은 성공을 그의 친구들은 통일이 되고 난 다음에야 비로소 알게 되었다. 성공 소식은 그림 받침대를 차가운 땅 위에 세웠고, 베버베르크의 엽서에서 그림을 배웠으며, 혼자 있기를 좋아했던 '게르하르트'에 관한 새로운 소식이다. 스케치를 하면서 소재를 찾던 풍경은 그가 전혀 다른 곳에서 찾게 될 미래와 융합해버렸다. 그들은 어느 날인가 마을의 중심인 팔각의 종루가 달린 교회 뒤편 풀밭에서 리히터를 보았다. 접의자와 팔로 눌러 들고 있던 스케치 공책. 그는 이런 도구를 들고서 들판을 가로질러 하우저 산으로 천천히 걸어갔다. 원초적 자연에 몰두해 있던 그는 고독 속에서 소묘에 몰두했고, 다양한 관계와 자연 속에서 '달빛에 비친 풍경'을 그렸다. '달빛 속의 풍경'이라는 제목을 붙여 영어로 번역된 전시회 도록에서, 그 지방 특유의 풍경은 이국적인 풍경이 되었다. 크레참 건물에서 열린 '젊은이를 위한 무도회'에서, 같은 제목을 붙인 수채화, 즉 쌍을 이루어 서로 엉켜 있는 연인들, 흐릿한 점, 풍부한 감수성이 흐르는 광경을 담은 그림이 생겨났다. 박하 향이 첨가된 감미로운 술이 처녀들 사이에서 유행이었다. 키가 작아서 때때로 여자들은 자신을 선택하지 않았다고 리히터는 주장하지만, 오히려 그런 것이 리히터를 화구 상자로 몰고 갔다. 시계 제조 견습공이며 아마추어 사진사였던 제일 친한 친구 쿠르티 융미헬은, 자연을 탐구하는 그의 모습, 예술가 역을 맡은 멋쟁이를 광학 카메라에 담았다. 그 역은 머리를 단발로 짧게 깎을 필요가 있었다. 그를 알아보지 못한다는 것은 불가능했다.

리히터의 사진은 시골에서 생활하던 시절인 '1951'년에 찍은 것이다. 손에 붓을 든 리히터는 오른쪽 벽에 걸린 거울을 향해 자세를 취하고 있으며 왼손은 스스럼없이 주머니에 꽂혀 있다. 융 미헬은 카메라로 아주 분명한 출발 신호를 포착한 것이다. 신성하리만치 진지한, 사진 속의 열아홉 살 청

거울 속에 비친 **리히터** 1951년

년은 마치 분신 같은 모습이다. 리히터는 결코 이중적 자아 때문에 놀라지 않는다. 그는 자신을 드러내고 싶어 했고, 자신을 이곳 촌구석에서 꺼내줄 재능을 되도록 빨리 인정받기 위해 노력했다.

집안 곳곳에는 그림을 그릴 도구가 놓여 있었다. 기젤라는 라이프치히에 있는 그녀의 집에서 만족스러운 듯 그런 이야기를 한다.

1950년 그는 여섯 살 어린 동생의 초상화를 그렸다. 당시 열네

살이던 소녀를 그린 그림은 동부 집단 주거지의 집 복도를 장식했다. 유감스럽게도 그 그림은 사라졌다고 한다. 위대한 오빠는 그런 그림을 그렸다는 사실을 전혀 떠올리지 못한다.

리히터는 먼저 치타우어 김나지움에서 그림을 그려보려고 했다. 그의 짝인 루돌프 브렌들러는 리히터를 '소극적인 보통 학생'으로 묘사한다. 미술 시간에도 그리 눈에 띄지 않았다. 리히터는 목표를 낮추어 상업 고등학교로 진학해야만 했다. 하지만 전쟁으로 학교가 곧 없어지자, 그로스쉐나우에 있는 페스탈로치 중급 학교로 전학했다. 그곳에서는 왼쪽의 여학생 출입구와 오른쪽의 남학생 출입구를 따로 이용해야 했다. 매우 큰 문제였을 집안의 경제 사정은 '전혀' 그의 관심을 불러일으키지 못했다. 브렌들러는 그런 상황에도 그는 "용감하게 견뎌냈다"고 말한다. 리히터는 타자와 속기를 배웠다. 그는 나에게 증명해보이기 위해 갈고리 같은 속기 부호를 종이 위에 휘갈겨 쓴다. "틀림없이 이게 리히터라는 글자일 겁니다!" 그는 웃는다. 그는 친구들 사이에서 '활동적이며', '출세하려는' 아이로 여겨졌고, 보통 사람들은 어쨌든 그가 교육을 받은 젊은 풋내기였다고 확신을 했다. "우리들은 촌사람들이지만, 리히터 가족은 다른 부류의 사람이었지!"

울타리 위에 앉아 있는 리히터 1951년

세세한 사항을 잘 기억하고 있는 게오르기네 헤더는 그렇게 보았다. 리히터의 나팔바지, 인조견사가 붙은 포플린 천으로 지은 옷에서 그녀는 이런 사실을 알아챘다. "그런 옷은 발터스도르프와 그로스쉐나우에서 만든 것이 아니죠. 그것은 그를 위해 특별히 맞춘 옷이 분명해요." 현재 일흔두 살로 기성복 가게 리하르트 랑에의 재단사인 그녀는 의기양양해져서 이야기를 시작한다. "러시아 병사들을 위해 솜을 넣어 특별히 제작한 재킷이죠. 나중에는 동독의 청바지에도 사용되었어요." 젊은 리히터를 찍은 또 다른 사진이 보였다. 그는 나무 울타리 위에 앉아 있는데, 마른 모습이다. 원래 마른 체형은 아니지만 당분간은 그런 상태를 유지할 것이다. 금발이 이마 위로 흘러내린다.

예전에 여동생과 약혼했던 남자가 뒤쪽에 서 있다고 리히터가 이야기한다. 리히터는 사진이 촬영된 것을 알고 있다. 재킷과 그 특별한 바지는 치타우에 살던 벙어리 재단사가 만들어주었는데, 힐데가르트는 그 가게에서 일거리를 받아왔다고 한다.

문화적으로 그의 뿌리는 대도시인 드레스덴이다. 이는 명백한 사실이다. 하지만 리히터는 발터스도르프에서 자신을 발견했다. 그곳에서 리히터는 자신이 가야 할 길을 발견한 것이다. 1949년이 분명하다. 그는 두근거리는 가슴으로 화가 한스 릴리히에게 작품이라고 부를 만한 것을 보여주었다. 말하자면 동료 대 동료로 대면한, 졸업 시험과도 같은 분위기를 띤 한 시간이었다. 리히터는 그런 것을 기대하지는 않았다. 치타우 사람 릴리히는 <사계절의 순환>이라는 프레스코화로 초등학교를 장식했다. 리히터는 어깨너머로 그림을 엿볼 수 있었다. 그는 마을의 모습으로 '봄'을 상징화해서 그렸다. 이어 두 번째 교실에 '여름'을 그렸다. 세 번째 교실에는 카제인 염료로 '가을'의 추수 장면을 묘사했다. 네 번째 교실은 한겨울이 지배한다. 전면에는 나무를 실은 썰매가 있다. '프라일리그라트' 시의 철자 하나 하나가 벽에 그려져 있었고, '노동에 대한 찬미'에 바친 교실이 다섯 번째 소재를 이루었다. 발터스도르프에서 살던 사람들은 모두 8행으로 이루어진 교차 각운의 시를 암송할 수 있다. "힘차게 망치를 휘두르는 사람 / 들판에서 이삭을 베는 사람 / 지구의 중심을 향해서 땅을 파고 들어가는 사람 / 부인과 아이들을 부양하기 위해서 ……."

이 작업은 젊은 리히터에게 깊은 인상을 남겼으며, 나중에 드레스덴 예술 아카데미 벽화 작업에 참여할 정도로 강한 충동을 불러일으켰다. 릴리히의 스케치는 발터스도르프에서 사용했던 상자에 담겨 향토사 박물관에 보관되어 있었다. 사람들이 그것을 찾는 동안 나는 목골木骨 공법으로 세운 건물 로비에서 그 지역의 마지막 스라소니, 그러니까 1703년 산림지기 미하엘 쳄멜의 손에 치타우 라츠발트에서 사살된 스라소니를 그린 그림을 자세히 보았다. 지역을 상징하는 문장紋章에 그려진 동물로 간주할 정도로 그림 속의 동물은 고상한 자세를 취하고 있다. 그 짐승은 다시 보기 어려울 만큼 아주 희귀해졌다.

한스 릴리히에게 초대받았다는 사실 때문에 리히터는 기뻐했다. 존경하는 인물과의 만남은 치타우의 소규모 주말 농장에서 이루어졌으나, 이 만남은 아주 실망스럽게 끝났다. 그는 릴리히가 '렘브란트와 그의 소묘'에 관한 책에 몰두할 것으로 기대했지만, 릴리히는 '아프리카 모험 서적'을 즐겨 읽었다. 게다가 그의 우상은 리히터에게 이름을 버리라고 권유했다고 한다. 리히터라는 이름은 예술가에게는 전혀 어울리지 않는다고 했다. 그는 타의 추종을 불허하는 독창적인 이름이라고 하면서 '게르하르트 발터스도르프'를 제시했다. 리히터의 귀에 그것은 일종의 모욕으로 들렸다. 두 사람의 관계는 끝났다.

아마도 릴리히는 1949년에 표현주의 기법으로 그려진 리히터의 <자화상>을 평가했을 것이다. 그것은 종이 위에 그린 수채화였다. 표현 가능성에 대한 대담한 강조.

세계를 응시하고, 비판적으로 관찰하고, 꿰뚫어보려는 눈, 오른쪽 눈이 중심을 이룬다. 얼굴의 왼쪽 절반은 어둠 속에 완전히 감춰져 있다. 빛과 그림자, 이쪽을 봐요, 이것이 갈기갈기 찢긴 내 모습이요라고 외치는 것 같다. 리히터는 이 그림이 어디 있는지 모른다. "짐작조차 못하겠어요."

그 사이에 드레스덴 예술 아카데미에서 매우 심각하게 파괴된 건물 잔해를 치웠고, 대강 수리한 작업실 40개가 준비되어 있었다. '폐허 시대 대학생'들은 700제곱미터의 투명한 마분지, 700제곱미터의 시멘트 건축 섬유판, 600제곱미터의 구리판, 800미터의 철제 버팀목, 1,000킬로그램의 접합제, 10킬로그램의 못, 1,500킬로그램의 타르, 180제곱미터의 장식 유리, 150제곱미터

리히터가 그린 〈**자화상**Selbstporträt〉 크기는 알 수 없다.

의 판유리가 건물을 수리하는 데 사용되었다. 곧 나체화 소묘 수업이 지붕을 덮은 공간에서 이루어졌다. 리히터는 발터스도르프에서 아힘 리프슈어를 중심으로 모인 '나체 소묘 클럽'에 참여한다. 게다가 훗날 학위를 마치고 조각가가 되는 아힘은 아마추어 연극반 책임자로 활동했다. 시골 출신의 멋쟁이인 그 앞에서 어떤 여자도 안전하지 못했다. 힐데가르트 리히터도 안전하지는 않았다. 그녀의 아들은 무대 미술가로서 재능을 입증해보였다. 괴테 기념행사가 열린 1949년 그들은 대담하게 그 지역에서 제일 큰 연회 장소인, 훌륭한 목골 공법으로 지은 건물 '니더 크레참'에서 <파우스트>를 공연했다. 지금은 시민단체에서 그 건물을 수리하기 위해 애를 쓰고 있다. 훗날 핵물리학자가 된 하이너 베버가 주연을 맡았다. 그는 뒤에 그레트헨 역을 맡은 여자와 결혼하지만, 그 결혼은 영원히 지속되지 않았다.

리히터는 라파엘과 미하엘의 대화가 이어지는 연극의 도입 부분에서 대천사 가브리엘 역을 하기로 되어 있었다. 그는 대사를 전부 암기하고 있었지만 다른 사람으로 교체되었다. 당시 교체되어 리히터가 미처 하지 못한 대사는 "또한 재빨리 이해할 수 없도록 재빨리 / 장엄한 지구가 자전을 한다 / 천국과 같은 밝음이 깊고 무시무시한 밤과 교차한다……"였다. 연극 <빌헬름 텔>의 2막 2장에서 리히터는 뤼틀리 맹세를 하기 위해 팔을 쳐들고 '손가락 세 개를 치켜세우고 맹세를' 한다. "우리들은 연을 맺어서 형제 민족이 되고자 한다. 어떤 곤경 속에서도 갈라서지 않고, 어떤 위험 속에도 그럴 것이다. / 우리는 조상들이 그러했던 것처럼 자유롭고자 한다……." 그는 잠시 생각에 잠겼다가 다음 대화를 시작한다. "당신도 그 대사를 알고 계시죠?" 그가 묻는다. 연극부가 쉴러의 <간계와 사랑>을 연습했다는 것을 그는 떠올리지 못한다. 그의 친구 프리드리히 호프만은 '<쿠스민 대령>과 같은 새로 유행하던 러시아 작품'도 언급한다. 리히터는 어깨를 으쓱했을 뿐이다. 그들은 직접 만들 수 없는 무대장치는 치타우의 의상대여점 '호프슈톡'에서 빌려왔다.

리히터는 소묘 수업과 다채로운 프로그램이 진행되는 저녁 모임이나 귀향 군인들을 위해 연극을 공연하면서, 쿠르트 브뤼켈트, 발터 구릴히, 쿠르티 융미헬과 특히 더 친해졌다. 연극부는 대개 사람들로 가득 찬 식당인 '도시 빈'에 들렀고 특별대우를 받았다. 진하고, 호밀이 부족해서 소 담즙으로 쓴맛이 나게 제조한 맥주나 '화끈한 술'을 대접받았다. 취할 정도로 많은 술을 마시고 난 다음이면, 본래 직업이 가축 상인이었고 '아주 독특한 사람'이던 술집 주인이 빠지지 않고 등장했다. "너희들은 또 다시 먹기 위해 왔구나. 하지만 너희들에게 이것만은 꼭 이야기를 해야겠다. 이곳 발터스도르프는 사람들이 도둑질을 하지 않으면 오입질이라도 하는 곳이지."

그 모든 것에서, 리히터는 성장하는 법을 배웠고 자신에게로 가는 길을 발견했다. 그렇게 보자면 1974년 '예술은 예술이다'라는 제목으로 쾰른의 발라프 리하르츠 박물관에서 열린 전시회 도록에, 이제는 쾰른 사람이 된 화가의 출생지가 '발터스도르프 오버라우지츠'로 소개된 것도 나름의 의미를 지닌다. 화가는 분명 탐탁지 않아 했을 것이다. 대신 그의 아버지가 외딴 곳에서 오랜 세월을 보내야만 하는 것으로 대가를 치러야만 했다. 1965년에 그린 <개를 데리고 있는 호르스트>는 화해할 수 없는 상태를, 성인이 된 리히터가 심리적 콤플렉스와 어떻게 싸워야만 했는지를 보여준다. 머리카락이 헝클어지고 '세리'라는 개를 광대처럼 안고 있는 아버지를 그렸다. 그는 포메라니아 종인 개를 서베를린에서 데려왔다. 그림의 호르스트는 확실히 거나하게 취해 있다. 랑에브뢱의 '오래된 우체국'에서 열린 기젤라의 결혼식에서 사람들의 실소를 자아냈던 모습이었다. 이제 세 아이의 아버지가 된 화가는 그 작품을 세상에서 없애고 싶어 할 것이고, 아버지와의 작별을 의미하는 작업에서 아버지를 실제 모습 그대로, 아주 비참하게 표현한 이유에 대해 곰곰 생각했을 것이다. 때늦은 동정, 그는 자주 호르스트에 대해 이야기했고, 마치 그가 아버지를 배반하기라도 한 것처럼 슬픔에 잠겨 그를 생각했다. 때늦은 사랑이다.

2부 희생자

아무 흔적도 남기지 못하고
죽은 사람만큼
비참한 사람은 없다
블레즈 파스칼

마리안네 이모

마리안네 이모와 이유기 때의 리히터 1932년 7월

마리안네 이모는 예쁜 아이였다. 꽤 오랜 시간이 흘러갔지만 조카 리히터에게 그녀는 여전히 아주 순수하고, 예쁘고, 상냥한 사람으로 보였기에, 조금도 주저 없이 말한다. "그녀는 마리아처럼 보였어요." 그의 말을 따르면 그가 그린 그녀의 초상화는 추모의 그림이다. 리히터는 쾰른 거처에서 대화를 하려고 서류철과 상자를 꺼내온다. 그에게 개인적인 것은 일종의 신비였고 앞으로도 신비로 남을 것이다. 그는 이 보물을 대여섯 사람에게만 공개했다고 한다. 그들은 사람들을 거부하는 세련된 태도를 지닌 그를 보면서 자신들이 특별한 호의를 받았다고 느꼈을 것이다.

투명 봉지에 담긴 채 세심하고 깨끗하게 정돈된, 결코 출간된 적 없는 초기 그림을 찍은 사진이 상자 안에 담겨 있다. 그는 표지 사진을 선택하기만 하면 된다. '첫 앨범' 혹은 '가족의 서류 모음에서'라는 글자가 쓰여 있다. 그 안에 수집한 그림들은 값을 매길 수 없는 또 다른 예술 작품인 양 보인다. 꾸준히 생성 중인 작품이다. 리히터는 젊은 시절부터 자신의 기록을 보존했고, 일차적 자료를 모았으며, 증거를 보전했으며, 그것을 함께 가져갔다. 일찌감치 그가 자신의 능력에 대해 확신하고 있었다는 것을 보여주는 아주 좋은 간접 증거다. 그는 자신을 믿어야만 했다! 그 안에 말할 수 없는 것이 들어 있으며, 결코 잊어버려서는 안 된다는 예감 때문에 그 자료를 수집한 것일 수도 있다.

집주인은 검은 상자를 뒤진다. 동독에서 만든 제품이다. 제조 회사를 보기 위해 뚜껑을 뒤집는다. 헐겁게 쌓여 있는 사진들,

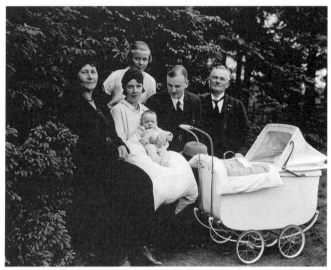

랑에브뤽 정원에 모인 리히터 가족 왼쪽부터 그레틀 외숙모, 리히터를 안고 있는 어머니 힐데가르트, 마리안네 이모, 아버지 호르스트, 할아버지 빌헬름 리히터. 1932년 7월

리히터의 문서보관소다. 광택을 잃은 사진 사이에서 찾고 있던 사진이 나왔다. 랑에브뤽 모리츠 슈트라세 2번지 정원에서 찍은 사진. 세상이 산산조각 나기 전, 그들의 중심지이던 곳이다.

곧 이어 밀려드는 감정, 주말 가족사진으로 분류될 수 있는 11×8.5센티미터 크기의 스냅 사진, 120×130센티미터나 되는 <마리안네 이모>라는 그림의 토대가 된 사진. 구도를 감각적으로 잡아서 찍은 사진을 보며, 리히터는 종종 누가 그 사진을 찍은 것인지 곰곰 생각했다. 그때까지도 사진 뒷면의 글씨가 그의 눈에 들어오지 않았다. "내가 이 글을 처음으로 읽는다는 사실이 아주 놀랍군요." "마리안네 쉔펠더와 함께 찍은 리히터. 생후 4개월 된 리히터, 열네 살의 마리안네, 1932년 7월"이라고 적혀 있다. 유려한 서체는 상당한 예술 감각을 지닌 그의 어머니가 남긴 것일 수도 있다. 사진 촬영 동기가 리히터의 기억 속에 남아 있지는 않지만, 생일 축하연이었을 수도 있다. 얼마 후 아버지 호르스트는 스물다섯 살, 어머니 힐데가르트는 스물여섯 살, 할머니 도라는 마흔아홉 살이 되었다. 축하할 만한 이유는 많았다. 사진의 모습에서 리히터는 두 번째 소재를 무시했다.

같은 정원, 같은 날, 어머니는 리히터를 팔에 안고 있으며, 머리에는 투아레그족에게서 볼 수 있는 당시에 유행하던 모자를 쓰고 있었다. 여유롭게 중절모를 들고 있는 아버지의 모습. 다른 때라면 찾아보기 어려운, 긴장이 풀렸다는 것을 암시하는 모습이다. 마리안네는 모여 있는 사람들 어깨너머로 초롱초롱하게 쳐다보고 있다. 그레틀 외숙모는 상복을 입고 있다. 얼마 전 그녀의 남편이 전사했다.

화가는 확대경을 집어 든다. 확대된 모습의 마리안네, 얌전하게 가르마를 탄 소녀, 금발기가 도는 어린아이의 머리에 꽂힌 머리핀. 쉔펠더 가족의 막내둥이. 반팔 상의를 입고 있는 부서질 것처럼 연약한 인물. 우아함. 그녀의 모습은 너무 가벼워 보여 마치 그곳에 존재하지 않는 것 같다. 아마도 사진사가 그녀를 향해 뭐라고 외쳤을 수도 있다. 그녀는 관찰자의 시선을 유지하려고 한다. 그녀의 끔찍한 종말을 알고서 보면 그것은 소중한 순간이다.

상·하의가 붙은 아기 옷을 입은 리히터는 수놓은 장식용 베개에 파묻혀 고개를 쳐들고 있고, 딸랑이 장난감이 옆에 놓여 있다. 다른 사람들만큼 많은 것을 보고 있는 그는 눈을 커다랗게 뜨고 있다. 호기심에 찬 것 같기도 하고 비난하는 것 같기도 한 강렬한 눈빛이 그에게 남았다. 나쁜 것 없이는 좋은 것도 생각할 수 없다는 사실이, 리히터와 마리안네에게서 드러난 한 가족의 흥망성쇠라는 부차적 소재 속에 기록되어 나타났다. 리히터는 열세 살이 되었고, 그의 이모는 1945년 2월에 그로스슈바이드니츠 병원에서 안락사를 당한 8,000명에 달하는 희생자 중 한 사람이었다.

서른 세 살이 된 리히터는, 1965년 뒤셀도르프에서 이 장면에 마음이 움직여 그녀를 그렸다. 산양자리에 태어난 그의 이모가 마흔아홉 살이 되는 날인 1966년 12월 30일에 그의 딸 베티가 세상에 태어났다. 하지만 이런 일상의 풍경 속에는 확실한 기대가

들어 있다. 한때는 마음속에 품었지만, 실현되지 못한 기대였다. 마리안네는 여자고등학교 4학년 학생이었다. 얼마 지나지 않아 딸에 대한 기대가 갑자기 무너지게 되는 일이 리히터의 외조부모에게 생겼다. 그들의 막내딸은 나치의 범죄를 더는 피하지 못했다. 그녀의 등 뒤로 여러 정신병원의 철문이 닫혔다. 담장은 없지만, 그녀는 사로잡힌 자다. 공식 문서에 아라비아 숫자 '14'가 낙인처럼 찍혀 있다. 그것은 1933년 '독일 정신병협회의 진단목록'에 따른 '자아분열 유형'을 나타내는 표시다.

전부 21개 항목으로 분류된 그 목록은 드레스덴 국립 문서보관소에 있는 그로스슈바이드니츠 정신병원의 신규 병자 목록에서 찾은 것이다. 먼지에 묻힌 채 실에 묶여 있던 A_4 크기의 종이쪽에는 피 때문에 생긴 듯한 얼룩이 있다. 전쟁 시기에 삭아서 먼지가 되지 않은 것이 기적 같은 서류였다. 문서번호 826번 이름이 기록된 책에 신규 환자 '마리안네 쉔펠더'가 적혀 있다. 추측컨대 1943년 8월 27일 일괄적으로 버스에 실려 아른스도르프에서 그곳으로 이송된 것 같다. 그것은 파멸을 향해 난 길이었다.

그 당시 리히터는 열한 살이었고, 어머니와 여동생과 함께 발터스도르프로 이사를 한 직후였다. 그는 아직 어렸기에, 마리안네 이모의 상태가 집안의 화제가 되었을 때 상황을 이해해야 하

1938년 아른스도르프 물품 목록 서류는 작센 주 역사문서 보관소에서 찾았다. 그로스슈바이드니츠 일련번호 7256 Bl.7

는 데서 오는 괴로움을 느끼지 않았을지도 모른다. 여동생 기젤라가 학교에 입학한 지 겨우 2주밖에 지나지 않은 때였다. 여동생은 1943년 8월 16일에 입학했다. 1936년에 태어난 기젤라 리히터, "선생인 호르스트 리히터와 결혼 전 성姓이 쉔펠더인 힐데가르트 부인의 딸"로 기록되어 있다. 모든 것이 새로웠고, 바로 그런 까닭에 흥분으로 가득 찬 시기였다. 조카가 얼마나 자주 이모를 만났고, 언제 마리안네 이모를 처음 보았으며, 언제 그녀를 마지막으로 보았는지 정확하게 말할 수는 없다. 드레스덴 비젠토어 슈트라세 5번지 2층에 있던 쇤펠더 가족의 집은 그에게는 '기이하고, 어둡고, 커다란' 것으로 여겨졌다. 이모가 사라진 정황에 대해 그는 아무것도 알지 못했다.

리히터의 어머니는 쇤펠더의 네 자녀 중 장녀였고, 그녀는 동생 마리안네와 특히 친했다. 리히터의 기억에는 이모가 "매우 작았으며, 아주 조금" 기억에 남아 있다. 무의식 이전 상태에 있는 원초적 친밀함, 간간이 기억나는 랑에브뤽 시기의 사건들. 그의 조부모는 경제적 문제로 드레스덴을 떠나 부유한 그레틀 외숙모 집에 살았던 것이 분명하다. 그녀의 고통과 감금 생활에 대해 이야기하는 것을 듣고 판단해보면, 리히터에게 마리안네 이모는 희미한 모습이기는 하지만 더욱 신비로운 형상으로 남았다. 규모나 연관 관계, 히틀러의 파렴치한 행위를 어린 소년은 제대로 인식할 수 없었다. 이런 주제를 이야기할 때면 사람들이 많은 눈물을 흘렸다고 한다. 그 점은 분명하다. 하지만 어떻게 그가 이 같은 사실을 존재하지 않는 것 같은 인물과 결부시킬 수 있었겠는가? 그녀는 이모가 되었다는 진정에서 우러난 의무감을 느끼면서 나무 밑에서 요람을 흔들어주고, 유모차를 밀어주었다. 히틀러가 정권을 잡기 한 해 전에 보살피던 아이 덕분에 느낀 조용한 즐거움이었다. 마리안네는 엄마 역할을 했고, 아이를 귀한 장식 핀처럼 안고 다녔으며, 아이를 얼러서 웃게 했다. 뺨은 흥분으로 달아올랐다. 조카가 그림을 그리는 순간에 그림의 대상이 된 그녀는, 나치의 명령으로 자행된 살인 이후에 존재한 침묵을 속에 담고 있다. 그 그림이 리히터의 마음속에 불러일으킨 것이 바로 침묵이다.

아이가 아직 어리던 1938년에, 마리안네 쉔펠더의 등 뒤에서 정신병원의 정문이 영원히 닫힌다. 리히터가 너무 소란을 피우면, 어머니는 그에게 위협을 했다. "너도 마리안네 이모처럼 끝날 거야." 그녀는 그런 악담이 아이의 마음속에 어떤 생각을 불러일으킬지 전혀 생각하지 않은 채, 화가 난 순간에 그런 말을 쉽게 내뱉곤 했다. 그런 위협을 들을 때마다 그는 불안해졌다. 수년 동안 마리안네 이모는 그에게 공포의 인물로 자리 잡았다. 가족 행사 때마다 랑에브뢱에 있던 '크리스티나 빌라'에 모여 즐거워했던 가족 위에 드리운 그림자. 내가 그곳을 방문했을 때, '우체국을 기념해서'라는 이름의 여관이 들어서 있었고 신고전주의적 특징과 온실이 딸린 넓은 집터는 수리한 것 같았다. 하얀 장난감 목마가 정원에 서 있었다. 색색의 띠가 사과나무와 서양자두나무 사이에서 펄럭인다. 가을에 둘러보았을 때는 나뭇잎이 떨어져 검은 모습으로 서 있었다. 마당에는 자갈이 깔려 있고, 그 뒤쪽에는 놀기에 아주 좋을 것 같은 덜커덩 문소리가 나는 농장 건물이 있다. 그것을 둘러보고 난 뒤, 나는 리히터가 간직한 랑에브뤽에 대한 낭만주의적 신뢰를 더 잘 이해할 수 있게 되었다. "그곳은 대단했죠." 그에게서 그 사실을 확인했다. 아직까지도 나이든 랑에브뤽 사람들은 그의 할머니 도라 쉔펠더에 관해 이야기한다.

침울한 분위기

공습으로 드레스덴 문서보관소에 있던 거의 모든 자료가 불탔지만, 마리안네 이모와 관련된 문서가 지하 보관소에 그대로 보존되어 있다는 사실도 몇 세대에 걸쳐 다양하게 얽혀 있는 사건 속에서 일어난 설명할 수 없는 놀라운 이야기 중 하나다. 라이프치히 국립 문서보관소에는 사람들의 예상과는 달리 그녀의 환자 기록부가 남아 있었다. 표지와 서류 모서리는 부서질 정도로 부식되어 있고, 빛은 잃은 채 더러워졌으나, 이것저것 잡다한 사실이 기록되어 있고, 그녀의 격한 감정에 관한 기록이 담겨 있어 나는 오싹해졌다. 서류철은 칠흑같이 어두운 금요일인 1938년 5월 20일로 시작된다.

한 부에 10제국 페니히에 팔린 신문 《드레스덴 최신 소식》은 '영국, 프랑스의 파리와 이탈리아의 로마 사이를 중재하다'라는 머리기사로 발행되었다. 사설에서 다음과 같은 사실을 확인할 수 있었다. "독일 영토 위의 영공을 지배하지 못하는 독일은 생각할 수 없다." 제국 기상청은 "구름이 끼고, 때때로 맑고, 비교적 서늘하고, 비가 내릴 확률이 적음"이라고 예보했다. 작센 돌격대는 공표한 대로 "제대로 훈련된 5만 5,000명의 사람이 동원되어야 하는 '지방전당대회'를 향해" 행진해간다. "입을 시원하게 하고 위를 따뜻하게 하는 / 이중의 상쾌함"이라는 사탕제조 회사 비빌의 광고, 그 외에도 국립 오페라단의 정기 공연 '새로운 춤'이 예고되고 있다. 에른스트 윙어의 글인 '오늘의 구호'다. "의무는 당연한 것이다. 하지만 여기에 실제로 중요성을 부여하는 것은 목적을 이루기 위해 자발적으로 투입된 마음이다." 바이젠 슈트라세 22번지에 있는 극장에서는 <7일간의 세계 역사>가 상영되고 있다. 히틀러의 이탈리아 방문을 다룬 감상적인 영화였다. "청소년 입장 가능. 모든 휴일에 볼 수 있음"이라는 광고 문구가 있다. 사람들은 볼프강 리베나이더 감독이 만든 <이베테, 후궁의 딸>을 영화로 볼 수 있었다. 1941년에 상을 받은 그의 선동 영화 <나는 고발한다>가 개봉되었다. 나치의 생각에 딱 맞게 저열한 본능에 호소하고 정신적으로 허약한 사람의 살해를 은밀하게 정당화하는 방향으로 연출된 주관적인 졸작이었다.

마리안네 쉔펠더를 기록한 아른스도르프 병원의 서류 중 먼저 '입원허가서'를 보면 그녀가 '분열증 환자'라는 것을 증명한다는 것을 알 수 있다. 그 후로 그녀와 관련된 모든 서류에는 '분류번호 14'라는 분류 기호가 계속해서 나타난다. 마지막으로 120쪽에 달하는 그녀의 병력 서류가 있다. 후세 사람들을 위한 일종의 유언장이다. 120쪽 분량은 얇은 것일까 두꺼운 것일까? 그것은 사람이 꼬박 하루가 걸리는 야간 여행 중에 읽기에는 그것이 많다 혹은 적다고 판단하는 것에 따라서 결정된다. 종이에서 바스락 소리가 난다. 기재된 항목 하나하나에 쓰인 서로 다른 필체, 부분적으로 멋을 부린 고대 독일어 서체, 타자기를 세게 두드려서 작성한 다음에 구멍뚫이로 구멍을 뚫고 줄로 묶어놓은 서류. 많은 손을 거친 이 서류들은 그녀의 고통을 글자 그대로 기록하고 있다. 너덜거리는 종이 위에 기록된 보고하기 위해서 이러 저리 짜맞춘 글들이 그녀에 관한 대략적인 전기인 셈이다. 마치 기억의 여신이며 예술의 어머니인 므네모시네가 그녀에게 특별히 관심을 두어 그녀의 유언을 지켜온 것으로 보일 정도다.

마지막 소유물

1917년에 태어났고, 아직 아이나 다름없던 마리안네는 광기 또는 무엇으로 불리든 어떤 장애가 엄습한 뒤 정신병원으로 이송되었다. 상인 에른스트 알프레드 쉔펠더는 변경할 수 없는 법 조항에 따라야만 했다. 그에게는 선택의 여지가 없었고, 싫든 좋든 상관없이 그녀를 나치 정신병원에 넘겨줄 수밖에 없었다. 사회복지 관청에서 그가 한 서명은 막내딸을 정신병원에 '양도'하는 것을 용인하는 것일 뿐 아니라 앞으로의 모든 전망도 어둡게 한 것이다. 누가 자신의 미숙함을 선언하는 서류에 그가 서명하게 될 것이라고 예감할 수 있었겠는가? 자신의 딸에 대한 권리가 아른스도르프 정신병원으로 넘어간 것이다. 5월 20일 이송은 마리안네의 의지에 반하는 것이었다. 이송하기 위해 의사의 처방에 따라 투여한, 강력한 진정제 '스코폴라민 에페드린' 때문에 말을 제대로 듣지 않던 그녀는 곧 조용해졌다. '9시 45분. 한 병의 주사액'이 투입되었다. 매우 혼란스러운 상태를 나타내는 간접 증거였다. 그녀는 완전히 제정신을 잃었고, 엘리자베트 쥘체, 도라 프리비시, 에르나 마인홀트, 이 세 명의 간호사는 스무 살이 된 처녀를 감시해야만 했고, 그녀를 차를 이용해서 힘들게 정신병원으로 데려갔다. 그것이 실제로 가족과의 극적 이별이라는 것을 미리 눈치 챈 사람은 아무도 없었다. 그녀는 입원을 하기 위해 '하위 등급'에 배정되었다. 아른스도르프 직원들은 '동행인이 양도 증명서를 받았다'는 것을 확인했다.

정신병원에서 '병력 서류'가 만들어졌고, 독일식 고딕체로 자세하게 기록되었다. 기록을 하기 위해 사용된 개념은 더욱 위협적이었다. 원본 서류에 428번으로 기입된 이 새로운 환자의 기록은 다음과 같았다. "쉔펠더, 도라 마르가레테 마리안네 드레스덴 출생", '안네리스'라고 덧붙인 다른 이름에는 줄이 그어져 있었다. 세심하게 고른 아름다운 이름이었다. 그녀는 1918년 5월 11일 비젠토어 슈트라세 5번지에 있던 집에서 목사인 괴칭 박사에게 세례를 받았다. 의학 관찰 설문지의 직업란에 미혼으로 "가사를 돌보는 딸", 루터파 개신교 신자로 적혀 있고, 국적은 '독일 제국'으로 적혀 있다. '마지막 주거지'는 드레스덴 슈트레렌 지역 요제프 슈트라세 12번지의 '슈톨텐호프 박사의 요양소'였다. 그 거리는 오늘날 카스파 다비드 프리드리히 슈트라세로 불리는데, 오이핑어 교수가 살던 비너 슈트라세에서 그리 멀지 않은 곳이다. 드레스덴에서 열린 리히터의 최근 전시회 제목은 "카스파 다비드 프리드리히부터 게르하르트 리히터까지"였다. 그녀에 대한 '잠정적' 진단은 '자아분열'이었다. 그녀가 처한 정신 상태로 판단하면 쉔펠더는 자신의 일을 스스로 처리할 수 있는 능력이 없다고 했다. 하지만 상태의 '호전'치료가 아니었다!은 '궁극적으로 가까운 시일 내에' 기대할 수 있다고 했다. 곧 '최종적' 사실이 뒤를 이었다. '긴장성을 띠고 있는 형태의' 자아분열. 그 뒤에 저주받은 표시 '14'가 여러 번 붉게 표시되어 있었다. 그녀의 상태는 최악을 의미하는 명칭과 숫자를 얻게 된 것이다. 제3제국의 박멸 정책에서 그 표시는 제거하기 위해 죽음에 내맡기는 것을 의미했다.

마리안네는 그녀가 마지막까지 갖고 있던 물건과 함께 이송되었다. 광기 어린 관료주의적 행위의 일환으로 작성된 '물품 목록'은 11개 항목을 포함하고 있다. 어떤 때는 이 물건은 남고 어떤 때는 저 물건이 모자라는 상태로, 그 물건은 타인에 의해 결정된 기나긴 정신병원 입원 기간 중에 그녀의 소유물로 남았다. '공공 물품 관리실'에서 목록을 작성했다. "밤에 입는 상의 하나, 낮에 입는 상의 하나, 긴 양말 두 짝, 팬티 하나, 양말 고정밴드 한 쌍, 옷 세 벌, 코르셋 하나, 여름 외투 하나, 속치마 하나, 가죽 신발 한 켤레, 잠옷 한 벌'이 그 목록이었다.

쉔펄더 가족들은 더 많은 것을 갖고 있지 않았던가? 그들은 그녀의 상태가 오래 지속되지 않을 것이라고 가정했던 것일까? 마리안네가 가져온 물건은 규정된 '최소의' 물건보다 훨씬 적은 분량이었다. 가져와야 하는 물건은 '상의 넷, 바지 셋, 털 또는 면 양말 여섯 켤레, 야간에 입는 재킷 셋, 손수건 여섯 장, 모자 두 개, 온전한 옷 세 벌, 속치마 둘, 보통 앞치마 세 개, 코르셋 하나, 가죽구두 한 켤레, 실내화 한 켤레, 겨울 외투 하나, 방한 장갑 한 쌍'이었다. 1940년대에는 전쟁으로 의복 규정이 조금 더 완화되었다.

리히터 이모 앞에는 고통의 시간이 놓여졌다. 라이프치히 작센 국립 문서보관소의 밝고 쾌적한 열람실에서 흔적을 거슬러 쫓아가는 일은 '십자가의 길'을 한 처慮씩 지나가는 것과 같다.

사람들이 왔다 갔다 한다. 사람들이 서류를 열람실로 가져왔다가 다시 밖으로 가져간다. 방음이 된 조용한 장소 곳곳에서 컴퓨터가 윙윙거린다. 멀리서 볼 때는 전혀 알아볼 수 없는 시대처럼 여겨지던 것이 마리안네의 서류를 조사하는 동안 갑자기 가까워지고, 현재와 관련된 것이 된다. 한편으로는 점점 더 많은 세부 사항이 드러나면서 불쌍한 그녀가 구체적인 윤곽을 드러낸다. 다른 한편으로 산문 식으로 쓴 의사의 글에서는 관청의 냉정함뿐 아니라, 리히터 이모를 정신병자들을 감금한 죽음의 수용소로, 아른스도르프로, 그로스슈바이드니츠로, 극악무도한 범죄가 밀집해 있는 공간으로, 필연적으로 이끌어간 냉소주의도 드러났다. 나치 이데올로기에 의하면 그녀처럼 낙인찍힌 사람들은 '결함 있는 하급 인간'으로 민족공동체에서 어떤 자리도 차지하지 못하며, 같은 맥락에서 '유전의 강가에 서 있는 감시인' 임무를 수행하는 의학박사들에 의해 추방되었다. "알아볼 수 있게 서명한 문서만이 유효하다"라는 문구가 적힌 설문지 4번 문항 밑에는 다음과 같은 위협적인 글귀가 있다. "가족의 정신병과 신경병에 걸릴 유전적 성향 중 어느 것이…… 알려져 있는가?", "아무것도 알려지지 않았다고 주장함!"

마리안네는 집에서는 악의와 심술이 전혀 없는 아이였다. 쉔펠더의 소중한 자식이던 그녀는, 부모들이 응석을 다 받아줄 만큼 지나칠 정도로 사랑을 받으면서 자랐다. 그 늦둥이는 특히 더 잘 자라는 듯 보였다. 그녀의 부모가 그녀를 볼 때마다 자신의 딸이 맞을 종말을 상상이나 할 수 있었을까? 그녀는 의심할 여지 없이 그들의 별이었고, 기분에 따라 회상만으로도 부모는 생기를 띠거나 절망에 빠지기도 했다. 어머니와 아버지는 마리안네의 상황을 절망스럽게 보는 것을 거부했다. 자아분열은, 열병이나 손자 리히터가 바른스도르프 병원에서 치료한 부러진 팔과는 달리 쉽게 받아들일 수 있는 질병이 아니며 생각조차 하기 어려운 병이었다. 마치 열렬하게 바라면 가중되는 혼란을 이겨낼 수 있을 것처럼, 어머니는 1945년 2월 마지막 순간까지 편지에 마리안네를 '사랑하는 딸'로 불렀다. 1937년 10월 30일 오페 박사의 최종 진단 이후 어떤 폭력적 힘이 이모를 점령했는지, 정신을 차리게 하는 마법이 전혀 도움이 되지 않을 정도로 그녀의 이성을 앗아간 것이 무엇인지에 관해 새로 밝혀진 것은 없다. 지방 신문에 따르면 제국 수상대리 무치만Mutschmann이 '유대인을 모든 악의 뿌리'로 표시했고, 그 말이 사체로 쓴 대문자로 인쇄된 바로 그날 소견서가 발행된 것이다. 함부르크에서는 제국 의사협회 의장인 바그너가 '영원한 민족' 전시회의 개막을 선언했고, "민족을 건강하고 능력 있게, 피를 순수하게 유지하도록" 요구했다. 지도자 히틀러는 괴벨의 마흔 번째 생일을 축하했으며, 드레스덴 프리드리히슈타트 산부인과 과장 오이핑어는 7월부터 '친위대 고급 장교'라는 계급으로 자신을 칭할 수 있었다.

마리안네에게 진단을 내린 의사 오페의 '정부 의학고위평의회 위원'이라고 적힌 직함 뒤에는 '퇴직 상태'를 나타내는 약자가 붙어 있었다. '드레스덴 공무원 명단'을 보면 '예방접종 의사' 항목에, 쉔펠더 가족이 살고 있던 슈트라세에서 가까운 알브레히트 슈트라세 9번지에서 병원을 운영하는 '전문 개업의'로 기재하고 있었다. 오페는 무엇보다도 게오르크-베르 슈트라세에 있는 포로수용소의 법의학자 직책을 수행하고 있었다. 마리안네를 진단할 당시 그는 은퇴하고 4년을 보낸 예순아홉 살이었고, 그의 퇴직 소식은 1934년 말경에 ≪드레스덴 공보≫에 실려 있다. 나는 순진하게도 정신병원으로의 이송 조치 같은 중요한 결정은 전문가 평의회에서 결정했을 것이라고 생각했다. 그러나 오페는 정신과 의사도 정신병 전문가도 아니었으며, 들과 숲에서 사람들을 치료하는 일반의였다. 그렇다면 오페는 어디서 그런 전문 지식을 얻은 것일까? 누가 그런 권위를 신뢰한단 말인가? 그런데도 그는 마리안네가 정신병자라고 선언했고, 그의 진단으로 그녀는 다시는 되돌아오지 못하는 정신병원에 갇히게 되었다.

발판을 잃어버리기 전까지 마리안네는 두 다리로 바닥을 딛고 서 있었다. 그녀를 이상한 사람으로 간주할 근거는 전혀 없었다. 이제 그녀는 이전 모습의 환영에 지나지 않았고, 행복에서 멀어져 버렸다. 나치 시대에 집안에 '바보'가 있다는 사실, 은어로 표현하자면 제대로 구워지지 않은 사람이 있다는 사실은, 분명히 두려움을 유발시켰을 것이다. 모든 친척은 광신적인 인종주의자가 지닌 생물학적 견해에 따라서 자신들도 병자로 의심되리라는 것을 알고 있었다. 나치 지배하에서 '민족 위생의 도시'로 선언된 드레스덴 근교에는 '살 가치가 없는 자들'을 수천 명 죽인 기관이 있었다. 전쟁 이후 파괴된 도시의 잘 알려진 상징물로 가끔씩 소개되는 시 청사 탑 위의 조각상 '선善의 신'은, 3제국 시기에는 눈이 멀어 있었다.

불쾌한 여름

드레스덴은 엘베 강가에 위치한 독일의 플로렌스로, 기어 올라가는 아기 천사 조각상이 정원에 세워진 건물이 있는 바로크 양식의 건출물이 많은 도시다. 엘베 강가에 위치한 드레스덴은 베데커가 쓴 1936년판 『독일 제국』에서 묘사하고 있는, "강에서 바라보면 많은 첨탑과 함께 장엄한 모습을 한 옛 도시"였다. 엘베 강가에 위치한 드레스덴은 히틀러에게는 '진주 같은 도시'였고, 나치들이 우글거리는 수렁이었다. 모든 대도시 중에서 나치당원의 비율이 가장 높은 도시였다. 사람들은 위생박물관에서 '유리 인간'을 통해 시대의 놀라운 기술적 업적에 경탄만 했던 것이 아니다. 그곳에서는 '독일의 피와 문화유산'에 관련된 이론이 설파되었다. 세계적으로 인정받은 연구소들이 '유전학과 인종학 강의실'을 갖춘 나치를 선전하는 교육 중심소로 전락했다. 그 요새에는 다른 조직과 더불어 '작센 유전병보건위생국', '친위대 제2국', 나치 행정의 중심인 '민족건강 담당 관청'이 자리 잡고 있었다. 7만 7,000권에 달하는 도서관 책 중에는 유전자 보호와 인종 보호에 관한 박사학위 논문 1,950권이 수집되었다고 한다. '두뇌 공장'에서 '책임 과제' 항목 2번은 나치당의 인구 정책 강령을 이해시키라는 지시를 담고 있었다.

'강제 불임수술 법률이 왜 필요한가'라는 슬라이드 강연을 수천 명이 보았다. 그 강연은 '유전병을 지닌 자들과 인종적으로 저열한 자들의 생식 욕구'를 비난하고, 거친 적대감을 학문으로 포장한 것이다. '민족과 인종' 전시회의 전시실 한쪽에서는 나쁜 유전 요소가 끼치는 끔찍한 영향을 입증할 결정적인 증거로 '우체국을 턴 쉴러 가족 강도단'을 전시하고 있었다. 나이를 전부 합치면 221살이 되는 여덟 명의 형제·자매들은 '62년 동안 감방 생활'을 했으며, 그들은 재판과 교도소 수감 비용으로 국가에 7만 마르크의 손실을 입혔다는 주장이었다. 허섭스레기 같은 유전생물학 소책자와 회의는 독일적 특성으로 이루어진 '훈육 목표'를 선전했으며, 자신이 속한 민족의 혈액 성분의 '고상함'에 도취되었다. '영원한 민족으로 이루어진 독일 제국 전국 순회 전시회'에 사용된 비인간적 어휘로 이루어진 문구는 정신병원에 갇혀 있는 '절망적인 성분'에 채찍질을 해댔다.

이 시기에 '위생 순회 자동차'가 '동부 국경 마을을 순회'했고, '가치 없는 삶'이라는 구호를 외진 지역까지 실어 날랐으며, 그 구호는 '지배하는 민족' 안에서 그런 '무위도식자들'은 살 권리도 없다는 협박과 결합되어 있었다. 전국 방방곡곡에 '병든 인자', '쓸모없는 식충이'와 대조되는 '유전 형질을 향상하기 위한 종합 계획', 인종학의 신비한 힘이라는 이야기가 들렸다. 많은 사람들은 그것을 믿으려고 했다. 박물관에서는 바흐, 루터, 바그너 같은 위대한 독일인 선조들로 이루어진 족보가 게시되었는데, 그 족보에는 히틀러와 괴링의 이름도 빠지지 않았다. 괴링은 괴벨스와 히틀러의 측근 여럿과 더불어 드레스덴 위생박물관의 명예회장단에 속해 있었다. 리히터는 특별하고 폭이 넓은 건물 공간 때문에 얼마 전 다시 문을 연 위생박물관을, 1956년 졸업 전시회를 위한 공간으로 선택했다. 그리고 여전히 관람료 없이 사람들이 즐겨볼 수 있는 그의 연작 '소박한 진보'에서 소재를 찾은 벽화, 5×15미터 크기의 대작을 만들어냈다. 그가 동독을 탈출한 뒤, 우편엽서에서나 발견할 법한 새로운 유형의 사회주의적 인간들이 사는 전원은 곧 덧칠되어 사라졌고, 그 벽화 중 아치 사이 삼각형 면에 그린 그림만이 남아 시야에 들어온다.

기젤라는 마리안네 이모와 연관된 '자아분열'이라는 개념을 지금까지 이해하지 못했다. 그녀는 병과 함께 생겨난 '금기'를 강하게 느꼈고, 항상 '청춘의 광기'라고 말하는 소리를 들었다. 그것은 대략적인 명칭이었다. 기젤라는 그 명칭으로 모든 것을 상상할 수도 있었고 아무것도 상상할 수도 없었다. 그것은 임시적인 내면세계로의 망명, 사람들이 표현하곤 했던 것처럼 '일시적 변덕', 이제는 사춘기라는 말로는 설명될 수 없는, 짧은 정지의 시간이다. 어쨌든 그것은 어른으로 성장할 때 생길 수도 있는, 전혀 무섭지 않은 것에도 지나치게 긴장하는, 자기 자신에게서 느끼는 낯설음에도 압도되는 누군가의 이성을 비틀어놓을 수도 있었다.

1937년 불쾌한 여름, 그때 그 일이 생겼다. 자아상실이 마리안 네를 엄습했다. '청춘의 광기'라는 단어는 그녀를 사로잡은 가망 없는 상태를 회피하려는 말이었다. 리히터의 조부모는 개인 정신병원 슈톨펜호프에서 그 병에 직면했으며, 그들은 일종의 선고처럼 받아들였다. 아마도 의사는 이해할 수 없는 병을 '분열된 착란 상태' 또는 '신경이 놀란 상태' 같은 단어를 사용해서 그들에게 가르쳐주었을 것이다. 비전문가들은 이 개념을 이해할 수 없었으므로, 의사는 그런 단어가 좀 더 완곡한 표현이라고 생각했다. 향정신성의약품向精神性醫藥品은 거의 알려지지 않았다. 1938년 4월 28일 의사는 마리안네에게 '자아분열' 증상이 있으며, 타인과의 교제가 완전히 불가능한 상태이고, 모든 통찰력이 결핍되었으며, "폭력적 행동을 하는 경향과 반사회적 태도 때문에 주립 치료 병원이나 요양 시설에 수용해야 한다"는 최종 진단을 내렸다. 그것은 순식간에 일어났으며 돌이킬 수도 없었다. 제일 가까운 병원은 아른스도르프에 있으며, 1938년에 병원에는 1,596명을 담당하는 의사 11명이 있었고, 수용 인원을 초과한 119명의 환자가 있었다. B3 병동 3층 병실에 갇히자마자 마리안네는 '탈출 의도'를 드러냈다. 그것은 몹시 이성적으로 들린다. 이후 작성된 보고서가 보여주듯이, 그녀는 다시 드레스덴 집으로 돌아가기 위해 몹시 서둘렀고 "소지품 전부를 모으려고" 했다.

운명의 여신들

아른스도르프 병원의 연대기. 1912년 4월 첫 번째 환자들이 작센에서 제일 큰 정신병원에 입원했다. 병원 설립 초기에는 '유럽의 모범 병원'으로, 엘베 강가에 위치한 대도시 드레스덴에서 북쪽으로 채 20킬로미터도 떨어지지 않은 곳에 있었다. 나치가 그 도시를 인종주의의 기념비로 만들기 전에 그 병원은 인문주의적 이상의 산물이었다. 울타리는 전혀 필요하지 않았다. 모든 건물에는 중앙난방 장치와 수도가 설치되어 있었다. 이웃 주민들이 구경을 나왔고, '많은 주민들은 놀라운 광경을 기대하기도 했다. 일반적으로 여자들이 남자들보다 더 불안해하고 활동적인 모습을 보였다.'

병원 건물은 병원 부속 교회를 중심으로 세워져 있었으며, 부속 교회는 오토 바그너가 설계한 빈에 있는 슈타인호프 정신병원의 부속 교회를 모델로 삼아서 세워진 것이 분명했다.

교회 신자들은 설립 초부터 있던 의자에 앉았는데, 교회 내부는 짙은 청색의 반원형 천장에 그려놓은 태양 때문에 밝아보였다. 현재 병원장 후베르트 하일레만은 쨍 하는 소리가 들릴 정도로 추운 날, 어스름한 빛 속에서 건물 안을 지나간다. 우리는 스위치를 찾지 못한다. 그래서 제단 장식대 위에 있는 마비된 사람을 치유하는 장면을 그린 유겐트슈틸Jugendstil 양식의 그림을 1945년 이후에 러시아 군인들이 떼어 약탈해간 원본으로 생각했다. 그러나 그것은 대체된 복제화였다.

이 병원에 입원했던 나치 시대에 제일 유명한 환자는, 고집스럽지만 중요한 의미가 있는 여류 화가 엘프리데 로제 베히틀러였다. 그녀에 관한 모든 묘사를 살펴보면, 그녀는 매혹적이고, 활력에 넘쳤으며, 기이했고, 자유에 대한 충동에 휘몰렸다. "빛과 정신이 / 훑고 지나간 / 우리는 살아가고자 한다, / 우리의 삶을." 도취된 듯한 분위기가 그녀를 감싸고 있다. 표현주의자 콘라트 펠릭스뮐러의 동반자였던 그녀는 시대를 앞서갔다. 그녀는 요란한 복장에, 수를 놓은 겉옷 같은 러시아풍 저고리를 걸쳤으며, 찌그러진 모자를 썼고, 굴뚝처럼 담배 연기를 내뿜었다. 그녀는 자신이 직접 재단한 대담한 의상을 입고, 배꼽을 드러낸 채 격렬한 몸짓으로 춤을 추었다. 예술가인 그녀는 벌거벗은 채 긴 안락의자에 누워 카메라 앞에서 기지개를 켰다. 검은 유리구

슬처럼 크고 빛나는 눈망울을 가진 성적 매력이 흐르는 여인. 도발적인 그녀는 도전적이면서도 쉽게 상처를 받을 것 같은 모습을 한 채 카메라를 쳐다본다. 거처와 작업실을 겸한 공간의 벽에는 '예술은 속죄 행위다'라는 표어가 딕스의 소묘와 코코슈카의 목판화 옆에 걸려 있었다. 그녀의 재능, 가쁘게 숨을 쉬는 그녀의 요란스러운 행동과 정신병원에 갇힌 상황 때문에 생긴 대조. 리첼 슈트라세 7번지 우유 가게 위에 있던 동방풍의 방, 그 방에는 밀랍을 이용한 염색법으로 만든 작품과 장식 양탄자가 잔뜩 걸려 있었다. 그 방과 아른스도르프 병원의 B3 병동의 간결한 일반 병실 사이에 존재하는 대조보다 더 큰 대조는 생각할 수 없다.

환자 스무 명이 잠을 청하는 침실에는, 환자 한 명당 배정받은 침대와 협탁이 놓여 있었다. 그곳에서 개인 옷장은 사치였을 것이다. 15제곱미터가 채 안 되는 응접실에는 두꺼운 양탄자가 깔려 있고, 벽에는 풍경화가 걸려 있었다. 베히틀러는 '1933년' 거짓된 안락함의 소도구를 색연필을 이용해 무시무시할 정도로 강렬한 모습으로 옮겨놓았다. 그림에는 공허함이 뚜렷하게 드러나 있다. 만약 '병실에서'라는 제목이 붙지 않았다면, 그림을 얼핏 보면 소녀의 하숙방이 연상될 수도 있다. 간병인 한 명이 감시하는 환자 여섯 명이 앞치마를 두르고 채 책상 주위에 앉아

베히틀러가 그린 〈환자의 방 Krankenstube〉 1933년, 43.0cm×50.5cm, 베를린에 있는 피셔의 화랑

뜨개질을 하려고 머리를 숙이고 있거나 앞쪽을 멍하니 응시하고 있다. 벽 한편에 측면이 휘어진 피아노와 그 위에 듬성듬성 꽃이 꽂힌 꽃병. 음악가를 기다리는 의자는 비어 있었다. 환자를 교화하기 위해 피아노를 연주하고, 환자들을 몇 소절 동안만이라도 슬픔에서 구원해줄 수 있던 음악가는 정신병원이 고용한 숄츠라는 사람이었다. 나는 마리안네 이모를 피아노 연주자의 딸로 상상해본다. 다른 삶을 살았을 그녀는 연주자를 보고 몇 가지 멜로디를 배웠을 것이다. 아마도 그녀의 손가락은 아른스도

르프 시절에 배운 것을 완전히 잊어버리지 않았을 것이고, 뒤늦게 울리는 화음 속에서 이런저런 멜로디를 쳐보았을 것이다.

내가 베를린 화랑을 방문했을 때, 베르너 피셔는 전시회를 위해 베히틀러가 그린 43×50.5센티미터 크기의 원화를 포장하고 있었다. 마리안네 이모도 접하게 될 수용소 내부 상황이 부드러운 색조로 정확하게 그려져 있다. 두 사람 모두 자아분열 진단을 받아 B3 병동에 수용되었다가, 훗날 함께 B4 병동으로 보내졌다.

그 병동은 폐쇄 구역이다. 두 동의 측면 건물이 있고 지붕 위에 왕관 모양의 전등이 있다. 당시에는 건물 창문에 쇠창살이 달려 있지 않았다. 그곳에 사적인 영역은 없다. 침대와 침대는 붙어 있고, 연설을 하고 소리 높여 선언을 하여 베히틀러를 정말로 화나게 한 '끊임없이 수다를 떠는 여자들과 바짝 붙어 있는 상태'였다. 리히터의 부인 자비네는 2년 전 우연히 그 그림과 마주쳤다. 그녀는 그림이 마음에 들어 구입할 생각이었다. 당시 그녀는 마리안네 이모가 그 병원에서 베히틀러와 함께 어떤 고통을 겪었는지 전혀 알지 못했다. 오늘날 B3 병동에는 마약을 끊으려는 중독자들이 수용되어 있다. 그런 까닭에 병원장 하일레만은 나와 함께 그곳을 돌아보고 싶어 하지 않았다.

1933년 그 화가는 B3 병동의 병실을, 어떤 의미에서는 보호

공간으로 생각하면서 그림을 그릴 수 있었다. 2005년 그녀의 시작試作은 중간 세계에서 온 불행을 알리는 소식이 되었으며, 그 결과 당혹스러울 정도로 희귀품이 되었다. 아늑한 느낌의 소규모 모임에 참석했던 환자들 중, '공동체에 부적합한 자들'을 말살하려는 3제국의 정책을 이겨내고 살아남은 사람은 감시인을 제외하면 한 명도 없었다. 병원 서류에 따르면 1940년 다른 곳에서 보낸 이송 버스가 아른스도르프로 열아홉 번 도착했다. 그 병원은 피르나 존넨 슈타인에서 얼마 뒤 실행될 독가스 살해로 통하는 회전문 역할을 했다. 그것은 살인자들이 사용한 알파벳 'D' 속에 은폐되었고, 베를린 티어가르텐 슈트라세 4번지에서 완벽하게 계획된 살인 행위였다. 그 결과 약호 '행동 T4'는 나치의 안락사 계획을 나타내는 기호가 되었다.

엘프리데 로제 베히틀러는 종이를 달라고 간절하게 구걸했으며, 다른 사람들이 살기 위해 호흡을 하는 것처럼, 잴 수 없을 만큼 황량한 상태에서 생존하기 위해 그림을 그렸다. 그녀는 <윗눈썹이 무성한 여인의 머리> 같은 충격적인 초상화를 남겼다. 그녀는 이미 1931년에 수채화 물감과 불투명한 물감으로 <고함치는 무리들>을 그렸다. 화랑 주인 피셔는 같은 양식으로 그려진 다른 작품을 보여주면서 '검은 연작'이라고 칭했다. 그 다음

<경련>이라는 제목의 작품. 남자와 여자가 녹아서 악몽 같은 인물이 되고, 핏빛 같은 붉은 땅 위에서 산양 다리를 한 괴물에게 감시당하고 있다. 정신병적 상황을 반영한 것으로, 다음 번 발작을 두려워하는 분열된 인간을 비유적으로 그린 무시무시한 그림이다. 현재의 미술 비평은 그녀의 작품 속에서 '경험의 모든 신경'이 아직도 떨고 있다는 평가를 내렸다.

병원장 쿠르트 하일레만은 금고에 베히틀러의 노란 기록 카드를 보관하고 있으며, 그중 신상 기록 212를 꺼낸다. 실수 없이 꼼꼼하게 적어놓았다. 인간을 말살할 때 보여준 독일적인 정밀 작업의 증거다. 1940년 7월 31일 "제국 국방위원의 명령에 따라서 이송되었음"이라는 직인으로 끝났다. 8년 전, 입원한 날과 거의 비슷한 날짜였다. 입원하고 거의 8년이 지난 1945년, 같은 몰락의 길을 걸었던 동료 환자들이 마리안네 이모와 함께 정신병원에서 죽었다.

기이하게도 리히터에 관한 르포 기사에는 모든 것이 녹아 결합되어 있다. 쉽게 드러나지 않은 채 가족의 서사시를 우연의 왕국에서 이끌어내는 비밀의 역학 구조가 배경에 작동한다. 본격적인 일련의 사건 속에서 한 사건은 다른 사건으로 이어진다. 왜냐하면 그의 동료인 여류 화가 베히틀러는 한동안 브뢸세 테라스가 내려다보이는 아카데미 작업실에서 그림을 그렸기 때문이다. 죽은 마리안네 이모의 초상화를 그리고 싶은 충동에 사로잡힌 리히터가 한 세대 뒤에 그곳에서 공부를 했다. 그녀의 소멸은 여러 부분에서 엘프리데 로제 베히틀러의 소멸과 일치한다. 이것은 결코 대담한 주장이 아니다. 두 사람은 아른스도르프에서 만난 적이 있었다. "만났을 것이 거의 확실합니다. 그렇게 가정하고 시작해도 될 겁니다." 원장인 하일레만이 말한다. '퇴폐미술'에 반대하는 그림 파괴 운동이 드레스덴에서 일어났던 1937년, 나치는 아른스도르프 병원에서 그녀가 그린 초상화 몇 점을 파괴했다.

주동자 중 하나가 예술 아카데미의 학장인 리하르트 뮐러다. 1937년 마리안네 쉔펠더는 드레스덴에서 나치가 지배하는 정신병원의 손에 떨어지게 되었다.

1935년 12월 16일. 베히틀러는 강제로 불임수술을 받기 위해 드레스덴 프리드리히슈타트에 있는 산부인과 병원의 오이핑어 박사에게로 왔다. 그가 과장이 된 지 반 년이 지나지 않았을 때였다. 병원 부원장인 에른스트 레온하르트 박사가 신청서를 제출했다. "불임수술을 받기 위해 오늘 이송되었음!" 그녀에 대한 보고서에는 '불임 419'라는 제목이 적혀 있었다. 환자는 결혼한 상태지만 별거 중이었고, "정부 비판자이며 화가"라고 적혀 있었다. 서른여섯 살인 그녀는 심적으로 동요하는 상태였음이 분명했다. "환자가 의상분일意想奔逸 증세를 심하게 드러내므로" 병력을 "거의 확인할 수 없다." 추측컨대 이러한 그의 진단은 오이핑어와 같은 소견이었을 것으로 보인다. 그녀의 아버지와 남동생이 12월 18일 '프리다'를 문병했다. 프리드리히슈타트 병원에서 이루어진 이들의 만남을 그녀의 어머니가 카메라에 담았을 것이다. 펠트 천으로 만든 옷깃이 달린 세련된 외투를 입고, 비단 양말을 신고, 레이스가 달린 하얀 뾰족 구두를 신은 베히틀러의 모습. 자포자기한 사람은 절대로 그런 모습일 수 없다. 그녀의 남동생 후베르트의 일기에 그것과 관련하여 다음과 같은 내용이 적혀 있다. "그 도시의 프리드리히슈타트 지역에 있는 프리다와 코메니우스 슈트라세 35번지 오이핑어 박사의 사저에 아버지와 함께 갔다." 오이핑어 사저와 이웃한 호화로운 대저택에는 나치의 악질 지방장관 마틴 무치만이 살고 있었다. 절망에 찬 아버지는 그에게도 이미 선처를 호소했다. 그 사실은 12월 14일 그의 일정표를 통해 알 수 있다. 그는 오이핑어, 무치만, 그 두 남자에게 딸을 보호해달라고 호소했지만 허사였다. 고위층이 개입했더라도 12월 20일 자행된 수술을 막지는 못했을 것이다. 베히틀러의 전기인 『삶의 소용돌이에 가라앉은 ……』에서는 오이핑어가 '프리드리히슈타트 병원에서 불임 수술을 담당한 의사'였다고 거의 단정적으로 기술되어 있다. 드레스덴 시립 문서보관소에 몇 쪽만 남은 서류에 따르면 주치의 레드만과 보이어를레 의사가 그 여류 화가의 수술을 담당했다. 하지만 과장 의사인 오이핑어가 책임자였다. 그녀의 남동생은 41병동에서 '강제'로 수술이 진행됐다고 기록했다. "프리다를 보러 병원에 갔다. 수술. 1935년 12월 20일. 슬프다!" 국립보건 담당 관청에서 '정부의학 고위평의회 위원이자 관청 소속 의사인 브레메'가 계산서에 말끔하게 서명을 했다. 그는 얼마 뒤 마리안네 이모에게도 똑같이 했다. 1934년 9월 5일 작센의 '의료 비용에 관한 명령'을 보면 의사들은 여자의 경우 58제국 마르크_{남자의 경우 22제국 마르크}를 청구했고, 약품과 붕대에는 4마르크의 비용을 일괄적으로 적용했다. 두 경우 모두 드레스덴 지역 의료협회가 '비용을 지불해야만' 했다. 1935년 십이월 그믐날 오이핑어는 화가를 퇴원시켜, 정신병원으로 되돌려 보냈다. 그러기 전인 27일에 베히틀러의 아버지는 의사와 새로운 논의를 했다.

이와 같은 심한 굴욕을 겪은 이후, 예술가는 체념에 빠졌다. 그녀는 망가졌고, 생명과도 같은 그림을 그리려는 추동력을 더는 보여주지 못했다. 그녀는 정신병원에서 그린 특이한 그림을 통해 제리코, 호들러 또는 에드바르트 뭉크와 같은 유명 화가들과 나란히 설 수 있는 사후의 명성을 보장받을 수 있었다. 1936년 완성된 프리다의 연필 소묘 <삶>, 물구나무를 서고 있는 여자는 파괴된 창조성, 엘프리데 로제 베히틀러의 자포자기 상태를 나타내는 고통의 표상과 같다. 그 뒤 1939년에 제작된 눈에 보이지 않는 <유리병 속의 계모>15×10.5센티미터와 우편엽서 몇 장은 그녀의 급속한 몰락을 증언한다.

현재 B3 병동 건물에는 살해당한 여류 화가의 이름이 붙어 있다. 베히틀러 탄생 100주년을 기리기 위해 세운, 보통 사람 신장만 한 높이의 비석이 건물 앞에 서 있다. 땅바닥에는 새로 꽂아 놓은 꽃다발이 있다. 관리 사무실이 있는 건물 로비에 병원 설립 75주년을 기념하기 위해 1987년 명판과 작은 돌로 만든 헌화 장소가 설치되었다. 그 기념물에는 "파시즘이 저지른 안락사 범죄의 희생자들을 추모하며 기린다"라는 외침이 타성에 빠진 사회주의자인 양 새겨져 있다. 기념물에 딸린 커다란 화분의 유카 나무처럼 보기 좋은 모양의 식물들은 우연히 이곳에 남겨진 것처럼 보인다. 적어도 그것은 플라스틱으로 만든 조화는 아니었다. 아른스도르프의 의사들은 2,700명에 달하는 환자들을 과학을 핑계 삼아 죽음으로 내몰았다. 에른스트 레온하르트가 주요 책임자였다. 라틴어 철자로 작성된 약자 'Dr. L'은 악의 도장처럼 마리안네 이모의 환자 서류에도 찍혀 있다. 나중에 동독의 국가안보국Stasi은 그에 관한 서류를 작성했는데 '심각한 행위'라는 제목 밑에 '독가스 살인의 실행자였다는 사실을' 확인하고 있다. 무시무시한 독일 직함이다.

죽음을 눈앞에 둔 사람들

   신경과 의사 레온하르트는 환자 서류를 보면서, 마리안네 쉔펠더와 같은 여러 환자의 이력을 자세히 살펴본다. 등록할 때 작성한 설문지에서 환자들은 곧 있을 '소독'의 관점에서 평가·분류되었으며, 매번 투표를 통해 죽고 사는 문제가 결정되었다. 그는 이송될 환자를 간추리고, 죽음이 임박한 사람들을 살인자들에게 넘겨준다. 증인들이 한 진술과 검찰의 보고에 따르면, 레온하르트의 사무실 측면 건물 앞에는 은밀한 파국의 리듬에 따라서 죽음의 병원을 향해 달려가며, 환자들을 모으는 '수송대' 버스들이 대기하고 있었다.

진입로는 고급 호텔처럼 휘어져 굴곡을 이루다가, 전면을 인상적으로 꾸민 본관 앞에서 끝난다. 늘 푸른 측백나무와 가지가 여러 개인 붉은색 새 촛대는 건물의 균열을 가리기 위한 임시방편이다. 건물의 이런 진보적인 면모는 1910년 베를린에서 열린 '정신병자를 돌보기 위한 4차 국제회의' 참가자들에게 깊은 인상을 남겼다. 계획자들은 '만성적으로 고함을 지르고 소동을 피우는 병자들'과 더불어 '청춘의 광기'에 타격을 받은 무리를 아른스도르프의 환자들과 같은 부류로 분류했다. 더욱 놀라운 것은 '충동적이고, 우려할 만한 돌출 행동을 보일 성향이 있는 환자'들이 거기에 속했다.

나는 그 장소를 세 차례 들렀다. 하지만 그 정원을 범죄 현장으로 생각하기는 어려웠다. 저주받은 사람들의 행렬이 대오를 유지하는 것, 줄을 맞춰 흩어져 있던 건물에서 나와 활엽수가 줄지어 서 있는 길을 지나 중심을 향해 이동해간, 어떤 묘사 능력도 조롱하는 광경. 어쨌든 다양한 목소리로 이루어진 합창 같은 광경이었다. 뽑고 추린 사람들은 어떤 상태였을까? 기대에 찬 그날, 갈 곳이 알려지지 않은 소풍이 약속되어 있었을까? 또는 본능적으로 알 수 없는 공포에 사로잡혔을까? 그들은 담장으로 둘러싸인 좁은 영역을 벗어났다. 무엇인가가 잘못되었다. 마지막

이동을 위해 모여든 충실한 무리. 짐승의 무리와 구별되는 한 가지 사실은 짐승을 옮기는 화물차가 아니었다는 사실이다.

무리들은 부드럽게 휜 진입로를 따라 병원 부속 교회의 집합 장소에 도착했다. 교회는 나치에 의해 살해 행위의 초라한 배경으로 전락했다. 그들은 기독교 성스러운 상징물로 장식된 건물 정면을 지나쳐갔다. 술잔, 포도송이, 십자가가 사암에 조각되어 있었다. 그것은 인류 최고의 가치인 연대連帶, 평화, 구원을 나타내는 상징이다. 레온하르트는 악의 없고 저항할 수 없는 그들을, 인간 대 인간으로 자신을 바라보는 그들을 기다린다. 인내심이 부족한 간병인들에게 끌려온 남자들, 여자들, 아이들이 더듬거리면서 덫 속으로 들어갔다. 그는 병원장이었고, 그들에게 무언가를 거짓으로 믿게 할 필요도 없었다. 그들은 맹목적으로 그를 신뢰했다. 그들은 순진하게도 가장 악의적인 적들 중에서 도와줄 사람을 발견했다고 믿었다. 양심의 가책을 느끼지 못하는 마음에 뿌리를 내린, 야만적이고 여러 번 되풀이된 의식이었다. 죽이려고 가스실로 보낸 환자 수백 명 중 단 한 사람(!)만이 살아서 돌아왔다. 병원장 집무실인 22호실 책상으로 되돌아가기 전에, 박사는 습관처럼 가련한 형상을 돌아보았을까? 1945년 전쟁이 끝난 후 말을 탄 카자흐 병사들이 풀밭에서 야영을 했는데, 그들은 그 장소에 무슨 사연이 깃들어 있는지에 대해서는 전혀 신경 쓰지 않았다.

아마도 환자들은 병원의 시계로 향하고 있는 마지막 눈길을 알아차렸을 수도 있다. 수위는 방향을 잡기 위한 기준점으로 즐겨 그 시계를 추천하곤 했다. 그런 다음 가스실을 향해 버스가 출발한다. 버스는 남쪽의 주요 진입로를 택한다. 그 길은 카스발트를 지나 확장된 지방 도로를 거쳐 뒤뢰스도르프 디터스 바흐의 '아름다운 언덕'을 향해 뻗어 있다. 그 길은 약간 방향 전환을 한 다음에 서쪽으로 콜베르크나 리베탈을 향해 몇 개 마을을 지나쳐 피르나 존넨 슈타인을 향해 뻗어 있었다. 그곳에는 시체를 태우는 달콤한 냄새가 도시 위에 드리워져 있다. 소각로는 새로운 보급 물자를 제공받았다.

에른스트 레온하르트는 그 당시에 병원장 후베르트 하일레만이 사는 측면 건물에서 직무를 수행했다. 하일레만이라는 이름은 정신과 의사에게는 딱 들어맞는 이름이다. 하지만 내가 도착했을 때 푸른 작업복을 입은 중년 남성이 웃으면서 자신이 죽은 이들의 '분신'이라고 단호하게 말한 다음부터, 나는 그 지역을 자유롭게 돌아다니지 못했다. 원장은 '여전히 수수께끼 같은 질병인 자아분열'에 대해 비전문가들이 이해할 수 있는 쉬운 문장을 사용해 설명한다. 널리 알려진 생각과는 달리 그것은 유전에 의한 병이 아니며 누구라도 걸릴 수 있지만, 통계를 살펴보면 특정한 가계에서 빈발한다고 했다. 일반적으로 모든 사람들에게는 광기가 생겨날 수 있는 개연성이 1퍼센트는 존재하며, 종종 감당할 수 없는 요구를 받고 있다는 느낌이 선행되기도 하지만 그것이 원인은 아니며, 정신적 장애를 나타내는 비전문적 표시라고 그는 말했다. 베히틀러와 마리안네 이모에게서 개연성이 없는 것으로 간주되었던 것이 나타났을 수도 있다.

후베르트 하일레만은 스웨터에서 신발까지 모두 검은색 차림이었다. 그 후 만났을 때는 스웨터에서 신발까지 모든 것이 파란색이었다. 그의 하얀 의사복은 복도의 스탠드형 옷걸이에 걸려 있었다. 그는 설명을 하기 위해 손가락 끝을 마주대고, '계몽'에 관해 많은 이야기를 했다. 그 점에서 언론이 몇 가지 일을 해야 한다고 말했다. 이 신경학, 정신병학과 심리 치료 전문의는 '환자 괴테'에 관한 책을 출간했고, 괴테를 비교적 건강하다고 간주했다. 그는 이제 직장인 아른스도르프를 사례로 독일 정신병학의 제일 어두운 부분을 집중적으로 연구하고 있다. 그는 여러 가지 문서로 조사에 도움을 주었고, 아낌없이 격려를 해주었고, 실수 없이 기록된 마리안네 카드를 주었다. '28번, 진단: 자아분열'

이라는 글씨가 노란 종이에 검게 인쇄되어 있었다. 이렇듯 모든 관청의 문서는 악의로 꾸민 속박을 보여주는 증거이며, 마리안네는 억지로 이 같은 억압을 받았다. 그녀는 감시 체계에 꼼짝할 수 없이 묶여 있었으며, 서류에는 '경찰, 전입신고 완료. 경찰, 전출신고 완료'라는 도장이 찍혀 있었다. 20킬로미터밖에 떨어지지 않았지만 갈 수 없었던, 점점 멀어져 간 도시 드레스덴의 이전 거처인 비젠스토어 슈트라세 5번지 2층이라는 주소는 삭제되어 있었다.

병원장은 책상에서 눈을 들고 감정적 자아분열증을 앓는 환자가 그린 그림을 올려다본다. 그는 그림에 대해 더는 자세한 이야기를 하려고 하지 않는다. 그의 오른편에는 자아분열증 환자가 그린, 마찬가지로 화려하고 추상적인 그림이 있다. 광기와 창조성을 증명하는 두 그림. 사람을 불안하게 하는, 법으로 보장된 그의 영역, 누가 정상인지 또는 미쳤는지에 대한 결정권을 떠올리게 하는 두 그림. 대화를 하면서 그는 산부인과 의사 오이핑어가 전쟁 중에 바로 이 건물에서 활동했을 것으로 추측한다. 아른스도르프는 프리드리히슈타트 병원의 산부인과가 대피했던 곳이었다. 실제로 드레스덴 사람들에게는 다양한 공간과 연구소한 곳이 배정되었다. 묘목 상회 옆 병동 B9은 정확히 말하면 '어

린이 병동'으로 용도가 변경되어 오이핑어가 사용할 수 있게 제
공했다. 하일레만은 이곳에서 태어난 사람을 알고 있다고 했다.
1943년 9월 이후에 사람들은 적십자의 재난 구호 차량으로 환자
들을 교회로 이송하기 시작했다. 그래서 연도별 보고서에는 "미
성년의 정신병자, 간질환자, 교육을 받을 수 없는 바보들은" 주
립 병원 그로스슈바이드니츠로 "이송되어야만 한다"고 쓰여 있
다. 마리안네 이모는 여기에 해당되는 사례였다.

표본

보리스 뵘은 엘프리데 로제 베히틀러의 처형을 정확하게 재
구성했다. 그녀를 은밀하게 살해한 것은, 나치에 의해 마리안네
이모가 살해당한 사실과 긴밀히 연관되어 있다. 역사학 석사학
위 소지자인 피르나 존넨 슈타인 기념관 관장은 창백하고 슬픈
인상을 주었다. 그가 책임지는 기관은 오래된 성채, 이전의 가스
실 위에 자리 잡고 있다. 입구에 있는 명판이 지나간 역사를 보
여준다. 나는 죽음의 제국에 발을 들여놓는다는 답답한 심정으
로 문을 연다. 뵘은 너무 많은 고통스러운 이야기를 알고 있고,

상당히 깊은 심연을 들여다보았으며, 많은 고통을 참고 이겨냈음에도 불구하고 제일 가련한 사람들에 대한 감수성을 간직하려고 노력하는 이상주의자 같은 인상을 준다. 그는 감정 위에 차곡차곡 쌓인 끊임없는 극복 작업에 쉴 새 없이 부대낀다. 밖에서는 벌써 다음 방문객들이 기다리고 있다.

그 학자는 얌전히 불평한 것이 아니다. 비교할 만한 다른 기관들과 마찬가지로 그가 맡은 기관 역시 아주 적은 돈으로 유지해야 한다. 작센 주에 있는 기념관 일곱 곳의 예산은 210만 유로다. 베를린 기념물에 엄청나게 투입된 수억 유로에 비한다면 적은 금액이다. 엘프리데 로제 베히틀러, 마리안네 이모, 수천 명에 달하는 안락사 희생자들은 이미 잊힌 사람들이고, 지금도 그렇다. 동독 정부는 그 문제에 몰두하는 것을 가치 있게 생각하지 않는다. 연방의회는 1998년 5월 이전까지 '후손이 유전적 질병에 걸리지 않도록 예방하기' 위한 법률이 효력이 없다는 선언을 서둘러 하지 않았다.

기념관 관장은 나와 함께 이전의 C16 건물 2층에서 대화를 나눴다. 옛 건물배치도를 살펴보자면 '남성 전용 정원' 뒤편이었다. 오늘날 그 공간에는 서쪽으로 흐르는 엘베 강을 내려다볼 수 있는 멋진 전망을 지닌 도서관이 들어섰다. 풍경을 둘러볼 잠깐의 여유가 생겼을 때, 밖에서는 나무들이 겨울 햇볕을 받아 반짝이고 있었다. 그는 지금은 사용하지 않는 통로가 나치 시대에는 나무 울타리와 담으로 막혀 있다는 생각을 내가 했을 것이라고 분명하다고 말한다. 그 벽의 일부가 여전히 언덕에 남아 있다. 예전에는 이곳, 즉 화장장 바로 위층에 '화부' 또는 '소각자'로 불린 친위대 하급 직원 열두 명이 살고 있었고, 명령에 따라 그들은 화로와 시체실로 갔다. 공간을 내기 무섭게 수레에 실려 온 병자들이, 지금은 회의실로 사용되는 아래층으로 밀려들어 왔다. 남자들, 여자들, 아이들, 제일 어린 나이는 두 살이었고, 가장 나이 많은 환자는 여든여섯 살이었다. 목욕을 하게 되리라는 말에 이끌려서 그들은 서쪽 계단을 통해 지하실로 들어왔다. 대기실 나무 의자에 비누와 손수건이 있었다. 아무 장식도 없는 벽으로 이루어진 그 옆쪽의 가스실. 천장에는 가짜 샤워꼭지가 달려 있었다. 12제곱미터의 크기, 최대 30명의 희생자가 들어갈 수 있는 크기였다.

수천 명의 사람을 말살하는 데는 공무원 100명으로 충분했다. 그중 4분의 1은 사무직원으로, 재고 물품과 결산을 담당하는 사람들이었다. 회계 장부는 딱 들어맞아야만 했다. 1만 3,720명의 환자와 장애인이 1940~1941년 사이에 존넨 슈타인에서 살해되었다. 개인 한 사람 한 사람이 정확하게 기록되어 있다. 마찬가지로 수많은 사망 진단서와 사망 날짜를 마음대로 정해 꾸민 '애도의 편지'가 '특별호적청'에서 발송되었다. 숙련된 위생병이기도 한 간병인 에르하르트 게블러는 전쟁이 끝난 뒤 목숨을 잃기 전에, '부검'의 대가로 매달 65마르크의 '위험수당'을 받았다고 진술했다. 경찰서는 열다섯 명으로 구성되었으며, 서장 파울 로스트는 여덟 명의 운전기사로 구성된 수송대의 대장을 겸직했다. 훗날 그는 잠깐 동안 미결수로 복역했지만, 처벌받지는 않았다.

처형 담당자들은 서로 '태양'에 대해 유쾌하게 이야기했다. 살해 장소에 그와 같은 이름을 붙임으로써 박멸 정책을 감추려고 한 것은 끔찍한 범죄자의 논리였다. 기관 내부에서 상영된 영화 <생기 없는 현존>을 제작하기 위해 카메라맨 헤르만 슈베닝어는 감시창으로 죽음을 촬영했다. 1942년에 만들어진 초안을 보면 기록 영화는 다음과 같은 설명으로 마무리되고 있다. "치유할 수 없는 질병과 비인간적인 현존으로 …… 고통받는 불행한 인간의 얼굴에 마침내 도움을, 구원을 가져온 온화한 죽음이 주는 평화가 번진다." 오직 동독의 관료주의 당료들만이 가스 살해를 자행한 바로 그 장소에, 경찰들의 숙소를 만들고 추후에 항공 산업과 관련된 '인민 소유 연구·개발 공장'을 설립할 계획을 생각해낼 수 있을 것이다.

1940년 7월 31일 오전, 그들은 엘프리데 로제 베히틀러를 여자 53명, 남자 33명과 함께 아른스도르프에서 존넨 슈타인으로 이송한다. 그곳까지는 버스로 60분이 채 걸리지 않았다. 죽이기 위해 추린 사람들은 스쳐 지나가는 꿈같은 풍경을 전혀 볼 수 없었다. 창문은 커튼으로 가려져 있었다. 카날레토라고 불린 베르나르도 벨로토가 18세기에 이 지역을 지나갔고, 영주와 국왕에게 보여주기 위해 풍경을 스케치했다. 그때 존넨 슈타인 성을 사실주의 화풍으로 그린 풍경화 몇 점이 제작되었다. 카날레토의 길은 가스 수용소의 벽과 맞닿아 있다. 문화와 야만, 예술의 신 뮤즈와 살인이 교차한다.

모든 것이 아주 순조롭게 맞아떨어진다. C16 건물의 1층에서는 직원들이 도착한 환자들의 키와 몸무게를 측정하고, 사진을 찍었다. 그 다음에 슈만 박사나 그의 대리인인 슈말렌바흐 박사가 번갈아가면서 신분을 확인했다. 간호사들이 상의까지 벗은 25명의 여자 환자들을 지하로 인도했고, 벌거벗은 여자들 뒤에서 철문을 닫았다. 병원장은 40리터짜리 일산화탄소 용기의 마개를 연다. 이런 체계적인 방식으로 나치는 제일 허약한 사람들을 소멸시켰다. 그들은 작센에서 정신병원에 입원한 환자들의 절반가량을 소멸시켰다.

보리스 뷤은 어느 정도 단호한 태도를 보이는 연대기 작성자이다. "엘프리데 로제 베히틀러는 공포에 차서 울부짖고, 절망에 차서 문을 붙잡고 …… 흔들어대는 고통의 동반자들 사이에 섞여 죽을 수밖에 없었습니다." 폐쇄공포증, 답답함, 가스와 함께 밀려드는, 갑작스럽게 머리가 맑아지는 순간에 갇힌 자들을 엄습했을 공포의 파도를 생각하는 것은 끔찍하다. 그들의 시선은 단 하나뿐인 창문을 향한다. 그 창문을 통과한 빛이 바닥에 사각형 모양을 만든다. 20개의 작은 크기로 창을 분할하고 있는 쇠창살이 모든 탈출 가능성을 없애버린다. 헐떡거리는 소리, 급하게 공기를 들이마시는 몸짓, 경련, 자신의 목을 움켜쥐는 손짓, 죽을 때 목구멍에서 나는 그르렁 소리, 정적. 진술에 의하면 죽음과의 싸움은 20분이 걸리기도 했다. 오랜 시간이 흘러갔지만, 벽에서 비명의 울림이 여전히 들리는 것 같다. 여류 화가는 마흔 살이었으며, 1940년 존넨 슈타인에서 살해된 1,209명의 아른스도르프 환자 중 한 명이었다.

옆 공간에서 친위대원들이 죽은 사람을 바닥으로 내던지면, 사람들은 시신을 옆쪽에 설치된 소각장으로 끌고 갔다. 희생자들의 키는 코크스 용광로 안으로 밀려 들어가는 양철판에 딱 들어맞았다. 시체 소각을 담당한 에밀 하켈은 참기 어려울 만큼 친절한 태도를 보이면서 자신을 심문하는 사람들에게, '칼 뷤'이 집게로 특별히 표시된 사람들 입에서 금니를 뽑았다는 진술을 했다. 그렇게 뽑아낸 귀금속은 '유물 담당 부서'로 보내졌다. 의사들은 '연구 목적'으로 일부 시신에서 뇌를 떼어냈다. 높은 곳에서는 이상한 빛깔의 연기가 올랐다. 사각형 굴뚝에서 마치 화학 공장에서 피어오르는 듯한 연기가 계속 피어올랐다. 연기는 쉽게 사라지지 않았고, 피르나 마을 위에서 일정 시간 머물렀으며 끔찍한 악취를 풍겼다. 1941년 7월은 악취가 특히 더 심했다. 통계에 의하면 2,537명이 살해된 가장 끔찍한 달이었다. 평일에는 매일 100명 이상이 살해되었다. 주변에 거주하던 사람들 중에 도시를 포위한 그 뿌연 연기를 경계 신호로 생각한 사람은 한 명도 없었다.

3만 6,000명의 피르나 주민들은 마치 국부가 마취된 것처럼 그것을 견뎠다. 소문이 돌고 수군거리는 가운데 성 망루에서 벌어진 일이 알려졌고, 시민들은 현관문을 나설 때마다 무의식적으로 구시가지 동쪽에 있는 성채 쪽으로 시선을 던졌지만, 마을 전체는 아무것도 보지 못한 척했다. 여행 안내인은 엘베 강가의 사암으로 이루어진 산맥에서 갈라져 나왔고 '도시의 왕관'이라는 별명으로 불리는 산을 칭찬했다. '왕관'은 도무지 이해할 수 없는 일이 벌어진 그 도시를 향해 완만하게 기울어져 있다. 강제 노동 수용소에서 대량으로 이루어진 파괴의 조직적 시운전은, 곧 그들의 무관심을 교묘하게 이용해 이루어졌다. 살아 있는 주체를 대상으로 삼아 완벽하게 이루어진 종족 말살이 곧 아우슈비츠와 다른 곳에서 연이어 일어났다. 부분적으로 존넨 슈타인, 베위제츠, 소비부르의 가해자는 동일인들이었고, 세계를 돌아다니는 전형적인 독일인들이었다. 약 운전사 40명, 시체 소각인과 사무직원들은 승진을 한 다음 다른 '파괴소'로 계속 전근을 갔다. 트레블린카 제2수용소의 부지휘관이었으며, 사냥개 배리가 죄수들을 물어뜯어 죽이도록 부추긴 요리사 쿠르트 프란츠도 그중 한 명이었다. 1941년 9월 1일까지 정확하게 7만 273명의 환자가 '소독', 즉 가스실에서 살해되었다. 제국에서 그런 일을 전문적으로 담당한 여섯 개 기관의 최종 결산서에는, 소수점 이하 둘째 자리까지 계산된 최종 금액인 885억 5,439만 8,000마르크가 절약되었다고 적혀 있다. 그것은 '달걀 212만 4,568개'와 1,975만 4,325.27킬로그램의 감자, 3,373만 3,033.40킬로그램의 식품에 해당한다고 했다.

여류 화가의 무덤은 없다. 500미터 떨어진 야적장에 버리기 위해, 보통 타고 남은 잔해를 분쇄기에 넣고 '귀리만한 크기'로 갈거나 동이 틀 무렵에 가까운 곳에 위치한 엘베 강 경사지에 뿌렸다. 공동묘지에서 잘 자라는, 타고 올라가는 담쟁이 넝쿨과 노란 꽃이 피는 애기똥풀은 어린 서양 물푸레나무와 버드나무가 곧게 자란, 토양 속에 질소가 풍부하게 섞여 있는 숲속 언덕에서 아주 잘 자란다. 바람이 경작지 너머로 재를 실어 날랐고 범죄도 사방으로 퍼졌다. 요새 안에서는 가끔 뼈가 발견된다. 뵘은 밖을 가리킨다. 2년 전에 그들은 토양 표본을 채취했다고 한다. 글자 그대로 그들은 비참한 상태로 떨어졌다.

역사가 뵘은 19세기의 아주 진보적이던 존넨 슈타인 정신병원에 관한 연구를 병행하지 않으면, 이 병원이 이끄는 의기소침한 상태에서 벗어날 수 없을 것이라고 말한다. 1831년 여름 '붉은 천장의 친절한 피르나'는 동화의 왕인 한스 크리스티안 안데르센에게 자신의 모습을 드러냈다. '만개한 멋진 겹꽃잎 장미들'은 건물 벽을 타고 올라갔다. 그 건물 위편에 있는 장식이 안데르센에게는 우습게 보였다. 마찬가지로 그는 환자들로 인해 정신을 차릴 수 없었고, 충격을 받았으며, 매혹되었다. "환상은 …… 이곳에서는 무시무시한 키메라다. 그곳이 지닌 메두사의 머리는 이성적 생각을 돌로 만들어버린다 ……."

베히틀러 가족은 1940년 8월 7일 미리 허가받은 휴가를 함께 보내기 위해 프리다를 존넨 슈타인에서 집으로 데려가려고 했다. '나렌부르크'에 도착했을 때, 경비원 한 명이 카프카의 「성」에서처럼 어머니의 방문을 거부했다. 엘프리데가 다른 곳으로 이송되었으며, 이송될 목적지가 어딘지 곧 통보될 것이라고 간단하게 설명된 아주 형편없는 연극. 그리고 나서 들은 소식은 심장 근육의 약화를 유발시킨 폐렴으로 8월 12일 2시에 숨졌다는, 순전히 꾸며낸 이야기였다. 장미가 섞인 꽃다발이 달린 마지막 우편엽서가 어머니에게 보낸 작별의 인사였다. "항상 그렇게 근심·걱정을 하지 마세요. 모든 것이 다시 좋아질 거예요." 살해되기 직전에 자아분열증에 걸린 그녀는 네잎 클로버 일곱 개를 발견했고, 이것을 더 나은 미래의 전조로 여기면서 즐거워했다.

제거

그녀의 서류에서 드러난 것처럼, 마리안네 쉔펠더는 1938년 '드레스덴 복지 관청'의 신청으로 아른스도르프에 도착했다. '시 보건소'의 '유전과 인종 관리' 부서는 그녀의 입원에 찬성했다. 병든 여자는 "수입과 재산이 없으며", 서류에 부양 의무가 있다고 언급된 아버지는 "봉급만으로 살림을 꾸려나간"다고 쓰여 있었고, 그녀는 "아직도 검사를 받고 있다"는 문구가 추가로 적혀 있다. 밖에서 보기에 쉔펠더 가족은 아직 시민적 외관을 유지하고 있었지만, 재정적으로 문제가 있다는 것이 은근히 드러났다. 손자 리히터는 여전히 시민적 외관을 강력하고 안정을 주는 것으로 느끼고 있었다. 발터스도르프에 살고 있던 리히터가 이전에 경험한 안정된 삶을 아쉬워했으므로 더욱 그랬다. 마리안네에게 3마르크의 50페니히 간호 비용이 나왔다. 그 밖에 드레스덴 시 당국은 "특별히 우편 요금을 제외한 생계 보조금을 ……행정 처리 비용과 함께 제때에 병원 금고에서 지불할 것"을 약속하는 '공증된 서류'를 내주었다.

드레스덴에서 아주 가까운 곳에 있던 아른스도르프는 어느 경우에는 그 도시에 포함되기도 하고, 어느 경우에는 그 도시에 포함되지 않기도 하는 시설이었다. 부모에게는 기차로 '18분' 걸리는 거리였다. 어머니는 의사들에게 편지마다 약간 다르게 거리를 계산해서 설명했다. 그녀의 우편은 가망 없는 절망을 보여주고 있다. 그런 힘겨운 상황과 점점 나이가 들어감에도 불구하고 단아한 필체로 힘들여 쓴 편지에서는, '자아분열'이라는 낯선 단어를 결코 언급한 적이 없었다. 그것은 미쳤다는 사실에 대해서 피조물인 인간이 느끼는 원초적 두려움과 연결되어 있다. '병 14'는 마리안네를 지배함으로써 가족도 함께 지배하게 되었다. 그 고통은 어머니와 아이가 20년을 함께 보냈지만, 그것에서 미래를 보상해줄 것이 아무것도 남지 않았다는 사실을 의미했다. 그들은 함께 음악을 연주하고, 이야기를 나누고, 계획을 세웠다. 마리안네의 변화를 목격하면서 아름다운 시절의 유예된 시간에 매달리는 것은 점점 더 어렵게 되었다. 그녀의 일그러진 모습은 함께 나눈 경험을 왜곡시켰으며, 그것을 멋진 속임수로 드러냈고, 되돌아볼 때만 더욱 밝게 빛났다. 사람들은 과거를 아름답게 바꾸어 기억함으로써 완전한 절망의 순간을 견뎌낼 수 있었을 것이다. 도라 쉔펠더는 빈 종이 위에 펜으로 한 줄씩 적어 내려갔다. 그녀에게 마리안네는 '병든 딸'이자 '막내 딸'이었다. 그녀는 이제 성인 여성이 되었지만, 여전히 '병든 아기'였다. 그녀의 부모는 세상의 불공정에 분노하고, 일상의 근심으로 죽을 지경이었지만, 구원을 믿는 동안만큼은 세상의 광기와 화해할 의향이 있었다. 쉔펠더 가족들은 가족에게 뚜렷한 빈자리를 남겨놓은 마리안네 문제를 두고 관청과 다투지 않았다. 사랑하는 자식들이 성장할 때는 몇 가지 것들이 어머니를 화나게 할 수도 있다.

소리 없이 다가오는 광기에 대한 의심은 거기에 해당되는 것은 아니었다. "당신의 인생은 어떤 모습인가요?" 이 질문은 첫 번째 검사 때 받은 여덟 번째 질문이었다. 대답은 "완벽했어요"였다. 쉔펠더 가족들은 아무것도 알지 못했다. 무슨 일이 생길 것인가? 그것이 어떻게 끝나게 될까?

병원을 방문하는 길은 왕복 40킬로미터였다. 이는 랑에브뤽에서 기차를 탄다는 것을 의미했다. 리히터는 아직 어렸으며 기차 역이 판자로 못질이 되어 막혀 있는 것을 보고 아주 놀랐다. 그는 1950년대에 드레스덴 아카데미에서 공부하기 위해 선로 1에서 기차를 타고 떠났다. 선로 2에서는 비쇼프스베르다 방향으로 가는 기차가 섰다. 아른스도르프까지는 세 정거장으로 10분이 걸린다. 앞으로 부모에게 다가올 미래와 비교한다면 아무 문제도 아니었다.

딸이 그들에게서 사라져버렸다. 드레스덴에서 리히터의 조부모는 진단서를 끊으려고 애를 썼지만, 그것은 그들이 직접 눈으로 보았으나 믿으려고 하지 않았던 것을 다시금 확인해주었을 뿐이다. 사라지지 않는 과도하게 긴장된 상태. 더욱 좋지 않은 것은 엄청나게 고조된 긴장 상태로 이전의 그녀와는 생판 다른 사람이 되었다는 사실이다. 마리안네의 머릿속에는 유령이 살았다. 그녀는 그녀의 영혼을 부수고, 인격을 축소시켜버리는 허깨비들의 침입을 겪었다. 내부나 외부, 이제 그 어디에도 확실한 것이 없었다. 혼란스러운 생각 속에서 길을 잃게 되면, 훌륭한 설득도, 위협이나 욕설도, 간청도 소용이 없었으므로, 쉔펠더 가족들은 그녀에 대한 동정심으로 거의 익사할 정도가 되었고 스스로 질책했다. 그들에게 잘못이 있었을까? 그들이 잘못한 것이 무엇인가? 이런 질문은 사변적인 영역으로 넘어가버리기 때문에, 어떤 답도 얻을 수 없을 때 흔히 묻게 되는 일반적인 질문이다. 그들은 처음에는 꾸준히 잘 돌보면 마리안네를 되찾을 수 있을 것이라고 생각했다. 하지만 어디에서?

마리안네는 먼저 임시 사무 관리직 일을 그만두었으며, 자발적인 근로 봉사에서 면제되었다. 광기는 점점 깊숙이 자리를 잡았다. 그녀는 자주 사나워졌고, 혼란을 겪었으며, 공격적으로 변했고, 제어할 수 없었으며, 몹시 흥분하는 이슬람교 수도승과 같은 존재가 되었다. 합병증이 점점 심해졌으며 매번 부모의 가슴을 아프게 했다. 실제로 마리안네는 도달할 수 없는 곳으로 달아나버렸고, 누구하고도 더는 관계를 맺고 싶어 하지 않았다. 그녀는 서로 섞여 있는 명암의 순간이 갑작스럽게 바뀔 때 그녀에게 주어지는 질책에 대해 귀를 닫아버렸다. 헤집고 들어갈 수 없는 그녀의 침묵. 아무도 쳐다보지 않는 그녀의 눈. 그녀가 귀를 기울이고 있는 그녀 자신의 것이 아닌 목소리. 그렇지만 그녀는 날짜를 알고 있다. 환자는 1938년 5월 27일 '정신적 상태'를 드러내는 진술을 아주 정확하게 했으며, 아른스도르프에, '정신병원'에 있다는 것을 알고 있었다. 그녀는 자동차로 이곳으로 이송되었다고 말했고, '장소에 대한 방향 감각을 온전히 지니고' 있으며, 자신을 교육받은 사람이라고 진술한다.

나는 단지 정신을 지니고 있지 않을 뿐입니다. 정신은 사라져버렸어요. 나는 법칙을 알고 있어요. 당신은 보게 될 겁니다. 나는 미쳤어요. 하지만 나는 지금 독일어를 하고 있어요.

드레스덴이 어느 주에 속해 있죠?

작센 주요.

독일, 프랑스, 영국, 벨기에, 폴란드, 체코슬로바키아, 헝가리, 루마니아의 수도를 묻는 질문에 즉시 정답을 말했다.

루터가 누구죠?

독일의 종교 개혁가이고, 15세기와 16세기에 살았습니다.

비스마르크는?

지도자이고 수상이었으며, 독일의 모든 국가를 통일한 분이죠.

언제?

1870~1871년

그녀는 조금도 지체하지 않고 아메리카의 발견자로 콜럼버스의 이름을 말했고, "끓는 물이라는 단어에서 우리가 알 수 있는 것이 무엇인가"라는 질문에, 다음과 같은 문장으로 설명했다고 한다. "물은 가장 뜨거운 상태에 도달했고, 끓기 시작하면 100도가 된다."

언 물은 몇 도죠?

0도.

'시장이 반찬이다'라는 속담을 그녀는 "배고플 때 음식이 제일 맛있다"는 말로 옮겼다.

사과는 가지에서 먼 곳에 떨어지지 않는다는 격언의 의미는?

모르겠어요. (손을 입으로 가리면서) 아들은 아버지를 닮는다.

사람이 공부를 하는 이유는?

나중에 …… 민족에 봉사하기 위해.

당신은 자신의 미래를 어떻게 상상하나요?

그 점에 관해서는 먼저 부모님과 상의해야만 해요. 저는 머리가 그
렇게 좋은 편은 아닙니다.

무엇을 하고 싶은가요?

집에 머물고 싶어요. 그것은 사고력을 많이 요구하는 질문입
니다.

계속 그렇게 진행되었다. 그녀에게만 알려진 나라에서 이해
하기 힘든 말들을 보내온다. 그 나라에서는 모든 것이 우리에게
는 알려지지 않은 질서로 스스로 의미를 만들어낸다. 그 병원의
환자이고 시인인 로베르트 발저도 이보다 더 영리하고 기발하
게 표현할 수 없었을 생각을 그녀는 혼잣말로 엮어낸다.

독일어로 말하자면, 어떤 원인은 분명히 내게서 시작되었습니다.

당신은 영원이 이곳에 머물고 싶은가요?

아니요, 아니요, 당신은 저에게 그렇게 암시해서는 안 됩니다.

질문과 답변으로 계속 이어진다.

히틀러에 대해서 무엇을 알고 있죠?

나는 그것을 비밀로 간직하고 싶어요.

당신은 내부의 갑작스런 충격을 감지하나요?

감지해요, 그때 히틀러가 드레스덴을 지나갔어요. 그러면서 그는 나를 보았는데, 역시 그것은 나의 광기였어요. 그때 나는 그 남자가 몸을 돌려 따귀를 한 대 갈기려고 하는 것처럼 갑자기 아래로 떨어지는 쿵 소리를 들었어요.

다른 부분에서 "나는 히틀러에게 전화를 걸어 가톨릭 신자들이 어떤 상황에 있는지 알려주고 싶었어요."

선견지명이거나 무서운 환영이다. 히틀러는 마리안네의 광기 속을 돌아다니고 그녀를 뒤쫓는 유령 중 하나다. 1936년 5월 초에 히틀러는 나치 유명 인사들과 함께 엘베 강에서 유람선을 타려고 드레스덴에 왔고 아돌프 히틀러 광장 1번지에 있는 '정원과 욕실 딸린 방이 80개가 있는 일급' 호텔 '벨뷔'에 머물렀다. 그 시기에 광기가 마리안네를 움켜쥐고 있었다. 전보 양식처럼 짧은 문답이 계속되었다.

병이 들었다고 느끼지 않나요?

아니요, 저는 정신적으로 병들지 않았어요.

병원장 쿠르트 자겔이 덧붙인 글: 일어서서 방안을 돌아다니고, 혼 잣말을 한다. 아주 불안하게, 계속해서 손을 움직이고, 가만히 앉아 있지 못하고, 미소를 짓는다.

진정시키는 미소가 아니라, 방어막을 치는 듯한 특이한 미소 다. 넋이 빠진 사람의 매혹된 듯한 미소.

다음과 같은 최종적인 관찰, "운동성 정서불안, 옷을 벗으라 는 요구를 받자 그녀는 다시 혼잣말을 중얼거리기 시작한다. 나 는 의지는 아주 박약하지만, 아주 온화한 인간이야. 나는 복종해 야만 해. 나는 다른 사람 이상이야. 나는 목을 매달 수도 있지만, 머물겠어. 그녀는 갑자기 울기 시작한다."

부조리 연극. 시간적·공간적 위치 설정에 관한 질문이 포함된 F 형식에 따라서 마리안네에게 주어진 질문은, 이미 확실하게 밝혀진 사실, 즉 그가 미친 여자를 마주하고 있다는 사실만을 확 인시켰을 뿐이었다. 강제로 가족과 헤어져 모든 관계에서 벗어 난 상태에서 온전히 혼자서 헤쳐 나가야 할 뿐만 아니라 특별히 정신적 장애를 겪고 있는 마리안네의 공포에 대해 자젤은 냉담했다. 그가 환자와 나눈 대담은 정신병원의 힘과 개인에 대한 지배적 폭력을 보여주고 있다. 심리적 충격으로 몸을 뒤틀 정도이지만, 그녀가 이야기를 했다는 것 자체가 하나의 성과였다. 탐색하는 질문에서는 치료에 대한 어떤 제안이나 앞으로의 전망에 대한 말도 없었다. 마리안네는 자기결정력을 상실했다.

게다가 입원할 무렵 그녀의 신체는 매우 건강했다. 영양 상태는 '양호하고, 뼈 상태는 중간 정도'였다. '피하지방 아주 충분함'이라는 말이 적혀 있었다. 피부는 매끄럽고 팽팽했으며, 빠진 이는 없었다. "이는 잘 관리함", "폐. 두드릴 때 낭랑한 소리가 남. 관절의 유연성이 좋음." "심장? 박동소리가 맑음, 약간 빠르지만, 정상적 범위 내에 있음!"

질병번호 14

예전에는 '유연하고, 근면하며, 정신적으로 활달한 소녀'였지만, 이제는 광기에 사로잡힌 그녀의 천성이 지닌 다른 면이 점차 드러났다. 누구도 어떤 유령이 마리안네를 압박하는지 알아낼 수 없었다. 간병인들이 자주 확인하고 기록한 그녀의 반항적 태도는 내면의 혼란을 표현한 것이었다. 때때로 마리안네는 놀란 짐승처럼 공포에 질려 새소리를 내면서 돌아다녔다. 24시간 내내 지속되는 악몽의 채찍질에 시달린 그녀는 육체적으로 엄청난 힘을 키워냈다. 다른 환자들은 그녀를 피했고, 더는 그녀와 한 식탁에 앉으려고 하지 않았다. 나는 보고서를 읽고 그것을 알게 되었다.

그녀는 낮 시간에 그 공간에서 생활하면서 다른 사람들을 방해하고, 화를 돋우고, 상대를 쥐어뜯으면서 싸웠다. 그런 다음 갑자기 참을 수 없는 환상과 함께 얼이 빠지고, 눈에 보이지 않는 존재와 싸움을 하고, 분노 속에서 사지가 뒤틀리고, 몽유병에 걸린 것처럼 돌아다니는 뻣뻣한 인형이 되었다. 1938년 전문 평가자는 마리안네가 "거부하고, 흥분을 잘하며 폐쇄적이고 때때로 공격적으로 변하는 병자"가 되었고, 집안일은 전혀 할 수 없는 상태가 되었다는 진단서를 작성했다. 이런 진단을 받기 전인 1937년 가을에 계속 증가하는 흥분 상태, 모든 종류의 아주 격렬한 환각과 망상이 나타났으며, 그것은 "그녀가 가족과 함께 지내는 것을 불가능하게 했다."

서서히 진행되는 마리안네의 음울한 정신. 그것은 당시의 학문 상태와 부합된다. 그녀는 '1937년 9월 9일부터 1938년 2월

11일까지' 인슐린 치료를 받았으며, "그것을 통해 환자는 여러 모로 꽤 안정을 되찾았다." 하지만 그런 안정은 일반적인 상태 악화와 함께 진행되었다. 그녀는 점점 어리석게 굴었고, 산만해졌으며, "말과 행동으로 주변 사람들을 공격"했고, 어리석은 유아 시절로의 퇴행과 비교될 정도였다. 질병번호 14번은 경계선을 넘어 다른 존재 양식으로 건너가는 것으로 분류된다. 뚜렷한 파괴 충동이 그녀에게서 나타났다. 그것은 마치 그녀가 어떤 기대와 갈등에 빠지고 그것 때문에 이탈하고, 특별히 아주 사랑하는 어머니와의 관계를 끊기 위해 애정을 끊으려는 도발처럼 보였다. 그런 특징을 보인 그녀는 여전히 어머니의 딸이었고, 리히터의 이모였다. 하지만 그녀는 전혀 다른 사람이 되었다. 모든 사람들이 아주 사랑스럽다고 생각한 얼굴을 지니고 있던 이전의 마리안네는 내부에 깃들어 있던 전혀 다른 인물로 변했다.

슈톨텐호프 박사가 그 다음으로 실시한 '카르디아졸 충격 치료'는, 주사를 맞기 위해 남자 간호사들에게 단단히 결박당해야 했던 젊은 처녀에게는 상상할 수 없는 고문을 의미했다. 계속 이어진 주사기를 통한 약품 투여는 '집중적인 환각과 흥분 상태만을' 치명적으로 증가시켰다. 치료에 도입된, 논란이 많던 폭력적 방식은 1935년 무렵에 비로소 문제가 되었다. 이러한 치료 방식의 지속적 효과에 대한 임상적 경험은 아직까지 제시되지 않았다. 그 약을 발명한 라디스라우스 폰 메두나는 '3일 간격으로 규칙적으로 30번의 발작을 유발시킬 것'을 제안했다. 그것은 매우 큰 부담이었다. 간단하게 말하자면 그는 약품을 투여로 생긴 유사 간질 발작이 분열된 광기 상태에 긍정적인 영향을 끼칠 것이라는 전제에서 출발한 것이다. 더욱 끔찍한 대안은 영화 <뻐꾸기 둥지로 날아간 새>의 주인공처럼 전두엽前頭葉과 시상視床 사이에 있는 신경다발을 절단하는 것이다. 그런 행위는 당사자를 감정적으로 전혀 동요하지 않는 무관심 상태로 빠뜨렸다.

정맥에 카르디아졸을 주입하는 것은 한 가지 고통을 또 다른 고통을 통해 없애려는 것이다. 환자는 죽음의 고통을 느끼거나 세상이 사라지는 것 같은 고통을 느낀다. 환자에게 "파멸의 느낌이 생겨난다"고 전문 서적은 건조한 어조로 확인을 해준다. 카르디아졸의 충격은 종종 주사를 '전기 충격처럼 감지하는' 환자들을 완전히 정상 궤도에서 이탈시켜버린다. 어떤 환자들은 번개 형상으로 나타나는 '음감에 의해 촉발되는 색채 심상'과 분노 또는 '몸의 구석구석까지 미치는 고통'을 경험한다.

에른스트 아돌프 슈모를 의사는 1938년 비공식 회의에서 마리 안네 이모에게 가차 없이 강제 불임수술 판결을 내린 세 명의 '감정인' 중 한 명이었다. 그는 같은 해 '정신병 학과 인접 학문을 위한 일반 잡지'에 130명의 환자를 표본으로 삼아 '카르디아졸 경련 치료가 정신병과 연관된 임상적 모습에 끼친 영향'에 관한 보고서를 게재했다. 그는 '언어적으로 고삐 풀린 상태'까지 발전하는 '뚜렷한 억제력 상실'을 거의 모든 환자들에게서 확인한다. 문제가 생각보다 쉽게 해결될 수 있다고 그는 말한다. 그는 '특정한 행동의 우아함을' 알아보려고 했으며, 상당한 혼란을 일으키는 '익살스러운 증상'도 확인했다. 슈모를은 환자 길들이기를 목표로 삼았으며, 경련을 일으키는 독성 물질이 환자를 '조용하게 하는 데' 적합하다고 언급했다. 게다가 그는 개별적인 '카르디아졸 충격'을 계속하라고 권했다. 의사의 관점에서 보자면, 특히 이런 효과를 얻기 위해서는 부수적으로 생기는 극심한 고통쯤은 견뎌야만 하는 것이다. 사람들은 이런 조사에서 나타난 효과가 실험 대상으로 전락한 환자들에게 우선 도움이 되는지, 아니면 저자가 참고문헌 목록을 작성하는 데 도움이 되는 것인지 정확히 알 수 없었다. 마리안네 이모의 경우, '치료'는 중단되었다.

슈모를은 특별하고 전형적인 독일 허풍쟁이였다. 화가 빌헬름 도델은 그의 친구를 기이한 느낌을 주는 <의료분과 시 위원 슈모를 초상화>로 길이 남겨놓았다. 그 그림은 뮌헨 '예술사 중

앙연구소'에서 발견한 '4세기에 걸친 의사들의 초상화'라는 제
목의 아주 유별난 책과 드레스덴 인민 소유 예술 출판사의 시리
즈 '화가와 작품'이라는 책에 각각 실려 있었다. 리히터 때문에
나는 독일의 제일 큰 전문 도서관에 가서, 그에 관한 62권의 카
탈로그와 논문을 찾았다. 예술중앙연구소는 쾨니히스플라츠에
있던 이전 나치당 본부, 나치가 계획한 초기의 웅장한 건축물 안
에 있었다. 뮌헨은 '나치 운동의 수도'였고, 그 건물은 켈하이머
지역에서 실어온 사암으로 지은 당사였다. 건물 전면에는 85미
터 정도인 '파괴될 수 없는' 제국의 묵직한 상징이 그려져 있었
다. 이곳에서 그것이 시작되었다. 맞은편에는 리히터 그림 <아
틀라스>가 걸린 렌바흐하우스가 있다. 51.7× 66.7센티미터 크
기의 화폭에 전직 친위대 장교이던 하인리히 오이핑어의 형상
이 그려져 있다.

1층에 들어서게 되면 가장 먼저 커다란 4호 사무실을 지나가
게 된다. 오늘날에는 '국립 그래픽 보관소, 이탈리아 소묘 수집
품' 기관이 있는 곳이다. 예전에는 사무직원 80명이 독일 나치당
을 위해 '아주 매끄럽게 일을 처리하라는 원칙에 따라' 중앙당
카드 자료를 관리했던 곳이다. 권력자들은 700만 당원과 관련된
서류 700만 개를 나무 서랍이 있는 철제 금고에 보관했다. 그 서

류 가운데 당원 번호가 2246463인 하인리히 오이핑어의 서류가 들어 있었다. 슈모를은 2965601번이었다. 두 사람은 1933년 5월 1일에 나치당에 입당했다. 특히 두 사람은 뷔르츠부르크와 프랑크푸르트에서 의학을 공부했고, 슈모를은 잠시 동안 프리드리히슈타트 병원에서도 일했다. 50개도 넘는 철제 상자가 아직도 중앙에 나 있는 지하로 통하는 계단에 세워져 있다. 그 철제 상자는 '프란츠 리이허 금고 회사' 제품으로, 뢰벤그루베 7번지에 있는 가게에서 구입했으며, 붉은 장식선이 있는데 온통 올리브 열매 색으로 칠해 납품한 금고다.

전쟁이 끝난 후에 미국인들이 폐기처분하기 위해서 종이 소각장에 옮겨놓았던 700만 장의 카드를 발견해서 베를린에 있는 '중앙 문서 보관소'로 옮겼다. 보관 문서는 1994년에 연방 문서 보관소로 넘어갔다. 그곳에서 리히터 장인의 흔적을 찾는 작업을 하면서 오이핑어와 관련된 원본 서류와 나치당 제국 본부의 카드 담당 부서가 작성한 문서를 발견했다. '당비를 꼬박꼬박 냈다는' 증빙 서류가 포함된, '1941년 3월 31일 뮌헨에서 발송한' 문서였다. 엔핑어Enfinger로 잘못 기재된 이름을 정정했다고 오이핑어Eufinger에게 통보한 사실도 그 문서에 적혀 있다. 작센 주의 나치 행정 본부는 슈모를을 위해 '뮌헨 43구역'에 자리 잡은 당원 '가입 부서'에 '엘베 강 지역 피르나 지방의 존넨 슈트라세에 사는 에른스트 아돌프 슈모를의 사라진 당원 카드' 복사본을 보내달라고 요청했다.

길이 서로 교차한다. 그럴 수밖에 없을 것이다. 이미 본 듯한 모습. 본래 리히터를 찾고 있던 나는, 나치당 제국 본부의 오래되고 웅장한 대리석 건물에서 그의 장인 오이핑어의 동반자이자 같은 당원이며, 마리안네 이모의 불행에 공동 책임이 있는 슈모를과 조우하게 되었다. 예전에는 건물의 층계참에 거대한 히틀러 초상화가 뽐을 내며 걸려 있었다. 나치가 지배하던 시대에는 독일 떡갈나무 목재가 깔린 위층 강의실에, 갈고리 십자가 문양이 있는 양탄자가 나무 바닥을 덮고 있었다. 거대한 지구본이 방문자에게 정복의 꿈을 불러일으켰다. 예술 중앙 연구소가 제작한 '관료주의와 숭배'라는 제목의 카탈로그에는 1942년 19호실을 촬영한 사진이 있다. 제국 재무장관 슈바르츠는 나의 왼편 벽면을 덮은 책장 앞에 서 있었다. 사각형 모양으로 무리 지어 있는 청중들은 부동자세를 취하고 있었다. 둥근 전등은 옛날 그대로이고, 책상에 달린 작업용 전등은 새것이다. 지금 그곳 내 책상 위에는 서지목록 Dod 260 / 20이 붙은 화가 빌헬름 도델에 관한 책이 놓여 있다. 서가에는 그와 관련된 문서가, 드레스덴 시절에는 그의 선생님이었고, 베히틀러의 친구였던 오토 딕스와 연관된 문서 바로 밑에 배열되어 있다.

도델은 공산주의자였고 드레스덴 아카데미의 현관 앞 로비에서 체포되었는데, 대학에서 제적되어 1년 동안 호엔슈타인 강제 노동 수용소에 수감되었다. 그렇다고 해서 딕스의 제자가, 이탈리아풍 궁정에서 이상적인 포즈를 취하고 있는 나치 당원 슈모를의 그림을 그리는 것을 포기하지는 않았다. 배경에 걸린 작은 그림은 보티첼리의 <비너스>를 차용해 그린 것이다. 르네상스의 본보기를 따라서 이루어진 구성, 나무 위에 사용된 유화 물감과 템페라 안료가 그의 역할과 연관되어 무엇을 말하고 있는지 아무리 생각해도 알 수 없을 것이다. 하지만 그가 마치 자신이 중요한 인물인 양 행동한다는 것은 알 수 있었다.

지배자의 자세를 취한 스물아홉 살 슈모를의 모습, 푸른 나비넥타이, 분명하게 드러나는 인장

빌헬름 도델이 그린 〈아돌프 슈모를 Adolf Schmorl〉
1935년, 개인 소장품

반지를 낀 왼손을 허리에 얹고, 오른손에는 복숭아를 든 모습. 입가는 축 처져 있고, 조롱하는 듯한 표정. 그가 환자 앞에서 잰체, 팔을 휘저으며 발꿈치로 바닥을 딛고서 몸을 흔드는 모습이 순간 머리에 떠올랐다. 전반적으로 '작센 주의 가장 젊은 의료분과 시 의원'이라는 칭호가 이 정신과 의사를 오만불손하게 한 것 같은 인상을 풍겼다. 3년 후 그는 드레스덴 유전병 판결 법정에서 마리안네의 삶에 결정적으로 개입하게 되고, 그녀를 파멸로 몰아가는 데 열정적으로 동참한다. 그는 이후에 '판정 의사'로서 점점 깊숙이 안락사 범죄에 연루된다. 그는 1942년 초에 작센 주 직장에 '휴직계'를 제출하고 베를린 나치당 지도자의 수상 관저로 파견된다. 그의 이름은 'T4' 판정관 목록에 기록되어 있고, 주소는 하이델베르크 비슬로흐라고 적혀 있다. 숙식은 무료로 제공받았다. 1946년 테오도르 아르카디 슈모를이라는 가명을 사용하면서 바로크 화가 발타자르 노이만에 대해 잘 안다고 그리고 예술 연구소에는 그에 관한 책이 있다 허풍을 떨던 슈모를은 '안락사' 프로그램의 연장선에서 연구, 구체적으로 말하면 '바보들을 포함한 경련 환자들의 산소 소비'에 관한 연구에 몰두했다. 이 초상화를 그린 화가는 1944년 러시아에서 전사했다. 도델은 '조숙한 화가'로 평가되었다. 슈모를은 1945년 2월 13일 드레스덴 공습으로 철저히 파괴되었다. 그것은 확신에 가득 찬 나치의 인생 행보에서는 엄살 섞인 주석이 필요할 정도로 중요한 사건이었다.

그는 에르츠 산맥에서 잠적해, 1949년 프랑크푸르트 암 마인으로 이주한 뒤, 의사 자리에 지원을 하기 위해 자신의 'T4' 활동을 '교수 자격시험 논문'을 위한 연구로 위장했다. 그리고 전쟁 후에 이드슈타인에서 헤르보른 정신병원 과장 의사와 주 상급 의료분과 위원으로 활동하는 동시에 청소년 전담 정신과 의사로도 계속 활동을 할 수 있었다. 그는 초상화를 그리는 비용으로 3,000제국 마르크를 기꺼이 지불했다. 그림은 오랫동안 개인 소유로 있다가 2003년 베를린 경매에서 판매 작품으로 제공되어 7,000유로에서 1만 7,000유로로 가격이 올랐으며, 지금은 그림을 그린 장소에서 아주 가까운 곳에 소장되어 있다.

고통이 머무는 장소

리히터의 이모는 먼저 1937년 9월 7일에 개인병원 슈톨텐호프에 입원했다. 그렇게 하여 무척 의심스러운 기관이 마리안네 쉔펠더의 첫 번째 치료를 담당하게 되었다. 병원 소유자인 하인

리히 슈톨텐호프는 '요양 기관 드레스덴 슈트레렌'이라는 이름
으로 병원을 운영했으며, 신경이나 정신과와 관련된 병의 치료
를 전문으로 했다. 그 병원은 교외의 아주 괜찮은 곳에 있었으므
로 환자를 모을 수 있었지만, 1930년대에는 결코 모범적인 시설
이 아니었다. 지역 관청과 아주 변덕스러운 원장과의 다툼이 시
문서보관소에 보관된 서류철에 잔뜩 기록되어 있다. 1936년 9월
15일 오전 슈톨텐호프는 보관 부서의 '설문지'에 회답을 했다.
맞춤법에 어긋나는 글이었다. 그는 치료비로 보험에 가입된 환
자에게는 5.75~6.40마르크를, 개인 환자에게는 8~15마르크까
지 받았다고 한다. 그의 병원은 온실로 연결된 2동의 건물로 이
루어졌으며, 최대한 35명의 환자를 수용할 수 있는 공간이 있었
다. 침대마다 침대보가 '두 배로 완벽하게' 준비되어 있다. 치료
방법으로 '열 요법, 수면 요법, 금단 요법'이 언급되어 있었다. 의
사 세 명, 간호사 여덟 명, 요리사와 허드렛일을 돕는 사람을 비
롯해 아홉 명의 '기타 인원'이 환자들을 돌보았다. 도서관은 "30
권의 책을 소유하고 있으며, 조금씩 확장되었다."

　　1938년 1월 여전히 리히터의 이모는 슈톨텐호프의 환자였다.
병원 사업 감찰부서는 그달에 그의 '사업적 신뢰성'을 조사했다.
지역 약국은 현금을 받을 때에만 병원의 처방전에 따라 약을 조

제했다. 슈톨텐호프는 '아편 팅크제 360그램과 파놉톤 용제 255그램'을 사용하는 데 필요한 증빙 서류를 제출할 수 없었다. 병원 경영은 '특별한 세심함과 신뢰'가 요구되지만, 주임 의사는 여러 분야에서 그와 같은 요구를 무시했다고 한다. 의사라는 직업을 '불법적으로 수행하고' 있는 것 아니냐고 묻기까지 했다. 1938년 전직 여직원이 슈톨텐호프를 맹렬하게 비난했다. 그녀는 몇 쪽에 걸쳐 그가 '아주 드물게 환자를' 돌보았지만, 의사에게 공짜로 나눠주는 견본 약품을 사용하면서 약값은 '언제나' 환자에게 청구했다고 자세히 이야기한다. 환자 여섯 명이 병원에서 퇴원한 뒤 자살했다고 그녀는 말했다. 그는 관청의 의심을 받고 있는 경솔한 의사였다. 마리안네의 운명을 결정하는 일이 하필 그의 손에 맡겨졌다. 1938년에도 역시 슈톨텐호프는 마리안네 이모를 아른스도르프에 입원시키라고 지시한다. 그는 동독에서 아른스도르프 정신병원의 원장으로까지 승진한다. 사람들은 그가 유능한 병원장이었다고 이야기한다.

이곳에 가족이 알고 있던 모습과는 급격히 달라진 모습의 젊은 처녀가 있다. 그녀의 조카 리히터가 동독에서 서독으로 달아나면서 가져간 사진, 사진첩의 수많은 사진 중에서 골라 화폭에 투영시킨 그 사진으로 말미암아, 결정적으로 이모의 얼굴 특징은 전에 없이 그에게 아주 친숙한 것이 되었다. 그 뒤 3~4일 동안 공을 들여, 현미경으로 들여다본 것처럼 아주 정확하게 실제 크기의 그림을 만들어냈다. 그 당시 그는 이모의 운명을 정확하게 알지 못했다. 그림은 '되도록 오랫동안 보존되기를' 바라는 소망을 담아 티탄 산화물 점착제를 사용한 합성수지 유화제를 바탕에 칠하고, 당시에 뒤셀도르프에서 1제곱미터당 8마르크에 팔린 화폭에 '가장 좋은 물감과 기름 용제'을 이용해 그린 그림이었다. 1966년에 그는 자신의 작업 방식에 대해 아주 꼼꼼하게 이야기했다. 이제 막 피어나는 소녀를 그린, 눈에 띨 만큼 인상적인 그림이다. 그녀는 부끄러워하는 자세와 자랑스러움이 뒤섞인 태도로 갓난아이를 돌보았고, 아마 다음 순간에는 껴안았을 것이다. 그 그림은 살해당한 이모와 밀접한 관계를 맺게 된 순간을 몰두해서 그린, 아마도 리히터가 그린 초상화 중에서 제일 정감 넘치는 초상화일 것이다. 그는 슬픔에 찬 사랑 고백을 통해 특정한 감정을 느낄 수 있다고 생각하지는 않았을 것이다. 이후 그가 다시는 듣지 못하게 된 절규가 바로 그 감정이었다.

그의 이모는 열아홉 살이 되자 그녀의 길을 갔다. 마리안네 부모는 처음에는 자신들의 아이가 훌륭한 사람의 보살핌을 받으며 안전한 지역에 있다는 희망을 가질 수도 있었다. 육체를 지닌 악마가 정신병자 속으로 들어간다는 미신이 이론적으로나마 끝장이 난 이후에, '치료와 간호 병원'이라는 새로운 개념이 인식에서의 진보를 표현하고 있다. 나치가 '민족의 신체를 정화하는 것'을 요구하고 '무위도식자들'의 제거를 사회적 문제의 해결로 선전하기 전까지는 그런 인식이 유지되었다. 언론이 '바보들의 병원'을 반대하는 선동에 참여했다. ≪피라너 안차이거Piraner Anzeiger≫ 신문은 1936년 8월, 거리낌 없이 "바보들을 악마에게로 보내자"고 요구했다.

마리안네 쉔펠더의 예를 보더라도 그 범죄는 일상적인 경로를 밟아 진행되었다. 드레스덴의 유전병 판결 법원이 1938년 3월 23일 회의에서 그녀의 '불임수술'을 지시했을 때, 그녀는 그에 대한 다른 저항 수단을 박탈당한 존재였다. 회의 참석자는 의장인 행정법원 위원 얀 박사, 슐체 의학박사, 앞서 말한 의약분과 시 위원이자 공무원 신분인 의사이며 열성적인 나치 당원인 슈모를이었다. 위원회는 비공개로 열렸으며, 당사자들은 침묵을 지킬 의무가 있었다. 도시 보건당국이 해당 법률의 1조 2의 2항이 규정하고 있는 것처럼 자아분열을 언급하면서 불임수술을 신청했다. 형편없는 그 서류는 명령을 내리고 싶어서 안달이 난 병적인 망상을 지닌 작성자의 모습을 보여준다. 작성자는 이런 목적을 위해 우선 법률 공고·실행 규정 60개와 보고 의무를 생각해냈다. 판결은 미리 정한 틀에 박힌 생각 속에서 내려졌다. 평범한 어린 시절을 보내고 훌륭한 성적으로 학교를 졸업한 마리안네 쉔펠더는, 상업적인 능력이 부족해서 큰 회사의 수습생활에는 실패했고, 그 때문에 직장을 그만두어야만 했다는 틀에 박힌 내용이었다.

나치 십자가 도장이 찍힌 서류는 스물한 살의 여자가 정신적으로 둔감하고 주위에 관심이 없으며, "감정이입의 결핍 때문에 근로봉사에 이용될 수 없다"고 경멸하듯 계속 이야기한다. 정신적 질병이 악화된 이후, 그녀는 "병원에 입원하기 전, 몇 주 동안 침대를 떠나지 않았으며", "세심한 감정에 대한 느낌이 없고 정상적인 의견 교환 능력이 없다"고 했다. 그것은 사람들이 관심을 갖도록 하는 부드러운 우수가 바탕에 깔려 있는 리히터의 회화와는 정면으로 대립된다. 환자의 아이가 '유전 때문에 생기는 심각한 정신적 손상을 입게 될' 것이라고 예상하는 것은 '개연성이 충분이 있는' 일이라고, 남성적 환상에 빠져 있던 '평가 의사들'은 분명하고 단호하게 말했다. 그것은 열정적이기는 하지만 의학적으로는 확실히 잘못된 것이었다. '확정된 지 14일' 이내에 불임수술 결정에 반대하는 이의신청을 제기할 수 있다고 되어 있지만, 무엇보다도 아른스도르프 병원이 불임수술에 반대하는 법률적 수단을 포기했다. 3제국에서 그 같은 결정은 이미 죽음을 내포하며, 종종 그것은 안락사의 전 단계와 마찬가지였다.

1938년 7월 22일 수백 번이나 경험하면서 익숙해진 일상적 업무 속에서 아른스도르프 병원 책임자들은, 법원의 결정이 이제는 확정되었으며 따라서 수술을 할 수 있는지, 한다면 마리안네가 언제, 어느 병원으로 '수술하기 위해' 이송되어야 할지를 묻기 위해 되도록이면 빨리 통보해달라고 요구하겠다는 태도를 견지했다. 3일 후 "수술은 드레스덴 프리드리히슈타트 시립병원에서 이루어질 것"이라는 답변이 왔다. 환자를 그곳 병원으로 이송하라는 요청이 있었다. 먹지를 사용해 작성한 서류 복사본을 입원허가서 대신 함께 제출해야 한다는 언급이 있었다. 그 병원의 산부인과 과장의사는 알려진 대로 교수 직책을 겸임하고 있는 하인리히 오이핑어였다. 결과적으로 리히터의 이모 마리안네는 나중에 그의 장인이 되는 사람에게서 불임수술을 받아야만 했다. 그 무렵 하인리히 오이핑어 교수는 친위대 소위 진급을 눈앞에 두고 있었다. 법조문 해설서를 따르자면 불임수술 권한을 지닌 사람은 "나치 세계관의 토대 위에" 서 있어야만 했다. 마리안네의 아버지 알프레드 쉔펠더는 최근의 정신적 충격에 저항하는 어떤 행동도 할 수 없었다. 그가 할 수 있는 일은 단지 수술이 드레스덴에서 이루어지도록 청원하는 것뿐이었다. 아마도 그는 그것으로 히틀러의 광기가 영원히 충족될 것이라고 생각하면서 양보를 했을 수도 있다. 그 도시의 '유전과 인종 관리' 부서는 1938년 7월 15일 서류를 통해 "당신에게 어떤 비용도 추가되지 않을 것"이라고 확언했다. '보고하기 위해' 먹지를 대고 작성하여 주 담당 부서에 보낸 타자 복사본에는 "처리하도록 부서 담당 의사에게 전달할 것"이라는 지시 사항이 덧붙어 있었다.

아른스도르프는 작은 세계였다. 리히터의 장인이 될 오이핑어는 그곳에서 의사 레온하르트를 만난 것이 분명하다. 두 사람은 그곳에서 대화거리를 충분히 공유하고 있었을 것이다. 의무, 전쟁, 진급이나 딸들의 성장에 관한 이야기보다는, 그 정신과 의사가 작센의 여러 정신병원 중에서 임신중절 환자를 프리드리히슈타트 병원에 가장 많이 보냈다는 것이 대화의 소재였을 것이다.

1938년 여름에 마리안네 이모는 편도선염을 앓았다. 그녀는 영양 결핍으로 손톱 주변에 참기 힘든 종기가 돋았다. 그녀를 치료하던 의사는 그녀를 가엾게 여겼으며, 7월 25일로 예정된 수술이 "정신적 상태 때문에 현재로서는 불가능함. 8주 후에 다시 결정을 내리겠음!"이라는 진단을 내렸다. 7월 5일 그는 "도라 마가레테 마리안네 쉔펠더의 임신중절은 정신적 상태 때문에 잠정적으로 실시할 수 없다"는 우려를 재차 표명했다. 1938년 9월 12일 병원 관리부에서는 다시 '임신중절 수술을 실시할 수 없는 가?'라는 질문에 답을 재촉했다. '수술할 수 없다'는 것이 답변이었다.

상태가 악화되었으므로 드레스덴으로 이송되는 것은 선택 사항에서 제외되었다. 그런데도 병원은 '유전자 감시자'들이 원했던 결정을 내렸다. "환자의 상태를 보고 판단해서 아른스도르프에서 임신중절 수술을 하는 것을 허가한다." 의사는 습관처럼 환자 상태를 관찰하여 기록했다. 마리안네는 "어린아이처럼 놀면서, 손가락을 물어뜯고, 옷으로 장난을 치고, 한곳에 집중하지 못했다"고 한다. 12월 7일 갑작스럽게도 "오늘 일상적인 준비를 마친 후에 이곳에서 불임수술을 실시할 것이다"라고 기재되어 있다. 이로써 그녀는 다른 운명 때문에 오이핑어의 수술대를 벗어나게 된다. 문서번호 156×III 133 / 38에 의하면 B10 병동 측면 건물 1층에서 "나팔관을 묶었으며 부분복부 절개가 이루어졌다." 드레스덴 포텐하우어 슈트라세 90번지에 있는 '국립병원'의 수술 담당 의사 피셔 박사가 후에 서명을 했고, 뮐러와 바이에 의사, 마취 전문의인 슈밥과 간호사 헬레네가 그를 보조했다.

이야기는 론도 형식처럼 다시 리히터에게로 되돌아간다. 원무과 바로 옆에 있는 국립 산부인과 병원 B병동에서 리히터는 1932년 2월 9일 '아침 7시'에 세상의 빛을 보았다. 그를 받아낸 의사가 피셔 박사였을지도 모른다. 산모와 아이는 눈에 띄게 병원에 오래 머물렀다. '프리더 루돌프 호르스트 게르하르트 리히터'는 근처 삼위일체 교회에서 1932년 2월 9일 튀르케 목사에게 세례를 받았다. 그곳의 환경은 그리 나쁘지 않았다. 보겔비제를 지나쳐서 엘베 강을 향해 난, 전망 좋은 예술 아카데미 작업실과 아주 가까운 거리였다. 1932년은 오이핑어가 프랑크푸르트 암 마인에서 시 당국에 통보를 한 해이기도 하다. "이 편지로 나는 당신들에게 4월 18일 …… 제 딸 마리안네가 태어났음을 알립니다!" 그녀는 리히터의 부인이 될 여자 아이였다. 그녀의 아버지 오이핑어가 쓴 관청식 독일어는 정확했고, 기쁨을 전혀 담고 있지 않았다.

드레스덴 여자들은 포텐하우어 슈트라세에 있는 병원에서 피셔 의사의 상관이며 과장 의사인 바르네크로스의 진료를 받으면서 아이를 낳으려고 했다. 수염이 난 젊은 남자를 여자로 바꿔 버린 수술을 통해 그는 국제적으로 주목을 받았다. <산부인과 의사의 소설>이라는 멜로드라마에 나오는 루돌프 프라크 같은 유형의 의사다. 엘베 강가의 그 도시에서는 많은 여자들이 눈이 부실 만큼 잘생긴 그 의사에게 진료를 받기 위해 임신을 감수한다는 소문이 돌았다. 아마도 그는 힐데가르트의 병실에도 들러 아들의 탄생을 축하했을 수도 있다. 나치 당원인 바르네크로스는 미식가로 널리 알려져 있었고, 드레스덴과 파리를 오갔으며, 로칠트 가문의 여자와 연애를 했고, 극존칭으로 이

드레스덴 국립 산부인과 병원 과장 의사 에른스트 피셔

야기해줄 것을 요구했으며, 긴급할 때는 연미복을 입은 채 오페라 극장에서 분만실로 달려가곤 했다. 의학 분과 서류에 의하면 그는 그리스 황태자비 프리데리케의 분만을 책임졌다. 그의 유고 문서에는 주치의 피셔의 볼썽사나운 사진이 한 장 있다. 마리 안네의 불임을 집도한 의사는 골프용 반바지와 무릎까지 오는 면양말을 신고, 등받이가 높은 안락의자에 끼인 듯 앉아 있다. 광이 번쩍거리는 구두를 신고, 무릎에는 애완용 개를 올려놓고

아이 같은 자세를 취한, 입술이 가냘픈 방랑자의 모습이다. 주인과 테리어 종인 그 개는 둘 다 영양 상태가 좋다. 그 나치 당원이 기른, 입술 위에 미소처럼 붙어 있는 작은 히틀러 수염을 보지 않으려야 않을 수 없다.

피셔와 무리를 이룬 의사들은 아른스도르프에서 같은 날, 마리안네 이모와 함께 고통을 받았던 루시 시몬의 수술도 맡았다 1938년 성탄절 전날 병원은 수술을 끝내고, '당신이 …… 이 병원 사람들이 임신중절 수술을 한 마리안네 쉔펠더와 루시 시몬에 대한' 보고서를 수술 책임자인 피셔에게 보낸다. "모든 병자의 환부는 제대로 치료되고 있다"는 소식과 '첨부 서류 두 통'이 함께 보내졌다. 거기에는 "1938년 12월 24일 처리됨"이라고 적혀 있었다.

의학사 연구자인 알브레히트 숄츠의 설명을 따르자면 에리히 피셔 교수는 "교수 자격을 취득하지 못했으며, 자신의 학문적 능력을 논문으로 입증"하지 못했지만, 전쟁이 끝난 뒤 1945년 6월 19일 '프리드리히슈타트 산부인과 병원장'이 되었다. 그러나 10개월도 안 되어 시위원회는 그의 '전직 나치 당원이었다는 사실'을 고려해서 그를 다시 쫓아냈다. 이유는 다음과 같다. "알려진 것처럼 전직 나치 고위 간부들과의 다양한 접촉이 직업과 연관된 단순한 접촉이 아닌 것으로 보인다……" 병자들은 그가 회진을 하는 동안 "거의 뻣뻣한 부동자세로 침대에 누워 있어야"만 했으며, 직원들은 그가 나타나면 일을 멈추고 일어서야 했다는 것을 노사협의회 사람들에게 확인했다. 노사협의회 사람들은 '오이핑어 교수의 경우에도 사람들이 쉴 새 없이 일어나야만 했다'는 암시를 주는 것으로 대답을 대신했다. 피셔는 '명목상의 당원'이었다는 규격화된 변명으로 자신의 입장을 방어했다. 1930년대 그가 병원장 자리에 처음으로 지원했을 때 '최종 후보자 명단'에는 들었지만 탈락했다고 한다. "나치당과 나치 의사협회에서 나를 정치적으로 불리하다고 판단했기 때문"이라고 그는 말했다. 그런 과정에서 대체 인물로 선택된 하인리히 오이핑어가 시청의 나치 당원인 시청 담당자들에게 훨씬 적합한 인물로 여겨졌을 것이라는 역추론도 가능하다. 피셔는 사회주의통합당 지배하에 마침내 프리드리히슈타트 병원장으로 승진하게 되고, 자신의 과대망상증을 떨쳐버리지 못한 채 1960년에 퇴직했다.

1938년 입원, 1938년 강제 불임수술, 마리안네 이모는 곧바로 경계선을 넘어 음지로 들어갔다. 그해에 열여섯 명의 다른 환자들도 오이핑어의 병동 M에서 이루어진 불임수술을 피할 수 없었다. 1938년 정확히 총 108명의 입원 환자들이 그에게서 수술을 받아야만 했다. 거의 3일에 한 번씩 이루어진 수술이었다. 교수가 일반적으로 사용한 시술 방식은 '쐐기 모양의 나팔관 척출·복부 절개 수술'이었다. 환자 중에는 선천성 정신박약 진단을 받은 33명과 자아분열 진단을 받은 26명의 환자들이 포함되어 있었다. 강제 불임에 관한 논문에서 저자 비르키트 퇴폴트가 주장한 것처럼, 야심에 찬 나치 당원이자 아른스도르프 부원장이던 에른스트 레온하르트가 불임수술 신청에서 두각을 나타냈다.

병원은 방문객들 앞에서 「유전적 질병에 후손이 걸리지 않도록 예방하는 법」을 공격적으로 옹호했고, 그것을 위해 직접 촬영한 <바보들이 수용된 병동과 다른 병동에서>라는 영화에서 뽑아낸 잔인한 영상으로 사람들의 마음을 얻으려 했다. 하지만 1937년 한 연대기 기록자는 해당 법이 "대부분 법의 영향을 직접받지 않는 사람들이 그 법을 받아들이고 옹호하게 될" 것이라고 비판적으로 언급했다. 1942년 병원 책임자들은 '환자의 불임수술'은 '온전하게 진행 중이며', '인종적으로 순수한 민족'에 이르는 것은 단지 실현될 시기가 문제인 것처럼 강조했다. 그 사이 프리드리히슈타트에 있던 오이핑어의 산부인과에는 벌써 불이 나갔으며, 공습으로 생긴 어둠 때문에 보통은 백열전구가 푸른 등으로 교체되었다. 등화관제는 계속되었다. 빅토르 클렘퍼러는 드레스덴에서 맞은 십이월 그믐에 대해 기록을 했다. "1942년도는 나치가 다스렸던 10년 중 가장 끔찍한 해였다. 우리는 계속해서 새로운 모욕, 박해, 학대, 피해를 겪었다……."

마리안네는 B3 병동에서 아무도 알 수 없는 곳을 향해 부산하게 움직였다. 병원에서는 1인당 1주일의 버터배급량이 125그램에서 100그램으로 줄었다. 병원장 자겔의 제안으로 『그림으로 본 병원 연대기』가 새로 제작되었다. 서리 피해를 입은 뒤 거둬들인 곡식은 모양이 망가졌지만, 과수원에서는 사과와 배 5,000킬로그램을 수확했다. 스물일곱 개의 벌집이 만들어낸 꿀 수확량은 "오랫동안 서리가 내렸기 때문에 기후 조건이 좋지 않았지만, 수확량 42킬로그램은 평균보다 많은 것이었다." 그 대신 "딸기는 대풍작이었다." 사람들은 누에치기에 큰 기대를 품었다. 1936년 5,000그루의 뽕나무 재배가 시작되었다. 뽕나무 잎은 병원을 이국적인 녹색으로 둘러싸고, 여름에는 뽕나무 숲이 감미로운 과일 향기를 뿜어냈다. 노란 헝가리라고 불리던 부화된 알 20그램에서 43.85킬로그램의 누에고치가 수확되었다. 이로써 작은 동물 전시회에서 20제국 마르크를 상금으로 수여하는 2등 상을 받았다. 나중에 정원사 우르반은 '누에치기에서 보여준 귀중한 노고를 인정'받아 80제국 마르크를 받았다. 그러나 나는 지금 아른 스도르프에서 뽕나무를 한 그루도 볼 수 없다.

대량 살상과 누에 재배! 기이하게도 나는 제발트의 단편 소설 「토성의 원」 속에서 1939년에 출간된 프리드리히 랑에의 『독일 양잠업』이라는 책을 접하게 되었다. 그의 '원칙'을 따르면 "구즈 베리와 딸기가 자라는 지역에서는 뽕나무 재배도 성공할 수 있다"고 한다. 이런 문구 뒤로 교묘한 근거가 이어진다. 양잠에서 '인종적 타락에 관한 사실', '선별의 결핍' 결과와 '선별, 박멸, 능력 점검, 유전적 요소들'이 연구될 수 있고, 아마도 "학교에서 사용하기에 적합하고 매년 이용할 수 있는 유전생물학 수업 시각 교재"가 개발될 수 있을 것이라고 했다. 저자는 그 전제 조건으로 "적합한 종의 형질과 보존 형질이 준비되어 있어야만" 한다고 추론한다. 환자들은 기다가 날게 된 동물 때문에 기뻐했을 수도 있고, 벌거숭이 애벌레와 둔중하고 털이 난 나방에 구역질을 느꼈을 수도 있을 것이다. 그러나 1941년 나무 끝이 잘리고 새로 부화된 20그램의 알에서 63.7킬로그램의 새로운 고치를 거두어들이기 전에 그들은 자신들의 종말을 발견하게 되었다. 번데기들은 여러 시간 수증기에 쪄져 죽었다. 수증기는 물이 가스 형태로 바뀐 것이다. 양잠업은 정신병 환자들에게 앞으로 일어날 일을 무서운 유추 형태로 미리 보여준 셈이었다. 환자들은 가스로 살해당했다.

불임수술의 육체적·정신적 고통에 대해 마리안네는 새롭고 심각한 위기를 겪은 것처럼 반응한다. B10 병동에 누워 있는 환자는 붕대를 망가트리고 "손가락으로 상처 주위를" 만진다. 다음의 의학 관찰 설문지는 그녀의 상태 악화에 대해 보고하고 있으며, 이러한 상태 악화는 전혀 놀라운 일이 아니다. 그녀는 "여전히 책을 찢고 있다. 그녀는 모든 면에서 매우 흐트러져 있다. 고무나무 잎사귀를 망가트렸다." 그녀는 어린아이처럼 행동했다. 그녀는 'B3 병동 3층으로' 옮겨졌다. 1939년 1월 9일 레온하르트 박사의 서명. 아른스도르프 시절 레온하르트는 자신의 직업에서 출세하기 위해 애쓴다. 출세를 위한 노력은 병자들을 가스실로 보내는 것에서 절정에 달한다. 부원장에게는 아직도 8년의 시간이 남아 있었다. 그 기간이 지난 후 드레스덴 배심재판소는 수십 건의 살인을 한 죄로 그에게 사형을 선고한다. 교수형에 처할 가치도 없다는 판결을 받은 그는 드레스덴의 단두대에서 죽어야만 했다. 전쟁이 시작되었을 때 그는 아주 높은 지위에 올라 있었다. 히틀러는 폴란드를 순식간에 점령했다. 하지만 9월에 드레스덴 시 관리과는 '공습을 받았을 때 매장 조처를 체계적으로 수행'하라는 명령을 내렸다. "시체를 처리할 때는 사람들의 눈에 띄지 않게 하기 위해 시체를 천으로 감싸야 한다"는 명령이었다.

전쟁 중의 여자들

에른스트 알프레드 쉔펠더의 족보에 따르면 마리안네의 어머니 도라는 드레스덴 출신인 알바누스 집안의 딸이다. 집안 살림을 도왔던 그녀는 소박하고, 안정적이고, 고집스러운 가부장적 집안의 딸이 분명했다. 손자 리히터도 다른 모습의 그녀를 알지 못한다. 외할머니는 일흔 살이 되어서도 담배를 피웠으며, 술을 그대로 놔두지 않았다. 커피, 적어도 대용 커피 없이 그녀는 아무것도 하지 못했다. 그런 것이 재난으로 가득 찬 일상생활 속에서 남은 위안거리였다. 리히터는 1964년 그의 외할머니를 커다란 유화에 담았다. 원본 사진은 발터스도르프에서 찍은 것이다. 손가방을 팔에 끼고 있는 리히터의 어머니, 드레스덴에 살던 그녀의 여자 친구, 리히터의 여동생과 검은 털이 덮인 다켈 종 개를 데리고 있는 리히터를 볼 수 있다. 산책용 지팡이를 들고, 꽃무늬

© Gerhard Richter

리히터가 그린 〈가족 familie〉 1964년, 150×180cm

가 찍힌 블라우스 위에 조끼를 걸친 모습으로, 사진을 찍는 것이 마치 무시무시한 일이라도 되는 것처럼 고개를 약간 기울이고 있는 도라의 모습. 남자들은 보이지 않는다. 그런데도 리히터는 뭐라 설명하기 어려운 이유로 <가족>이라는 제목을 선택했다. 당시의 그런 모습을 표현하기 위해 '여자들만의 가족'이라는 단어가 새로 생겼다. 스냅 사진은 1943년에 찍은 것이다. 전쟁 중의 여자들.

한편 1943년 9월 과장 의사 오이핑어는 친위대 소령으로 '특진'했다. 마리안네 이모는 그로스슈바이드니츠 병원에 있었다.

방문할 때마다 딸의 자아분열은 도라의 마음에 상당한 황량함을 불러일으켰을 수도 있었다. 이전 상태와 그에 따른 현재 상태 사이에서 생긴, 여전히 이해할 수 없는 대조 상태. 집에 보존되어 있는 모든 것, 어린 시절의 그림, 인형, 책에서 아주 멀리 떨어져나간 잃어버린 딸의 모습. 그녀의 존재를 말해주는 남겨진 물건들. 마치 예전에 했던 놀이를 다시 한 번 할 수 있고, 공동생활이 언젠가 다시 지속될 수 있을 것처럼 원래의 자리를 지키고 있는, 도라가 돌보던 소중한 물건들. 이 같은 환상 속으로 달아나는 것은 마치 강박과 같았다. 비록 아프기는 하지만 어머니 쉔펠더는 그것에 저항할 수 없었다. 그녀는 아직도 살아 있는 아이를 다시는 찾을 수 없게 되었다는 사실에 동의할 수 없었다. 그녀에게 공감하는 사람은 도라의 머릿속에 어떤 생각이 지나가는지를 충분히 상상할 수 있을 것이다.

이미 말한 것처럼 발터스도르프에서 그로스슈바이드니츠까지는 20킬로미터밖에 되지 않았다. 그곳에서 사람들은 딸을 점점 형편없는 조건 속에 붙들어두고 있었다. 도라가 쏟아 붓는 엄청난 사랑이라면, 딸이 아직은 젊었으므로 정상적인 상태로 돌아올 수 있을 것이라고 가족들은 희망적으로 생각했다. 이런 희망이 없었다면 그녀는 자신이 본 것을, 치욕과 결핍의 좁은 영역에 있는 마리안네의 적나라한 곤경을, 그녀가 구덩이의 악취 속에서 죽어가는 것을 견디지 못했을 것이다. 달마다 견디기 어려운 상태가 지속되었다. 갈수록 줄어드는 직원들이 점점 더 많은 환자들을 담당하게 되었다. 죽음을 기다리는 대기실. 그로스슈바이드니츠든, 아른스도르프든, 도라는 그녀의 아이가 있는 곳이라면 어디든 가려고 했다.

마리안네가 1941년 4월 동쪽으로 더 멀리 떨어진 '미스 주데텐가우 지역'의 요양 병원 비젠그룬트로 옮겨진 뒤 17개월 동안, 도라가 그곳까지 찾아간 것은 그녀를 구하겠다는 결연한 외침이었다. 아른스도르프에 1,283개의 병상이 있는 예비 야전병원이 생겼으므로, 사람들은 부상자들에게 자리를 내주기 위해 정신지체 환자들을 옮겼다. 마리안네 이모는 함께 고통을 겪는 환자 480명과 함께 아주 외진 곳으로 집단 이송되었다. 통보 내용은 다음과 같았다. "비젠그룬트로 옮겨졌음. 차분해졌고, 단정해졌으며, 이미 불임수술을 받았음!" 간략하게 기록된 다른 경우와 비교해보자면 마치 소설 같은 특징을 지닌 의사의 소견이 붙어 있다. "짧게 악수하고, 음식을 가지러 가고, 정치에 흥미를 보이며, 손에 닿는 모든 신문을 읽는다. 종종 혼잣말을 중얼거리고, 나태하며, 본질적으로는 아주 산만하다. 군것질을 좋아하지만,

그 밖에는 상태가 양호하다. 때때로 유쾌해져서 노래를 부른다. 작업을 하라고 항상 주의를 주어야만 한다. 어머니의 방문, 그녀는 집으로 데려가 달라고 졸라댄다. 그녀는 어머니가 방문하기 직전에 기분이 상해 있다."

1883년에 태어난 마르타 요한나 도라 쉔펠더는 충실 그 자체였다. 이송 소식이 전해지자마자 그녀는 즉시 편지를 썼다. 누구라도 쉽게 그 편지 속에 담긴 불평을 인식할 수 있었다. 이 편지를 쓰기 전까지는 항상 조심스러운 탄원 형태로 불평을 했다. "우리들이 사는 곳에서 철도로 15분이면 아른스도르프에 도착할 수 있었기 때문에 아이를 자주 찾아볼 수 있었는데, 우리는 이번 이송에 대해 매우 유감스럽게 생각합니다." 스물세 살 된 마리안네는 비젠그룬트 병원 관리부서에서 무위도식자로 분류한 9번 병동에 수용되었고, 15424라는 관리 번호가 붙은 환자였다. 곧 이어 어머니는 다음과 같이 쓰고 있다. "저는 비젠그룬트에 있는 딸을 방문할 생각입니다." 이는 관리 부서에 보내는 위협으로 들린다. 그녀는 "우리 아이가 우리에게 편지를 쓰도록" 권유해달라고 병원 간호사들에게 미리 부탁한다. 그녀는 5월 5일 보낸 소포에 우표가 붙은 봉투를 동봉했다. "히틀러 만세! 도라 쉔펠더, 랑에브뤽, 드레스덴", "우표 동봉." 다른 경우라면 그녀는 "독일식 인사를 보내면서 그만 마칩니다"라는 관용구로 편지를 끝냈을 것이다. 23일에 "방문 시간은 매주 수요일과 목요일이며, 편지를 쓰는 것이 허용되었다"는 소식을 병원에서 전해왔다.

프라하를 거쳐 가는 복잡한 경로가 그녀 앞에 놓여 있었다. 차를 두 번 갈아타고, 384킬로미터를 8시간 40분 동안 가야 한다. 필젠 지방에서 한 시간을 기다려야 하고, 거기서 14킬로미터를 더 가야만 했다. 하루에 왕복하는 것은 불가능했다. 숙박비와 급행열차 할증료를 포함해서 34.60제국 마르크가 소요되는 값비싼 노고이기도 했다. 장거리 기차는 '차량 통행금지'가 내려진 보호 지역을 다녔다. 그곳은 '여행 허가서'를 발급받은 민간인만이 출입할 수 있는 지역이었다.

도라는 화가 났다. 7월 17일 그녀의 다음과 같은 불평이 이어졌다. "우리는 막내딸이 아른스도르프에서 …… 우리에게서 이처럼 멀리 떨어진 곳으로 옮겨져야만 한다는 사실을 인정하고 싶지 않습니다." 그녀의 남편은 지금 중병을 앓고 있으며, 장거리 여행을 할 수 없다고 했다. "얼마 남지 않았을 시간 동안 그는 아이를 좀 더 자주 면회하기를 바랍니다." 2,200명의 남자와 여자 환자들이 수용된 비젠그룬트체코 지명 도브르찬에서 다시 이송될 경우 그녀의 아버지가 간병인이나 간호사 비용을 떠맡겠다고 했다. 그녀는 가능한 한 모든 수단을 사용했으며, 자신의 아이를 마침내 아른스도르프로 다시 데려온 것을 기뻐했다. "이 편지로 이 달 16일이나 17일에 국가에서 인정한 간호사와 동행하여 내 딸을 …… 당신의 병원으로 데려가게 된 것을 알려드립니다." 뒤 이어 "라이헨베르크 사회복지협회의 위임을 받아서"라는 문구 가 나온다. "쉔펠더는 1942년 9월 18일 어머니에 의해 비젠그룬 트 정신병원에서 이곳으로 옮겨졌다……", "차도 없음!"이라는 확인서가 있었다. 그녀가 이송된 이후에 비젠그룬트 병원장 헤 버 박사는 '이어서 기록할 수 있도록 쉔펠더 도라 마가레테 마리 안네의 서류와 병력 기록을' 보내주었다. 가장 외진 지역에서 그 녀는 좀 더 나은 대접을 받을 수 있지 않았을까, 그곳에서 히틀 러 시대를 넘길 수 있지 않았을까를 질문해볼 수도 있다.

새로운 '보관품 목록'이 마리안네 이모와 함께 보내졌다. 멋 진 쥐털린 서체로 '여성에게만 해당되는 메모'라는 제목이 붙어 있었다. "바지와 속에 천을 덧댄 내의를 포함해 상의 다섯, 블라 우스 한 장, 스타킹 한 켤레, 치마 둘, 바지 셋, 펠트 천 신발 한 켤 레, 옷 다섯 벌, 외투 하나, 잠옷 두 벌, 잠옷용 상의 하나, 손수건 다섯 장, 양말 세 켤레, 앞치마 다섯, 란제리 한 장, 스웨터 셋."

익숙한 아른스도르프 병원에 다시 오게 된 마리안네는 '하급

반 A4 병동으로' 보내졌다. 서류 뭉치에 있는 기록과 기록 사이의 시간 간격이 점점 길어진다. 병원은 쉔펠더에 대한 관심을 완전히 잃어버린 것처럼 보였다. 무슨 일이 일어나고 있는지 모든 사람에게 명백해졌다. 온통 뒤죽박죽이었다. 죽이려는 환자들을 돌보고 살펴야 하는 이유가 무엇이겠는가? 환자는 아른스도르프로 되돌아오자 몹시 수다를 떨고 싶어졌고, '정신 상태'를 검사하기 위해 자겔 박사의 진찰실로 다시 들어가서 정확한 날짜를 말하고, 영리함을 자랑하듯 "이제 가을이 시작되었군요"라고 덧붙였다. 그녀는 '스물네 살'이라고 정확히 나이를 말한다. 다음 말을 강조하는 것이 그녀의 관심사였다. "저는 시설이 제대로 된 멘데의 사무실에서 일을 배웠습니다. 그곳에는 확성기가 있어요. 제가 담당한 분야가 바로 그거예요." 드레스덴에 있던 멘데 회사는, 요란한 소리로 정치적 진실을 질식시킨 '괴벨스의 주둥아리'로 불린 보급형 라디오를 생산했다. 리히터 가족도 부엌에 그 라디오 한 대를 놓아두었다. 히틀러가 내는 금속성 목소리의 독백은 확성기 덮개를 진동시켰다. 마리안네가 다닌 회사는 '차폐격자 두 개가 달린 진공관'이 장착된 인기 있는 가정용 라디오와 플라스틱으로 몸체를 만든 148형 라디오를 생산해서 공급했다. 엘베 강가에 있던 멘데 회사는 라디오 외에 군수품도 만들었다. 아버지는 그녀를 "초콜릿 공장인 하르트비히와 보겔 공장에 취업시키려 했다"고 말했다. 그녀는 계속 이야기를 쏟아 냈다. 어머니는 '이곳에서 세 정거장 떨어진' 랑에브뢱의 '크리스티나 주택'으로 이사했다고 했다. 모리츠 슈트라세 2번지 집을 말하는 것이었다. 이야기는 계속 이어졌다. '그녀의 아버지' 는 "신용보호협회의 일을 하고 있으며, 저는 가끔 아버지의 일을 도와드렸어요." 그녀는 뭉뚝한 코와 작센인의 특징을 아버지에게서 물려받았다고 했다. 매끈한 이마는 어머니에게서 물려받은 것이었다. 그녀가 누구에 대해 이야기를 하는지는 아무래도 상관없다. 그녀는 내면적으로 상처받기 쉬운 사람이었다.

자화상

환자는 시험을 봐야 한다. 번갈아내는 어려운 질문과 쉬운 질문에 마치 암기라도 한 듯이 그녀는 능숙하게 답변했다.

왜 당신은 이곳으로 오게 되었나요?
저는 이상한 곳이 전혀 없어요.

어디가 아프죠?

전 건강해요. 건강한 부모님에게서 태어났다는 것을 잘 알고 있어요.

왜 당신은 이 병원에 오게 되었죠?

저도 그 이유를 알고 싶어요. 종종 무엇인가가 나를 이렇게 유인해내죠.

당신은 목소리를 들었나요?

저는 아직 듣지 못했어요. 전 아주 건강하기 때문에 그런 소리는 듣지 못해요. 그리고 저는 제게 암시를 걸려고 하는 모든 의사에게 맞설 수 있어요. 많은 의사들은 환자들이 건강해지거나 병들게 할 정도로 환자의 영혼에 영향력을 발휘해요.

당신은 어디가 아픈가요?

아무 데도 아프지 않아요……. 생일은 1917년으로 쓰여 있어요. 임시로.

누군가가 당신의 눈앞에서 무언가를 따라 하도록 시범을 보여주나요?

아니요.

$7 \times 8 =$

56

13 + 14 =

27

211 ÷ 25 =

딱 나누어지지 않아요. 8과 25분의 11

157 − 63 =

94

비교적 빠르고 정확하게 계산한다.

검사받은 날 그녀의 "심장 고동 소리는 깨끗했다"고 적혀 있
다. 맥박은 안정된 상태로 분당 92번, 규칙적으로, 동일하게, 매
우 긴장한 상태지만 안정적으로 뛰었다. 양 눈의 동공은 동일했
고, 둥글고, 반쯤 열려 있으며, 조명을 받자 즉시 축소된다. 목구
멍이 약간 충혈되어 있고, 머리에는 심한 흉터나 벗겨진 상처가
없고, 가볍게 두드렸을 때 아무것도 느끼지 못한다고 했다. "치
아는 치석이 일부 있고 몇 개는 납땜을 했다."

의사의 결론: 정신을 제대로 집중하고 있으며, 부분적으로는 논리
가 매우 비약적이고, 산만하며, 환각 상태에 빠져 있다. 이를 능숙
하지 못한 방식으로 감추려고 한다.

자아분열증을 앓았던 시인 에른스트 헤르베크의 예로 들 수 있는 글에서 의미와 무의미 사이에 '학교에서 배운 지식이 꿈도 꿀 수 없을' 만큼 엄청나게 많은 은밀한 결함이 있다는 사실이 제발트의 눈에 들어왔다.

진단?
14!

마리안네 이모는 몸무게 52.2킬로그램, 키 166센티미터였다. 1938년에 입원했을 때는 167센티미터에 69.5킬로그램이었다. 포동포동하고 부어 있었다. 아마도 침대에 억지로 누워 있어야 했고 슈톨텐호프 병원에서 오랫동안 인슐린 치료받아서 그렇게 되었을 것이다. 정확히 말하자면 이러한 숫자는 서류 148 '몸무게와 월경 기록 서류'에 기재되어 있었다.

3부

가족

······ 끊임없이 아프게
하는 것만이 기억 속에 남는다
프리드리히 니체

행운에 대한 약속

리히터 부모의 결혼식 타란트 1931년, 가운데 리히터 부모, 부부의 왼쪽은 리히터의 할아버지, 왼쪽 뒤편 외삼촌 알프레드 쉔펠더, 뒤편 오른쪽에서 두 번째 외삼촌 루디 쉔펠더, 신랑 뒤편 외할머니 도라 쉔펠더, 앞쪽 오른편이 외할아버지 알프레드 쉔펠더, 그 옆이 마리안네 쉔펠더

리히터는 쾰른 사무실에 있는 상자에서 가족사진을 한 장 꺼낸다. 내가 잘 볼 수 있게 그는 사진을 확대한다. 1931년 8월 15일에 올린 부모의 결혼식 사진이다. 리히터의 외할머니와 어머니는 피할 수 없는 침울한 분위기로 그것을 자주 꺼내보았으리라. 새하얀 옷을 입은 어머니. 사진 앞면에 보이는 그녀가 입고 있는 수많은 꽃을 수놓은 레이스 장식이 달린 긴 결혼 예복. 누가 그처럼 아름다운 꽃무늬를 수놓을 수 있을까? 컬러 사진이라면 강한 인상을 남겼을 손에 든 꽃다발. 모직 신사복을 입고 옷깃에 꽃을 꽂은 신랑 호르스트. 멀리 첨탑이 보이고 많은 사람들이 즐겨 방문하는 소중한 타란트 산중 교회인 '성스러운 십자가' 교회의 어두운 배경을 등지고 그들은 나란히 서 있다. 이전에 시인 쉴러는 그곳에서 사랑의 괴로움을 겪었다. 리히터는 자신의 부모가 아주 고상하게 결혼 생활을 시작했다는 데 놀란다. 결혼식은 도성都城 외곽으로 나가는 가족 나들이로 시작되었다.

타란트는 드레스덴의 중앙역인 '미텔할레'에서 '교외선'을 타면 갈 수 있었다. 14킬로미터를 가는 2등 칸 기차의 1인당 요금은 75페니히였다. 그곳은 그림 같은 목적지였다. 바이스리츠탈과 슐로이츠바흐탈 사이에 돌출된 외진 지역에는 뾰족한 산록이 솟아 있는데, 그 위에 성채가 서 있다. 드레스덴과 주변 지역을 소개하는 그리벤의 여행안내서 5권에는 결혼식이 열렸던 해에 볼 수 있던 '멋진 광경'을 칭송하는 문장이 있었고, 부서진 성채에서 마치 공원에 심어놓은 것과 모양이 비슷한 침엽수가 우거진 숲속의 식물원까지18시까지 개장 1시간 30분 걸리는 산책길을 추천했다. 그 길은 '세 왕의 연못'을 지나고 '하인리히의 모퉁이'를 거쳐서 '성스러운 전당, 나무가 성기게 난 멋진 떡갈나무 숲'을 지나간다. 계곡을 따라 난 길을 지나, 다시 역으로 되돌아올 수 있다. 베데커 출판사의 『한 권으로 보는 독일』은 교회로 올라가는 산책길을 제안하고, 1883년에 심은 보리수나무와 무명용사들을 위한 기념물을 언급하고 있다. 리히터 가족이 내부를 새로 단장한 교회를 결혼 장소로 정한 것이 괜찮은 선택이었음을 보여주는 요소는 여러 가지가 있다. 별을 그려놓은 둥근 천장, 제단 받침대 나무에 새긴 교차된 장식 무늬, 말총으로 삼은 가발을 이용해서 만든 실물 크기의 십자가를 보는 것만으로도 교회를 방문하는 데 쏟은 노고를 충분히 보상받는다. 교회 아래쪽에 사람들이 즐겨 찾는 식당 '성채 지하실'이 손님들을 끌어들인다. 그곳은 하루 동안 자신들의 소원을 연출하고, 키르스텐 목사 앞에서 엄숙하게 혼인서약을 하려는 두 사람이 신중하게 선택한 한 조각의 땅이었다. 그러는 사이에 한 사진사가 교회 계단에 이미 사진기를 세워두었다.

하객 열다섯 명은 서늘한 교회에서 밖으로 나와, 서쪽 문 앞에서 "자, 편안한 표정을 지으세요!"라고 말하는 전문가의 지시에 따라 서 있었다. 헐렁하게 흘러내린 긴 양말을 신은 화동花童 두명. 그 사진은 훗날 리히터의 전형적인 기법이 된, 문지르듯 그리는 회화 기법을 사용하기라도 한 것처럼 약간 흐려져 있다. 하객들은 이런 행사에 걸맞게 방금 결혼한 부부를 가운데 세웠다. 한 살 어린 신랑의 부모가 스물다섯 살인 신부 옆에 서 있었다. 신부의 부모는 신랑 옆에 섰다. 이런 자리 배치는 자연스러운 것이며, 그들은 그저 일상적인 풍습을 그대로 따랐던 것이다. 그 사진은 '삶'이라는 책에 나오는 한 장면이다. 미소 짓는 것이 무척 어렵다는 속내를 드러내지 않기 위해 그저 습관적으로 짓는 억지 미소가 결코 아니었다. 오 드 콜로뉴 향수와 머릿기름 향기가 그들 머리 위에 머물러 있고, 지금 내가 그 냄새를 맡을 수 있을 정도다.

신랑 호르스트는 1926년까지 실업 김나지움에 다녔다. 곧 김나지움 선생님이 되는 그는, 얼마 전 설립 100주년을 맞이한 드레스덴 기술 전문학교에서 실시한 시험을 치르는 중이었다. '학생 명부'를 보면 그의 이름은 '힐데가르트 리히터' 바로 뒤에 적혀 있었다. 놀랍게도 성과 이름이 같았지만 그녀는 그의 부인이 아니었다. 1927~1928년 겨울 학기의 학생 명부에는 훗날 세계적으로 널리 알려진 고고학자 마리아 라이헤 그로세의 이름이 적혀 있다. 수학과 자연과학 학부에서는 종족위생학자 라이너 페처가 강의했다. 그는 1927~1928년 사이에 법무성의 위임을 받아, '자유국가 작센의 범죄생물학의 기록' 범위를 '확정 판결이 난 사건 16만 5,000건'으로 확대했다. 그것은 1928년부터 불법으로 자행된 강제 불임의 초석이 되었다. 페처는, 범죄는 유전적으로 결정된다고 주장했고 법률적 근거 없이 65건의 불임수술을 했다고 자랑했다.

호르스트는 지금은 아르히브 슈트라세 23번지로 바뀐 뒤펠 슈트라세에 살았다. 그곳은 국가 문서보관소 바로 맞은편에 있었고, 마리안네 이모의 흔적을 찾아 정처 없는 여행을 하도록 나를 부추긴 서류가 발견된 장소 중 하나다. 5층에 시의회 집행관인 빌헬름 리히터가 살고 있다고 신고했다. 리히터의 부모는 그 지역 길가에서 만났다. 비젠토어 슈트라세에 있는 쉔펠더의 집과 아주 가까웠다. 힐데가르트와 호르스트는 삼왕=ㅌ기념교회에서 같이 견진성사를 받았다. 이들은 어릴 적 함께 모래 장난을 치던 사이였다.

1931년 7월, 리히터의 아버지는 '학생들의 신체 연습이 지닌 교육적 의미'에 관한 논문을 제출했다. 그가 해야 할 수학과 물리학 시범 수업이 1932년 2월 18일 10시~10시 30분으로 정해졌다. 아들이 태어난 지 9일째 되는 날이자 세례를 받은 바로 다음 날이니 심적 부담이 무척이나 컸다. 후보자는 구시가지 친첸도르프 슈트라세 15번지에 있는 여학교 상급반에서 연습을 했다. 8학년에게는 별로 재미없는 주제인 '세 자릿수 또는 네 자릿수의 제곱근을 계산하는 방법'을 연습했다.

결혼식 사진은 먼저 좋은 날씨, 즉 한여름의 날씨에 관해 알려주고 있다. 아무도 외투를 걸치지 않았다. 이미 그들 삶의 결말을 알고 있는 나는, 독특한 매력을 풍기며 줄지어 선 사람들의 모습을 담은 이 사진을 슬픔 없이는 들여다볼 수 없다. 결혼 의식과 얽혀 있는 이 사진은 아름다운 미래에 대한 약속을 담고 있다. 기대에 가득 차서 조리개를 응시하는 눈길. 이때 사진 속에 보이는 것은 사진의 본질인 이미 지나가 버린 것이 된다. 카메라를 몹시 싫어했던 프란츠 카프카가 "그림은 아름답다. 그림은 없어서는 안 된다. 하지만 그것은 고통이기도 하다!"라고 말한 것은 리히터 가문 고유의 역사를 남기기 위해 포착한 사진 속 순간에도 그대로 적용될 수 있다. 관찰자만이 마치 그것이 기만적인 이중의 환상을 지닌 현재인 것처럼, 타란트로 놀러온 말쑥하게 차려 입은 열다섯 명이 여전히 존재하는 것처럼 행동할 수 있다. 리히터와 기젤라라는 아이를 얻게 될 리히터 부부. 얼마 뒤 다가올 즐거운 세례식에 친척을 초대하게 될 부부. 어머니 도라는 머리를 다시 매끄럽게 가다듬을 것이고, 장신구를 달 것이다. 손녀 기젤라의 말에 따르면 그녀는 장신구를 몹시 좋아했다고 한다.

아버지 알프레드의 정수리 주변머리는 더 심하게 빠질 것이다. 그는 구겨진 상의를 다림질해 펼 것이고, 주름진 목 주변에 빳빳한 칼라를 댈 것이며, 나의 할아버지가 그랬듯이 시곗줄을 광내고 그것을 제일 위쪽에 있는 조끼 단추에 걸 것이다. 포도주를 한 잔 들이켜 기분이 들뜬 그는 피아노를 연주해달라는 부탁을 흔쾌히 들어줄 것이다. 남자들은 꼭 죄는 바지와 재킷을 억지로 입고서 넥타이를 맬 것이다. 늦은 오후의 빛 속에서 새로운 사진의 모델이 되기 위해 그들 모두는 다시 머리를 가다듬을 것이다. 타프타 천은 여자들에게 어울릴 것이고 잘 차린 식탁에서는 사각사각 소리가 날 것이다. 다가올 미래는 가능성으로 충만해 있다.

하지만 이 글을 쓰고 있을 때 현상액에 담긴 음화陰畵 사진 속에 감춰져 있던 측면이 서서히 나타났다. 아주 어둡게. 망가진 결혼 생활, 전쟁, 황폐, 광기, 병, 죽음. 독일만이 겪은 불행은 계속되어, 쉔펠더 가족과 리히터 가족을 가차 없이 쫓아와 사로잡았다. 삶의 춤사위는 제대로 시작되기도 전에 끝이 났다. 수수께끼 같은 이야기.

뒷줄에 서 있는 젊은 청년들을 예로 들 수 있다. 우리의 상상 속에서 그들은 곧 가정을 이룰 것이다. 하지만 그들과 우리가 마주보고 있는 지금 이 순간, 그들은 죽은 지 이미 오래되었다. 루디 삼촌오른쪽에서 두 번째과 알프레드 삼촌왼쪽에서 네 번째은 1930년과 1931년 삼왕학교의 근대 외국어 졸업반 학생이었다. 이미 말한 것처럼 그들은 전쟁터에서 돌아오지 않았다. 흔히 프레드로 불렸던 알프레드의 머리는 어려서부터 온전한 상태가 아니었으며, '사춘기의 광기를 앓는 아이'라는 소문도 있었다. 리히터도 그런 이야기를 들었다. 그의 삼촌은 킬 대학과 라이프치히 대학에서 별 문제없이 법학을 전공했고, 1936년에 '1933년 7월 19일 발효된…… 입법에 따라서 국가 질서 속에 독점 기업을 편입하는 것'에 관한 논문을 써서 '최우등'으로 박사학위를 취득했다. 그도 나치 당원이었다. 1943년 6월 그는 대농장 주인의 딸에게 청혼을 했고, 오늘날 츠벤카우 지방인 에이트라로 신혼여행을 갔다. 결혼식 참석자 중 지금 살아 있는 사람은 한 명도 없다. 화가가 될 아이는 6개월이 지난 1932년 2월 9일에 드레스덴에서 태어난

다. 그의 부모는 소문이 나지 않도록 그를 '칠삭둥이'로 선언했다. '집게 분만'이었다고 감정이 북받친 리히터는 보충 설명을 한다. 사진은 유일무이한 문서다. 모든 사람이 숨을 멈추고 있으며, 두 번 다시 되풀이될 수 없는 이 모임에서 흐트러진 자세를 한 모습으로 사진에 남고 싶어 하는 사람은 없었다. 그날은 구름 한 점 없이 빛나는 날로 기억된다. 민중의 언어는 이런 상황에 딱 맞는 속담을 알고 있다. "젊은 시절처럼 다시 모일 수는 없다!", "각 가정에는 저마다 비탄이 있다!"

슬픈 인생 역정

손에 장미를 들고 윤이 나는 끈 달린 구두를 신은 마리안네 이모가, 밀려난 것처럼 오른쪽 모퉁이에 얌전하게 서 있다. 그녀는 옆에 서 있는 예복 차림의 아버지보다 키가 더 컸다. 쉰일곱 살인 그녀의 아버지는 나이보다 더 늙어 보이고, 위엄 있으며, 상의의 왼쪽 가슴 부분이 매끄럽게 다듬어져 있다. 그는 맏딸을 시집보냈다. 손자 리히터의 말에 따르자면, 알프레드 쉔펠더는 대학에서 공부를 했지만 성공하지 못한 피아노 연주자였다고 한다. 그는 여섯 명으로 구성된 가정의 가장으로 딱히 적합한 인물은 아니었다. 그는 상인으로 소개했지만, 결코 상인이 아니었다. 음악가의 소질을 지닌, 좀 더 정확하게 말하자면 재능을 낭비한 유형이었다. 전해들은 이야기를 기준으로 판단하자면 그는 유약하고 방어적인 자세로 장애 요소를 피해나갔다. 재정 상태가 좋았던 적은 극히 드물었다.

아름답게 꽃핀 청춘을 맞이한 그의 딸 마리안네, 긴 목에 자존심 강한 얼굴, 의심할 여지없이 술에 취한 신부, 이들 모두는 곧 죽음에 내맡겨질 것이다. 레이스가 달린 세련되게 재단된 옷과 자락이 길게 늘어진 치마는 그녀에게 썩 잘 어울린다. 누가 그 옷을 만들었는지에 상관없이 우아하며, 당시 유행에 따라 지은 옷이다. 전체적인 치장, 아이 같은 머리 모양, 뺨이 포동포동하고, 부드럽고 형태가 잡히지 않은 가볍게 솟은 가슴 밑 부분, 좁은 어깨, 드러난 팔, 여인 같은 자세를 취하려고 애쓰면서도 수줍어하는 듯 눈을 깜빡이는 열네 살의 그녀는 힘겨운 과도기를 보내고 있다. 아직 성숙되지 않은 애송이 처녀, 소녀와 여인 사이에 있는 어중간한 단계, 서투르면서도 아주 쉽게 화를 낼 나이. 그날의 공주님이지만, 곧 심술궂은 코볼트 요정으로 변할 것이다.

마리안네는 순진무구하고 순수해 보였다. 많은 사람들을 사로잡을 수 있는 깨끗하지만, 반항기가 섞인 인상이다. 카메라를 쳐다보면서 미소를 짓고 있는 언니 힐데가르트 옆에 꿈꾸듯 서 있던 마리안네의 머릿속에는, 언젠가 자신도 애인을 찾아내어 그녀만의 행운을 잡을 것이라는 생각이 떠올랐을 수도 있다. 예쁜 그녀를 흠모해 쫓아다니던 남자들이 적지 않았을 것이다. 그러나 그녀의 삶은 곧 혼란 속에서 길을 잃게 된다. 줄이 하나 끊어지고, 매우 놀랍게도 그녀의 오빠 루디와 프레드의 삶도 쏟아지는 포탄 파편 속으로 사라져버린다. 조카 리히터가 가지고 있는 마리안네 이모의 모습이 담긴 가족사진은 세 장뿐이다. 랑에브뤽 정원에서 찍은 두 장과 타란트에서 올린 결혼식 사진 한 장.

　그 사진은 다른 의미에서도 무거운 운명과 관련된 자료다. 리히터의 아버지 호르스트는 멋진 신랑이고, 인상적이며, 부인보다 머리만큼 더 컸고, 겉으로 보기에는 삶의 무게에 짓눌려 있지 않았다. 그를 유쾌한 기질을 타고난 사람으로 볼 수도 있을 것이다. 그의 시선은 확신에 차서 앞을 향하고 있다. 한쪽 팔로는 보호하듯 신부를 받치고 있다. 그의 미소는 흥분을 가라앉히려는 마음에서 생겨났지만, 이럴 때 남자들이 흔히 그렇듯이 흥분이 희미하게 드러난다. 호르스트는 '고등학교 준교사 겸 수습 보조 교사' 자리에 임용되기를 기다리고 있었고, 1934년 '교사 명부'

에 기입되었다. 곧 그는 작은 힐데가르트의 나날이 늘어가는 적대감에 무장이라도 하듯이 몸무게가 늘었고, 허리에 살이 불었다. 심하게 앓고 난 뒤 자신을 돌보는 사마리아인이 된 호르스트에게 의존하여 세력 관계가 역전될 때까지, 두 사람의 관계에서 힐데가르트는 주도권을 쥐고 있었다. 리히터의 어머니는 1967년에 죽었다. 그 직후 호르스트는 재혼을 했다. 발터스도르프 사람들은 간호사 — 좋은 가구가 있고 많은 연금을 받는 과부 — 와의 두 번째 결혼 생활은 실패였다고 단언한다. 첫 번째 아내가 죽은 지 1년쯤 지난 어느 날 호르스트는 동부 집단 주거지 347e에서 자살했다. 리히터와 함께 살던 집에서 얼마 떨어지지 않은 건물의 다락방에서 죽은 것이다. '가수들의 언덕'에 있는, 오래전부터 사람들이 흔히 '불행의 바위'라고 부르던 현무암 바위 위에 천막을 치고, 소방서 악단의 연주로 시작되는 하지 축제 직전에 그는 자살했다.

1968년 '사망자매장 명부' 134쪽 17번에 있는 '요약된 내용'에 따르면, 신실한 개신교 신자인 그는 1968년 6월 20일 '목을 매 자살'했다. 그로부터 두 달 뒤 서른여섯 살이 된 그의 아들은 ≪슈피겔≫에 난 그에 관한 첫 기사로 전국적으로 유명해졌다. 자살은 구식 서류에 로셔 목사가 작성한 문서를 통해 공식적으로 확인할 수 있었다. 60페니히의 보통 요금이 적혀 있는 칸에는 줄이 그어져 있었다. 목요일에 그 일이 벌어지고 나서 리히터의 새 부인이 소리를 지르며 이웃 사람들에게 달려가서 "도와주세요, 내 남편이 다락방에서 목을 맸어요"라고 소리쳤다고 마을 토박이들이 이야기해주었다. 시골 마을에서는 아직도 치타우 경찰 강력반이 사건을 맡기 전에 다락방으로 달려갔던 두 여인이 그의 목에 걸린 줄을 잘라냈는가 하는 것이 논쟁거리였다. 작별 편지의 내용은 알려진 것이 전혀 없다. 그의 침묵은 유족에게 죄책감을 안겨주었다. 힐데가르트와 호르스트는 거의 같은 기간을 살았다. 힐데가르트는 61년 1개월 2일을 살았고, 호르스트는 61년 27일을 살았다. 호르스트는 모든 다툼을 뛰어넘어 힐데가르트에 대한 충실함을 자살로 보여주었고, 그녀와 연결되어 있다는 것을 보여주려는 듯 밧줄을 선택했다. 딸 기젤라는 발터스도르프 사람들이 결코 이해할 수 없었던 과시하는 자세로 사건을 마무리하고, 부모와 조부모를 라이프치히에서 얼마 떨어지지 않은 자신의 집 근처에 묻었다. 그리고 소문에 계속 귀 기울이는 것을 단호히 거부했다. 잘 관리된 가족묘에는 이름은 없고, 단지 481이라는 번호만 새긴 비석이 있었다.

리히터는 예전에도 그랬지만 나중에는 아주 집중적으로 자살이라는 주제에 몰두했다. 그는 1955년 학교 동료 두 명과 함께 <광기와 목매어 죽음>이라는 설치 예술에서 시험에 대한 두려움을, 독특하고 매혹적인 방식으로 표현해냈다. 목 주위의 밧줄, 눈을 커다랗게 뜨고 혀를 쭉 빼문 리히터의 모습. 1957년에는 깃털 펜으로 목매달아 죽은 아홉 명의 사람을 한 점 스케치에 담았다. 사람을 당혹스럽게 한 슈탐하임 연작인 '1977년 10월 18일'에서는 울리케 마인호프가 주인공이었다. 1976년 5월 초 여자 테러리스트는 감방에서 천을 꼬아 줄을 만들었다. 1977년 10월 구드룬 엔슬린이 전깃줄로 만든 올가미로 그녀의 뒤를 따랐다. 축 늘어진 목에 새겨진 줄 자국이 선명하게 드러나도록 그렸다. 아버지의 자살 소식을 알게 되면서 지금까지 제일 많이 논의되어 온 리히터의 작품을 전혀 다른 시각에서, 훨씬 내밀하게 해석할 수 있는 가능성이 생겼다. 그 작품은 매우 사적인 것을 정치적인 사건에 빗대어 표현한 것이다. 열다섯 개로 이루어진 연작 그림은 그의 아버지가 죽은 지 20년이 되던 '1988'년으로 표시되어 있다.

결혼식 사진에서 신부의 어머니는 측면을 바라보고 있다. 도라 쉔펠더는 선하다기보다는 오히려 활기차고, 느슨한 듯하면서도 환상은 품지 않는 사람으로 보인다. 그녀의 모습은 마치 다른 사람들보다 더 많은 것을 알고 있는 것처럼, 즐거운 기분에 근심이 섞여 있다. 나는 남자처럼 거친 그녀의 얼굴에서 순식간에 나타났다 사라진 회의를 보았다고 믿는다. 아주 짧은 행복한 순간에 대한 예감, 마치 다가오는 충격을 미리 감지한 듯한 모습이다. 근심 없는 삶이 더는 그녀에게 허용되지 않았다. 그녀는 그 짐에서 다시는 벗어날 수 없었다. 리히터의 외할머니는 1969년 86세로 죽을 때까지, 남편 알프레드와 네 자녀, 사위의 죽음을 애도해야 했다. 그녀는 막내딸보다 24년을 더 살았으며, 집안의 죽은 자들에 대한 묵념 속에서 살았다. 재난을 모면하고 살아남은 자가 된다는 것은 고통스러운 일이다.

긴 안목으로 보면, 도라 쉔펠더의 삶은 로버트 발저가 만들어낸 말인 '슬픈 인생 역정'에 딱 들어맞는다. 3제국은 그녀가 사랑했던 모든 것을 앗아가 버렸다. 마치 불길한 운명이 그녀에게 깃들어 있는 것처럼, 그녀는 마리안네와 두 아들을 나치에 빼앗겼다. 그녀는 그들이 변호사나 상인이 되는 것을 보고 싶어 했지만, 그들은 군인이 되어서 죽었다. 그녀는 전사한 두 아들이 묻힌 무덤이 어디 있는지도 모른다. 그들을 위해 울어줄 장소는 어디에도 없다. 사위 호르스트는 전쟁이 끝난 뒤 제대로 된 삶을 살지 못했다. 모든 것이 변해버린 환경으로 아무런 준비 없이 돌아온 이후의 생활은 어떤 것도 예전과 같을 수는 없었다. 두려움을 배우기 위해 집을 떠났더라면, 그녀는 더 많은 일을 겪지 않아도 되었을 것이다. 손녀 기젤라는 외할머니를 검은 면사포를 쓴 모습으로 대면했고, 뜻밖에도 아이들을 좋아하고 위로해주었던 사랑이 넘치는 할머니로 기억하고 있다.

리히터가 그린 것 같은 타란트 결혼 기념사진을 자세히 들여다볼수록, 사진은 점점 비유比喩가 되었다. 사람들은 아무것도, 심지어는 아름다운 시간조차도 붙잡아 둘 수 없다. 꿰뚫어볼 수 없으며 말할 수 없는 비밀이 은밀하게 녹아든 분위기가, 존재의 비밀이 그 축제 위에 내려앉아 있다. 제2차 세계대전이 갑작스럽게 들이닥쳤다. 안락사 범죄자들이 마리안네 이모를 데려갔고, 리히터는 스케치를 시작했다. 긴 시간이 과거 위로 내려앉았다. 그의 그림에서 그것은 현재가 되기도 한다. 그림은 일시적인 것을 다루는 듯 보인다. 그럴 경우 그림은 과거의 고통으로 무거워진다. 비극적 드라마가 상상력의 놀이 속에 숨어 있다. 연속적인 불행과 슬픈 사건들. 왜 하필 리히터 가족인가? 나는 그렇게 자문한다. 복잡한 변신 과정을 거쳐 예술이 생겨났다.

희망

리히터 부모가 결혼한 해에 마리안네 쉔펠더는 드레스덴 바인 트라우벤 슈트라세 1-3번지에 있던 '여자고등학교'에 다녔다. 그녀는 집과 학교 사이에 존재하는 자신만의 도시를 발견했다. 나는 머릿속으로 그녀를 따라가 보려고 시도했다. 비젠토어 슈트라세에 있는 양친의 집5번지에 자리 잡은 집은 아직도 그대로 서 있다에서 걸어서 10분쯤 걸리는 거리였다. 그녀가 가게와 모퉁이에서 천천히 걷거나 멈춰 섰기 때문에 5분 정도가 더 소요되었다. 오른편에 카롤라 광장이 있는데, 학교 가는 길은 알베르토 국왕 거리를 가로질러 나 있었다. 그 길은 빌리어 슈트라세에 있는 작은 정원을 지나 아래쪽 교차로를 가로질렀고, 때때로 오른쪽에 있는 멜라흐톤 슈트라세와 겹쳤다. 현재는 잡초가 무성하게 자라 있고, 전쟁 때 파괴된 건물이 그 거리를 뒤덮고 있다. 외할머니가 살았던 티크 슈트라세를 따라 걸어가다 보면, 몇 가지 사물에서 빈부貧富 차이를 쉽게 배울 수 있었다. 그곳은 유복함을 증명하는 집들이 늘어서 있는 매우 폐쇄적인 역사의 거리다. 장엄한 건물 전면은 여전히 깊은 인상을 남긴다. 건물들은 그런대로 온전한 형태를 유지하고 있었다. 근처에 있는 자라자니 서커스 극단의 멋진 상설 공연장을 리히터는 알고 있었다. 그곳에는 늘 볼거리가 있었다.

몇 발자국 더 걸어가면 기이한 서체로 '신도시 여자고등학교 병설 김나지움'이라는 기이한 이름으로 통합된 건물이 나오는데, 멀리서 보면 황금빛 꽃다발로 보이는 월계관이 건물 외벽에서 반짝이고 있었다. 학생들에게는 분명 장대한 건물로 보였을 커다란 건물이었다. 하늘과 땅 사이에 있는 용마루에는 '정서와 특성의 함양', '역사와 문학'을 나타내는 비유적 형상이 공중에 떠 있는 것처럼 보였고, 우리의 교육이 최고라고 말하는 듯 보였다. 뻔뻔스럽고 야심만만한 아이이기는 했지만, 아직 열한 살인 소녀는 틀림없이 큰 두려움으로 장엄한 '교육 기관'에 발을 들여놓았을 것이다. 좀 더 돌아가는 길을 택했다면 그녀는 테라센우퍼 쪽으로 가서 주위에 술집이 있는 '작센 보헤미안 운수회사' 건물을 지나쳤을 것이다. 학교 가는 길은 실제 삶으로 떠나는 소풍이었고, 그리 나쁘지 않은 수업이기도 했다.

그 아이는 익숙한 노정 위에서 움직였다. 이전에는 티크 슈트라세 14번지에 있는 초등학교를 다녔다. 3학년 2반이던 마리안네는 여자고등학교 학생부에 1917년 대신 1918년으로 출생 년도가 잘못 기재되었고, 신입생 76명과 함께 기록되어 있었다. 82

명의 지원자가 입학시험을 보았고, 68명이 합격했다. 마리안네는 합격자 명단에 들어 있었다. 그녀는 매우 들떠 있었고, 부모는 무척 기뻐했을 것이다.

파스칼은 말했다. "아무 흔적도 남기지 못하고 죽은 사람만큼 비참한 사람은 없다." 마리안네 이모를 그린, 잊어버릴 수 없는 그림이 있다. 그 외에 그녀의 삶을 이루던 것 중 남아 있는 것은 거의 없다. 의사의 진단서와 학교 과제물만이 남아 있다. 작은 지침서들이 묶여 있는 연감은 하루하루 내준 과제 분량에 관해 정확한 정보를 제공하는데, 어려운 과제물이나 주당 받은 30시간의 수업 내용도 알려준다. 독일어와 영어 수업이 다섯 시간씩 배정되었고, 수학 네 시간, 종교·역사·지리·자연사·도안·체조·음악이 각각 두 시간씩 배정되었다. 2005년도 시간표와 똑같다. 가사家事를 익히기 위한 두 시간짜리 '바느질 수업'도 있었다. 마리안네의 능숙한 손재주가 여러 정신병원에서 그저 속옷 단추를 달다가 끝날 것이라고 예견한 선생님은 아무도 없었다. 그 주州에 자리 잡은 여러 기숙학교가 '번창한 데' 대한 또 다른 보고가 있었다. "부모님들과 학생들은 이처럼 어려운 시기에 기숙사에서 제공하는 축복에 대해 고마워하면서 그 가치를 인정한다. 학생들 대부분에게 2주일간의 시간은 …… 자유로운 자연 속에서 정신과 영혼을 강화시킬 수 있는 유일한 기회를 제공한다."

자신의 아이들을 이처럼 좋은 학교에 보낸 리히터의 조부모가 내린 결정에 어떤 인생관이 들어 있는지 제대로 평가할 수 있을 것이다. 돌이켜보면 그것은 보호를 받았던 시기에 좋은 거주지역에서 누린 마지막 즐거움이었다. 제1차 세계대전 이후의 경험, 인플레이션, 대량 실업을 겪은 뒤 도라와 알프레드는 자신들이 선택한 일상이 얼마나 견뎌내기 어려운 것인지를 알게 되었다. 그들은 아들들이 김나지움에 가도록 뒷바라지했다. 쉔펠더 가족은 이런 시기에 딸들도 직업을 가져야 한다는 앞선 생각으로 딸들을 여학교에 보냈다. 리히터의 어머니는 서적 판매원 교육을 받았다. 부모는 그녀를 전업 주부 이상으로 교육할 계획을 세우고 있었기 때문에 마리안네도 언니의 뒤를 따르게 했다. 리히터의 어머니는 1913년부터 10년 동안 바인트라우벤 슈트라세에 있던 학교에 다녔다. 힐데가르트는 제2 학적부 원본에 1924년 3월 1일에 졸업했다고 기록되었고, 졸업증명서를 받았다. '품행 1점, 성적 3점.' 그리 형편없는 성적은 아니었다. 그러나 마리안네는 모든 면에서 성적이 뛰어났다. 아버지와 어머니는 주의를 기울여 딸의 모든 발전 상황을 기록했다.

여자고등학교는 가난한 가정의 아이들을 위해 지은 학교가 아니었다. 학부모 대부분이 고위직 관리, 중급·하급 공무원이었고, 61명의 학부모만이 마리안네의 불운한 아버지와 같은_{시청 문서에는 때에 따라 '검사관', '대리상', '상인' 등으로 기록되어 있는} 회사원이었다. 장교, 공무원, 고위 공무원, 변호사, 의사, 기술자들이 자녀를 그 학교에 보냈다. 그들 모두는 아버지 알프레드가 올려다보아야 할 사람들이었다. 학부모 모임에서는 다른 학교에서라면 사치스럽다고 여길 질문, '어떤 먹을거리가 아이들에게 적합한가?' 와 같은 문제가 논의되었다.

마리안네는 1924년 부활절에 게오르겐 슈트라세 3번지에 위치한 '놀덴 여학교'에서 교육을 받기 시작했다. 입학을 축하하는 출판물 표지에는 황금 문자가 박혀 있다. 해, 달, 별로 분장을 하고 '에르츠 산악 지역 연극' 경연에 출연한 학생들을 한 사진에서 볼 수 있다. 나치 십자가를 새긴 깃발 모서리가 사진에 찍혀 있다. 상류 계급 딸들을 위한 이 교육 기관의 교육비는 쉔펠더 부부가 부담할 수 있는 재정적 한계를 넘어섰다는 것이 분명해졌다. 가족은 재정적으로 항상 위태로운 상태였다. "도라 할머니는 돈이 거의 없었어요." 리히터가 말한다. 그런데도 그녀는 많은 도움을 주었고, 재산이 많지 않지만 손자, 손녀를 뒷바라지했다고 한다. 리히터는 외할아버지 알프레드가 머리를 숙이고 증조할머니에게 돈을 간청하는 것을 보기도 했다.

집 주소는 바뀌었지만 마리안네는 여전히 1.5제곱킬로미터의 사각형 지역에서 움직였다. 그녀의 학창 시절은 독일 전국자동차협회ADAC가 발행한 '라데보일을 포함한 드레스덴' 지역 지도에서 기호 12J와 13J로 표시된 구역에서 주로 이루어졌다. 주거 지역, 학교, 집, 서커스, 친구 집과 할머니 집을 오가는 생활이었다. 한 출발점에서 다른 출발점으로 가상의 선을 긋는다면, 케이크 크기의 둥근 모양이 생겨날 것이다. 겉모양은 공습이 눈에 보이지 않는 힘의 장을 좇아서 일어난 것처럼 드레스덴 공습 때 목표로 삼은 지역과 정확하게 일치한다. 이런 우연조차 일정한 질서를 따라서 발생하고 있으며, 나중에 마리안네 이모가 고통을 겪게 되는 작센 주의 여러 장소를 표시하고 머릿속으로 그 지점을 직선으로 그을 때와 같은, 사람을 어리둥절하게 하는 기하학적 모양이 생겨난다. 어떤 기획자도 사건이 벌어질 장소를 이보다 더 정확하게 배열할 수는 없을 것이다.

마리안네는 널리 알려져 있지만, 틀림없이 끔찍하게 재미없었을 교양필수 과목에 속하는 저자들의 참고도서를 철저하게 공부했을 것이다. 지리 수업에는 어김없이 납덩어리처럼 무거운 다르케의 두꺼운 『대형 지리도감』과 자이드릴츠의 『작센 주 상급

학교 학생을 위한 지리 책』으로 공부했을 것이다. "위기의 시대
에는 항상 그랬던 것처럼 지금 조국을 사랑하는 모든 사람의 시
선이 더 나은 미래를 이끌 청소년을 향하고 있다"는 오토 슈마일
박사의 호소하는 듯한 서문이 달린, 널리 알려진 동식물 도감도
있었다. 이 교재를 쓴 생물학자는, 이유는 정확히 알 수 없지만
1970년대에 리히터가 그린 일련의 초상화에 지속적으로 나타난
다. 어린 소녀였던 마리안네는『독일 청소년을 위한 역사책』1권
의 낡고 건조한 58개 항목을 통해 '베르사유 조약'에 관해 배웠
다. 독일인들은 과거의 적들을 위해서 노예처럼 일해야만 한다
는 '독일 약탈'이 그 책이 다룬 주된 내용이었다.

　가우디히가 지은 독본 3부에 나오는 '조국의 역사에 등장하는
형상들'이 부록으로 수록되어 있었다. 마리안네는 멘징이 지
은『독일어 참고서』를 가방에 넣고 다녔으며, 팅글러 차이거 홀프가 지
은『영어 학습』은 필수과목이었다. 게다가 슈바르텐의 화학과 물
리 교과서도 필수 교과서에 속했다. 산수에서는 통합판이 사용
되었다. 여기에『작센 주 노래 모음집』,『신약성서』,『교리문답
소책자』등이 첨가되었다.

　생물 시간은 야단법석이었다. 작은 아이들은 발견자의 즐거
움을 지닌 채 '포유류'의 내장을 관찰했다. 아이들은 실제로 '짐

승을 잡아서 옮기는 법', 즉 토끼는 목덜미를 잡아서 옮기고, 새는 보호하듯이 손으로 감싸서 옮기고, 닭은 날개를 잡아서 옮기는 방법을 배웠다. 마리안네처럼 좀 더 고학년 학생들은 슈마일 박사의 설명에 따라 다른 대륙에 있는 황야를 향해 돌진해갔다. "수마트라와 보르네오 원시림은 꼬리 없는 원숭이들의 고향이다. 그 원숭이는 곧게 섰을 때 약 140센티미터쯤 되는데, 말레이시아 사람들에게 오랑우탄, 즉 숲속의 인간으로 불린다." 이 동물의 몸은 황갈색 또는 적갈색의 덥수룩한 털로 덮여 있고, 무시무시한 소리를 내며, 나무 꼭대기에서만 산다고 적혀 있었다. "결론적으로 말하자면 오랑우탄은 나무 위에서 사는 동물이다."

인도네시아 군도의 깊은 숲속에서 태어난 오랑우탄은 다채롭고 화려한 모습으로 그려진다. 그것이 이 항목을 좀 더 흥미롭게 했다. 커다랗게 부풀어 오른 볼을 지닌 아버지, 어머니, 아기, 뻔뻔스럽게 생긴 새끼 원숭이. 그림 오른쪽 모서리에 있는 작은 소문자 엔n은 넝쿨, 드러난 뿌리, 난蘭 덤불 속에 있는 '둥지Nest'를 나타냈다. 그것은 꿈의 소재가 되기에 딱 좋은 풍경이다. 상상력은 밀림 속에서 길을 잃고, 무성하게 자란 초목은 밤의 새소리로 가득 차 있다. 이런 종류의 왜곡된 형상은, 발터 벤야민의 말에 따르면, 아이의 마음속에 있는 인식을 불러 '일깨운다.' 그 다음에 과제가 나온다. "신체의 각 부분을 그린 다음에 진흙이나 조소용 점토를 이용해 그것을 만들어보시오." 4번 "되도록 자주 동물원을 찾아가서 개별 동물을 정확하게 관찰하고, 할 수 있으면 각 동물의 발자국을 만들어보시오." 수업에 도움이 되도록 드레스덴 동물원에서는 수컷 오랑우탄 '부슈'를 관찰할 수 있었다. 부슈는 힘이 셌으며, 사육 상태에서 새끼를 얻은 첫 번째 수컷 오랑우탄이었다.

자연 과목 수업을 통해 마리안네는 진화론의 기본을 배웠다. 한쪽에는 만물의 영장인 인간, 다른 쪽에는 동물의 지배적 질서에서 생겨난 오랑우탄, 이 둘이 나란히 서 있는 모습을 대략적으로 그렸다. 그것이 다윈 진화론과의 첫 대면이었다. 그 이론에 따르자면 종의 생존은 환경과 결부되어 있다. 모든 유사성에도 '호모 사피엔스'의 손과 함께 그려놓은 '오랑우탄Pongo pygmaeus'의 '움켜쥔 발'은 뭉툭한 엄지손가락 때문에 무시무시해 보인다. 서론을 읽으면서 마리안네는 인간의 머리가 특히 취약하다는 것을 알았다. 두 개골은 '매우 예민한 뇌가 들어 있는 단단한 틀'을 형성한다. 나중에 정신분열증에 걸리게 된 그녀는 뇌의 잘못된 결합 때문에 증상 14라는 판정을 받는다. 그녀는 나치에 의해 최악의 사회적 다원주의로 전도된 이론의 희생자가 된다. 치명적인 학설이다.

성적표는 의혹의 여지를 남겨놓지 않는다. 마리안네는 표정이 밝았고, 보통 사람들처럼 정신이 맑았으며, 명랑하고, 열심히 공부했다. 1934년 격리되기 전에 그녀는 '지상 전차를 탄 경험'을 생생하게 묘사했고, 지그프리드와 크림힐데에 대한 견해를 표현할 수 있었고, 『빌헬름 텔』에서 나오는 "결합은 약한 사람들을 강력하게 할 것이다"라는 구호를 해석할 수 있었다. 그녀는 괴테에 대해 배웠고, 「충실한 에크아르트」를 암송할 수 있었다. "오, 계속해서 간다면, 오, 나는 집에 도착하겠지 / 그들이 오고, 이미 밤의 공포가 찾아왔어……." 이는 이해하기 어려운 내용이었다.

오래된 학창 시절의 물품을 본다는 것은 내게는 마리안네의 다른 초상화를 보는 것과 같다. 고전 작가와 잊어버린 책 제목이 잔뜩 분류되어 있는 목록, 지금의 시각으로 보면 어느 면에서는 뒤떨어졌지만, 전인적 인간 형성을 염두에 둔 고상한 교육 목표다. 현재와 비교해도 크게 변하지는 않았다. 헤벨이 지은 『라인 출신 친한 친구의 보물 상자』라는 책이 당시에도 현재와 마찬가지로 널리 읽혔다. '인간의 삶에서 모든 것이 연관되는 방식'을 줄거리로 삼고 있는 '현명한 판사' 이야기를 세밀하게 그린 그림이 그 책을 장식하고 있었다. 굶주림으로 '손가락이 파랗게 된' 불쌍한 아이들을 이야기하는 헤벨의 단편은 마리안네가 훗날 정신병원에서 겪게 될 일을 묘사하고 있다.

독본에 나오는, 적절한 '작업 구호'까지 포함된 '유용한 지시'의 경우도 마찬가지였다. 아이들은 지시를 준수해야 했지만, 나이가 든 아이들은 그렇게 하지 않았다. 그 같은 미덕을 허물어뜨릴 사건이 학교 밖에서 서서히 모습을 드러냈다. "풍향계의 수탉처럼 흔들리지 말고 / 계속해서 새로운 것에 손을 대지 마라! / 실행하려고 신중하게 생각했던 것을 / 마지막까지 견지하라!" 편집자 가우디히는 1930년 '인격 형성에 도움이 되는 학교'라는 논문우리가 접하는 논문은 하켄크로이츠 표식과 함께 파싱 시 교육대학의 소인이 찍힌 논문이다에서 노래 수업의 중요성을 강조했다. 여학교에서는 민요를 열심히 연습해서 '활용'해야 한다고 주장했다.

그녀의 기질이 일그러지고 난 이후에 정신과 진단서는 마리 안네가 '무엇보다도 이전에 지니고 있던 음악적 성향도 상실했다'는 것을 확인해준다. 쉔펠더 가족은 예술적 기질을 지녔다. 아버지와 그녀보다 열한 살 많은 언니 힐데가르트는 그녀가 부르는 「화환의 노래」에 맞추어 옛 방식대로, 4분의 2박자로 피아노 반주를 할 수 있었다. "나는 낯선 나라에서 왔고 그대들에게 들려줄 많은 이야기를 가져왔지, 새로운 이야기를 많이 가져왔지 / 내가 여기서 말하고자 하는 것보다 훨씬 많은 이야기를." 또는 선생님의 지시에 따라 4분의 4박자로 좀 더 빠르게 하이네의 내밀한 시 「고향과의 작별」을 피아노로 반주했다. "이곳과 작별을 해야만 한다는 사실 때문에 나는 아주 많은 눈물을 흘렸지만, 친애하는 나의 아버지는 말씀하셨지. 고향을 떠나 우리가 방랑을 해야 한다고 ……."

마리안네에 관해 도라 쉔펠더가 남긴 기록은 찾아볼 수 없다. 그러므로 그녀의 딸들이 수업이 끝난 뒤 무엇을 하고 지냈는지는 그저 추측에 맡길 수밖에 없다. 만약 그녀가 일기를 썼다면, 시화집을 위한 그림을 모았을까? 1930년에 살았던 소녀들의 삶은 어땠을까? 시대를 앞서나간 요구 사항을 포함한 수업의 토대 위에서 어떤 전망이 전개되었는지에 관한 의문도 마찬가지로 추측일 뿐이다. 프로이센독일 군대, 나치의 방위군, 소련의 적군에게 먹을거리를 제공했던 옛 '병영 제과점'에 자리 잡고 있는 시 문서보관소에는 놀라울 정도로 많은 학교의 내부 규정, 마리안네의 흔적을 찾는 소풍과 탐사의 출발점이 된 자료가 보관되어 있었다. 마침내 멈춰 있던 그녀의 형상이 움직이고, 살아서 이야기하기 시작한다.

　마리안네 쉔펠더는 학교에서 안정을 찾은 듯하다. 열일곱 살
이 채 안 된 소녀가 이미 자아발견의 정점에 도달했으리라는 생
각은 마땅치 않다. 그녀는 품행에서 1점, 졸업 시험에서 합계 평
균 2b점을 받고 졸업했다. 졸업식이 제일 행복했을 수도 있고 가
장 두려움에 찬 날이었을 수도 있다. 그것은 성적에서 여실히 드
러났다. 마리안네는 성적, 활력, 야심 때문에 몇 가지를 기대해
도 좋았다. 그녀는 손위 언니와 두 오빠에게 자극을 받았으며,
그들에게 도움을 받았다. 얼마 되지 않아서 그녀는 점점 이상해
졌다. 알 수 없는 무언가가 그녀를 사로잡았고, 그녀는 그것에
저항할 수 없었으며, 지금껏 자신이 이룩한 것에 느끼던 자부심
도 그것에는 대항할 수 없었다. 나는 주변 사람들이 알아차린 것
보다 더 민감하고 예민한 인물을, 지나치게 마음이 여린 인물을
돌아본다.

　마리안네가 허물어진다. 일상은 어린 소녀가 감당할 수 없는
요구를 한다. 그러한 요구는 그녀가 앓고 있는 '정신분열' 속에
서 명백한 형태로 드러났다. 당시 그녀의 상태에 부여한 명칭은
어떤 틀에도 맞지 않고, 정신병원 입원 환자의 70퍼센트에 해당

하는 온갖 종류의 혼란스러운 상태를 표시하기 위해 의사가 재빨리, 그리고 기꺼이 부여한 애매한 명칭이었다. 모든 사람이 어딘가 '분열된 곳'이 있으며, 이성을 앗아갈 수 있는 무언가와 투쟁한다. 자신이 쓸모없는 존재라는 느낌이 그녀에게 들지 않았던 것은 아니었다. 마리안네는 안락한 시민적 삶으로 신분이 상승할 수 있는 기회를 놓쳤다. 그녀의 퇴각은 해방을 위한 시도로 보이고, 그녀를 압도하려고 위협하고 극복할 수 없는 장애물처럼 그녀 앞에 쌓여 있는 요구, 즉 능력을 입증하라는 요구를 회피하려는 행동으로 보인다. 한 가지 그럴 듯한 설명은 그녀가 미래를, 즉 어른이 되는 것을 두려워했다는 것이다. 어쨌든 그녀의 병은 일종의 거부 행위였다. 내면 깊은 곳에는 알려진 대로 죽음에 대한 두려움보다 앞서 생기는 삶에 대한 두려움이 자리 잡고 있다. 일종의 현실도피다. 왜냐하면 마리안네는 과도한 요구에 눌려 있는 자신을 보고, 기대감이 주는 압력에 눌린 채, 자신이 줄 수 있는 것보다 더 많은 것을 요구받고 있다고 느꼈기 때문이다. 그동안 그녀가 집안의 재정난을 감지했을 수도 있다.

특히 좌파 이론가들은 정신분열을 반항으로 해석하면서, 정신적 붕괴 속에 숨겨진 반항을 자아를 지켜내려는 의지와 지배적 삶의 상태 사이에서 느끼는 정신적 모순으로 이해하려고 했다.

이런 이해는 병자들은 본래 건강한 사람이라는 도발적 주제로까지 발전하기도 한다. 그 이론은 단지 관점이 문제라고 말한다. 이성을 잃은 사람은 미친 것 같은 세상에서 이성을 유지하고 있는 사람보다 더 많은 것을 알고 있다고 말한다. 그녀는 더 상처받기 쉽기 때문에, 충격을 받아들이지 못하기 때문에 광기에 사로잡힌 것일까? 어쨌든 그녀는 적응하지 못했다. 그 이외에는 그녀를 망가트리고 그녀의 내부에서 날뛰는 것을 설명할 근거가 없다. 나치는 현실에서 그녀가 사라진 것을 기호 14로 분류했다.

그 질병에 대한 개념은 달리 진단할 수 없는 애매한 영역의 병리적 돌출 현상을 표시한 것이다. 마찬가지로 병원은 '가망 없음'이라는 개념을 선택할 수도 있었을 것이다. 성장 중인 환자는 순순히 지시에 따르고, 전문 서적에 묘사되어 있는 것처럼 '특수하지 않은 정신적 부담에 대해 분열적 정신 이상으로' 반응을 했다.

정신과 의사이자 작가였던 하이나 키프하르트의 말을 빌려 표현하자면, 정신병자들은 '내면으로 관심을 돌린 배우'들이다. 원초적인 것이 문명적인 것을 압도하고, 환자들은 그것을 동물적인 두려움으로 경험한다. 당시나 지금이나 모든 것이 수수께끼 같고, 내면적으로 찢긴 상태를 나타내는 표현이다. 스위스인 오이겐 블로일러는 1911년 "특별한 종류의, 그 외 다른 곳에서는 생겨나지 않은 급작스럽게 변하는 사고, 감정의 흥분 상태와 외부 세계와의 관계"를 해석하려고 시도했다. 그 병은 1980년 발행된 의학 소사전의 정의에 따르면, "아마도 정신적·육체적 요소의 상호 작용에 기반을 두고 있는, 인격의 구조적 관계의 특징적 상실과 사고, 감정과 체험구성 요소의 연관 관계를 포함한의 분열을 수반하는 정신 이상"일 것이며, "대개 20~40세 사이에 급성이나 만성으로 발병한다."

절망의 시기

가슴을 옥죄는 쇠사슬처럼, 정의할 수 없는 두려움을 안겨준 진단에 마비된 듯 놀란 부모가 슈톨텐호프 병원에서 비젠토어슈트라세 5번지로 되돌아가는 모습을 나는 머릿속으로 상상한다. 그들은 도저히 이해할 수 없는 이야기를 들었다. 이대로 계속될 수는 없다는 생각이 그들의 마음속에 순간적으로 떠올랐지만, 상황은 계속될 수밖에 없었다. 가족들이 그 병가족끼리는 '젊음의 광기'라는 단어로 그 병을 듣기 좋게 불렀다을 어떤 달갑지 않은 결과와 연결시킬지 모르겠지만, 어쨌든 절망의 시기는 시작되었다. 처음에는 누구도 최악의 사태를 믿으려들지 않았다. 마리안네가 그 소용돌이 속에서 파멸할 것이라는 가정보다 더 빗나간 진단은 없는 것처럼 보였다. 그녀가 이전의 그녀로 되돌아올 것이라고 사람들은 믿었다. 하지만 나는 병력 서류를 찬찬히 읽으면서, 달이 지날수록 마리안네는 되돌아오지 않을 것이라는 확신이 불변한다는 것을 깨달아야 했다. 수도관을 통해 생각을 교환하는 복잡한 감옥에서처럼 속수무책인 상태가 부모님의 마음속에 확고하게 자리 잡았다.

우선 마리안네에게서 온화함이 사라졌고, 그것과 더불어 그녀의 특별한 면인 재능도 사라졌다. 우아함, 표현 능력, 친절한 얼굴 표정도 잇달아 사라졌다. 알프레드와 도라는 자신들이 본 것을 믿으려고 하지 않았지만, 예쁜 딸이 좋지 않은 결말을 맞이하리라는 것을 더는 부정할 수 없었다. 이는 어떤 측면에서 보자면 그들의 삶도 끝났다는 의미를 내포하고 있었다. 여러 문제에 압도당한 가족들은 종종 상처받는 사람들이 되기 때문에 특히 그렇다. 어쨌든 진단과 함께 통점痛點이 그들의 마음속에 자리를 잡고 사라지지 않게 되었다.

부모와 병든 딸은 앞으로 어떻게 서로를 대하게 될까? 힐데가르트와 마리안네의 상태는 어떻게 될 것인가? 아른스도르프 정신병원의 문을 지나가는 것과 담당 의사와의 합의에 따른 방문 시간은 어머니 도라에게 어떤 의미가 될까? 중앙로를 선택하고 왼쪽으로 방향을 잡아 B3 병동으로 가서, 수위실과 계단 바로 옆에 있는 위협적인 '격리'실을 지나가는 것은 어떤 의미일까? '몹시 불안정한 여환자들'을 수용한 위층 9제곱미터의 좁은 방문자 대기실에서 딸이 자신을 알아볼 수 있을까 하는 의문을 마음속에 품은 채, 정신이 혼미해진 자식을 다시 보는 것이 무슨 의미가 있을까? 도라는 마리안네에게 줄 상자를 준비했다. 모든 물품, 모든 소식이 병상일지에 자세하게 기록되어 있었다. '어머니가 가져온 상자'나 '먹을 것이 든 상자.' 사랑이 넘치는 전달품은 우리는 너를 잊지 않았다는 신호를 보내고 있었다. 또는 우리가 곧 너를 그곳에서 꺼내줄게라는 신호일 수도 있다. 소포 수령자인 그녀가 제정신이 아니고, 그녀의 자아가 헝클어져 풀 수 없게 뭉쳐 있을지라도, 어머니와 아버지는 너를 곤경에 놓아두지 않으리라는 사실을 그녀가 느끼게 해줘야 했다.

쉔펠더 가족과 리히터 가족은 놀란 채 나치가 만들어낸 치욕적인 '별종'이라는 명칭을 받아들일 수밖에 없었다. 약자의 '제거'를 공공연한 목표로 삼는, 약자들을 능욕하기 위해 신경질적으로 미쳐 날뛰면서 모든 것을 관통하는 선전의 물결이 있었다.

이는 '모자란 사람들'과 '불구자'들에게서 인간의 존엄을 빼앗기 위해 거짓 학문으로 치장한 선전이었다. 그것은 전초전인 동시에 무자비하게 실행될 말살 정책에 대한 동의였다. 갈색 제복을 입은 나치들은 청중들에게 「유전위생법」에 적나라하게 드러난 청결강박증을 주입시켰으며, 그들은 자신들의 정책이 썩어가면서 심한 세척강박증을 겪고 있기라도 한 것처럼, 구체적으로 '민족공동체의 점진적 강화'에 관해 언급했다. 정신분열증을 앓는 아이를 데리고 있다는 것은 조심해야만 한다는 것을, 의심받을 것이고 경멸에 노출되어 있다는 것을, '안전'이라는 단어가 부서지기 쉬운 단어라는 것을 깨달았다는 의미였다. 증상 14는 치명적인 위험을 뜻했고, 다른 모든 불행과 무서운 위협이 뒤따르는 삶의 원인이 되었다. 그들의 마리안네는 히틀러 치하에서는 증오의 대상이었고, 그녀는 가족 내에서는 잠재적 갈등 요소가 될 수도 있었다. 아들 알프레드와 사위 호르스트는 단지 형식적이기는 했지만 나치당에 협력했다. 부모는 완전히 고립되었다. 마리안네의 '정신적 비정상'에 관한 공중 보건의의 상부 보고로, 딸을 집에 숨겨두고 돌볼 수 있는 방법이 없었다. 요란한 선전의 북소리 속에서 부모는 자신들을 패배자로 느낄 수밖에 없었을 것이다. 이미 자신의 자식이 미쳤다는 사실을 피해나갈 수는 없었다. 그들의 마리안네는 게르만의 이상적인 인간상과는 배치되는 것이었다.

나치들은 드레스덴 회의 참석자들을 주립 병원 아른스도르프로 안내했다. 이 괴상한 소풍의 목적지는 불치병 환자들이 갇힌 채로 야생동물처럼 구경거리가 되었던 '불구자 수용소'였다. 연감에 따르면 특별히 문을 연 극장에서 강제 불임수술을 정당화하는 선전 영화가 상연되었고, 보고서에 의하면 3제국에는 40만 명의 유전병 환자들이 있었다고 한다.

1936년 이후 '나치당 인종정책국'은 '국가정책에 유용함'이라는 표시를 붙여 혐오스러운 22분짜리 영화 <유전병>을 배급했다. 모든 관구 소재지에 있는 인종정책국은 이 형편없는 작품을 보건소에서 '언제나' 무료로 이용할 수 있게 지원하라는 지시를 받았다. '조상의 죄'나 '모든 삶은 투쟁이다'라는 가슴을 답답하게 하는 또 다른 영화의 제목이었다. 그런 영화는 허구적이든 사실적이든, 짧든 길든, 모두 순수한 혈통이라는 신화를 주장했고, 이미 언급한 것처럼 끊임없이 정신병자들의 무시무시한 모습을 보여주었다. 이것과 대조적으로 다른 장면에서는 맥주 같은 금발머리의 건강한 인간들이 보였다. 결과적으로 편집증 환자 같은 제국 수상 히틀러가 심한 정신착란을 앓는 환자와 통할 수 있는 모습이 드러난다.

음악 소리가 점점 커진다. 웅장하게 줄지어 서 있는 건물들, '치료할 수 없는 정신병자 수용 병원'의 모습이다. 사람들이 둘러서 있고, 음식을 먹을 때 침을 흘려 온몸이 더러워진 환자들을 향해 흔들거리면서 다가서는 카메라 움직임. "많은 정신병자들은 수저로 떠먹여주거나 인위적으로 영양분을 공급받아야만 한다"는 자막이 밑에 나타난다. 영화 <유전병>이 본론에 도달하기까지는 몇 분이 걸린다. "모든 자연 법칙에 어긋나는 건강하지 못한 사람들이 지나치게 보살핌을 받고, 건강한 사람들은 무시당하고 있다", '아주 많은 정신병자들'이 늙어갈 것이다. 10년에 걸친 조사 끝에 1977년에 작성한, 나치 시대 정신병원의 역사를 연구한 토마스 쉴터의 박사학위 논문은 다음과 같이 결론을 맺고 있다. "어떤 문화민족도 계획적인 행동으로 정신병자를 박멸하려고 시도한 적은 없었다."

나치의 수학 기본 공식

김나지움에서 4학년부터 6학년까지 사용된 도르너가 지은

1936년판 수학책은 계획된 범죄를 비례계산법 속에 감추어두었다. 청소년들이 '종족 순화' 정책을 찬성하도록 하기 위해서 은밀하게 이 계산법을 선전했다. 마리안네 이모는 다음과 같은 예로 계산하는 수학 문제를 알고 있었을 것이다. "정신병 환자에게 4마르크의 비용이 든다. 신중하게 내린 평가에 따르면 독일에는 30만 명의 정신병 환자와 간질병 환자가 병원에 수용되어 있다고 한다. 여기에 드는 돈으로 1,000마르크씩 빌려주는 결혼 비용 대출을 몇 건이나 해줄 수 있을까?"

긴 작별

병원 바깥에서는 온 국민이 열을 맞추어 행진했다. 그리고 병원 안에서는 마리안네 이모의 죽음이 서서히 시작되었다. 그녀가 주변에서 나날이 늘어나는 괴물 같은 일을 날카롭게 인식하지 않았기를 바랄 뿐이다. 몰락은 몇 달 또는 몇 년이 걸렸다. 그녀의 병력 서류에는 판에 박힌 무관심한 기록이 잔뜩 쓰여 있었다. 이러한 모든 혼란에도 쉔펠더의 딸은 집으로 돌아가려는 열망으로 가득 차 있었다. 1942년 5월 29일 기록, "며칠 전부터 몹시 흥분된 채 식탁과 의자 위에서 춤을 추고, 아주 무의미한 이야기를 하며, 주간 담화실을 침으로 적시고, 머리카락을 쥐어뜯는다." 그녀의 어머니는 자주 들렀다. 일과 월 단위로 분류된 마리안네의 '작업증명서'에는 여러 번의 휴식시간이 기록되어 있으며, 처음에는 몇 시간 작업을 했다고 기록되어 있지만 그 다음부터는 거의 0이라는 숫자만이 적혀 있었다. 그녀는 모든 활동을 거부했고, 더는 아무것도 하려 들지 않았다. 1943년 7월 20일이 닥쳤다. "산만하면서도 활달하게 많은 말을 한다. 속눈썹을 뽑아 먹는다."

마지막 출발. 리히터의 가족들은 1943년 7월 이후 발터스도르프에서 살았다. 5년 동안 정신병원에 수용되어 있던 마리안네는 8월 27일 다른 75명의 정신병자와 함께 비참한 대열을 이르면서 아른스도르프 인근의 주립 병원인 그로스슈바이드니츠로 옮겨졌다. 아마도 '환자수송 공익회사' 버스를 타고 이송되었을 것이다. 버스에 그려진 회녹색 선은 좋은 것을 약속하지 않았다. 고통을 받는 환자들은 틀림없이 집으로 돌아갈 수 있기를 희망했을 것이다. 그들이 알약을 먹었거나 진정제 주사를 맞았다고 생각할 수도 있다. 아른스도르프 관료들은 영원한 작별을 위해 마리안네 서류에 다음과 같이 적었다. "변함없이 여전히 어리석고 혼란 상태이고, 거의 일을 하지 않는다!" 정신병 전문의 레온하르트가 쉔펠더 가족의 조언자였다는 사실이 유감스럽다. 가족은 잘 보살펴달라고 마리안네를 그에게 맡겼고, 분명 그를 믿었을 것이다. 모든 부모처럼 그들도 의사에게 특별한 세심함을 기대했다.

아른스도르프는 이미 음침한 분위기에 휩싸여 있었다. 이전에 작센 왕립 치료·요양 기관이던 그곳은 이제 지하세계로 통하는 문이 되었다. 창립자들은 교통 체증과 대도시에서 멀리 떨어진 곳에 병자들을 위한 '보호구역'을, 예전에 기사 장원에 있던 '전원적 병원'처럼 이상적인 병원을 만들려고 했다. 귀감이 되려고 계획했고, 한적하고 아주 좋은 위치에 있었기 때문에 정신병 환자들을 진정시키기에 적합한 곳이었다. 그것은 기만적인 평온함이었다.

그 시골 마을은 '축척 2만 5,000분의 1의 라우지츠 산맥, 뢰바우 지역' 지도에서나 볼 수 있는 외진 곳이었다. 마을 입구에는 방문객을 "진심으로 환영합니다"라는 팻말을 세워놓았다. 그로스슈바이드니츠와 클라인슈바이드니츠 행정구역에는 수차와 풍차 열두 개가 돌고 있으며, 기차가 지나는 커다란 구름다리가 강한 인상을 주었다. 그것은 그 마을이 간직한 낭만적인 모습이었지만, 이 전원에 폭력을 가한 3제국에 의해 차츰 왜곡되었다. 그 이후 그녀의 고향에는 어떤 황폐한 기운이 드리웠다.

바쁜 일상에서 벗어난 지역에 있는 농가들은 들판과 경작지, 굽은 풀밭 위의 과수원과 맞닿아 있었다. 경작지와 휴경지 사이에 펼쳐진 드넓은 빈 공간. 무방비 상태인 사람들을 계획적으로 살해할 때 폭력과 파괴는 아름다운 식물의 짙은 그림자 속에서 사라졌고, 나치에 의해 식물의 그림자는 치욕적인 행위의 공범자가 되었다. 그곳은 마리안네가 피해 달아날 수 없는 칠흑 같은 어둠에 싸여 있어 감시초소 등이 더는 필요 없었다. 신에게 버림받은 지역이라는 말이 있다면, 그 말에 딱 어울리는 곳이다. 오래전 그 마을은 교통의 요지였고, 남서쪽으로는 폭이 800미터나 되는 '지옥으로 통하는 입구'와 맞닿아 있으며, 나름의 불행을 예고하는 무언가가 있었다. S148번 산업도로 근처를 지나, 농부들이 오가는 좁은 길들은 공허 속으로 사라진다. 길은 점점 좁아지고 조용해진다. 숲은 차차 어두워지고, 까마귀들의 색은 점점 짙어진다.

남·여 각각 스물네 명이 남·녀 간병인들과 함께 1902년 3월 4일 기차를 타고 화물열차가 멈추는 역인 그로스슈바이드니츠에 도착해서 병원으로 인도되었다. 계획 입안자들은 '성실하게 의무를 수행하기 위한 장소'로 신중을 기해 첨탑과 유사한 장식 지붕이 달린 밝은 병원 건물을 선택했다. 그곳은 요새나 판에 박힌 건축 방식으로 지은 위협적인 병영 건물과는 비교할 수 없었다. 350만 마르크가 투입된 미래에 대한 투자는 버드나무로 된 가로수 길로 둘러싸인 정자亭子가 딸린 161헥타르의 정원 도시와 비슷했다. '이웃에 대한 능동적인 사랑'은 사람을 건강하게 할 수는 없지만 '좀 더 행복하게' 할 수 있다고 했다. 만약 서문이 구원의 약속처럼 들려야 한다면, 작센 왕국의 명령서인 '1913년 15호' 서문이 구원의 약속으로 적합할 것이다. "슈바이드니츠는 휴식처와 구원을 찾아야만 하는 가난한 이웃들에게 위로와 축복이 될 것이다."

그 지역에서 이러한 계획은 놀라운 사건이었다. 상량식上樑式을 하기 위해 두 개 취주 악단이 참가한 축제 행렬이 이어졌다. 행렬은 좁게 늘어선 시민들을 지나 '작센 친구들을 위하여'라는 식당 쪽으로 움직였다. 직원들은 "훌륭한 요양원에 어울리는 명성을 얻기 위해 모든 노력을 기울일 준비가 되어 있다"고 맹세했다. 정관 34조에 의하면 "환자들은 …… 인간적이고, 친절하게, 인내심과 배려가 동반된 보살핌을 받아야만 한다. 위험한 환자들을 수용한 폐쇄 병동의 쇠창살도 아름답게 치장되었"고, "환자들이 밖으로 몸을 내밀 수 있게" 만들었다. 이 병원 소속인 뮐러가 '교육, 오락, 여흥'을 담당했고, 악장을 맡았다. 연감에 따르면 그는 핵심 직원 중 한 명이었다. 야외 극단이 만들어졌다. 환자를 위한 도서관에는 책이 1,700권이나 있었다. 나치 병원장 알프레드 슐츠는 도서관에 필요한 물품을 구입했다. 그는 ≪종족학 잡지≫를 '정기적'으로 주문했고, 히틀러의 『나의 투쟁』을 40권 주문했다. 7마르크 20페니히짜리 야전용 판본이었다. 1941년 3월 13일 분류번호 12090로 발행된 영수증을 보면, 책은 '뢰바우에 있는 서적, 미술용품, 음악서적과 악기를 취급하는 발데 상점'에서 공급했는데, 합계 금액인 288제국 마르크를 4월 10일에 구입비용을 지불하라는 지시가 있었다.

슈바이드니츠 병원에서는 간병인들을 '자매'라고 불렀으며, 영국을 본보기로 농업이나 원예와 관련된 일을 할 수 있는 '개방형 제도'를 시범적으로 실시했다. 더는 강제와 위협에 근거하지 않는 규칙을 따른 그 제도는 당시의 '정신병 환자 치료'의 기본원칙을 훨씬 능가하는 것이었다. 최신 기술로 만든 장비도 도입되었다. 병원의 지도부는 약 환자 95페선트가 '치료를 목적으로 일하며', 그중 상당수가 야외에서 일한다고 자랑스럽게 보고했다. 슈바이드니츠 광고 문구를 읽으면서 마리안네의 가족들은 병든 그녀에게 그보다 더 나은 장소는 없다고 여겼을 것이 틀림없다.

넓은 정원에는 과일나무도 있었다. 환자들은 그물같이 얽혀 있는 도로와 인도를 만드는 작업에 몰두했다. 그곳에는 재단실과 수선실이 있었다. 광택을 내는 곳, 설거지하는 곳, 세탁실과 다림질하는 곳이 있었다. 서재도 있었다. 그 병원에는 목공소, 철공소, 주물 작업장, 옷 수선 작업장, 신발 제작 장이 있었다. 속기와 타자 강좌도 치료 과목에 포함되어 있었다. 풍부한 기회 덕분에 성향, 능력, 예전에 받은 교육 상태에 따라 환자들에게 일을 나눠주려는 의도가 통용될 수도 있었다. 감시하는 환자가 속도를 내도록 재촉하지 않았으며, 제일 허약한 환자에게도 가능성을 부여해야 한다고 했다. 한 세대가 지나 나치는 이 모범적인 병원을 '광포한 안락사'의 중심지로 변화시켰다. 환자를 특별하게 보호하는 듯 보이던 곳에서, 환자들을 사라지게 했다는 사실 자체가 악마의 행위였다. 에드거 앨런 포의 환상적 단편소설 「의사 테어와 교수 페더스」에서처럼 속임수만이 '미친 사람들'에게 구원을 가져다줄 수 있었을 것이다. 이 소설에서 광인들은 감시자들을 가두고 감시자 행세를 하지만, 이들이 서로 바뀌었다는 사실을 병원 방문자들은 알아채지 못한다.

1939년 9월 1일 전쟁이 발발하자마자 간호라는 의미가 갑작스럽게 변했다. 하인츠 파울슈티히가 '1914~1949 정신병원에서 굶어 죽은 사람'이라는 제목으로 발행한 기본 연구서에서 입증된 것처럼, 장애인들을 연달아 살해하기 시작했다. '유전병 환자들' 때문에 생기는 낭비를 막아 '유전적으로 건강한 사람들'에게 배분해야만 한다고 주장했다. 이 병원은 '그로스슈바이드니츠 비타민 요법'을 행하는 무시무시한 장소로 변했다. 이 치욕적인 개념은 몇몇 역사책에만 나온다. 이는 아마도 정신병 전문의 파울 니체가 처음으로 사용한 개념일 것이다. 이 말은 영양소가 적은 음식물과 과도한 약물 투여의 조합을 의미했다. 이럴 경우 그의 처방에 따라서 베로날, 루미날, 또는 트리오날이 최종의 '정지 상태'인 죽음을 촉진시켰다.

이미 1937년 12월에 드레스덴 시 내무부는 작센 주 밖에 있는 정신병원에서 "부분적으로 1인당 하루에 39페니히만을 쓰고 있다"고 비판적으로 언급을 했다. 고기가 나오지 않는 날이 점차 늘어났기 때문에 배식은 간단히 이루어졌고, "저녁에는 수프가 제공되었다." 결론적으로 마리안네가 속해 있던 '하부 진료과'의 1일 식비가 축소되었다. 그로스슈바이드니츠 병원의 원장인 슐츠 곁에 있던 나치들은 미리 알아서 순응하면서 1938년 4월에 '지시된 특별식'은 몇 달 전부터 '죽'으로 바꿔 배급되고 있다고 보고를 했다. "200명의 참여로 비용 축소가 이루어졌음." 죽이라는 단어는 배고픔을 나타내는 다른 표현일 뿐이었다.

이제 가혹한 조처가 잇달았다. 버터, 전유, 영양소가 풍부한 다른 먹을거리가 마리안네나 그녀와 비슷한 환자들에게 더는 배급되지 않았다. 흰 빵은 의사가 처방할 때만 배급되었다. 얼마 지나지 않아 하루 식비가 45페니히로 축소되었고, 1월 1일에는 35페니히로 줄어들었다. 몇 주 만에 먹을거리가 절반으로 줄어든 것이다. 내무부 담당 공무원 크리시히는 경비를 크게 절감한 경우에는 못 본 척 그냥 내버려두었다. 훗날 심문자에게 병원장 슐츠는 음식에 관해 다음과 같이 묘사했다. "침대에 누워 있는 환자들에게는 이른바 죽…… 그것은 야채, 감자, 감자 전분과 감자 껍질로 만든 음식이었습니다 …… 죽이 하루에 세 차례 배급되었으며 ……." 전쟁이 모든 것을 먹어 치워버렸다. 환자들은 재료도 알 수 없는 죽만 먹었다. 많은 환자들이 굶주렸고, 증인들의 진술에 의하면 많은 환자들의 상태는 "상상할 수 없을 정도로 악화되었다." 다리에 부종이 생겼고, 배가 부풀어 올랐으며, 입술이 부르텄다. 병원장 슐츠는 그 기간에 입구를 지나면 나오는 두 번째 건물 8동 관사에서 살았다. 쉽게 찾을 수 있는 건물이고, 지금은 약국이 들어서 있다. 고통을 받던 동료들처럼 리히터의 이모도 걸어 다니는 시체가 되어가고 있었다. 이렇듯 관청이 의도적으로 강요한 열악한 환경에서는, 몇 알의 약만으로도 허약해진 환자들은 쉽게 파국을 맞이할 수 있었다.

마리안네의 서류에 찍힌 새로운 도장. 최종 도착지에서 남긴 첫 번째 기록이었다. "A11에 따라서 병이 진행 중임. 때때로 소리를 지르고, 활기가 넘치는 흥분 상태를 보임. 가끔씩 일을 거들기도 함. 그 외에는 결핍 상태를 보임. 진단: 정신분열 14." 같은 시기 1943년 37주째 영화에 삽입된 〈독일 주간 뉴스〉에서는 폭스하운드가 짖는 듯한 소리로 불가리아 국왕 보리스의 죽음을 보도했다. 오버잘츠부르크에서 열린 회담 장면을 찍은 사진 속에 담긴 히틀러는, 그를 "친구이자 동지"라고 칭찬했다. '주요 전선'에서 열린 '생일축하 세레나데'의 모습이 오버랩됐고, 공습 폭탄을 투하하는 소리가 '음악회의 배경음'을 이루고 있었다. '전선 휴양소' 장면에서는 야외에서 커피를 마시면서 '금방 사그라지지 않을 듯한 유쾌한 기분'에 들뜬 병사들을 보여주었다. 세심하게 촬영한 기계 미학은 '대형 구경'인 독일 대포의 정밀한 모습을 관객에게 보여주었다. 상의를 벗은, 지그프리드처럼 두려움을 모르는 불사신 같은 병사들이 다루는 기계들.

마리안네는 수수께끼 같은 모습이었다. 이제 그 누구도 그녀 내부로 다가오는 불행에 관심을 두지 않았다. 환자가 넘쳐나는 정신병원에서 질서정연한 병원 생활을 이야기할 수 없었고, 돌보는 사람도 없이 수많은 환자들이 그대로 방치되었다. 환자들은 다양한 이주민 중 하나가 되었다. 리히터 이모의 경우, 때때로 체온을 측정하는 것이 간병과 치료의 전부였다. 조롱하는 듯한 어조로 배변이나 맥박을 월 단위로 기록하고 있다. 그로스슈바이드니츠는 파괴하기 위한 수용소였던 것이다. 1939년부터 1945년까지 이루어진 치료 방식은 깨끗하게 죽이는 것이었다. 세심하게 환자를 돌보는 정신병원이라고 여전히 주장하고 있는, 병상 800개를 갖춘 병원에 이제는 1,800명의 환자가 수용되어 있었다. 미친 환자, 정신착란자, 정신적 상흔이 있는 환자, 히스테리 환자, 우울증 환자. 그들에게 관심을 기울이는 사람은 아무도 없었다. 십여 개가 넘는 건물 모두가 하나의 거대한 시체보관소 같았다. 히에로니무스 보슈의 그림에서나 볼 수 있을 것 같은 종말론적 상태와 어수선함. 무방비 상태의 환자들은 파리처럼 더럽고 비참하게 죽어나갔다. 점점 더 많은 숫자가 점점 더 빠른 속도로 죽어나갔다. 직원들1943년 빽빽하게 줄을 친 관리과 서류에 의하면 직원들은 간병인 68명, 감시인 12명, 간호사 16명이었고, 총 2만 1,666마르크 47페니히의 비용이 지불되었다은 남아 있던 환자들과 함께 잠재적 증거와 흔적을 없앴다. '제국의 비밀 사항'이라는 엄중한 봉인 속에 그들은 의사들과 무시무시한 연합을 맺고서 자신들에게 맡겨진 환자들을 체계적으로 제거해 나갔다.

마리안네 쉔펠더는 종착지에 도달했다. 그녀가 도착한 그 병원에서 1943년에 1,122명의 사망자가 나왔다! 다음 해에는 1,372명이었다! 다른 경우라면 그 같은 사망숫자는 집단 전염병이 돌 때나 생길 수 있는 희생자 숫자다. 1944년에 남녀 총 6,022명을 실은 수송 버스 119대가 슈바이드니츠에 멈춰 섰다. 사망률은 1945년 5월까지 1,012명으로 67.8퍼센트였다. 흘름 크룸폴트는 그가 지금 근무하는 곳에서 8,000명의 환자가 죽은 것으로 추정했다. 이곳의 주임 의사인 그는, 박사학위 논문을 통해 '광포한 안락사'의 감춰진 뒷면을 폭로하고 있다.

사망자 8,000명. 마치 전쟁이 끝난 직후처럼 보였다. 전쟁의 최고 지휘자였던 히틀러에게 그것은 다른 종류의 전투, 무방비 상태인 환자를 파멸로 몰아가기 위한 진격이었다. 살해 행위가 없었던 것처럼 숨기기 위해 매장이 쉴 새 없이 진행되었다. 우리는 연쇄살인범의 예를 통해 이미 그와 같은 태도를 알고 있다. 병원 정문 앞에 조성된 묘지는 대량 학살을 위해 만든 것이 아니었다.

지옥의 앞뜰

광대한 땅. 그 지역 사람들과 만났을 때, 지금은 작센 주립 병원이 된 그로스슈바이드니츠 병원 위로 파란 하늘이 펼쳐져 있다. 그림엽서에나 나올 법한 날씨다. 화창한 늦여름의 안락한 오후, 이끼 덮인 담장 뒤편에 있는 가까운 정원에서 목소리가 들려온다. 우단처럼 매끄러운 공기, 먼 지평선, 그림 같은 풍경, 부드럽게 물결치는 들판, 들판 위 공중에는 매가 맴돌고 있다. 작은 저택처럼 보이는 정원 속의 집들, 그 지역 풍경은 아름다운 경치를 배경으로 해서 히틀러 치하에서 벌어졌던 끔찍한 사건으로부터 사람들의 시선을 돌리려고 하는 것처럼 보였다. 마리안네 이모가 죽은 수용소 문 근처에 있는 버스 정거장에는 "먼저 독일인들에게 일자리를"이라는 독일 민족정당의 선거 구호가 붙어 있다. 몇 달 뒤 이슬비가 내리던 11월 어느 날 두 번째 방문을 했을 때, 그 구호는 사라지고 없었다. 나는 밤중까지 그곳에 머물렀다. 놀라움에 압도될 수밖에 없었다. 금으로 치장된 교회 탑 꼭대기에 붙어 있는 '주님께 즐겁게 봉사하라'는 구호. 마치 새롭게 단장하고 초대하는 듯하다. 문을 잡고 흔들어보지만, 문은 잠겨 있다. 시계는 종을 울려 정각을 알린다.

왼쪽 두 번째 거리에 자리 잡은 두 번째 건물, 경보등과 "신경정신과, 전자 근육측정"이라는 현대적 문패가 달린 11번지 건물. 그곳에 마리안네가 살았다. 아니 힘겹게 살았다. 나는 그녀가 살던 주변 환경에 감정을 이입시켜, 고독이 무엇을 의미하는지, 그녀처럼 두려움에 휩싸이는 것이 무엇을 의미하는지를 이해해보려고 애쓴다. 적어도 나는 그 일이 벌어진 곳을 살펴보고 싶었으며, 그 건물 주변을 돌아보고, 그녀가 거주했던 방 창문을 살피고, 슬픔이 사라지기를 바라면서 자리에 앉는다. 건물 위로 단풍나무가 솟아 있다. 병든 그녀가 태양의 보호를 받으면서 나무 꼭대기에 몸을 숨기고 있었을까? 그림자가 얼마나 아름답게 지고 있는지를 알아차렸을까? 봄이 돌아오기를 기다리고, 여름 공기를 즐거워했으며, 잎사귀 위로 빗방울이 떨어지면서 내는 소리를 들었을까? 마리안네는 자신이 사라지던 그해에 낙엽이 떨어지고, 눈발이 휘날리는 것을 보았던가? 그녀는 회복할 수 없을 만큼 오랫동안 질병에 방치되어 있었다. 권리가 사라진 공간에서 모든 것과 단절된 채, 추측컨대 그 병원의 은밀하고 음험한 방식으로 살해되었을 것이다.

사망자 8,000명! 희생자 숫자를 머릿속으로 헤아리면서 나는 마리안네 쉔펠더가 수용됐다가 사라졌고, 그 사이 확장된 병원

안을 돌아다닌다. 건축물, 나무, 사람들. 역사는 그림을 필요로 한다. 그림은 역사를 보존한다. 그것은 우리들의 기억이다. 이러한 작품으로 명성의 토대를 다진 리히터의 특정 초상화에 담긴 진실을 연구하는 것이 관건이다. 잡힐 듯 가까이 다가온 모습 때문에 답답해진 마음속에 '마리안네 이모'의 얼굴이 떠오른다. 나는 병원을 배경으로 작업 치마를 입고 있는 그녀를 본 것 같다. 그녀와 함께 고통을 받았고 소멸되어간 많은 사람들에 관해 알게 되었다. 이곳이 바로 그 장소이고, 이곳에서 1945년 그 사건이 일어났다. 마리안네의 몰락과 함께 드레스덴 비너 슈트라세 91번지에 살던 오이핑어의 길과 교차된, 내 탐구의 좌표가 갑자기 사라졌다. 나치 친위대 고급 장교의 이력은 3제국과 함께 끝나지 않았다.

이탈리아 잡지 ≪플래시 아트≫는 1972년 리히터에 관한 기사를 쓰면서 아주 평범한 가족인 것처럼 양쪽 면에 두 주인공의 사진을 나란히 실었고, 화가의 자료 보관함에서 발견한 여러 장의 스냅 사진을 이용했다. 그림과 관련된 사실을 제대로 알고 볼 경우, 당시 특집 기사에 실린 사진은 자백을 강요받는 상태에서 만들어낸 몽타주 같다는 느낌을 받는다. 마치 예술가가 거꾸로 진행되는 영화에서 관찰자의 손에 시작 지점을 표시하는 줄을 쥐어주려고 하는 것 같다. 관찰자가 지닌 매체는 우선적으로는 아무것도 이야기해주지 않는 리히터와 오이핑어라는 임의적인 소재다. 산부인과 의사는 수사슴이 뿔을 보여주는 것처럼 자신의 능력을 과시하거나 가장으로서 안락의자에 미동도 없이 앉아 있는 모습이다. 왼쪽과 오른쪽에 그를 빛내기 위해 주조된 듯한 부인과 딸들이 둘러서 있다. 오이핑어는 중심이 되는 데 익숙하다.

나는 지금 환자들을 관찰한다. 환자들이 오고 간다. 많은 환자들이 신발을 끌며 걷고, 많은 사람들이 흥분된 채 새된 소리를 내면서 이곳을 돌아다니고, 탐욕스럽게 담배를 빤다. 그들은 호기심에 차서 맞은 편 베란다에서 이해할 수 없는 말을 외치고, 요란한 소리로 인사에 응답을 할 때까지 고함을 멈추지 않는다. 반세기 전에 제거된 희생자들처럼 쉽게 사람을 믿는다. 그 지역은 비합리적인 폭력에 점령되어 오염되었으며, 눈에 보이는 표면 뒤로 감춰진 면이 있다. 시간은 지나가지만, 절망은 남는다.

마리안네의 어머니에게 그로스슈바이드니츠는 어려운 상황을 더 어렵게 했다. 단순히 계산해도 드레스덴에서 딸이 있는 곳까지는 86킬로미터나 된다. 편도 교통비가 매번 3마르크 50페니히씩 들었다. 당연히 3등 칸이었다. 드레스덴에서 바우첸을 거쳐 뢰바우로 가는 직통 열차를 타는 것이 가장 싼 방법이었다. 7시

29분에 출발해서 9시에 도착하는 열차였다. 그곳에서 9시 5분에 슈바이드니츠로 가는 차편이 있었다. 전시戰時 열차 시간표에 따라서 기차가 운행되었다. 교통 혼잡이 빚어지는 시간대에 몰려드는 병사들 때문에 1942년부터 민간인들은 장거리 여행하려면 '여행허가서'를 소지해야만 했다. 사유를 써서 경찰서에 신청해야 하는 것이다. 날이 갈수록 비용은 늘어났다. 그녀는 가는 도중에 있는 모든 나무를 알고 있었지만, 그렇듯 계속 반복되는 여행이 즐거운 소식을 가져다주지는 않았다. 오히려 신경을 곤두서게 했다. 먼저 라데베르크, 아른스도르프 역이 나온다. 그 뒤로 그로스하르타우, 바이커스도르프, 비쇼프스베르다, 데미츠 투미츠, 자이첸, 바우첸, 쿤쉬츠, 폼리츠, 뢰바우가 뒤이어 나오는 지루한 이야기다. 이전에는 동쪽으로 가는 주요 교통 요지였지만, 오늘날에는 거의 방치된 역이다. 많은 역이 매물로 나와 있다. 도라는 점점 싫증을 내면서 그 이름과 시골을 지나갔다. 충분히 헤아릴 수 있는 상황이다. 어머니답게 사태를 예의 주시하던 그녀의 마음은 뒤죽박죽되었다.

라데베르크를 거쳐 산을 올라가는, 03계열로 제작된 가벼운 급행열차는 먼저 전형적인 소나무 숲이 있는 드레스덴 초원 옆을 지나쳐간다. 그 다음 열차는 사라져가는 풍경을 지나쳐 다시

평지로 내려간다. 기차가 데미츠 투미츠를 지나서 평평한 바우
첸의 땅을 요란한 소리를 내며 지나기 전에 듬성듬성 빈자리가
보이는 혼합림으로 이루어진 좁은 지역이 나온다. 굽이굽이 이
어진 땅, 초원 같은 풀, 여러 숲이 있는 '라우지츠 들판'을 지나간
다. 그곳은 동식물이 서식하는 특별한 매력을 지닌 장소다. 장엄
한 일출과 일몰 광경이 있는 고향은 아름답게 여겨질 수도 있다.
일출과 일몰은 슈바이드니츠의 어두운 측면까지 밝게 드러낸다.
어떤 것의 어두운 측면을 알아차리기 위해서는 감수성이 예민
해야만 한다.

　도라는 여행을 하면서 급히 뒤로 물러나는 철도지기 초소를
셌을 수도 있다. 작센 슐레지엔 철도 회사의 복선 노선에서는
800미터마다 한 개씩 초소가 나타났다. 곧 이어 슈프레 강 위에
놓인 구름다리가 풍경 속으로 끼어들었다. 열다섯 개 아치를 지
나면 첨탑이 많은 도시 '작센의 뉘른베르크' 바우첸으로 향하는
입구가 나온다. 도라는 정차할 때까지 차분히 기다릴 수 없었다.
브라이텐도르프를 지나면 기차는 드디어 '산기슭 도시'로 통하
는 뢰바우 분지로 들어섰다. 매번 다른 세계, 마리안네가 사는
세계로 가는 여행이었다. 방문은 점점 고독해지는 마리안네의
하루하루에 방향을 제시하기는 했지만, 딸과의 관계는 계속되

는 여행으로 변화되었다. 도라가 자식에게 도달하려고 애를 쓰지만 허사라는 것을 보여주는 상징이었다. 만남과 만남 사이에는 몇 주일의 간극이 끼어 있었다. 회복에 대한 기대는 언제나 무너졌다. 어머니는 아주 보잘것없는 반응에도 기뻐해야만 했다. 힘없는 보호자가 병원에서 무엇을 볼 수 있겠는가? 가장 중요한 것은 마리안네가 아직 살아 있다는 사실이었다.

기차는 뢰바우 1번 선로에 멈춰 섰다. 그곳에서 운행 관련 업무를 책임진 직원이 이용하는 유리로 된 초소를 지나면 오버쿠네스발데, 치타우, 에버스바흐로 가는 선로가 있는, 한쪽이 막힌 역으로 통하는 짧은 길이 나 있었다. 지금은 사용할 수 없게 된 연결 선로가 놓여 있다. 당시에는 연결 기차가 옆쪽 선로에서 기다리고 있었다. 슈바이드니츠까지는 8분이 걸렸다. 왼편 작은 숲 뒤쪽에 병원 부속 교회가 하늘을 배경 삼아 솟아 있다. 그러나 정감을 불러일으키는 그 풍경은 정신병원이라는 불안한 주제를 예고하고 있다. 리히터의 이모 마리안네가 살해된 것이 아니라면, 나는 결코 이 문제를 다루지 않았을 것이다. 환자들이 거주하는 노란 벽돌 건물이 나타난다. 내릴 준비를 하라는 신호였다. 어머니 도라는 정차 신호를 기다리지 못했다. 동시에 그 순간을 두려워하기도 했다. 역에서 꽤 먼 거리를 걸어 올라갔다.

그 길은 힘든 길이긴 했지만, 깊은 숨을 내쉬기만 하면 되었다.

저녁 무렵에 집으로 돌아오는 길은, 가는 길보다 더 슬펐다. 그녀는 자신이 경험한 것에서 도망치고 싶었으리라. 이제 도라에게는 격려의 말이 절실했을 것이다. 그런 까닭에 병원을 방문할 때마다 발터스도르프에 사는 힐데가르트와 손자들을 찾아왔다. 그것은 그녀의 원기를 북돋아주었다. 기젤라는 외할머니가 "아주 자주 집에 왔고, 꼬박 3개월을 머물렀다"고 기억하고 있었다. 도라는 고향 랑에브뢱에서 2층 오른쪽에 발코니가 있는 단칸방에 살고 있었다. 남편이 암으로 죽고 난 뒤, 걱정을 혼자 짊어진 그녀는 어울려 지낼 사람이 필요했다. 비록 손자 리히터와의 관계가 밝게 묘사되지는 않지만, 그녀는 힐데가르트 가족에게서 대화 상대를 발견했다. 리히터의 어머니는 외할머니에게 잔소리를 늘어놓았을 것이다. 도라는 커피를 몹시 좋아했기 때문에 특히 더했다. 커피를 마시는 데는 많은 돈이 들기 때문이다.

발터스도르프에서는 어렵지 않게 병원에 갈 수 있었다. 교회에서 출발하는 '그로스쉐나우'행 붉은색 버스를 타고, 치타우-뢰바우를 운행하는 열차로 갈아탄 다음, 뢰바우에서 그로스슈바이드니츠로 가면 된다. '치타우 협궤열차 역사박물관'이 조사한 자료를 보면 방문 거리는 총 36킬로미터였다.

도라에 관한 갖가지 추측

서류, 기차시간표, 연대기, 출생 서류와 사망 서류, 의사의 진단서, 세례증명서. 조사하는 동안 나는 리히터 가족과 관련된 많은 이야기를 알게 되었다. 하지만 병원으로 가는 도중에 리히터의 할머니 도라의 심정이 어떠했는지는 공식 서류로는 알 수 없다. 어머니와 딸이 포옹을 했나? 병원에서 매일 관찰할 수 있는 가슴 아린 만남이었나? 기쁨이나 고통으로 흘린 눈물? 어느 것도 알 수는 없다. 이와 관련된 이야기를 하면서 사람들이 슬피 울었다고 리히터도 말하지 않았던가? 마리안네의 파국을 목격한 그녀가 달리 무엇을 할 수 있었겠는가? 어머니는 자식을 몰래 관찰한다. 빼빼 마르고, 피골이 상접했다. 이것이 과연 마리안네의 모습인가? 그녀는 딸의 헝클어진 머리카락을 매만지려고 했다. 예전에는 머리카락이 매끄러웠다. 그녀는 딸의 뺨을 가볍게 두드리려고 했다. 예전에는 뺨이 통통했다. 그녀는 딸의 옷매무새를 매만져 반듯하게 해주려고 했다. 예전에 딸은 매만지는 것을 좋아했다. 그녀는 딸의 속옷을 살펴보고 반듯하게 개었다. 내의가 충분하지 않았다. 가끔씩 슬픔이 깔린 쾌활함이 생겨나기도 했다. 도라는 연민 속에서, 사랑 속에서 분노했을지도 모른다.

누가 이해하지 못하겠는가. 상황에 의해 의기소침해진 그녀는 마음을 가다듬기 위해 애를 쓰고, 딸을 흥분시키지 않으려고 애를 쓰면서, 딸에게 다시 제정신을 찾아야 한다고 멈추지 않고 설득했다. 나는 그 어디에서도 비탄에 잠긴 그녀의 의기소침한 모습을 볼 수 없다.

슈바이드니츠는 누구에게도 속하지 않는 영역이다. 병동, 복도, 공간. 그곳은 사람이 가득 찬 지하 감옥이 되었으며, 살아서는 아무도 그곳을 떠날 수 없을 것이다. 일그러진 자세를 취하고 있는 추방된 자들. 소리를 지르면서 자신의 귀를 틀어막고 있는 광인들. 종잡을 수 없는 말을 뱉어내는 고통받는 자들, 자신들이 내세운 이론에서 벗어나려는 세계 개혁자들. 그들은 소통 속에서 자신들의 자리를 발견했는가? 그녀가 딸에게 먹을 것을 몰래 줄 수 있었을까? 그 모든 비참한 모습 때문에 딸을 방문한 어머니는 하루하루가 삶과 죽음이 직결된 문제라는 것을 점점 확신하게 되었다. 어떤 의사도 그녀가 처한 곤경을 귀담아 듣지 않을 것이다. 도라는 두려움을 억누르면서, 고향 소식으로 다 자란 자식의 관심을 끌려고 시도했다. 마리안네는 가족 중에서 가장 허약한 사람이었고, 그녀가 제일 애지중지하던 아이였다. 언제나 부드러운 시선을 그녀에게 보냈다. 광기에 사로잡힌 딸은 아주

고약하고, 야비하며, 폭력적이고, 호전적으로 행동했지만, 그들의 관계는 병으로 말미암아 더욱 긴밀해졌다. 그것을 환자 기록에서 읽을 수 있다. 그들은 낯설면서도 동시에 친근한 존재였다. 믿음, 희망, 사랑이 마리안네를 구하기 위한 도라의 계획이었다면, 그 계획은 처음부터 실패가 예정되어 있었다.

무슨 말을 해야 할지 몰라 침묵을 하는 않는 경우에, 그들의 대화는 좀 더 좋았던 과거와 평화, 드레스덴과 랑에브뤽에 관한 기억으로 채워졌다.

무거운 짐에 눌린 가족의 삶 전체는 이미 오래전부터 정상에서 벗어나 있었다. 왜냐하면 정신분열을 유전으로 여겼기 때문에 언젠가 다시 저주받을 것이며, 나치가 언급한 것처럼 '나쁜 씨앗'이 그들 내부에 숨어 있을지도 모르고, 후손들이 그 병에 걸릴 수도 있다는 예감과 불길한 생각이 가족 관계를 약화시켰기 때문이었다. 쉔펠더 가족과 리히터 가족은 그런 생각에 사로잡혀 있었다. 리히터도 오랫동안 그런 두려움을 견뎌야만 했다고 말했다.

지나간 것을 반추하는 것은 어떤 결과도 불러일으키지 못했다. 어머니가 정신분열증에 걸린 딸의 모습을 이 이야기의 출발점인 정원에서 찍은 딸과 손자의 스냅 사진과 비교했다면, 이상적으로 생각한 모습에서 점점 멀어지게 된 마리안네를 발견했을 것이다. 그녀가 사진에서 손상되지 않은 소녀를 찾으려 하면 할수록, 내면으로 가라앉아 소녀 미라로 오그라든 망가진 모습만 발견했다. 가장 끔찍했던 것은 마리안네의 갑작스러운 감정 폭발이다. 넘쳐나는 활력에 휩쓸려 극도로 활달해지고, 태엽을 감은 인형처럼 움직였다. 조용하게, 생각에 잠겨서, 기괴한 생각에 매달리고, 독백을 하면서, 무의미한 문장에 사로잡혀서, 내면의 시선을 미지의 것에 고정시키는 상태가 생겨났다. 그녀의 변신은 골똘히 생각하는 것, 흥분된 이야기, 보이지 않는 적을 향해 내뱉는 한탄, 갑작스러운 어둠과 밝음의 변화 속에서 일어나는 요란한 환상, 바글거리는 생각과 함께 생겨났다. 어떻게 될지 누가 알 수 있겠는가? 그녀는 전문 의학 서적에 만성 정신분열의 주요한 결과로 묘사되는 관계의 단절에 사로잡혀 있었다. 기젤라는 할머니 도라의 '생활력'을 분명히 기억하고 있다. 그녀가 딸에 대한 애정으로 마리안네 내부에서 끊임없이 돌아가는 톱니바퀴를 멈춰 세울 수 있었다면 ……

어머니는 리히터 가족의 소식을 전해주었다. 알려줄 것이 많았다. 그녀에게 '아빠'가 죽었다는 것을 말했을까? 병에 걸린 그녀가 그 이야기에 반응을 보였을까? 많은 소식이 그녀에게 전해졌을까? 조카 리히터가 치타우 김나지움에 가야 했고, 기젤라가 들어간 초등학교 이름이 괴테라는 것에 그녀가 관심을 보였을까?

이야기 주제가 마리안네의 오빠 루디와 알프레드에게로 옮겨
갔다면, 그것은 언급하지 않는 편이 더 나았다. 그들은 아직도
전장에 있으며, 유럽을 돌아다녔다. 우편물은 우려할 만한 소식
을 전해주었다. 전쟁이 그녀에게서 아들들을 앗아간다 해도, 그
녀는 말하지 않을 것이다. 리히터가 그림 그리기를 좋아한다는
것은 즐거운 화젯거리였다. 그가 화가가 될 것인가? 이런 것이
도라에 관한 추측이다. 확실하게 알 수는 없었다.

발터스도르프로 되돌아와서 도라 쉔펠더는 큰딸에게 자세히
이야기해준다. 그녀는 리히터와 기젤라 앞에서 짓눌린 모습을
보이지 않으려고 애를 썼다. "어린 우리들은 슈바이드니츠 비극
에 대해 알지 못했어요. 당시에는 그랬어요." 그들은 세상을 등
진 이모의 모습에 관해 아무 말도 하지 않았다. 내가 조사를 하기
전까지 리히터의 이모가 병원에 있었다는 사실을 리히터의 어린
시절 친구들도 전혀 몰랐다. 리히터의 어머니 힐데가르트는 불
행을 부끄러워해서 이웃 사람들에게, 심지어는 미용사 브뤼켈트
에게도 그 사실을 숨겼다. 하지만 미용사는 그 사실을 빼고는 모
든 것을 알고 있었다.

납으로 된 낮, 납으로 된 밤. 고독의 성채 속에서 많은 환자들

사이에 있는 마리안네. 그녀의 번호는 죽음의 숫자 14에 826을 덧붙인 숫자였다. 리히터의 아주 어린 시절 이모는 작은 동상으로 굳어졌다. 그녀를 방문하는 사람은 도망치려는 반사 신경을 억제하기 위해 애를 썼다. 어느 순간에 생기는 바보 같은 동경은 다른 순간에 생겨나는 어리석음으로 바뀌었다. 슈바이드니츠에 보관된 그녀의 서류에 간결한 문장으로 기록된 다른 열다섯 건의 진료 기록은 젊은 여자의 쪼그라든 존재에 부합되었다.

자신에게만 의지하도록 방치된 상태에서 그녀는 '열심히' 단추를 단다. 1943년 11월에는 "친절하며 말을 붙일 수 있다"고 기록되어 있다. 드레스덴에서는 '최종 승리'에 대한 약속이 무너져 내리기 시작한다. '심한 공습 이후 아이들의 신원 확인'을 위한 '긴급 편지'가 관청 내부에 전달되었다. 마리안네 이모의 상태도 굴곡이 있었다. 가끔 그녀는 달팽이집 같은 내면으로 물러나, 스스로 만족하는 듯한 다양한 어조로 독백을 하면서 "완전히 접근할 수 없는" 상태에 빠진다. 그 다음에는 "가끔씩 아주 시끄럽게 군다." 그녀는 다음 달에 일을 하는 대신 주변을 "돌아다니기"만 하고, "무관심하고, 바보처럼 굴고, 갖가지 어리석은 짓"을 저지른다. "환자와의 심적 접촉은 가능하지" 않았다. 그녀는 "몹시 불결하고, 일을 하지 않는다." 이처럼 규격화된 언급은 '부정적 상태'에 만성적으로 존재하는 것이 무엇인지, 환자를 좀 더 건강하게 만들지 못하는 정신병원에 입원시키는 것이 만들어내는 결과가 무엇인지를 설명하는 것과 연관될 수 있다. 환자들이 히스테리의 위기 징후를 완벽하게 모방하는 것을 배우게 되는 유명한 현상이 부수적으로 생기는 '병력'이 그런 상태를 표현한 개념이다. 그리고 적지 않은 환자들이 정신과 의사에게 핍박받고 있다고 느꼈다.

그녀는 마르고 창백했다. 신체 기관은 이상이 없었다. 마지막 8년 동안 지속된 고통의 기록에 '커다란 변화'가 기록되지 않았다는 것만으로도 상당한 일이다. 그녀는 숨을 쉬지만 서서히 조용히 죽어가고 있었다. 1944년 9월 "그녀는 거의 말을 하지는 않지만", 아직 방향 감각을 유지하고 있다. 병원 지붕에는 하얀 바탕에 붉은 십자가가 눈에 띄게 그려져 있다.

파국의 분위기

1944년 리히터는 열두 살, 마리안네 이모는 스물일곱 살이었고, 정신병원에 갇힌 지 이미 7년이 지났다. 1944년은 오이핑어 교수가 맞이한 절정의 해였다. '좋은 직장 동료'로 인정받은 오이핑어는 50번째 생일을 계기로 친위대 여단 지휘자 우도 폰 보이르쉬의 보호를 받으면서 성공 가도를 달렸다. 보이르쉬는 오이핑어에게 친위대에서 그를 높이 평가한다는 말을 거듭했다. 오이핑어의 빠른 승진을 두고 내부적으로 불평도 있었다. 드레스덴과 베를린 사이에 전보가 오갔다. 마침내 보이르쉬는 '친위대 제국 지휘자'의 명령에 따라 축하와 감사의 말을 주고받으며 당 동료인 오이핑어에게 '친위대 대대 지휘자' 칭호를 전달할 수 있었다. 그것은 중령 계급에 해당하며, 의사에게 주어지는 최고의 계급이다. 이 산부인과 의사는 새로운 계급을 만끽했고, 3월 2일 편지에서는 그것을 자랑했다. "친위대 대대 지휘관 의학박사 교수 하인리히 오이핑어 …… 친위대 기록번호 284645. 히틀러 만세!" 그의 발걸음 소리가 병원 복도에서 울리는 것 같다.

보이르쉬는 오이핑어를 위해, 아들 에드가의 대부이기도 한 친위대 제국 지휘자 히믈러에게 여러 번 직접 이야기를 했다. '생일'과 '성탄절'에는 히믈러가 보이르쉬의 어린 아들에게 보낸 선물이 배달되었다. 나무 자동차, 범선, 하모니카, 실톱이 든 상자, 소설 『로빈슨』 등이었으며, 이는 독일 청소년들에게 필요한 것이었다. 보이르쉬는 거의 알아볼 수 없을 정도로 휘갈겨 쓴 글씨로 오이핑어를 진정한 사상적 친구라고 표현했다. "그는 모든 관계에서 친위대와 돌격대의 생각을 옹호한다." 가령 그는 다른 지도자들의 후손에 대해 걱정하는 여러 가지 조언을 했다. 슐레지엔 출신인 그는 다른 곳에서 오이핑어가 '특별히 친위대 가족들을 위해' 애쓴다고 보충 설명했다. 오이핑어 교수는 악평이 자자한 '친위대와 경찰 고위 지휘자'를 후원자로 얻게 되었다. 보이르쉬는 늘 사건에 연루되어 있었고, 전쟁 후 '범죄 조직의 일원'이던 전력 때문에 20년과 10년의 금고형을 선고받았다. 이에 따라 그는 7년의 세월을 감옥에서 지냈다.

마찬가지로 1944년 8월 7일 그로스슈바이드니츠 관리국은 다시 새로운 '매장증명서'를 만들어야만 했다. A5 크기의 색이 바랜 회갈색 공책이다. 임기응변으로 만든, 여러 번 사용해 너덜너덜해진 귀한 자료다. 드레스덴은 '공습으로 사망한 사람들을 이송하고 매장하는 일'에 몰두하기 시작했다. '매장 부대 지휘관'을 위해 '사망자 보관소'의 명령이 열두 개 조항으로 규정되어 있었다. 의학 조사를 위해서는 책상 두 개가 필요하며, 충분한 물과 가위, 해면海綿을 준비해야 한다고 규정하고 있다. 또 다른 지시 사항은 여덟 명으로 이루어진 매장을 전담하는 무리는 하얀 완장에 검을 별을 그려 표시해야만 한다는 것이었다. 강력계

경찰을 투입하기 위한 '은밀한 지령'에는 신원 불명의 사망자는 붉은 별로, 이름이 밝혀진 사망자는 노란 별로 표시를 하고, 죽은 자들을 '염포殮布'로 덮으라는 지시가 포함되었다. 관의 재고 목록에는 화장 용기를 포함해 900개의 관이 적혀 있었다. 그중 20개가 '휴식을 위해서'라는 장례회사가 만든 제품이고, 30개가 '희망'이라는 장례회사가 만든 제품이었다. 브뤼세 가세 2번지에 있던 '평화를 위해서'라는 회사는 60개를 준비해두고 있었다. 비상 전화번호는 20455번이었다. 도시 전체에 21대의 운구 차량이 준비되어 있었다. 이에 더해 매장 부대를 위해 '325개의 광을 내지 않은 관'을 예비로 준비해두었다고 했다. 일꾼들에게는 하루치 임금으로 '0.2리터의 술, 여송연 1과 3분의 1개, 담배 네 개비나 다섯 개비 분량의 연초 잎' 등이 '특별 배급'되었다. '1,000명을 묻기 위해 마련한 요하니스 묘지와 1,000명을 위해 마련된 하이데 묘지'로는 '분명히' 충분하지 않을 것이라고 한 건축 담당 관리국의 진단이 공습이 일어난 날 밤에 사실로 입증되었다.

1945년 초. 마리안네 이모에 관해 다음과 같이 적혀 있다. "심장 박동 소리 …… 박동 한계는 정상적임. 다리는 붓지 않았다. 타진打診할 때 맑은 소리가 난다. 잡음이 없다." 그녀가 입원한 병원은 열세 살 먹은 조카가 자전거로 갈 수 있는 거리였을 것이다.

하지만 전쟁 중이었다. 발터스도르프 시절에 리히터는 그곳에 간 적이 없었다. 그는 슈바이드니츠가 정확히 어느 곳에 있는지도 몰랐으며, 그곳에서 마리안네가 죽었다는 것도 몰랐다. 아주 가까운 곳이라는 얘기를 듣고 그는 놀란다. 틀림없이 아이들의 병원 방문은 제한되었을 것이다. 리히터는 자신의 역사를 확인하기 위해 위대한 예술가가 되어야만 했다. 또는 카를 크라우스의 말을 자유분방하게 인용한다면, 과거가 멀리 떨어져 있을수록 과거는 점점 우리들에게 가깝게 다가온다. 내가 마리안네의 초상화와 하인리히 오이핑어를 그린 여러 점의 그림에서 깊은 의미를 찾거나 리히터가 순수하게 예술적으로 만들어낸 인물이 중요한 것이 아닐 것이라고 가정을 한다고 해도, 나는 어떤 종류의 실제적 삶이 그 뒤에 숨어 있을 것이라고는 결코 생각하지 못했을 것이다. 또한 나는 시간의 진행이 다양한 통로를 분리될 수 없는 전체 사건으로 결합시켰으며, 소재들이 실제로는 서로 연관되어 있고 서로 결합되어 있다는 것도 생각하지 못했을 것이다. 이제 가족 사진첩을 바라보는 극단적으로 다른 관점들이 드러났고, 겉표지 색깔 밑에서 파국을 맞은 독일의 모습이 드러나는 것 같다. 리히터는 서른세 살에 그렸던 그림의 의미를 일흔세 살에 이해할 수 있게 되었다.

4부 가해자

형상들은 아름답다.
형상들은 포기될 수 없다.
하지만 그것은
고통이기도 하다!
프란츠 카프카

기억의 공간들

이 모든 사건이 시작된 집은 오래전부터 비어 있었다. 드레스덴 슈트레렌 지역 비너 슈트라세 91번지. 새로 수선한 '담장이 둘러싸고 있는 대저택'의 창틀은 녹색으로 칠해져 있다. 정원에는 풀이 무성하게 자라나 있다. 문은 돌쩌귀에 비스듬하게 매달려 있다. 인동忍冬 넝쿨이 무성하게 자라고 있고, 라일락은 시들었다. 강한 향기를 뿜는 호두나무가 가지를 뻗고 있다. 넝쿨장미가 무성하게 자라 이웃집 마당까지 뻗어 있다. 잡초가 자라서 장엄한 건물 역사를 덮고 있다. 달력으로 따져보자면 오래전 일이다.

쾰른 작업실에서 리히터는 메모지에 '비너 슈트라세'의 건물 단면도를 그린다. 기억의 공간을 돌아다니는 행위 같다. 그는 파란 볼펜으로 커다란 방에다 그랜드피아노를 그려 넣는다. 다락방은 선으로 된 그림자로 표시되어 있다. 그러고 나서 스케치에

'부엌'이라는 단어를 써넣는다. 분명 어딘가에 계단이 있고, 창문도 있을 것이다. 그 창문을 통해 그는 전나무로 건너뛰어야 했다. 그렇지 않으면 예기치 않은 시간에 귀가한 오이핑어 부부가, 엠마와 애무하고 있는 그를 보았을 것이다. 교수는 헤센 사투리를 썼다. 그 사투리 때문에 외모에서 풍기는 엄격함이 다소 완화되었다. 하지만 그에게서 자유주의자다운 미소를 기대할 수는 없었을 것이다.

대학 시절에 리히터는 한 친구와 함께 오이핑어 옆집에 살고 있었다. 그러나 엠마에게 푹 빠져버린 그는, 즉시 오이핑어의 다락방으로 이사를 했다. 금발인 그들은 사람들의 눈에 쉽게 띄었다. 미인 옆에 서 있는 잘생긴 남자는 질투를 불러일으켰을 것이다. 창조적 결합 속에서 예술계를 정복하겠다고 결심한 재능 있는 두 젊은이. 그녀는 의상 디자인을 공부했고, 그는 벽화를 공부했다. 사랑에 빠진 두 사람은 곧 제품명이 '족제비'인 리히터의 오토바이를 타고 요란한 소리를 내면서 거리를 질주했다. 1957년경 그들은 의기양양하게 정비대整備臺 위에 세워놓은 오토바이를 배경 삼아, 오이핑어의 정원에서 사진을 찍었다. 그들은 세련된 한 쌍의 남녀였고, 영화 <반항아>에 나오는 카린 발과 호르스트 부흐홀츠처럼 최신 유행의 옷차림으로 말쑥하게 차려입었다.

'91'번지 집은 리히터에게 세월의 소용돌이 속에 있는 안전한 섬처럼 여겨졌다. 그 꿈의 저택이 랑에브뢱에 살고 있던 존경하는 아주머니 그레틀의 '크리스티나 저택'을 능가했다는 사실은 전혀 놀랍지 않다. 리히터는 고향이 없는 사람이었고, 기껏해야 고향을 찾던 사람이었다. 비너 슈트라세의 집은 성공을 위한 굳건한 토대가 되었다. 엠마는 발터스도르프 사람들이 알고 있는 것처럼 '위대한 의사'의 딸이었던 것이다. 의사는 사람들에게 자신이 정복한 것을 보여주었다. 건축물은 대학생의 눈앞에서 어른거리는 것, 즉 최근의 행운을 보호하는 멋진 보호막이 물질화된 것이다. 널찍한 공간은 흡사 살롱 같았다. 장식용 석고, 벽난로, 일그러진 귀마루 지붕, 돌출창이 있는 2층의 합각머리, 까치발 모양의 들보에 새긴 식물의 장식 문양, 타원형의 창문과 넝쿨 모양의 쇠창살이 달린 떡갈나무 문짝, 팔각형의 타일이 깔린 정원 길. 오늘날에도 걸려 있는 쇳물을 부어 제작한 집 주소 명판까지 포함해서 전쟁이 할퀴고 간 흔적이 거의 없는 이 건물은 고풍스럽고 고급스러운 분위기로 그 모든 것을 감싸고 있었다. 리히터가 무엇을 더 원했겠는가? 사랑은 가까운 곳에 있었고, 그는 연애꾼이었다. 그는 이리저리 내던져진 젊은 시절의 삶에서 아마도 처음으로 보호를 받는다는 느낌이었을 것이다. 엠마는 그에게 활력을 불어넣었고, 그가 발전하도록 자극했다. 그녀는 지참금을 많이 받을 수 있는 여자였고, 행운을 보증했다. 그는 요란스럽게 그녀에게 감사했다. 그 한 쌍의 남녀는 훗날 동독의 유명한 조각가가 되는 대학 동료 빌란트 푀르스터의 마음에 들었다. 베를린에 사는 일흔다섯 살인 이 조각가는 "게르하르트가 그녀에게 몹시 매달렸다"고 이야기했지만, 연륜이 쌓인 노인다운 지혜로 그들의 결합이 '55퍼센트가 사랑, 45퍼센트가 유복함이냐는 질문'에는 대답하지 않았다. 그는 "그걸 누가 알겠는가"라고 대답했다.

1909년 5월 17일 건축가이자 건축 기술자인 하인리히 바슬라빅이 국왕이 거주하는 도시인 드레스덴 자문위원회에 비너 슈트라세에 지을 '개인 저택'의 100분의 1 축척 도면을 제출했다. 도시 문서보관소에 있는 손으로 채색한 설계도를 펼치면 흔히 버터를 싸는 종이로 사용되는 반투명의 유산지가 바스락 소리를 냈다. 하인리히 오이핑어는 1940년 7월 '뮐러의 상속인'에게 그 집을 샀다. 그 가족이 몇 년 전에 등기부 토지 소유주로 기록되어 있었다. 오이핑어가 얼마를 지불했는지는 알 수 없다. 관련 서류가 불탔기 때문이다. 이 경우 법원 기록에는 그 집은 '적법하게' 취득된 것이라고 간단하게 기록될 뿐이다. 1935년 드레스덴으로 초빙된 이 산부인과 의사는 묄레 지역 출신인 부인 에르나와 두 딸 레나테, 엠마와 함께 처음에는 드레스덴 A16 지역에 있는 코메니우스 슈트라세로 이사했다. 비스바덴 출신인 그는 마침내 신분에 걸맞은 집을, 신분에 맞는 상징을 찾고 있던 사람에게 딱 들어맞는 집을 비너 슈트라세 91번지에서 발견하게 되었다. 주조된 쇠 울타리는 방해물을 차단했다. 비너 슈트라세의 한쪽 모퉁이에는 그 의사가 자기 딸들과 함께 방문했던 동물원이 있었다. 나중에 리히터는 <아틀라스> 작품에 한 장의 그림을 그려 넣게 된다. 그 그림에는 레나테, 엠마와 함께 동물원에 있는 오이핑어의 모습이 보인다. 배경에는 '한지Hansi'라는 이름으로 불리던 한 동물이 있는데, 입이 뾰족한 무소가 독일에서 그것과 유사한 유일한 종이었다.

건물의 전면부터 정원에 이르기까지 '91'번지 집은 부유함과 성공을 감추지 않고 드러내고 있었다. 주임 의사는 '여기를 보시오, 나는 이렇게 성공했소'라고 말하고 싶어 하는 것 같았다. 의학계에서의 지위, 전문적 학술 논문, 명성, 굳건한 학술적 토대, 친위대의 엘리트들과 나란히 서서 나치의 아방가르드를 자칭하는 의사. 라a 지역에 있는 542제곱미터의 내부 공간과 1,300제곱미터의 정원으로 이루어진 집. '드레스덴 프리드리히슈타트 시립병원에서 근무한 의사 명부'를 보면 1936년 10월 15일에 이미 명성이 자자한 이 병원의 간부급 의사들 중에서 공식적으로 알려진 가장 많은 월급인 1,000마르크를 받은 그에게 이런 것은 당연해보였다. 엘베 강변의 도시에서 1년을 보낸 뒤였다. 모든 면에서 매력적인 구왕립공원 지역에 건립된 일터, 매년 2만 494건의 '입원 환자'를 처리하는 하나의 도시 같은 일터. 오이핑어는 25개 병상에서 환자를 돌볼 수 있었다.

친위대 핵심 요원이던 그의 사무실에서는 드레스덴에 있는 유명한 분수에서 펼쳐지는 물의 율동적인 춤을 가까이서 볼 수 있었다. 그 넵튠의 분수는 정해진 시간에 요란한 물소리를 낸다. '강의 신' 닐과 티버, 스핑크스, 피라미드 건조물과 오벨리스크가 있는 10만 달러를 들여 조성한 예술 작품이다. 암컷 늑대와 함께 있는 로물루스와 레무스가 보인다. 수레 위에는 왕관을 쓴 넵튠이 서 있다. 그 옆에 바다 요정 암피트리테와 돌고래가 우아하게 앉아 있다. 자신의 인문적 교양을 내보이기 좋아하는 교수에게 적합한 장식이다. 특별하게 세운 병원 '귀빈실' 천장에 제국 독수리 장식이 커다란 날개를 펼친 채 매달려 있다. 방문객에게 개방된 '나폴레옹의 방'에는 '우저우梧州를 향해 흐르며 다양한 지류가 펼쳐지는 중국 시장西江 강의 섬 풍경'을 자수로 표현한 커다란 벽걸이 양탄자가 있었는데, 그 앞에 놓인 히틀러의 흉상이 방의 이상한 배치를 보완했다. 오후 4시에 '국민교양기관'이 담당한 박물관 해설 안내 비용은 40페니히였다.

병동 M

겹겹이 세운 병원의 복합건물 중에서 오이핑어의 진료 영역은 병동 M이었다. 최근에는 일반 병상 167개와 신생아 침대 36개, 2층의 분만실과 3층 측면 건물에 수술실이 있는 병원으로 확장되었다. 1937년에는 남쪽 건물이 확장되었다. 산모 수가 1년에 1,350건으로 증가했고, 산부인과의 커다란 수술이 1,000건이나 늘어났다. 드레스덴은 점증하는 종족 이데올로기에 물든 위생박물관으로 생식력과 관련된 오이핑어의 전공 분야가 반향을 일으킬 수 있는 토양을 제공했다. '기후가 임신과 출산 과정에 미치는 영향'에 그가 몰두했다고들 했다. 교수 자격 취득 논문으로 제출한 '임신 중 혈장의 교질 구조'나 '불임 치료와 연관해서 외부의 요소들이 순환기에 미치는 영향'이 그의 연구 주제였다. 오이핑

어는 그의 스승 자이츠와 함께 '생물학과 여성병리학'을 주제로
『부인과와 조산술 참고도서』를 함께 집필했다. 나치당 지지자인
그는 자신을 필요로 하는 순간에 필요한 곳에 있던 적임자였다.
병원은 이미 통합되었다. 1933년에 여덟 명의 의사들이 해고되
었다. 추측하건대 그들은 사회당 당원이거나 공산주의자 또는
유대인이었을 것이다. 나치의 병원 정화 계획으로 새로운 인물
인 그는 고위직에 올랐다. 이전에 드레스덴과 주변 지역에서 개
업한 유대계 의사 서른세 명 중 단지 열 명만이 1939년에도 그 도
시에 살고 있었다는 사실을 특별히 언급해야만 할까?

하인리히 오이핑어는 수많은 논문을 출판한 촉망받는 젊은 의
사로 인정받았다. 이미 1932년 프랑크푸르트 대학에서 그의 선생
님이던 루드비히 자이츠는 그를 '특별비용으로 마련된 특별 교
수' 자리에 추천했다. 추천 사유로 그는 오이핑어가 쓴 66개 논문
을 언급했다. 논문 목록에는 「제한적으로 간에 생기는 지방 덩어
리」에 관한 논문과 『임신혈이 올챙이 변이에 미치는 영향』을 연
구한 박사학위 논문을 시작으로 『부인과 보관문서』 제152권 3호
에 실린 「혈액 속에 유기적으로 결합되어 있는 요오드의 존재 증
명과 그것이 정상적인 임신과 약물 중독 상태의 임신에 미치는 영
향」에 관한 논문으로 끝난다. 그는 '인간, 연구자, 선생'으로서 탁

월하다는 것을 입증했으며, '의학적 업무에 대한 섬세한 본능'을 소유하고 있기 때문에 그가 이 직책에 어울린다는 것이 추천의 말이었다. 오이핑어는 아주 능숙하고 성공적인 시술자이며 연설가라고 했다. 병원 연감은 그가 "뛰어난 수술 의사로서 여성 생식기와 연관된 수술 기술을 완벽하게" 발휘했으며, 부다페스트의 토트 교수에게 그 기술을 전수받았다고 칭찬했다.

자이츠는 강제 불임수술을 열렬히 옹호했고, 불임수술을 주도한 사람이었다. 그는 오래전부터 조수인 오이핑어에게 종족 이데올로기를 주입시켰다. 오이핑어는 1933년 11월 프랑크푸르트 대학 강당에서 '어떻게 의사와 산부인과 의사들이 유전병이 있는 후손이 태어나지 못하게 막고, 유전적으로 건강한 후손이 태어나게 기여할 수 있는가?'라는 제목으로 그의 선생이 한 연설을 틀림없이 들었을 것이다. '의학 협회' 회원들 앞에서 자이츠는 약속이라도 한 것처럼 '임신이 되지 않을 것이라는 확신을 얻기 위해 성적으로 성숙하기 전열두 살에서 열다섯 살 사이에 강제 불임수술을 실시할 것'을 요구했다. 그것으로 하인리히 오이핑어가 누구의 정신을 물려받은 자식인지를 알 수 있을 것이다. 1961년에 제자 오이핑어는 추도사에서 스승인 자이츠를 '산부인과 전문 기술'과 도덕적 위대함이라는 말로 칭찬했고, '인간적으로 높은 가치'를 부여했다. 오이핑어는 자이츠가 '흠잡을 데 없는 태도'를 지닌 의사들을 교육한다고 칭찬했다. 그 의사들이란 오이핑어처럼 나치 이데올로기에 물든 음험한 사람들을 가리킨다.

1933년 9월에 작성된 하인리히 오이핑어의 청원서에는 10월 9일부터 14일까지 베를린에서 열린 산부인과 학회에 참석할 수 있게 '학술회의와 관련된 휴가를 허락해'달라고 쓰여 있다. 그는 차비와 출장비로 '계약에 규정되어 있는 재정적 도움'도 요구했다. 개막식에서 총회 참석자들은 '독일을 구원한 사람', '고귀한 사람'인 히틀러에게 충성 서약을 했다. 의사들은 '열렬하게 존경을 표하면서' 그의 발아래 엎드렸다. 회의 기록문서는 '오랫동안 열광적인 갈채'를 받았다고 기록하고 있다. 오이핑어에게 아버지인 동시에 친구와도 같았던 자이츠는, 둘째 날 샤리테 산부인과 병원 강의실에서 '우생학에 근거한 의학적 수술'에 대해 폭넓은 주제 발표를 했다. 괴를리츠 산부인과 의사인 알베르트 니더마이어만이 제국 총통부의 특사가 귀빈석에 있다는 것에 전혀 동요하지 않은 채 '무슨 희생을 치르더라도 달성하겠다'는 국가의 원칙에 반대했다. 박수를 치기 위해 손가락을 움직인 사람은 한 명도 없었다. 알베르트 니더마이어는 회의장에서 공개적으로 불임수술을 비판했다는 이유로 강제수용소인 다하우와 작센

하우젠에 수용되었다. 그 뒤 오이핑어는 프랑크푸르트 병원 사무국에 또 휴가를 신청했다. 이번에는 뉘른베르크에서 열리는 제국 전당대회에 참여할 목적으로 9월 7일에서 11일까지 휴가를 신청했다. '통일과 힘'의 전당대회였고, 그곳에서 레니 리펜슈탈Leni Riefenstahl이 그녀의 기록 영화인 <의지의 승리>를 촬영했다. 베를린 우파 팔라스트Ufa Palast 극장에서 개봉한 첫날 히틀러도 참석했다. 작열하는 빛의 신전, 요란한 명령, 소용돌이치는 북소리, 합창단과 방울 달린 군악기를 흔드는 대열이 있던 전당대회. 나치의 다른 행사는 '동원 의식'만큼 당의 연감에 자세히 기록되지 않았다. 그로부터 열두 달이 채 가기도 전에 1935년에 제일 어린 지원자였던 오이핑어는 '행복하고 자랑스럽게' 드레스덴 프리드리히슈타트의 제안을 받아들였다. 자신만만한 오이핑어는 작센에서 우편엽서를 보내 '히틀러 만세'라는 인사말과 함께 그와 맺은 계약을 해지해달라고 프랑크푸르트 병원 관계자에게 부탁했다. 1936년 그는 42세였고, 2246463라는 당원번호와 친위대 번호 284645를 부여받은 의대 교수였으며, 주임 의사였다. 당원 자격과 인생 경로가 의미 있게 조화를 이루어, 마치 하나가 다른 것으로부터 유익한 작용을 기대할 수 있게 된 것처럼 보였다. 작센으로 옮겨간 1935년 중반에 그는 친위대에 가입했다.

연방 문서보관소에서 발견한 신상기록 서류를 보면, 오이핑어는 나치 집권 초기에 생겨난 출세지향주의자였고, '성실하고, 겸손하고, 신용할 수 있으며, 충실하다'는 부수적 미덕을 지니고 있었다. 활력이 넘치는 성급한 동지. 열정적이고, '성실하게 임무를 수행하고', 그가 몸담고 있는 직업이 요구하는 전형적인 수행 태도를 갖추고 있었다. 히틀러가 제시한 노선을 좇기 위해서 서둘러 앞장을 선다고 해도 그것이 결코 재빠른 행동은 아니라고 그는 생각했다. 특히 의사들은 히틀러의 진격을 놓치지 않으려 고 했다. 의사들의 45퍼센트가 당원이었다. 오이핑어는 '최우수' 성적을 받아 의사 시험에 합격했다. 교수도 자신을 지배자 인간으로 정당화했고, '친위대 인종이주 사령부'에 제출하는 조상증명서 항목을 충실하게 채웠으며, 가계도를 '고조할아버지'까지 자세하게 작성했고, 부인에 관해 제출해야만 하는 쓸데없는 서류 작업을 열심히 장문의 글을 지어서 처리했다. 매우 높은 계급의 전문가인 그는, 이례적인 복종하는 듯한 어조로 친위대 분류 사무국에 그 사실을 알렸다. 1934년 이력에 그는 다음 사실을 첨부했다. "40세, 아리아 계통의 여자와 결혼했음." 그는 자신이 보내는 편지에 항상 '과장 의사'라는 칭호를 자랑스럽게 언급했고, '히틀러 만세. 교수 오이핑어'라는 문장으로 서명했다.

오이핑어는 친위대에 가입할 때 이미 결혼한 상태였기 때문에, 명령에 따라 친위대가 발행하는 추가 결혼허가서를 발급받아야만 했다. 그는 '호적 관련 서류 IIIe / 문서번호 55032'와 관련해서 정중하게 '아내와 관련된 조사 설문지를 보내줄 것'을 요청했다. "호적에 기입되는 사항은 아주 중요하다고 생각합니다. 누락된 제 처에 관한 조사를 요청합니다." 결과는 혈통과 관련해서 '이의 없음'으로 나왔고, '유전병'과 관련된 문제에서도 '의심스러운 점이 별로 없다'고 했다. 오이핑어 부인은 원하던 품질 보증서를 얻었다. '결혼 자격에 관한 대략적인 판단'은 "종족 번식은 민족적 의미에서 바람직한가", "바람직하다"와 같은 문장으로 이루어져 있었다. 전문 지식을 갖춘 남편이 직접 작성했다. 오이핑어의 긍정적 답변에 의해 '생산 능력'에 대한 질문에서도 동일한 긍정적 대답이 사용되었다. 교수의 직장 동료인 프리드리히슈타트 병원의 레터러가 필요한 상담을 해주었다.

친위대에서 오이핑어는 '종족의 전체 모습'이라는 항목에서 '상당 부분 북유럽적'이라는 이상적인 점수를 받았다. 그는 머리부터 발끝까지 매우 이상적인 나치였다. '독일 혈통', 머리는 '밝은 금발', 눈은 '녹색', 자세와 걸음걸이는 '꼿꼿하고 똑바르며',

근육은 '단단하고', 흉곽은 '잘 발달되어' 있다. 배 근육은 '팽팽하다.' '개인적 태도?' 당연히 '흠이 없다.' 그는 '목표가 분명하고 명확하고 강인하다'고 했다. 간단히 말하자면 '흠 없는 인격을 갖춘 뛰어난 전문의다.' 그리고 언급되지 않았지만, 당연하게 '완벽한 친위대 인간'이다.

그의 서류 '사진 부착란'에 붙어 있는 사진 몇 장은, 마르고 그리 크지 않은 오이핑어를 보여준다. 174센티미터에 75킬로그램. 수배 사진처럼 찍은 옆모습과 몸은 괜찮은 외모를 보여준다. 어두운 색 양복, 넥타이, 하얀 칼라. 뒤로 넘긴 머리는 말끔하게 빗질이 되어 있다. 그는 가슴 앞에 팔짱을 끼고, 전통적 자세인지 인기를 얻으려는 욕구 때문인지 알 수 없지만, 무게가 실리지 않은 다리를 앞쪽으로 내밀고 있다. 이런 자세를 취한 오이핑어는 스스로 감동하고 있다. 완벽한 교수의 자세다. 나치당 표식이 왼쪽 양복 옷깃에 달려 있다. 그는 1급과 2급 철십자 훈장을 달고, 가슴 부위에 의술의 상징인 아스클레피우스의 뱀이 감긴 지팡이 장식과 중령 견장이 달린 외출복을 입고 있다.

의사가 패배한 병사의 정신적 상흔을 지녔다고 가정해도 그리 틀린 것은 아니다. 나중에 알게 된 사실이지만, 오이핑어는 제1차 세계대전의 산물이었다. 그는 1914년 8월 8일 프랑크푸르트에 주둔한 나사우 2포병 연대에 63번째로 입대했고, '최전선에서 무기를 들고 비참한 결말에 이를 때까지 4년 6개월 동안 모든 전투에' 참여했다.

하인리히 오이핑어의 '전투 서열 목록 발췌'는 36번의 '전투 참여와 뛰어난 공적'을 언급하고 있고, 그 언급은 루와에, 프리즈, 앙데쉬, 솜과 베르덩 지역의 광대한 들판에서 벌어진 전투로 시작된다. 그곳은

서 있는 오이핑어
1934년, 연방 문서 보관소, 목록번호 BDC 530

오로지 조국 방어전쟁을 위해 존재하는 것처럼 보이던 장소다. 그는 '보몽 344 고원 점령 전투'에 참여했고, '엔Aisne 평야의 이중 전투', '3차 플랑드르 전투', 생캉탱과 페르 인근의 '돌격전', '몽디디에 누아용'까지 쫓아간 '추격전', 마른와 베슬 사이에서 벌어진 '이동 방어전', 철도 교통 요충지 캉브레 주변에서 벌어졌으며 9만 5,000명의 사상자가 발생한 '탱크 전투'에 참가했다. 솜, 베르덩, 캉브레 지역의 '죽음이 춤추는 장소'에서, 이전에는

없던 참살 현장에서, 오이핑어는 에른스트 윙어와 함께 있었다. 반대편에서는 젊은 조각가 헨리 무어가 독일군에 맞서 싸웠다. 오이핑어는 가스에 중독되었는데도 부대에 머물렀으며, 집으로 돌아가려 하지 않았고, 불평도 하지 않았다. 매우 침착하고, 타고난 생존본능으로 학살에서 벗어난 도박꾼. 그는 자신을 부상당하지 않는 사람으로 여겼을지도 모른다. 나는 리히터에게 오이핑어가 참가한 전투 지도와 가죽처럼 질기고 강철처럼 단단한 독일군인 오이핑어에 대한 보고서를 들고 갔다. 리히터는 자신이 알고 있던 남자와 그 군인을 일치시킬 수 없었다. 리히터는 설명을 하려고 특별히 사진 하나를 꺼냈다. 긴 줄에 묶인 개에 둘러싸여 얕은 물에 가냘픈 다리로 서 있는 오이핑어의 모습이 보였다.

1929년 프랑크푸르트 시가 '우리의 연대를 명예롭게 기억하기 위한' 헌사와 함께 간행한 영웅 전설은 이른바 오이핑어의 용맹을 네 번이나 언급하고 있다. 레코우 소령만이 그보다 한 번 더 언급되었다. 동베를린 국립 도서관 열람실 훔볼트, 라이프니츠, 뷔퐁의 동상이 내려다보는 가운데 나는 화재로 검게 그을린 그 서적을 들여다볼 수 있었다. 스물네 개의 화보, 일곱 개의 표, 전사자 이름이 적힌 14쪽. 오이핑어는 살아남았다! 다른 사람들의 기억 속에 남아 있는 것은 오이핑어가 두려움 없이 '프랑스인'들에 맞서서 싸웠다는 것이다. 의학도였지만 그는 '무기를 들고 싸우는 것을 더 선호'했다고 한다. 장대한 모험을 찾던 스무 살의 청년. 독일이 겪은 심각한 패배는 이 자원 입대자의 성격을 특징

하인리히 오이핑어 증명사진
1934년, 연방 문서 보관소, 목록번호 BDC RS

적으로 결정했다. 군사적인 것이 '기억의 옹이'하이미토 도더러에 해당되는 것이기 때문에 특히 그렇다. 아마도 이러한 사실은 그가 나치 사상을 받아들인 이유를 밝혀주는 한 가지 설명이 될 수 있다. 독일의 굴욕을 경험한 오이핑어는, 자신이 지닌 독특한 활력만으로는 부족하다고 생각했다. 그는 명예 회복을 갈망했고, 친위대에서 심리적 안정과 활동에 대한 인정을 발견했다. 이 의사는 히틀러와 함께 승리자가 될 수 있다고 상상했다.

눈에 띌 정도로 곧은 콧등이 자리 잡은 얼굴에는 얼핏 자만심이 서려 있다. 바짝 붙어 있는 작은 눈동자에 깃든 눈빛은 선량

하지 않다. 독자적이고 고유한 무엇인가가 그에게는 부족하다. 종종 언급되곤 하는 의사의 선의나 호의를 그에게서 발견할 수는 없었다. 시간을 초월한 듯한 순응자의 얼굴에서는 그런 것을 볼 수 없는 법이다. 아마도 하인리히 오이핑어는 자유분방하게 보여야만 했기 때문에 굳어 있는 것일 수도 있다. 이번에는 그가 관찰을 하는 것이 아니고, 관찰의 대상이 되었다. 카메라는 사람의 눈에는 보이지 않는 세부 사항을 볼 수 있다. 그의 경우 카메라는 뽐내는 태도와 음침한 태도를, 적극적인 지배자인 양 구는 태도에 깃들어 있는 잘못된 열정을 드러내준다. 그 열정은 감정을 강조하거나 감정이입에 흔들리는 의사의 모습을 보여주지는 않는다. 그에게는 특정한 인상, 즉 일관성과 의지를 지녔다는 인상이 중요하다. 의사들끼리 하는 잘 알려진 농담이 이것을 표현하기에 적합하다. "사람들은 거울 앞에서 산부인과 의사가 된다." 그는 '생물학계 병사'의 전형이고, 히틀러의 광기가 실현되도록 도와준 계급의 일원으로 변했다. 이 산부인과 의사는 비밀단체처럼 은밀하고, 거만하게, 복종적으로 브라우나우 출신의 엉터리 화가와 공모해서 형제 관계를 맺고, 학문적 축복을 베풀어 히틀러에게 명예를 가져다주었으며, 의사들이 지켜야만 할 근본적 가치를 배반한 연구자 무리에 속했다. 빈곤한 가정 출신인 오이핑어는, 세무서 서기의 아들에서 역경을 이겨내고 고소 득자로 출세했다. 그는 나머지 인생 여정에서 제지받고 싶은 마음이 전혀 없었다. 가톨릭교도인 하인리히 율리우스 요제프는 모든 장애물을 극복했다.

야심가라고 열성적인 광신자일 필요는 없었다. 적어도 훗날 기념 논문에서 그런 점이 호의적으로 평가되었다. 하지만 이렇듯 과한 모든 존경 표현도 그가 다른 많은 사람들처럼 권력에 매수될 만큼 순응적이었다는 사실을 변화시킬 수는 없다. 왜냐하면 두 가지 모습의 오이핑어가 존재했기 때문이다. 한 가지는 양심적이고 뛰어나다는 평판을 받는 전문가의 모습이다. 그 모습과 함께 또 다른 모습은 매우 거만하고, 친위대의 집단적 사고와 나치 전투화·제복으로 이루어진 미학에 호감을 느끼는 제식祭式의 노예가 또 다른 모습이다. 그것은 그의 자아 이해에 부합되는 것이고, 관계를 만들었으며, 가면무도회에 참가하기 위해 제복을 선택하는 충분한 이유가 되었다. 그는 히틀러와 함께 무모한 짓을 할 준비가 되어 있었다.

오이핑어에게서 발견되는 이렇게 상이한 측면은 명백하게 드러나기는 하지만 여전히 이해하기는 어렵다. 한쪽에는 아이들을 세상에 태어나게 돕는 산부인과 의사가 있고, 다른 한쪽에는 모든 도덕적 규범을 포기하면서까지 나치가 넘겨준 정신병원 환자를 강제로 불임수술을 시행하거나 수술 허가를 내리는 외과 의사가 있다. 그가 자신이 해야 한다고 생각한 일을 수행하면서 보여준 무감각하고 냉정하게 거부하는 듯한 태도, 인종주의적 조항이 지닌 추상적 차가움은 그가 잡은 수술칼 아래서 상당히 구체적으로 드러났다. 그러기 위해서는 정신병원에서 이송되어온 '환자 전부', 마리안네 이모와 같은 '쓸모없는 인간들'을 냉혹하게 내려다보는 눈빛을 지녀야 한다. 왜 그가 친위대를 선택했는가라는 의문과는 별개로, 권력의 유혹은 독자적인 삶을 발전시켰으며, 그의 사고를 지배하게 되었다. 오이핑어에 대해서 종종 언급되는 능숙한 수술 솜씨에는 분명히 파괴적인 잠재력도 포함되어 있을 것이다. 강제 불임수술이라는 잔인한 짓을 하기 위해 그는 무방비 상태의 환자에게 거부하는 듯한 냉혹한 태도를 취했을 것이다. 그는 직업윤리에 준해 환자들 편에 서야만 했다. 하지만 차갑게 식은 영혼을 지닌 그는 끔찍한 짓을 저지르기 위해, 타인의 고통이 파고들어 오지 못하도록 막는 장벽을 세우는 데 재주가 있었다. 이와 동시에 자녀들에게 보인 다정다감함도 있었다. 두 영역에서 그는 완벽하게 행동했다. 뛰어난 산부인과 의사인 동시에 광신적인 친위대 장교라는 모습 뒤에는, 그의 숨겨둔 약한 면모를 알고 있는 두 딸을 둔 아버지의 모습이 있다. 휴가신청서에 의하면 열광적 사냥꾼이며 낚시꾼인 그는 딸들과 함께 휴가를 충분히 즐겼다. 예를 들면 '슐뤼히테른 지역에 있는 알러스바흐 농장'에서 몇 주를 보냈다. 가해자 민족에 속한 많은 독일인들이 그러하듯 그도 이중의 얼굴을 가진 사람이었다. 그의 정돈된 문서를 철자의 공간 분배, 필체와 움직임을 기준으로 전문가가 조사했을 때, 필적 감정에서 해결하기 어려운 문제가 드러났다. 눈에 띄는 U자가 없었다면 사람들은 그 필체를 차분하며, 논리적이고, 솔직하고 예술적인 사람과 결부시켰을 것이다. 그 글자는 조화롭지 못한 곡선 때문에 전문가에게는 비밀을 간직하는 듯한 태도, 얼마간은 솔직하지 못한 태도를 드러낸다. 고정된 듯한 밑줄은 강박적인 것을 암시한다. 오이펑어는 자신의 내면을 숨길 수 있었다.

그 교수는 자신의 분열된 상태를 알고 있었지만 그것을 무시했을 수도 있다. 하나의 가슴속에 들어 있는 두 개의 영혼, 그것은 서로 모순되는 특성이라고 불릴 만하다. 결과적으로 딱딱 끊어지는 행진의 발걸음 쪽으로 그를 몰고 간 이유가 무엇이었는지는 중요하지 않다. 계산, 비겁함, 비도덕적 성격, 사람을 잘 믿는 성격, 확신, 성공에 대한 야망, 남성끼리의 결속, 생각 없는 행위, 열광자의 열정, 계산이나 성공에서 불리할 수도 있다는 두려움이 그를 히틀러 만세를 외치도록 유혹했던 것일까? 하인리히 오이핑어는 대세를 따라갔으며, 함께 행동했고, 자신들의 이해를 좇아서 스스로 '새로운 귀족'으로 파악했던 총통과 친위대를 자발적으로 선택했다. 그는 자신이 할 수 있는 것을 했다. 그의 환자들은 단순한 권력의 보조자가 아니라, 권력을 실행하는 자와 인연을 맺은 것이다. 차가운 이성이 그를 특징지었다. 친위대 동료들이 그를 도왔으며, 그는 그들을 도왔다. 스스로 만족하면서 전쟁에 대해 협의했을 것이다. 나중에 오이핑어는 자신이 주변 상황과 보조를 맞추어야만 했다고 변명했지만 그것으로써 책임을 벗어날 수는 없었다. 의사 오이핑어는 사건에 압도당하는 유형이 아니었다. 오히려 도움이 필요한 환자들에게 보인 태도는 정책에 대한 100퍼센트 확신으로밖에 설명할 수 없다. 그가 정신병원에 입원한 환자에게 강제 불임수술을 하는 것이 최종적 파멸의 전 단계였다는 것을 알지 못했다고, 그에게 유리한 가정을 해보자. 하지만 연방 문서보관소에 있는 '안락사' 관련 서류를 프리드리히슈타트 병원의 강제 불임수술 문서와 세심하게 비교해보면 사람들은 다른 결론을 얻게 될 것이다.

드레스덴 신문 ≪안차이거Anzeiger≫는 1935년 7월 21일 새로운 병원장을 일터까지, 병원에 있는 '성대하게 꾸며 놓은 체육관'에서 거행된 취임식까지 동행 취재를 했다. 직장 동료 레터러와 함께 한 맹세에서는 '일반적인 책무, 특히 나치 국가에서 지도적 의사들에게 부여되는 책임감이 필요한 중요한 임무'에 대한 강조가 빠지지 않았다. 두 사람은 '고통받고 있는 민족의 안녕과 민족공동체 전체의 승리를 위해' 모든 힘을 쏟겠다고 맹세했다. 행사 말미에 총통이자 연방 수상인 히틀러에 대한 '만세 삼창'이 있었다. 의사 보고서를 따르자면 오이핑어는 그 전날 이미 열아홉 살인 정신분열 환자 샤를로테를 '임신하지 못하게' 만들었다.

하인리히 오이핑어의 멈추지 않는 성공. 4년 만에 친위대 위관급 장교에서 영관급 장교로 진급했다는 것은 놀라운 일이었다 훗날 그는 친위대 대령으로 임명된다. 1942년 12월 '엘베 강 상류 지역 친위대 책임자 직책 신청서 항목'이 있는 서류 속에 포함된 친위대 제국 지도자에게 보내는 편지에는 하인리히 오이핑어의 이름이 적혀 있었다. 마리안네 이모가 겪은 운명과 같은 박자의 그의 기억은, 12월 30일이 생일인 그녀의 기억처럼 그 달과 깊이 연관되어 있었다. 같은 날 드레스덴 시청에 '매장부대'라는 글자가 적힌 완장을 두른 일꾼 143명이 소집되었다. 오이핑어와 함께 알프레드 페른홀츠 의사가 진급했다. 그것이 단지 우연이었다면, 많은 것이 연관된 아주 우려할 만한 우연이다. 어쨌든 그는 하인리히 오이핑어의 존재를 널리 알린 사람이고 작센 친위대 내에서 그를 유명인사로 만든 사람 중 하나였다. 알프레드 페른홀츠는 공무원 의사로서 유전병 재판소에서 일했다. 강제 불임수술과 관련된 판결이 그 재판소에서 다루는 유일한 사건이었다. 제국 내에서 불임수술을 신청한 통계를 보면 드레스덴이 1위를 차지했다. 1934년 8,222건으로 도시 규모가 훨씬 큰 베를린6,550건을 능가했다. 페른홀츠는 도처에 관여했다. 정신병 전문의이며 주 지역 건강 책임자이자 나치 의사협회 회장이었으며, 나치 당원이었다. 피르나 존넨 슈타인 기념관에서 확인한 것에 따르면 부서 책임자였던 그는 작센 주 내무부의 '배후 조종자'로 활동하면서 베를린 '행정 기관 T4'의 살인 행위를 조장했다. 그는 '피르나 병원 환자 살인의 주요 조직자' 중 하나였다고 한다.

전쟁 후에 진행된 조사를 통해 페른홀츠가 현장에서 '가스 살인 행위가 차질 없이 진행되도록' 신경을 썼다는 사실이 밝혀졌다. 목이 굵은 그는 친위대 기록 사진에서 행동하는 인간의 자족적인 얼굴을 과시하고 있다. 머리카락은 '아리아적이며 북구적인' 두상에 달라붙어 있다. 페른홀츠는 무서울 정도로 독일적이고, 건강 상태는 놀랄 만큼 좋아보였다. 그의 정신병원에서는 환자들이 굶주리고 있었다. 아른스도르프 병원에서 페른홀츠가 1940년 마리안네 이모를 담당했던 에른스트 레온하르트에게 구두로 살인 계획을 알려주었다. "정신병자들은 없어져야만 한다는 것이 히틀러의 법이 될 것이다." 지나가듯 언급된 이 살인 계획은 수천 명의 목숨을 요구했다.

전쟁 후 중대한 범죄 혐의를 받고 있던 그는 서독에서 잠적했다. 그의 추적자들은 그가 "라이프치히로 달아났다고" 불만을 토로했다. 드레스덴 인민재판소의 수사 담당 판사가 '살인 사건과 관련해서 반드시 조사해야 하는' 인물인 그를 수배했다. 미국인들은 자세하게 알려지지 않은 특수한 '전쟁 범죄'를 저질렀다고 의심해 1945년에 그를 체포했지만, 그에 대해 자세하게 알고 있던 드레스덴의 러시아인들에게 문의를 하는 대신 증거불충분을 이유로 풀어주었다. 2005년 현재 루드비히스부르크에 있는 나치 범죄조사 중앙본부는 페른홀츠를 처벌한 판결에 대해 전혀 모르고 있었다. 전쟁이 끝난 지 60년이 지나서야 그의 아들 한스 위르겐은 아버지가 받은 엄청난 혐의를 처음으로 전해 들었다. 전화선 다른 끝에서 그는 깊은 심호흡을 했다. 그의 솔직한 대담을 들으면서 그의 아버지가 오이핑어와 '아주 돈독한 관계'였음을 확인할 수 있었다. 어머니가 형제 중 한 명을 분만할 때 오이핑어의 도움을 받았다고 했다. 드레스덴 시절과 그 이후에도 아버지는 친위대에 대해 "한 마디도 하지 않았다"고 한다. "그분께서는 사람들이 하는 모든 질문을 피하셨지요." "부끄럽지만, 아버지가 가족들에게 그에 관해서는 아무 얘기도 하지 않았다고 말할 수밖에 없군요." 그의 아버지는 자신과 과거의 사건이 일으킨 소용돌이에 빠져 있었다. 훗날 그는 플레텐베르크에 개인병원을 열었다. 그의 아들은 "드레스덴에 가야 하는 일이 생길 때면, 아버지 태도 속에 어렴풋이 드러나는 뚜렷한 불안감을" 느꼈다고 말한다. "아버지는 단호하게 거부하셨고, 그분의 마음을 움직일 수 없었죠. 아버지는 몸을 비트셨어요." 유죄 판결을 받은 안락사 수행자들과 연결된 줄을 꼭두각시 조종자처럼 쥐고 있던 의사는, 훗날 아무런 제지도 받지 않은 채 '제국의 휴양도시'로 이름난 칼스루의 시에서 1993년에 죽음을 맞았다.

충실한 오이핑어. 1943년 1월 5일 그는 '인사 명령'을 받고 '엘베 지역 친위대 상급 지구대 책임자'로 임명되었다. 그해에 그는 사복에 부착할 수 있는 친위대 배지를 얻으려고 했다. 그것은 위압적으로 보이고 싶어 하는 욕심을 드러내는 작은 욕망이었다. 교수는 "사복을 입을 때도 친위대 대원임을 드러내는 데 큰 의미를 부여하고 있다"고 이유를 설명하면서 달고 다닐 수 있도록 배지를 보내달라고 요구했다. 4월 1일 "납부해야 할 당비를 친위대 인사 사령부로 이체해달라"는 계산서와 함께 발급번호 176190인 배지가 배달되었다. 그로부터 얼마 지나지 않은 1943년 8월에 마리안네 쉔펠더가 그로스슈바이드니츠로 이송되어 왔다. 병원장 슐츠는 적절한 때를 선택해서 "환자가 성냥이나 화기를 몸에 지니지 못하게" 하라고 지시를 내렸다. 그가 내린 지시 중에 유일무이하게 해를 끼치지 않는 지시였다.

하인리히 오이핑어, 마인 지역 출신으로 나치 유명 인사인 그는 엘베 지역에서도 금방 적응을 했다. 회원 1,314명이 가입한 나치 의사협회 작센 지부는 제국에서 가장 회원 수가 많았다. 산부인과 의사는 서류로 증명된 것처럼 '친위대 대원의 부인과 약혼녀들을 위해 커다란 공적'을 쌓았다. '친위대 대원의 부인들에게 아주 소중한 협력자'라는 것을 입증했고, 전문적인 충고를 아끼지 않았다. 소명 의식으로 가득 찬 그는 1943년 3월 8일 공식적인 편지를 보내 "상관의 명령에 따라 자신의 친위대 상관에게 친위대 대원의 부인을 치료하고 친위대 대원의 수많은 결혼 적합성 조사를 실행하면서" 받은 소견을 보고했다. 선택된 자의 오만한 특성을 드러내며, 그는 조사 원칙의 '강화'를 '권장'하는 것에 관해 상세하고 길게 언급했다. '모든 친위대 대원의 약혼녀들에게 전문의가 하는 산부인과 검사를 반드시 받도록 요구하는 항목을 건강질문서에 집어넣을 것'과 '결혼 허가를 내리기 전에 친위대 대원의 정액을 반드시 조사하도록 지시'를 해야만 한다는 것이 그가 한 제안이었다. 훈육 전문가의 보고서에서 이러한 부자연스러운 언급은 계속 이어진다. "의심의 여지없이 일반적인 신체 상태를 평범하게 검사하는 것으로는 결코 생식 기관의 작동 능력에 대한 확신을 얻을 수 없다." 하인리히 오이핑어는 글자 그대로 그렇게 표현했다. 지도자, 민족, 조국을 위해 최상의 인간을 선별하는 것이, 아무리 일관되게 진행되어도 이 선동가에게는 충분하지 않았다. 성에 관한 그의 지식은 국가 통치 교의로 격상된 인종 정책에 순응했다. 인종 정책은 '건강한 국민공동체에서 유전병을 지닌 가족을 박멸할 것'을 요구했고 히틀러의 구호에 귀를 기울이면서 '건강하고, 힘세며, 순수한 아리아 혈통을 지닌 초인'을 요구했다.

고유성이라는 그의 은어는 게르만 인종을 '생물학적 재료'로 파악했다. 분명하게 말하자면 확신에 차서 행동한 그는 속이 빈 호두를 골라내려고 것이다. 그들은 피를 숭배하는 일에 참여할 자격이 없는 자들이다. 소명과 계층을 의식하고 있던 오이핑어는 정권과 조화를 이루며 살았다. 그는 전문가였고 '특별하게 힘을 쏟으면서 친위대 대원들을 대가 없이 치료해주는' 호인이었다. 지도층은 '친위대를 위한 그의 헌신'을 인정하는 감사의 말을 그에게 '전했다.' 이 모든 것이 그의 서류에서 읽어낼 수 있었던 내용이다.

총통의 도시

드레스덴의 ≪안차이거Anzeiger≫ 신문에 따르면, 총통은 자신에게 '복종'하고 자신을 명예시민으로 임명한 이 도시, 작센의 대도시를 즐겨 여행했다. '주의 수도'인 드레스덴은 브라우나우 지방에서 태어난 히틀러의 발 앞에 넙죽 엎드렸다. 1933년 3월 제국 의회 선출 투표에서 오이핑어가 살던 지역인 슈트레렌 지역에서는 43.32퍼센트가 나치당에 표를 던졌다. 젬퍼 오페라 극장 앞에서 '시대를 통틀어 가장 위대한 야전사령관'으로 불린 그는, '제국 연극축제 주간'을 계기로 무개차에 탄 채 그곳에 모인 수많은 사람들에게 인사를 건넸다. 모든 게양대에 하나같이 나치 깃발이 걸렸다. 빽빽하게 줄지어 늘어선 기수들, 괴테, 쉴러,

소포클레스와 에우리피데스에게 명예의 자리를 제공했고, '진, 선, 미'에게 봉헌된 뮤즈 신전 앞에 나치 깃발이 게양되어 있었다. 요제프 괴벨스는 개막 연설에서 '창작과 조형 예술 분야에서는 독일에서 거의 유일무이한 이 도시와 도시민들에게' 아첨을 했다. 드레스덴은 도취한 것 같았다. 그 당시 열여섯 살이던 민감한 마리안네는 가까운 거리에서 총통 때문에 생긴 야단법석을 체험했다. 엘베 강 맞은 편 강변, 쉔펠더 집에서 비스듬하게 마주보고 있는 강변에서 드레스덴 사람들은 율동적으로 만세를 부르면서 이성을 상실했다.

　낭만적인 집들, 골목길과 광장이 있는 드레스덴은 독일적 도시에 대한 히틀러의 생각에 딱 들어맞았다. 히틀러의 방문을 계기로 엘베 강의 플로렌스로 불리는 그 도시에 그가 흡족하도록 조화롭게 세운 역사적 건물에 야간 조명을 비추라는 지시를 처음으로 내렸다. 쉔펠더 가족 주택의 문 앞에 위치한 강변 지역 쾨니히스우퍼에 '나치 집회를 위한 광장'을 세울 예정이었다. 그곳 엘베 강에서 채취한 사암으로 '3만 명을 수용할 수 있는 강당'이 에워싸고 있는 '대형 아돌프 히틀러 광장'을 세울 예정이었다. 그것은 과대망상이 빚어낸 결과물이었다. 1937년 그 도시는 뉘른베르크, 뮌헨, 베를린과 함께 막대한 비용이 드는 재개발 도시로 선정되었다. 히틀러가 제국 수상으로 임명된 4주년 기념일에 맞춰 드레스덴 시장은 '뛰어난 업적을 발휘한 독일 예술가들'에게 주는 상을 신설했다. 히틀러는 드레스덴에서 오랫동안 회화박물관 관장을 역임한 한스 포세를 예술 분야 '특별 대리인'으로 임명할 수 있게 되었다. 히틀러는 친히 명망 높은 학자에게 나치의 사랑을 받던 도시 린츠에 '총통 박물관'을 증축하라는 임무를 내렸다. 1938년 포세는 드레스덴 화랑을 안내하는 역을 맡아 총통을 수행했다. '순수한 피의 신화'에 심취해서 예술을 '건강한 인종의 거울'로 이해한 히틀러는, 한 시간 동안 이어진 안내를 받았는데 티에폴로가 그린 거대한 회화 <넵튠과 바다 요정 암피트리테>에 특별한 관심을 보였다고 한다. 그것은 오이핑어가 근무하는 프리드리히슈타트 병원의 넵튠 분수와 주제 면에서 짝을 이루는 작품이었다.

히틀러의 드레스덴 경배는 그의 이복누이 안젤라 라우발과 관련 있을지도 모른다. 그녀는 한스 포세와 친분이 있는 사이였다. 그녀는 작센 국립 건축학교의 교장인 마틴 하미취와 재혼했다. 도시 문서보관소의 정보에 의하면 '공학 박사, 교수, 건축위원회 고위 자문위원'인 그는 비너 슈트라세 61번지에 살았다. 그는 1938년 11월 11일 드레스덴, 라이프치히, 켐니츠, 츠비카우,

플라우엔, 치타우 시장에게 보낸 진정서를 작성했던 사람이다. 진정서의 주요 내용은 다음과 같다. "1938년 11월 9일과 10일 밤에 불타버린 유대교 회당은 공공장소의 안전을 위협하고 있으며, 가까운 주변 환경이나 지역의 미관을 보기 흉하게 해치고 있어 대중의 분노를 일으키고 있습니다. 화재의 잔해와 아직도 남아 있는 건축의 마지막 잔해는 …… 즉시 제거되어야만 합니다. 특히 같은 장소에 유대교 회당을 재건축하는 것은 고려 대상에서 제외되기 때문에 더욱 그렇습니다." 그 밖의 일은 하미취가 매우 만족할 정도로 신속하게 진행되었다. 도시는 이미 1933년 3월 말에 '유대 종족의 모든 공무원들을 …… 제거하도록' 명령을 내리고, 승리를 축하하는 전투 구호가 '행정 당국의 표어'가 되어야만 한다고 요구하지 않았던가? 이런 정신으로 도시는 1940년 8월부터 유대인들이 '브륄세 테라스 지역에 출입하는 것'을 금지했고, '엘베 강의 배를 이용하지 못하게 했다.' 이는 단지 몇 가지 예만을 언급한 것이다. 1942년 7월 1일 대부분이 60세를 넘긴 유대인 노인 50명을 태운 화물 수송차 V/1이 드레스덴을 출발해서 테레지엔슈타트의 게토를 향해 출발했다.

아름다운 주거지

길이가 2.5킬로미터에 달하는 비너 슈트라세는 보기 좋은 거리다. 양 옆에 나무가 자라 가로수 길을 이루고 있어, 고급 주거지라는 사용 목적이 보는 순간 드러나는 장소 중 하나다. 즉 성공한 사람들을 위한 아름다운 주거지가 이 거리의 사용 목적이다. 문화재로 보호받고 있는 집 26채가 아직도 서 있으며, 멋지게 지어놓은 건물과 무성하게 자라 있는 화초들, 빅토르 클렘퍼러 작품에서 '흔히 볼 수 있는 드레스덴의 멋진 모습'이었다. 리히터가 살던 1950년대에 그 거리는 아주 조용하고 잠에 빠져 있는 듯 보였을 것이다. 지금은 차들이 지나다니고 동독 사회주의 치하에서 시각적으로 무조건 좋아진 것은 아니었다, 보기 흉한 갈라진 틈이 생겼지만, 그곳은 오래전에 다시 부자들이 살기에 좋은 구역으로 바뀌어 있었다. 그 지역의 길은 독특한 분위기를 발산했다.

세상이 산산조각 났을지 모르지만, 주임 의사 오이핑어는 유겐트 양식으로 지은 건물 뒤편에서 예술적으로 위장된 파시즘을 돌볼 수 있었다. '친위대가 제식용 도구로 사용하는 놋쇠 촛대'의 불빛이 비추는 몹시 저속한 물건, 친위대 사령관 히믈러가 헌정 서류와 함께 빌려주었고 오이핑어의 개인 수첩에 적혀 있던 물건. 물론 그가 자기 집에 히틀러 제단을 만든 유일한 인물은 아니었을 것이다. 뛰어난 남자들을 위한 주물呪物은 밀랍이나 붉은색 '초'로 장식되어야만 했다. 그것도 친위대 제국 사령관이 그믐날을 기념하기 위해 선물한 것이었다. 우리는 가정 음악회에서 음악 선율에 매혹된 고전 음악 애호가를 충분히 상상할 수 있다. 오이핑어는 외과 의사의 손놀림으로 피아노를 치고 있다. 딸 엠마와 레나테는 아버지를 따라 피아노 연주를 배웠다. 그는 첫째 딸이 그의 가느다란 머리카락을 쓰다듬는 것을 좋아했다고 한다. 드레스덴에서는 이처럼 소문이 나 있었다. 말하자면 그는 온화한 괴물이었다. 병원에서는 언제나 개인 직통 전화번호 41080을 통해 그와 연결되었다. 고령이 되어서도 건반을 두드렸고, 베토벤과 모차르트 음악을 서투르게나마 연주했다. 이 친위대 영관 장교는 이웃들이 얼마나 자주 바뀌었는지를 알아차리고 있었을까? '국가 비밀경찰'인 게슈타포가 25번지에 자리를 잡고 있었다. 1935년부터 나치 지역 본부의 '유대인 방어 사무소'가 비너 슈트라세 13번지에 있었다. 그곳은 유대인 박해의 연결 고리 노릇을 한 장소다.

파괴

릴리 울브리히의 책상 위에는 서류가 산더미처럼 쌓여 있다. 17권짜리 드레스덴 '기념 서적'의 저자는 일을 하면서 나치 사냥꾼인 시몬 비젠탈의 사진을 쳐다본다. 복도에서는 뻐꾸기시계가 계속 울어댄다. 그녀는 양해를 부탁한다. 그녀의 아버지가 로츠에서 무사히 가져온 가족의 마지막 물건이라고 했다. 그녀는 컴퓨터를 켰다. 화면에서 비너 슈트라세의 자료가 도표 프로그램인 '엑셀'에서 깜빡거린다. 그것은 전직 교사인 그녀가 놀라운 인내력을 발휘해 꾸준히 작성한 실종자들의 연대기다. 울브리히 부인은 탐정 같은 날카로운 감각으로 6,000명이 넘는 유대인의 운명을, 한 사람 한 사람의 생애를 기록했다. 그녀는 수십 년 동안 아무 일도 일어나지 않은 도시에서, 절반은 임기응변으로 만든 표로써 최소한 '헬러베르크 수용소'의 존재에 관한 정보를 제공할 수 있게 되었다. 경찰은 현재 라데부르거 슈트라세로 불리는 '토트 슈트라세'에서 1942년 11월 노란 별 표시를 달고 마지막까지 남아 있던 남자, 여자, 아이들 300명을 끌어 모았다. '유대인이 없는 독일'을 만들기 위해 그들을 그 거리에서 죽음으로 내몰았다.

오이핑어의 저택에서 내려다보이는 거리에서 유대인 시민들이 생존을 걱정하며 몸을 떨었다. 그들은 비너 슈트라세 25, 29, 36, 51, 52, 53, 56, 59, 62, 78, 85, 86, 95번지의 주소에 기록되어 있었다. "기다려보세요." 울브리히 부인이 말했다. 나는 먼저 85번지의 특수한 상황, 여러 강제수용소로 가는 입구, 이른바 말하는 '유대인들의 집'에 시선을 던졌다. 지도에 의하면 오이핑어 대지에서 세 집 건너 있는 곳, 호머의 독일어 번역자 이름을 따서 지은 보스 슈트라세에 그 집이 있었다. 울브리히가 조사조사는 생각할 수 없을 정도로 아주 복잡했다한 것을 보면 거주자 중 아홉 명이 나치의 손에 살해되었고, 한 남자는 자살을 했으며, 다른 한 남자는 살아남았고, 두 사람은 이민을 갔다.

그중에는 게슈타포에게 심하게 고문을 당한 일흔여덟 살의 울리 피크가 있었다. 힐데가르트 함 브뤼허의 여자 친척이었다. 그녀는 이송되기 직전에 스스로 목숨을 끊었다. 엘자 히르쉘과 남편 쿠르트는 죽었다. 1942년 11월 23, 24일 헬러베르크 수용소에 갇힌 베티와 나탄 칼터는 1943년 3월 2일 아우슈비츠로 이송되었다. 그들은 얼마 뒤에 독가스로 살해되었을 것이다. 대학평의회 위원이던 알베르트 핀코비츠는 유대인 학교에서 아이들을 가르쳤다. 그는 1942년 V/7 수송 트럭으로 테레지엔슈타트로 이송되었다가, 부인 마르타와 함께 아우슈비츠에서 살해되었다. 알리스 요하나도 역시 헬러베르크 수용소에 감금되었다가 1943년 3월에 아우슈비츠로 보내진 뒤에 실종된 것으로 추측된다. 확실히 말하자면 죽은 것이다. 브레슬라우 지역에서 태어난 올가 침머만은 수송 차량 V/6으로 테레지엔슈타트로 이송되어, 1943년 1월 1일 살해되었다. 민스크에서 온 담배 제조 기능장 베르 카플란은 아우슈비츠 강제수용소에서 사라졌다. 85번지 집에 수용된 베르타 메르렌더도 마찬가지로 수송 차량 V/4로 테레지엔슈타트로 갔다. 그는 1942년 9월 14일에 살해되었다. 게르트루트 마이어의 노정은 비너 슈트라세에서 테레지엔슈타트로 곧장 이어졌다. 로잘리 요르단은 1942년 5월 26일 자살했다.

3제국에서 '작센 토지와 가옥 재산 사무소'는 '비너 슈트라세'에 대해 보고했다. 《독일 최대 토지 소유자 신문》은 제2호 11쪽에 "드레스덴에서는 늦어도 1940년 4월 1일까지는 유대인과 아리아인들의 완벽한 분리가 완료되었다"는 제목 아래 괴링의 지시를 공표했다. "같은 건물에서 독일 민족과 유대인이 산다면, …… 그것은 국가사회주의의 목표와 모순되는 것이다." 드레스덴에 있는 '독일인 거주 공간에서 유대인을 제거하기' 위한 대상 목록에 이미 언급한 85번지 건물이 포함되어 있다. 건물을 소유했던 아르투르 글라우버는 1931년에 죽었다. 그는 자신의 집이 이른바 '유대인 집'으로 바뀌는 것을 더는 경험하지 않아도 되었다.

내가 이 사건에 대해 설명했을 때, 리히터는 그동안 잊고 있던 것, 동독 시절에 장난삼아 학교 친구와 함께 그 집터의 구매자라고 했던 것이 생각난다고 말했다. 학창 시절의 그림인 <정원의 소녀>을 그곳에서 그렸을지도 모른다.

하인리히 오이핑어가 살던 아름다운 지역은 한 집씩 차례로 무시무시한 곳으로 변해갔다. 그토록 차가운 영광 속에서 그는 마음 편히 지냈을까? 그들은 이웃이었다. 그는 어떤 반응을 보였을까? 귀찮아했을까, 동의했을까? 또는 상관없다는 태도를 취했을까? 표시와 암시가 한눈에 조망할 수 없을 만큼 불어났다. 사실의 무게를 덜어줄 만한 것은 아무것도 없다. 체계적인 유대인 권리 박탈, 유대인 문제의 '궁극적 해결' 등이 일반인들의 동의로 일어났다는 여전히 견디기 어려운 사실을 알게 되는 것. 드레스덴에서는 "모든 것이 매우 공개적으로 이루어졌다"고 빅토르 클렘퍼러는 당혹스러워하면서 자신의 일기에 털어놓았다.

95번지 건물. 그 집의 거주자였던 아그네스 마르크발트는 아우슈비츠에서 생을 마감했다. 그녀의 남편이고 농업위원회 고

위자문위원이던 프리츠 로베르트는 테레지엔슈타트에서 죽었다. 두 사람은 V/6 수송 차량으로 이송되었다. 플로라 에르만은? 테레지엔슈타트에서 제거되었다! 형제자매인 소냐, 이르마, 미리암 존넨슈아인은 헬러베르크 수용소의 고통을 견뎌냈다. 세 사람 모두 1943년 3월 아우슈비츠 비르케나우에서 살해된 것 같다. 부동산회사를 소유했을 것으로 추정되는 막스 슈페트와 헤드비히 슈테른은 테레지엔슈타트 강제노동 수용소에서 견뎌내어 살아남았다.

51번지 집에 살던, 법학 박사이며 정치학 박사로 유행 상품 회사 '히르쉬'의 공동 소유자였던 파울 사무엘 메를렌더는 추측컨대, 1939년에 런던으로 도망칠 수 있었을 것이다. 빌라우에서 재산을 빼앗기고, 빈민구조협회 회원이던 엘프 리하르트 박사는 62번지 여동생의 집에서 살고 있었다. 울브리히 부인의 자세한 설명에 의하면 그는 1942년 리가로 이송되었다가, '아마도 비케르니키 강제수용소에서 총살을 당한 것' 같다. 브레스랄우에서 1920년에 태어났고 62번지 집의 가정부였던 마르타 코헨은 리가 슈트라센도르프로 이송되어 그곳에서 숨졌다. 그녀의 여주인 레오노레 헬러는 미국으로 이민을 갈 수 있었다.

유대인 박해의 그림자가 거리 위에 드리워 있었다. 고수입의 직업을 가진 오이핑어는 양지에 서 있었다. 게다가 그 주임 의사는 다른 부동산을 취득할 수 있었다. 그는 직접 1945년 8월 20일 관청 설문지에 "뮌헨 슈트라세 10번지, 전쟁 중 파괴되었음"이라고 기입했다. 공식적으로 작성된 '피해 목록'은 그의 진술을 확인시켰다. 토지 대장에는 양도일이 1938년으로 기록되어 있다. 오이핑어는 1902년부터 그것을 소유했던 의학박사 요하나 클라라 샨츠에게서 그 집을 넘겨받았다.

연루

이미 말한 것처럼 가족을 성실하게 돌보는 가장의 모습은 겉으로 알려진 오이핑어의 모습이고, 친위대의 거물은 오이핑어의 알려지지 않은 모습이다. 그의 병원은 나치의 손아귀에 들어 있었다. 이 병원에서 자체 작성한 연혁은 지금도 사실을 인정하는 데 인색하다. 1999년에 발행된 프리드리히슈타트 병원 기념 책자에는 양해를 구하는 듯한 다음 글이 적혀 있다. "국가사회주의 이데올로기는 병원에도 철저히 파고들었다. 의사와 직원 몇 명이 유혹에 넘어갔거나 정치적 압력에 굴복했다. 누구라도 쉽게 납득할 수 있는 경제 공황 시기에 일자리를 잃을 수도 있다는 걱정 때문에 그렇게 했던 것이다." 그 책자는 이름을 언급하지 않았으며, 어두운 역사의 시기를 일반적인 표현으로 간략하게 다루었다. "의사들은 나치와 친위대 대원이 되었다. 병원에는 나치 의사협회 동우회가 있었다." 본질적인 주제는 대략적으로 표시되었고, 모든 문제 중 가장 중요한 문제는 다음 세대로 넘겨졌다. "50년 이상 지난 현재 시점에서 보자면 여전히 해명과 인식에 대한 욕구가 남아 있다. 나치 정권과 연루된 사람들의 규모는 어느 정도인가? 그것은 죄가 될 만한 개인의 태도로 이어졌는가?"

대답은 분명하다. 예를 들면 오이핑어는 독일적인 성공을 보여주는 사례다. 의사 비르기트는 강제 불임수술에 관한 그녀의 박사학위 논문에 주임 의사를 '가해자' 편에 자리매김했다. 그녀는 도시 문서보관소에서 그가 근무했던 시기의 719건의 병원 서류를 찾아냈다. 708건의 서류는 이름과 불임수술 년도가 기록된 프리드리히슈타트의 사건과 연관되어 있다. 내과 의사인 그녀는 외부 요인에 의한 순환기 장애와 불임 치료인공 수태와 같은 그의 전공을 잘 알고 있다. 오이핑어는 부부가 임신하도록 도와줄 수 있다. 반면에 임신을 막는 방법도 알고 있다.

1933년 말경 '불임수술'을 하기 위해 선별된 병원 목록이 실린 작센의 법률 신문 45호가 발행되었다. '프리드리히슈타트 병원'도 그 목록에 들어 있었다. 책임자급 의사들 이외에 능동적으로 활동한 것으로 '입증된' 사람들은 먼저 주치의 레드만과 나겔이었다. 게다가 보조 의사이며 전문의이던 세러, 헨리치, 블라우, 토이어링, 보리스, 호프만, 바나흐였다. 수술 장소는 41호 병동이었다.

퇴폴트는 1944년까지 총 984건의 수술이 이루어졌다고 추산했다. 수술은 대부분 오이핑어의 책임으로 이루어졌다. 수술을 받은 사람들의 나이는 평균 27년 8개월이고, 제일 어린 환자는 11세, 제일 나이 많은 환자는 47세였다. 치료와 요양을 위한 병원이던 아른스도르프 병원마리안네 이모가 입원했던 이전 병원은 1939년까지 주임 의사에게 환자 약 200명을 보냈다. 불임수술이 문제가 되는 경우 프리드리히슈타트 병원이, 즉 하인리히 오이핑어 교수가 '수술의 상당 부분'을 책임지고 있었다.

오이핑어는 1935년 여름부터 1945년 5월까지 과장직에 있었다. 그가 과장이 된 첫해에 184건의 수술이 행해졌다. 이전보다 훨씬 많은 수였고, 친위대 의무를 활동적으로 수행했다는 것을 입증하기에 충분한 숫자였다. 그는 비너 슈트라세 91번지 집에서 일터로 가는 도중에, 오래전부터 파울 니체 교수가 책임지고

© Heinrich Völkel

드레스덴 프리드리히슈타트 병원 복도 2004년

운영한 '뢰브타우어 슈트라세 소재 시립 정신병원'을 지나쳐 갔을 것이다. 그 교수는 훗날 열린 드레스덴 안락사 재판의 주요 피의자였다. 이 병원도 오이핑어에게 불임수술을 하도록 35명의 환자를 보냈다. 오이핑어는 이른바 '국가의 복지'를 위해 강제로 넘긴 환자들의 인간적 품위를 빼앗는 일이 자신에게 어울리지 않는다는 생각을 하지 않았다. 병원 서류 대부분에는 '경찰에 의해 인도되었음'이라는 문구가 적혀 있었기 때문에 그는 놀라서 물러날 이유가 전혀 없었을 것이다. 그런데도 의사는 흠잡을 데 없는 명성을 누리는 존경받는 인물로 남았다. 그의 초상화는 친위대 전력에 대한 나의 첫 기사가 나오기 전까지 'M' 병동 5층의 옅은 녹색으로 칠한 밝은 통로에 주임 의사 다섯 명의 사진과 함께 나란히 걸려 있었다. 마리안네 이모의 강제 불임수술을 집도한 피셔 교수도 그곳 승강기 옆에 명예로운 자리를 차지하고 있었다. 그림 바로 위에 설치한 전등이, 하얀 가운을 걸친 신과 같은 의사들의 머리 주위에 차가운 후광을 부여하고 있다. 오이핑어가 근무했던 구동독의 병원 부르크슈테트에서는 그를 기념하는 작업이 이루어지고 있었다.

1945년 2월 14일 새벽에 대화재가 일어나자 프리드리히슈타트 병원의 지붕에서 맹렬한 불꽃이 사방으로 튀었다. 신생아실에 불이 난 것이다. 수술실 위쪽 유리 천장이 뜨거운 열기 때문에 부서졌고, 수술대 대신 책상 위에 누워 있던 환자는 마지막 순간에 지하실로 옮겨졌다. 병원 직원들은 날아다니는 불꽃에서 환자를 보호하기 위해 물에 적신 천으로 감싸 안전한 곳으로 데려갔다. 연이어 공습을 받은 도시라는 점을 감안한다면 충분히 이해할 수 있는 상황이었다. 모든 보고서에 의하면 주임 의사는 그 어려운 시간에 병원에 있지 않았다. 주치의 발터 윙스트와 유능한 표본 제작 책임자인 파이터가 간호사들의 도움을 받아 불길을 잡았다. 다른 지도급 의사들과 함께 오이핑어는 주립 병원 아른스도르프의 대피소, 즉 폭격에서 벗어난 곳에 있었을 것이라고 전직 직원들은 추측했다. 폭격이 있던 날 밤에 오이핑어가 자기 가족들과 함께 91번지 집의 지하실에 머물면서 딸들을 자상하게 보호했다고, 가족들이 말했다. 그에게는 이것이 더 잘 어울리는 행동이었을 것이다.

병원을 구하는 데 공을 세운 사람들 명단에 그의 이름이 분명히 빠져 있는데도, 병원이 폭격을 받아 불에 타고 '갓 태어난 아기가 화염에 휩싸이고 잿더미 속에서 죽어가는' 것을 오이핑어는 무기력하게 지켜볼 수밖에 없었다는 허풍은, 훗날 그를 칭송하는 연설에서 끊임없이 되풀이되었다. 사람들은 오이핑어가 충격을 받고 잿더미 앞에 서 있었다고 주장한다. 1949년에 작성된 박사학위 논문에는 다음과 같은 결론이 쓰여 있었다. "건물은 파괴되었지만 병원에는 한 사람의 사상자도 없었다." 1945년 항공 촬영 사진은 외면적으로 거의 손상을 입지 않은 M 병동을 보여주고 있다. 5월 8일 러시아 군인들이 진격하자, 오이핑어는 다시 도망을 쳤다. 용감한 동료 한 사람이 사태를 진정시켰다.

도시 거주민 명부에는 1945년 8월 21일까지 그가 비너 슈트라세에 살았다고 기록되어 있다. 러시아 정보부가 11월 2일 히틀러에게 순종했던 조력자를 데려갔다. 금요일이었다. '내무부 특수 작전 요원'들이 그의 주말을 빼앗았다. 그는 한 달 뒤 체포된 52명과 함께 수용소 밀베르크에 도착했다. 그곳은 그의 저택에서 북쪽으로 40킬로미터 떨어진 곳에 자리 잡은, 러시아 군인이 관리하는 지옥 같은 곳이었다. '친위대 고급 장교'라는 죄목이 체포 이유였다.

스탈린주의자들은 '특별 수용소 1호'를 '망각의 숲'에 감추었다. 그것은 동독 통치 시절에 러시아와의 혈맹을 고려해서 없었다고 부정된 역사의 한 부분이었다. 그들은 2만 2,000명의 신참 입대자 가운데 대원을 선발하여 잔혹한 연대를 구성했다. '1945년 소련 인민공화국 내무부 명령' 3번 항목은, 군대 지휘관, 정치 지도자와 함께 '인민방위대', '돌격대', '친위대' 대원이던 사람들도 내무부에 소속된 강제수용소에 가두라고 '극비로' 지시했다. '임시 명령'은 수용소에 수감된 죄수들을 완전히 고립시키고 도주를 방지하라고 분명하게 지시하고 있다. 서신 왕래와 방문은 '허용되지 않았다.'

철조망, 탐조등, 무장한 감시 초소가 그 지역을 감시했다. 7,000명이 죽었다. 체포된 사람들 중에는 히틀러의 초상화를 그린 화가 오토 콘스탄틴 고트리프 폰 쿠르젤도 포함되어 있었다. 그는 민중이 읽는 팸플릿 문학에 자신이 그린 총통의 모습을 제공했다. 소나무가 듬성듬성 자란 숲에 둘러싸인 뮐베르크는 이미 나치 시대에도 '징벌 수용소'로 사용되었다. 직선으로 난 수용소 도로를 따라 1939년 이후 천막과 임시 건물로 이루어졌으며, 30헥타르의 막사로 된 도시였다. 초막에서는 전나무 목재 냄새가 났다. 24시간 내내 감시병이 보초를 서고 있는 초소가 각 모퉁이마다 배치되어 있었다. '막사 Ⅳ B'에는 유고슬라비아, 벨기에, 폴란드 출신 포로나 건강한 사내였던 클로드 시몽 같은 프랑스인들이 잡혀 있었다. 훗날 노벨문학상을 수상하게 되는 이 작가에게 수용소 생활은 자신의 소설에 썼듯이 극복하려고 애를 쓴 몇 번의 극한 경험이었다. "태양 아래 부드럽게 너울진 작센의 평야가 펼쳐져 있다." 그는 굴을 파면서 감옥에서 벗어나기를 꿈꾸었고 1940년 10월에 탈출했다. 시몽의 아버지는 제1차 세계대전 중 플랑드르의 스티네이에서 전사했다. 독일에서는 오이핑어가 전투를 이겨내고 살아남았다. 교수인 그는 이제 전혀 다른 조짐이 감도는 분위기에서 뮐베르크에 감금되었고, 땅속에 30센티미터쯤 파묻은 철조망 뒤편에 있는 수용소 내 병원의 독일인 책임 의사로 임명되었다. 그는 명령을 내릴 운명을 타고나기라도 한 듯이 얼마 지나지 않아 40명에 달하는 의사를 부리는 책임자가 되었다. 소련군들은 업무 협력자였던 그를 비교적 조심스럽게 다루었다. 이는 다른 사람들보다 더 많은 음식을 배급받고, 병원 막사에 머물면서 훨씬 높은 생존 기회를 잡을 수 있었다는 것을 의미했다고 함께 수용된 H가 설명해주었다. 뮐베르크에는 1,500명의 여자도 갇혀 있었다. 책임 군의관인 니키타 보론킨과 거의 동료처럼 일을 했다고 '뮐베르크 수용소 재소자 모임'이 발행하는 29호 회람 편지에 쓰여 있다.

1946년 소련인들은 뮐베르크 재소자 수백 명을 시베리아로 보냈다. 그중에는 수많은 친위대 장교들이 있었다. 산부인과 의사는 추방을 모면했고, 마지막 순간에 별로 중요하지 않았던 '늑대인간'이라는 판정을 받아서 예정보다 일찍 석방되었다. 그는 뮐베르크에서 저지른 죄에 대해 어떤 대가도 지불할 필요가 없었다. 내무부 소속 정보부가 오이핑어의 정신병자 강제 불임수술에 관해 분명히 알고 있었기 때문에, 그 행위는 공산주의자들이 양해한다면 용인될 수 있는 잘못, 즉 경미한 범죄로 분류되었을 것이라고 가정할 수도 있다. 게다가 그들은 친위대에서 활동한 과거가 있는 그를 손아귀에 쥐고 있었다.

3년이 채 지나지 않은 1948년 9월 6일 죄수번호 78880이던 오이핑어는 석방된다. 그 사이 발터스도르프에서는 장래에 그의 사위가 될 리히터가 그림을 익히면서, 치타우에 있는 고급 상업학교를 졸업했다. 그는 속기와 타자, 부기를 배웠다. 그는 또한 그림도 그릴 수 있었다. 그가 미래에 활동할 장소인 드레스덴 아카데미에서는 잔해 처리 작업이 계속 진행되고 있었다. 궁핍의 시대에 학장은 지금 당장 필요한 40제곱미터의 창에 필요한 유리를 얻기 위해 관청 네 곳에 편지 일곱 통을 써야만 했다.

변화

1951년 파괴된 이 도시로 이사를 했을 때 리히터는 그 도시에 관해 아는 것이 전혀 없었다. 발터스도르프 마을에서 아카데미 미술 수업은 아름다운 꿈, 성취할 수 없는 머릿속의 공상일 뿐이었다. 인민 소유 공장 츠비카우 섬유 공장 대표로 뽑혀 대학에 가게 된 그는 이제 황폐한 풍경 속을 의기양양하게 걸어다녔다. 그는 마음속으로 자기가 화가로 부름을 받았을 뿐만 아니라, 선택되었다고 느끼고 있었다. 그의 가슴은 약간 흥분되어 있었다. 리히터는 독특한 옷차림으로 그가 헤쳐 나온 어려운 시기와 지방 출신이라는 사실을 남들이 알아보지 못하게 노력했을 수도 있다. 재킷과 바지, 정장으로, 그는 실제로는 누리고 있지 못한 안정감을 밖으로 드러내야만 했다. 그는 정장을 좋아했는데, 특별히 신경 쓰지 않고 옷을 걸칠 때도 그는 고급스러운 옷에 대한 감

담배를 물고 있는 리히터 1951년

각을 보여주었다. 엘베 강가에 위치한 도시에서 멋쟁이처럼 능숙하게 자신을 연출했다.

　리히터는 쾰른 작업장에서 이야기를 다시 이어가기 시작했는데 , 이를 위해 새로운 서류를 가져왔다. 그것은 그의 일과 관련된 것, 그림이었다. "직접 살펴보시겠습니까, 아니면 제가 넘겨드릴까요?" 그는 굉장한 연속 사진, 즉 사진첩에 조심스럽게 정리되어 있는 젊은 시절 예술가의 인물 사진을 신중하게 보여주었다. 그것이 게르하르트 리히터인가? 어머니의 사랑을 듬뿍 받는 아이처럼 포동포동한 뺨. 대학생이던 그의 입가에는 담배가 물려 있었다. 올림포스를 향해 시선을 던지고 있는 젊은이의 광채, 묶지 않은 곱슬머리가 뒤로 젖힌 외투의 옷깃을 건드렸다. 강인하고, 단호한 동시에 섬세하지만, 지금의 얼굴에 있는 엄격한 인상을 주는 주름살이 없는 모습이다. 프리츠 랑의 영화 <도시 전체가 찾고 있는 살인자 M>에서와 같이, 유명한 인기 배우들은 뻔뻔스러울 정도로 잘생겼지만 삐딱하다. 화가는 잠시 주저하다가, 연필로 사진 밑에 '1951년 무렵'이라고 적었다. 늙은 리히터는 무모하게 행동했던 젊은 날의 자신을 좋아했느냐는 나의 질문에 아무런 대답도 하지 않았다.

화가는 제일 먼저 자신의 모습을 찾았다. 명성에 대한 꿈과 그것을 이룰 수 있다는 희미하게 드러나는 자만심에 도취되어 있던 그는 매우 솔직했다. 그와 관련해서 말하자면, 그를 오늘날의 모습으로 만든 것은 양식樣式 연습이었다. 비록 시간은 걸렸지만, BBC 뉴스가 지난 20년간 그의 이름으로 1억 2,000만 유로의 매출액을 달성했다고 계산하고, 그의 그림이 뉴욕 현대미술관과 파리의 퐁피두센터에 걸리게 되었으며, 아주 열광적인 관객을 일본에서 발견하게 되는 날이 왔다. 구글에서 검색해보면 리히터와 관련된 항목이 14만 5,000개 이상 존재한다. 그러나 예술학교 시절 당시에는 수많은 입학자 중 한 명이었을 뿐이다. 1951~1952년 겨울 학기에 그와 함께 58명의 지원자가 입학했다.

무용수 그레트 파루카는 1947년 9월 29일 신청서를 제출하면서 '비너 슈트라세' 저택의 1층을 '무용학교 연습실로 사용하려고' 애를 썼다. 집주인 오이핑어는 뮐베르크 수용소에 수감되어 있었고, 부인은 시청이 요구하는 신청서에 서명을 했다. 리히터는 그 집 주인이나 다름없었다. "아래 1층에서 그레트 파루카의 발레 학생들이 복도를 쏜살같이 지나가곤 했어요. 보기 좋았죠." 예술가는 그가 오랫동안 바라던 안락함 속에서 살았고, 사랑했고, 일했다. 건물이 있던 대지에는 일정 정도 데카당스^{퇴폐적 관능주의} 분위기가 배어 있었다. 젊고 거칠던 그는 그것을 불쾌하게 생각하는 동시에 즐겼다. 랑에브뢱 저택, 더 커다란 저택으로의 귀환 같은 것이었다.

그 집의 다락방에서 지금까지 거의 알려지지 않은 초기 작품들이 만들어졌다. 실내의 모습과 바깥 도시의 풍경을 그린 그림. 처음으로 엠마를 모델로 1960년에 그린 <독서하는 여인>. 벌거벗었거나 옷을 걸친 여인들이 그려진 그림들이 있었다. 특이한 것은 여인들 모두 다리가 길다는 것이다. 게다가 이 그림 이외에도

〈독서하는 여인 Lesende〉 1960년, 102×70cm

병, 주전자, 항아리 등이 있는 다양한 정물화와, 갖가지 색으로 변화하는 인상을 그린 그림이 많이 있었다. 이 시기의 작품에는 '일광욕하는 풀밭', '앉아 있는 여자', 수영장 수조水槽를 에워싼 사람들을 그린 '수영장'과 같은 객관적인 제목을 붙였다.

영화감독 슬라탄 두도프는 1959년 <사랑의 혼란>이라는 영화에서 '지기' 역을 젊은 안젤리카 돔뢰제에게 주었다. 리히터의 학급은 사랑 이야기를 다룬 영화에 출연한 그녀를 그릴 수 있는 즐거움을 누렸다. 그가 그린 초상화는 그 여배우가 왜 아카데미에서 선풍적 인기를 얻었는지를 분명히 보여준다. 대학시절 친구였던 푀르스터는 리히터가 "돔뢰제에게 푹 빠져 있었다"고 실감나게 설명한다. 자칭 연예 전문가인 푀르스터는 그녀가 남학생들의 시선을 잡아끄는 것을 보았다. 그녀는 "요란스러웠고 가죽 바지가 몸에 딱 들어붙은 듯" 보였다고 한다. 그의 묘사를 따르자면 리히터는 그녀 때문에 매일 구두 색을 다르게 칠했다고 한다. 온갖 노력을 다했지만 그 여배우와의 관계는 레몬 음료를 함께 마시는 것에서 더는 진척되지 않았다.

리히터는 4분의 3 정도 몸을 옆으로 돌리고 있는 여배우의 모습으로 호감을 얻으려고 했다. 깊이 파인 풍성한 윗옷과 꽉 끼는 멜빵바지, 묶기 힘든 검은 머리카락이 왼쪽 어깨로만 드리워 있었다. 손은 무릎 위에 포개고 있었다. 그것은 분명 에로틱한 기호로 이루어진 언어다. 발터스도르프 시청을 방문했을 때 정보 게시판에 치타우 시립극장에서 돔뢰제가 작품 낭송회를 할 것이라는 소식이 공지되어 있었다. 1950년 리히터는 그 극장에서 '무대 미술 학생'으로 견습하기 위해 몇 달 동안 머물렀다가, 보잘것없는 그 일을 때려치웠다. 그는 운이 없었다. 영화사 데파 Defa는 최종적으로 <사랑의 혼란>을 위해 리히터의 그림을 택하지 않았다. 예술가는 수십 년 후 여러 단계를 거쳐 그림을 돌려받았다. 그는 화상 귄터 울브리히트가 6,300마르크에 사들인 그 그림을 가위로 손수 조각조각 잘라냈다.

드레스덴에서 제작된 그의 그림은 아마추어적인 시도가 결코 아니었다. 그것은 오히려 미래에 슈퍼스타가 될 사람의 인상적이고 야심찬 시도였다. 여전히 모방적이고, 리얼리즘적이지만, 입체적 수법으로 그린, 매우 발전된 모습을 보여주는 초기 단계의 그림이었다. 그것은 정상을 향해 난 길을 걸으면서 그가 거친 중요한 단계였다. 'R'과 부호 'I / 61'로 표시된 <물고기>는 동독 시절에 그린 마지막 그림으로 추정되지만, 후기 사진회화의 정확성에 거의 근접하고 있었다.

'비너 슈트라세'에 있던 집에서는 편안한 생활을 했다. 그곳은 리히터에게 잠잘 곳을 언제든 기꺼이 제공해주던 랑에브뤽 외숙모 집에서 멀지 않았다. 그는 예술 아카데미까지 지상 전차를 타고 천천히 갔다. 티어파크 정거장에서 전차를 탔는데, 8시에 수업종이 울렸다. 리히터는 동독 사회의 관점에서 보자면 유복한 가정 출신이었고, 부분 장학금도 받았다. 비바람이 들이치지 않는 하숙방의 장점은 돈으로는 환산할 수 없었다. 그는 교수 의사 집에서 공짜로 살 수 있었다.

어제까지만 해도 내일 당장 모든 세계를 손아귀에 넣을 것 같던 사랑하는 총통이 사라진다면 지구가 더는 움직이지 않으리라고 하인리히 오이핑어는 생각했던 것이 분명하다. 오이핑어에게 중요했던 모든 것이 산산조각 나버렸다. 1949년 소련 점령 지역에서 229299번 신분증이 발급되자마자 전직 친위대 영관 장교는 다시 공산주의자들에게 둘러싸인 채 발을 맞추어 행진해야 했다. 공산주의자들도 이 전문가에게 의존해야 한다는 사실이 곧 드러났다. 그는 뮐베르크 수용소에서 사령관의 부인이 어렵게 출산을 할 때 부인의 목숨을 구해냈다. 그는 그 뒤 소련 군인들의 보호를 받았다. 이 시기에 작성된 보고서들은 전적으로 잘못된 것만은 아닌, 일하기를 좋아하고 프리드리히슈타트 병원에서 호인 역할을 하고 있는 오이핑어에 관해 언급하고 있다. 그는 일반적으로 그 역할을 자기 것으로 생각했다.

소련 군인들에게 이끌려 부헨발트에서 보르투가까지 끌려갔던 죄수 존 노블레의 대표 소설에서, 그가 맹장염을 앓았을 때 '괴링의 전직 주치의'에게서 '빵 자르는 칼로, 소독약도 없이' 수술실로 급조된 막사의 부엌 식탁에서 수술을 받았다는 대목을 읽을 수 있다. 어째서 괴링의 주치의인가? 드레스덴에 살고 있는 노블레를 방문했을 때 오이핑어가 직접 말하지는 않았지만, 그것이 수용소에서 불린 그의 정식 칭호였다고 내게 이야기해주었다. 그는 지금 여든한 살이다. 백 살이 되더라도 그는 수술 장면을 생생하게 묘사할 수 있을 것이라고 말했다. 침침한 불을 좀 더 밝게 하려고 천장에 거울을 부착했으며, 마취 효과가 오래 지속되지 않았기 때문에, 그는 수술 시간의 절반을 의식이 돌아온 상태로 견뎌야만 했다고 말했다. 1946년 러시아인들이 뮌헨 광장에 있는 드레스덴 감옥에서 친위대 지휘관을 부검할 때 입회인이 될 것을 강요했기 때문에, 그 수술을 견뎌낼 수 있었다고 말했다. 이는 이 책을 쓰기 위해 조사하면서 알게 된 기이하고도 세세한 내막과 연관된 이야기 중 하나다.

체포된 뒤에도 오이핑어는 러시아인들에게 협조하면서 일을 계속했고 라벤슈타인 병원의 '자문'으로 새롭게 시작했다. 그의 적응력에 대한 또 한 번의 시험이었다. 점령군은 그에게 켐니츠를 중심으로 30킬로미터의 원을 그리고, 그 지역에서 일을 새로 시작하도록 허용했다. 이 산부인과 의사는 부르크슈테트의 종합병원 재건을 돕겠다고 결심했다. 리히터의 삼촌 알프레드는 예전에 그 도시 나치당의 지역모임 회원이었다. 회원번호는

4944747이었다. 오이핑어의 딸 레나테가 사무보조원으로 그곳에 왔다. 그의 여비서도 함께 왔다.

삶은 다시 정상으로 돌아왔다. 정권의 붕괴도, 독방 수용도, 이 교수에게 겸손함을 가르쳐주지는 못했다. 오히려 정반대였다. 낡은 정신이 그의 마음속에 여전히 살아 있었다. 잿더미에서 부활한 오이핑어는, 의사의 윤리를 비윤리로 전도시킨 사람에게 어울리지 않는 우쭐함을 내보였다. 전쟁 후 드레스덴 사람들이 그에게 호의를 보였다고 해도 이전에 동료였던 그에게 일자리까지 마련해줄 수는 없었다. 1948년 9월부터 1949년 2월까지 오이핑어는 잠시 카롤라하우스의 산부인과 과장으로 있었다. 그 이후 나치에 대한 열광에서 완전히 벗어나지 못한 그는 그 도시에 있는 '칼크라우스 카루스' 의과대학 교수진에 모습을 드러냈다. 오이핑어는 '1954~1955년 3학년 겨울 학기 14시 30분~16시'에 진행된 수업에서 과거의 결점으로 미루어 판단해보면 결코 무해하다고 할 수 없는 주제인 '호르몬과 관련된 여성의 성 체계'라는 강의를 했다. 바로 그가 예전에 있던 병원의 강의실에서였다. 그에게는 시간당 50마르크의 보수와 일반적 경비가 지불되었다. "그는 자동차를 타고 다녔다." 사람들은 새로운 시대에 낡은 이름과 함께 살았던 것이다. 독재자들이 바뀌었지만, 의사들은 남았다. 이쪽이나 저쪽이나 적절한 처벌에 관한 이야기는 없었다. 산부인과 의사의 이름이 '정신과 의사와 신경과 의사인 슈톨텐호프 교수'와 함께 조화를 이루면서 교수 명부와 강의 명부에 나란히 적혀 있었다. 후자는 3제국 시대에 마리안네 쉔펠더를 아른스도르프로 보낸 사람이었다.

1954년 이전에 그의 상관이던 프로메는, 오이핑어를 과장으로 임명할 생각으로 그의 복직을 밀어붙였다. 이번에는 요한슈테트 병원의 부인과였다. 전직 나치가 전직 나치와 만난 것이다. 요한슈테트 병원에는 피셔 교수와 함께 마리안네 이모에게 불임수술을 했던 그 산부인과 의사는 벌써 책임자 자리를 차지하고 있었다. 자리 교체는 이루어지지 않을 것이다. 프로메의 시도는 성과 없이 1956년 새해의 덕담으로 끝이 났다. 그는 오이핑어가 '새 자동차를 산 것을 진심으로' 축하했다.

1948년 11월 11일에 드레스덴 수사국은 산부인과 의사에 대한 조사를 시작했다. 서류번호는 V-4/2520/48/B1이었다. 이는 법률적으로 볼 때 너무 명백한 사건이다. 1946년 12월 5일 행정 명령은 정치적이거나 인종적 이유로 강제 불임수술을 '지시했거나 권고했거나 실행했던' 판사, 의사, 공무원 또는 민간인에게 10년의 금고형을 내리고 재산을 몰수할 수 있게 했다. 그것이 소련 군사 행정 당국의 엄격한 요구였다. 1948년 11월 '헬름 박사가 서명한' 작센 검찰청의 서류에는 다음과 같이 요약되어 있었다. "오이핑어 교수는 최근에 강제수용소에서 석방되었다. 도시 위원회 보건 담당 위원이 오이핑어가 1936년 환자의 동의와 정당한 근거 없이 '나팔관을 잘라냄으로써' 한 여인을 임신하지 못하게 했다는 매우 구체적인 혐의를 받고 있다"는 사실을 알려왔다. 보고서에는 증인 선서를 한 진술이 첨부되어 있었고, 진술서에서 보건 담당 위원은 인권에 반한 범죄는 접어두고라도 심각한 상해 사실이 "실제로 일어났다고 봐야 한다"고 지적했다.

증인 선서를 한 샤를로테 에베르트 부인의 진술은 다음과 같았다. 1934년 그녀는 가정부와 세탁부 교육을 받기 위해서 토비아스뮐레 병원에 채용되었다. 그곳에서 2년 정도 일했을 무렵 그녀와 다른 한 명의 처녀에게 드레스덴으로 가서 무언가를 가져오라는 지시를 내렸다고 한다. 그녀들은 "드레스덴 프리드리히슈타트 병원 산부인과로 보내졌다"라고 했다. 임박한 수술을 그녀와 그녀 어머니에게 알려준 사람은 없었다고 했다. "맹장을 제거해야 한다고"는 통보를 했을 뿐이다. 그녀도, 그녀의 교육을 책임진 사람도 동의하지 않았다고 했다. "임신 능력이 없어졌기 때문에 심한 상처를 받은 느낌이었습니다." 그녀는 '파시즘 희생자'를 위한 조직에 가입할 수 있는 신청서를 제출했다고 했다. "샤를로테 에베르트가 읽고, 동의했고, 서명했음."

수사국의 담당자였던 드렉슬러는 오이핑어 수술복에 묻어 있는 시커먼 오점을 조사하라는 지시를 받았다. 이제 그 오점은 친위대 사복 표지나 다른 나치 훈장으로 감출 수 없었다. 드렉슬러는 다음과 같이 요약해서 보고했다. 오이핑어가 근무할 당시 산부인과 병원에서는 '900건 이상의 불임수술'을 했다. '드레스덴 시위원회'가 발신인으로 된 편지와 함께 여타 서류가 수사국에 제출되었다. 서류에는 자세한 설명이 담겨 있었다. 일반적인 경우처럼 그곳에서도 "바지 재봉선에 손을 딱 붙이고 명령을 잘 따르는 의사들"의 의해 불임수술이 이루어졌다. "그들 모두는 총통에게 복종했다!"

피의자 심문. '사건을 잘 살펴 진실을 말할 것을 권고 받은' 하인리히 오이핑어는 다음과 같이 주장했다. "나는 친위대 의사라는 신분으로 정치적 기능을 담당하거나 적극적 행위를 한 적이 없습니다." 그는 적극적으로 자신을 변론하면서 강제 불임수술이라는 심각한 비난에 대해서는 전혀 언급하지 않았다. 사법 경찰은 그에 관해 아무 질문도 하지 않았으며, 친위대에 속해 있을 때의 행적이나 그 주변에 모여 있던 친위대 무리에 대해서도 거의 물어보지 않았다. 어리석은 척하는 것이 가장 좋은 알리바이였다. 그는 마치 조사를 받는 것만으로도 부당한 일을 당한 것처럼 개인병원에서 '유대인으로 판명된 환자'를 돌봤던 것을 자신의 '인간적 행동'을 드러낸 증거로 언급했다. 그는 교회를 떠난 적이 없다고 진술했다. 결론적으로 말하자면 자신은 순수함의 화신이라는 것이었다.

오이핑어와 연관된 사건에서, 나치의 전문용어를 빌리자면 '가치 없고', '불구자'로 분류되어 아른스도르프 정신병원에서 그의 병원으로 이송된 환자들만 운이 없었던 것이다. '귀가 먹고 벙어리인 소녀들을 위한 보호소'에서 온 환자 두 명, '간질 병원 클라인 바하우'에서 보낸 환자 일곱 명, '시립 고아원 마리엔호프 슈트라세'에서 보낸 아이들 이십 명, '여자 기숙학교 베르텔스도르프'에서 온 세 명, 외스트라이허 슈트라세에 있는 '구세군 기숙사'에서 온 두 명이나 '고아원 옴제비츠'에서 보낸 환자들이 운이 없었던 것이다. 또는 린다처럼 정신박약이라는 소문 때문에 불임수술이나 제왕절개로 낙태 수술을 받으려고 그에게 보내진 사람만 운이 없었던 것이다. 그녀는 임신 6개월째였다. 이미 31센티미터쯤 자란 태아가 제거되었다. "태아가 자궁에서 제거된 뒤에도 여전히 살아 있는 징후를 보였기 때문에, 징후가 멈추고 난 뒤 실수에 따른 사망 사건으로 신고했다. 하지만 상태를 보고 판단하건대 태아가 살아 있을 수 없는 상황이었기 때문에 사망신고는 잘못 접수된 신고다." 1937년 사건 694 서류에서 그것을 다시 읽을 수 있다. '히틀러 만세'라는 말과 함께 장식체로 쓰여 있는 머리글자 'E'가 나온다. 오이핑어Eufinger의 'E'였다.

　교수에 대한 서툰 조사는 지지부진했다. 일종의 소극笑劇이었다. 경찰은 '강제 불임수술과 관련해서 프리드리히슈타트 산부인과 병원이 제출한 병자 기록 목록'을 조사하지도 않았다. 그들은 '1944년까지 산부인과 병원에서 강제로 불임수술을 받은 여자들의 명단'을 조사조차 하지 않았다. 그들은 기록되어 있는 네 건의 사망 사고에 대해서도 언급하지 않았다. 수사관은 아무것도 찾아내고 싶어 하지 않았던 것일까? 오이핑어의 사건은 동독이 항상 주장했던 반反파시즘 구호가 어떤 상태였는지를 명확히 증명한다. 수용소에 수감된 지 3년이 지난 시점에서는 오이핑어가 인종 정책에 조력한 증거가 충분히 가려질 수 있었다. 수사관은 연합군의 드레스덴 공습 4주기를 맞은 1949년 2월 14일에 결과를 요약했으며, 그 결과는 그에게 대단히 불리해 보였다. "오이핑어 교수의 죄는 진단이 올바른 것인지 그리고 보건 재판소의 판결이 올바른 것인지를 살펴보지 않은 채 자신이 데리고 있던 의사들에게 수술을 하도록 지시한 데 있다." '국가사회주의의 폭력 지배를 촉진하고 폭력 지배를 공개적으로 지지한' 범죄 구성 요건이 충분하며, '범죄 단체'에 가입해서 활동했다는 범죄 행위가 추가되었다고 했다.

　그러나 이상의 논리를 들어 명백한 범죄 구성 요건이 충족되었는데도 그는 기소되지 않았다. 러시아 친구들을 무서워했기 때문일까? 그럴 가능성이 있다. 경찰 메모에는 다음과 같은 글이 적혀 있다. "티어가르텐 슈트라세 8번지에 있는 보건소장 한Hahn 박사와의 협의를 토대로 판단하자면, 오이핑어는 소련 군사행정 당국에서 뛰어난 전문가로 평가받고 있으므로 그에 대한 사법 처리는 바람직하지 않은 것 같다." 신중을 기하기 위해 점령군에게 '지금 조사 중인 혐의에 대해 아직은' 알리지 않았다. 죄수번호 18880이었고, 전직 친위대 영관 장교였던 그는 곧 익숙한 이전 직책으로 돌아갔다. '드레스덴 인민 경찰청 형사부' 서류에 기재된 내용에서 확인되는 것처럼 그는 소련 군사행정 당국의 '보호를 받았다.' 게다가 조사는 유전병 판결 법원의 원장과 여러 공중 보건의로 확대되어야만 했다. 하지만 "형사 반장의 과도한 임무와 처리해야 할 막대한 분량의 자료 때문에 지금은 조사할 수 없다." 달리 말하면 드렉슬러는 게을렀고, 슈모를, 피셔 교수, 마리안네 쉔펠더가 연관된 사건에서 주도적인 역할을 한 사람에게 따끔한 맛을 보여주는 것을 꺼려했다. '사건의 책임자인 볼프'는 안도하면서 반장과 견해를 같이했다.

경찰은 당의 노선을 충실히 따랐다. 히틀러 독재가 무너진 이후에 '자아 정화'는 전혀 이루어지지 않았다. 동독 사회주의통일당은 '강제 불임수술 범죄'를 저지른 자들에게 적용하도록 동독을 점령한 소련 당국이 요구한 엄격한 처벌을 내리지 않았다. 당의 동지들은 실용적인 이유를 내세워 '제한된 처벌'을 옹호했다. 점령 지역 전역에서 의사들을 모두 몰아낼 수는 없으며, 유전병 치료에 관여하지 않은 의사들이 거의 없다는 것이 실용적 관점의 견해였다. 1947년 5월 제1차 법률가 회의에서 동독의 검찰총장이 된 에른스트 멜스하이머는 공개적으로 그런 주장을 했다. 훗날 밝혀졌듯이 그는 3제국에서 나치 민족복지단체의 법률 고문으로 있으면서 돈을 벌었다. '독일 땅에 세운 최초의 반反파시즘 국가'인 동독의 기초가 미처 세워지기도 전에 신뢰는 이미 훼손되었다. 1946년 딱 한 번 의사 다섯 명과 행정재판소 위원 한 명이 기소된 재판에서 강제 불임수술에 대해 법이 정한 법정 최고 형량을 선고했다. 슈베린 배심재판부는 10년의 금고형을 선고했다.

지금의 아른스도르프 주임 의사인 하일레만은 1950년 5월 켐니츠 지방 법원의 제7 합의심이 내린, 의견이 분분했던 판결에 관해 말했다. 아른스도르프 병원에서 실시한 '강제 불임수술' 때문에 외과의사 아르투르 슈미트가 '주범으로 판정'을 받았으며 엄청난 재산 몰수와 함께 25년의 금고형을 받았다고 했다. '잔인한 행위'에 참여했으며 '최소한 열다섯 건'의 불임수술에 대해 책임이 있다고 그를 비난했다는 이야기가 있다. 슈미트는 1954년에 석방되었다고 한다. 그에 반해 수사과 K5/B는 수백 건의 강제 불임수술 때문에 시작된 오이핑어 교수에 대한 조사를 1949년 말경에 '잠정적'으로 끝냈고, 다시는 조사를 속개하지 않았다. 드렉슬러가 작성한 명령서의 세 번째 항목은 다음과 같다. "문서보관소 201에 제출할 것."

한때 그의 사위였던 리히터가 다양한 그의 모습을 그렸고, 뜻하지는 않았지만 50년 뒤에 비밀스럽고 무시무시한 동행자에 대한 흔적을 찾아보려고 시도하지 않았다면, 아마도 오이핑어 사건은 영원히 파묻혔을 것이다. 그것이 정말 그렇게 오래된 일일까? 물론 아주 오래된 일이다! 아무도 진실의 순간을 원하지 않았을지도 모르지만, 리히터는 그림을 그려 그를 기억 속에서 불러냈다. 그의 개인사는 결정적인 시기에 하인리히 오이핑어의 개인사와 겹쳐졌다. 리히터는 아버지와의 사이가 원만하지 못했다. 어렵사리 서로를 알아가던 힘겨운 시기가 지난 뒤, 오이핑어 가족이 '대리 가족'이 되었기 때문에 더욱 사이가 좋지 못했다. 산부인과 의사는 '여자들에게' 둘러싸여 있다고 농담하기를 좋아했다. 결론적으로 말하자면 리히터는 그에게 '외동아들'과 같은 존재였다.

하지만 둘의 관계는 오랫동안 긴장감이 흐르는 상태였다. 딸을 다른 남자에게 빼앗긴다는 아버지의 힘겨운 상실감 때문만은 아니었다. 잔소리가 심한 늙은 퇴역 장교 같은 그가 보기에 새로 이사 온 리히터의 일상적인 모습은, 엠마의 신랑감으로 상상했던 인물과는 전혀 다른 모습이었기 때문이다. 교수는 대단히 보수적이고 민족주의적인 태도를 보였으며, '열일곱 살'에 장교가 된 것을 자랑스러워했다. 그는 '교수님'으로 불리기를 원했고, 가족 같은 리히터에게도 예외를 허용하지 않았다. 그는 지배적이고, 권위적이었으며, 일정한 거리를 유지하는 것에 의미를 부여했다. 학생인 리히터를 '의심스러운' 태도로 대했고, '마치 장교처럼 위에서 내려다보듯이' 다루었다. 두 사람은 전혀 다른 세계에서 살고 있었다. 리히터는 자신에 대한 오이핑어의 경멸을 느꼈다. 그 경멸은 젊은 사람을 격분하게 하는, 보통 노인들이 보이는 과소평가하는 태도를 넘어선 것이었다. 그는 온갖 잔소리를 들어야만 했다. 화가는 지금도 그 생각을 하면서 고개를 절레절레 흔든다.

리히터는 의사도, 학자도, 공무원도 아니고, 그저 '자유로운 화가'일 뿐이었다. 배고픔을 참아내야 하는 예술을 하는 엠마의 장래 남편감은, 주임 의사에게는 틀림없이 의심스러운 존재였으리라. 그는 가족과 친하고, 환상이라는 낯선 행성에서 온 이 젊은이를 불신의 눈으로 관찰했다. 게다가 그 대학생은 아주 대담하게, 작정이라도 한 듯 이상한 옷을 입고서 그의 집에 들어왔다. 오이핑어의 훈계하는 듯한 어조는 그가 화가를 게으름뱅이와 동일시하고 있으며, 근본적으로 서로 다르지만 그들의 관계에서 사회적으로 우위에 있는 사람이 누구인지를 딸의 애인이 착각하지 않도록 분명히 드러냈다. 숨김없이 드러나는 악의, 자신의 딸이 협잡꾼을 낚았다는 데서 생겨난 악의가 오이핑어의 얼굴에 그대로 드러났다. 훗날 리히터 부부가 이혼했을 때 그는 자신의 생각이 옳았다고 생각했을 것이다. 오이핑어와 리히터의 관계는 최대한 거리를 유지하려는 답답한 관계가 되었다.

5부

그림들

내 그림은 나보다 더
영리하다
게르하르트 리히터

비밀 작품

　전출입대장을 보면 '91'번지 집에서 1953년 4월 7일부터 1961년 3월 30일까지 리히터가 거주했다고 기록되어 있다. 모두 맞는 말은 아니다. 왜냐하면 1961년 2월에 그는 이미 서독으로 도망쳤기 때문이다. 리히터는 긴 이별을 위한 짧은 편지를 교수인 하인츠 로마르에게 보냈다. 편지에는 떠나는 것은 유감이지만, 떠나는 것을 사과할 생각은 없다고 썼다. 그의 선생은 그와는 달리 서독에서 소련군 점령 지역으로 넘어왔다. 탈출하기로 계획한 날 오후에, 리히터는 몹시 갖고 싶어 여러 친척 아주머니들에게 재정적 도움을 받아 구입한 트라반트 자동차를 치과 사무보조원에게 싼값에 현금을 받고 팔아버렸다. 그는 정확한 금액을 기억하지 못했다. 학창 시절 친구인 빌란트 푀르스터의 기억 속에는 그가 '자동차를 소유한 유일한 대학생'으로 남아 있다. "리히터는 가난한 삶 이외에도 다른 삶이 있다는 것을 알고 있었죠."

리히터는 탈출하기 얼마 전에 레닌그라드와 모스크바를 돌아보고, 사회주의에 대한 환상에서 벗어났다. 지상 낙원이라는 소련을 직접 보고 난 뒤에, 그는 결국 공산주의에서 벗어나게 되었다. 돌아오는 길에 여행 가방을 이미 서베를린에 놓아두었다고 말했다. 그는 '자유의 벚꽃 동산'을 갈망했다. 서독으로 가기 위해서라면 모든 것을 포기할 준비가 되어 있었다. 그는 드레스덴에서 엠마를 데려갔다. 더는 동독의 그 무엇도 한 쌍의 남녀를 붙잡아둘 수는 없었다. '저편으로 넘어가기 위해' 친지 한 명이 그를 '매끈하게 생긴 하얀 스코다 무개 자동차'에 태워 베를린으로 데려갔다. 영화 같은 짓눌린 분위기 속의 한 장면이다. 리히터 부부는 위장을 하기 위해 시장바구니에 토마스 만의 책 몇 권을 담고, 도시를 통과하는 급행열차를 탔다. 짐이 서베를린에서 그들을 기다리고 있었다. 그는 '그렇게 쉽게 성공을 했다는 사실'에 놀라워했다. 1961년 2월의 일이었다.

국경을 워낙 자주 넘나들던 리히터는, 정확한 날짜를 기억하지 못했다. 어쩌면 2월 마지막 날이었을 수도 있다. 첫 번째 정착지는 빌헬름스하펜에 정착한 엠마의 부모 오이핑어의 집이었다. 장인은 주립병원 잔더부쉬의 주임 의사였다. 예술가는 기센 시에 있던 임시 망명인 수용소에 배정되었다. 2층 침대와 구동독 시민들에게 환영 선물로 주는 여러 가지 멋진 물건이 있었다. 자리바꿈을 오랫동안 생각했고 면밀하게 계획했는데도, 자리바꿈 뒤에는 엄청난 손실이 생겼다. 그들은 황급히 달아났다. 그가 자신의 모든 예술품을 드레스덴에 남겨둔 것은 신중함 이상이었을 것이다. 그것은 새로운 출발을 위해 지불한 대가다. 리히터는 그때까지의 작품을 잃는 것을 대가로 준비하고 있었다.

지금까지 출간된 리히터 작품 목록 어디에도 드레스덴 아카데미 시절에 한 작업을 '초기 작품'으로 분류해 언급하지 않는다. 그는 1962년 '책상'이라는 제목으로 연 전시회를 자신의 첫 공식 전시회로 간주했다. 동독을 떠난 다음 해에 연 전시회는, 이전의 단절을 강조했다. 1996년 <작품 번호 1>은 86만 마르크에 팔렸다. 동독 시절의 수많은 그림은 그의 집에서 사진으로만 볼 수 있다. 그것은 마치 봉인된 채 개인 사진첩에서 휴식을 취하는 것 같다. 가끔씩 전시 도록이나 신문 기사에 모사 작품이 언급되기도 한다. 그 외에는 개인사에 생긴 빈 공간들. 그의 전직 조수 디트마 엘거는 다음과 같이 설명한다. "게르하르트 리히터는 초기 작품과 어떤 연관도 맺고 싶어 하지 않았어요."

그의 친구 빌란트 푀르스터는 리히터가 도망치기 전에 공개

처형이라도 하듯이 모든 그림을 불태웠다는 소문을 퍼트리기도 했다. 리히터는 국가안전국이 앞장서서, 두고 온 자신의 작품을 압수했을 수도 있다고 추측한다. 한때는 그의 작품이 동독에서 도망친 다른 화가들의 작품과 함께 독극물 보관 금고에 들어 있다는 소문도 있었다. 그런 그림이 엄청 많았다. 아카데미에서는 물자가 부족했던 시기에 보관소에 넣어둔 리히터의 그림을 꺼내, 그에게 한 번 더 벌을 내리려는 듯이 다른 그림을 덧그렸다는 소문도 돌았다. 제일 친한 친구와 사람들은 1968년 해프닝 공연 때 다양한 그림이 화염 속에 사라졌다고 주장한다. 어쨌든 이 예술가가 자신의 동독 시절을 오랫동안 인정하지 않았다는 것은 맞는 말이다. 이런 이유로 아직 연구되지 않은 광범위한 이 시기에 매혹적인 아우라가 생겨났다. 이 시기를 연구한 박사학위 논문은 지금까지 출간되지 않았다. 리히터가 비너 슈트라세에 남겨둔 작품들의 행방이 거의 알려져 있지 않다는 것 역시 맞는 말이다. 수채화와 소묘 100여 점이 있었다고 한다. 그는 그것들을 잃어버린 간주해야 했다.

그는 50년이 지나서야 서서히 동독에서 보낸 회색빛이 주조를 이룬 초기 시대를 받아들인다. 그렇게 되기까지는 극단적 사건인 통일과 2002년 일어난 엘베 강 홍수, 작품 수십 점을 드레스덴에 있는 알베르티눔 미술관에 기증하는 아주 고귀한 행동이 함께 이루어져야 했다. 현재의 작센 지방과 그의 기억 속에 있는 작센 지방이 좀 더 가까워지기 위해서는 시간이 필요했다. 리히터는 오랫동안 분리되어 있던 시기가 지난 뒤에, 옛 그림이 그런 접근을 가능하게 할 것이라고 미리 짐작할 수는 없었다.

1989년 4월 뮌헨의 예술 작품 수집상 한스 요하임 K는 크로이츠베르크 중고 서점에서 마야코프스키 초상화를 샀다. 리히터가 함부르크 미술전문대학에 초빙교수로 재직하는 동안 그도 같은 대학에 있었다는 사실을 고려하지 않는다면, 그는 그때까지 리히터에 관해 아는 것이 거의 없었다. BMW 자동차 회사 직원이던 그는, 뮌헨 본사 로비에 걸려 있는 세 점의 거대한 추상 작품 옆을 지나다녔다. 프랑크푸르트에 전시된 슈탐하임 연작도 보았다. 왜냐하면 이전에 월간 정치·문화 잡지 ≪콘크리트≫에서 읽은 겪어본 울리케 마인호프에 대한 호기심 때문이며, 뮌헨의 '린트부름스튀버를' 교도소에서 안드레아스 바더가 수감된 것을 보았기 때문이었다.

마야코프스키에 관한 대화를 우연히 들은 서점 한구석에 있던 중년 남자가 전문가 같은 이의를 제기하면서 대화에 끼어들었다고 K가 말한다. 어느 순간에 칼 마이Karl May라는 이름이 언급되었다. K는 모험담을 쓰는 작가의 영향에서 여전히 벗어나지 못한, 다 큰 어른이었다. 바이에른 사람 K는 마이에 열광해 이미 많은 돈을 쓴 사람이다. 감수성이 예민한 아홉 살에 『사막을 지나서』라는 책을 읽었는데, 쉰일곱 살이 된 지금도 그 소설 첫 부분을 낭송할 수 있었다. "그것이 정말 사실인가……?" 그는 열세 살에 사람들이 마이 책에서 낭송한 모든 문장을 해당 작품과 바르게 연결할 수 있었으며, 65권을 순서대로 암기할 수 있었다. 그건 누워서 떡먹기였다. K는 비네투의 전설적인 '은제 장총'을 들고 아파치 추장처럼 자랑스럽게 사진을 찍었다. K는 존경하는 영웅의 영향권을 벗어난 분야에서는 계산속이 몹시 밝은 사람이었다.

중고 서점에서 대화를 듣던 사람의 이름은 베른하르트 슈튀브너로, 동베를린에서 온 방문자였다. 이 연금 생활자는 언제라도 장벽을 넘어올 수 있었다. 그의 부모는 예전에 호엔슈타인 에른스트탈에서 칼 마이와 같은 거리에서 살았다. "그 사람은 우리 도시에서는 보잘것없는 존재였죠." 슈튀브너가 말한다. K는 우연이 아니라 특별한 지시로 생각했고, 그는 그 지시를 믿었다. 이로써 그는 그의 일생에서 제일 중대한 결과를 낳을 결정을 내리게 된다. 알렉산더플라츠에 있는 제대로 알지도 못하는 남자의 집을 방문하겠다고 약속한 것이다. K는 다음날 국경검문소를 지나갔다. 경제학 석사학위가 있고 정보 처리 전문가였던 그는, 유명한 세 명의 테너 가수 중 가장 뚱뚱했던 가수와 체격이 같았다. 그는 육중한 몸으로 계단을 올라갔고, 실수 또는 흥분해서<small>어쩌면 둘 다였을지도 모른다.</small> 처음에는 한 층 아래 사는 시인 울리히 플렌츠도르프의 초인종을 눌렀다. 마침내 그는 슈튀브너의 커다란 집에 당도했다. 소파 위에는 리히터의 그림, 1959년에 그린 정물화가 걸려 있었다. 집주인은 78×48센티미터의 이 그림을 마치 아무것도 아닌 듯이 가리켰다. "게르하르트 리히터의 그림입니다! 당신들이 자랑하는 리히터의 그림이죠!" 훌륭한 그 그림은 그동안 돌고 돌아 먼 곳까지 갔다가 2002년 뉴욕의 미술 견본 시장에서 65만 달러라는 가격표를 달고 동독 정부에 압수되었다는 틀린 설명을 붙인 채 걸려 있었다. 슈튀브너는 매우 광신적으로 괴테 초판본을 수집했다. 그는 현대 예술보다는 초판본에 관해 훨씬 더 잘 알고 있었다. 하지만 그는, 한 여자 수집가에게 바이마르 고전주의자의 희귀본을 귀중하지만 잘 알려지지 않은 리히터의 초기 작품과 교환할 만큼 정신 나간 사람이기도 했다. 그 여인은 리히터의 작품을 판매해서 생긴 이익으로 미국에서 새로운 삶을 시작하려고 했다. 현재 그녀는 다시 돌아와서 독일에서 살고 있다.

점잖게 이야기하자면 슈튀브너는 눈에 띄는 인물이다. 예술 전문가라는 특수한 신분 때문에 그는 계급 없는 동독 사회의 최고위층과 너나들이하는 사이였다. 한 일화에 의하면 그는 에리히 호네커를 위해 생일 케이크를 구웠다고 한다. 그는 노르만슈트라세에 자리 잡은 국가안전국 본부 옆에 서 있는 건물에 위치한 장관 집무실을 장식하기 위해, 정권에 충실한 화가 볼프강 프랑켄슈타인을 소개했다. 1971년 베를린 장벽 축조 10주년을 기념하기 위해 위탁받아 제작한 작품이 지금도 짙은 붉은색 양탄자가 깔려 있는 밀케의 회의실에 걸려 있다. 슈튀브너의 귀중한 책은 박물관에 보관할 만한 가치가 있다. 충실한 동독 시민인 그는 괴테 이외에도 아르놀트 츠바이크의 귀중한 판본도 보관하고 있으며, 헤르츠펠데라는 가명으로 알려진 존 하트필드의 작품을 완벽하게 분류해서 보관하고 있다. 모든 작품에는 이중의 헌사가 쓰여 있었다. 그의 아버지는 서명이 된 칼 마이의 책을 남겼다. K와 같은 사람을 미치게 할 만한 아주 귀한 책이었다. 이 노련한 빵의 달인에게는 나쁘지 않은 수집 목록이다. 슈튀브너는 배급된 석탄의 화력에 만족할 수 없었기 때문에 자신의 기술을 포기했다. 그는 부수적으로 문학과 예술에 몰두했으며 빵

만드는 작업실에서 드레스덴의 '국립 예술품 거래 회사'로 자리를 옮겼다. 그곳에서 길은 다시 동베를린 칼 마르크스 알레에 있는 인민소유 예술상회로 향해 나 있었다.

그곳에서 리히터의 소중한 작품 중 어떤 작품이 몇 점이나 그의 손을 거쳐 갔는지, 누가 그것을 제공했는지, 그림을 어디서 구했는지 등에 관한 많은 추측과 소문이 있었다. 이야기를 교묘히 전개하는 사람의 모든 문장을 모두 진실로 간주할 수는 없다. 이전에 그는 "수다스럽고, 호기심 많고, 뻐기기 좋아한다"는 특징 묘사와 함께 '세라믹'이라는 암호로 불린 국가안전국의 감시망에 걸려들기도 했다. '국립 예술상회' 지하 창고에 있는 재고를 조사했을 때, 그의 말에 의하면 리히터의 그림도 있었다고 한다. "제 판단으로는 전부 15점이었습니다." 전문가의 눈을 가진 그가 평가하고 보증한 "그 그림들은 예술적으로 흥미 없는 것이 아니었으며 사라져서는 안 되는 것이었다." 슈튀브너는 화가를 알지 못했지만, 그 그림을 샀다. 괴테라는 항목에서 그의 기억력은 빛을 발휘하지만, 그림 값으로 얼마를 지불했는지는 기억에서 사라지고 없었다. 고가였기 때문에 그는 고향에 있던 '어머니'에게 돈을 빌려줄 수 있는지 물어봐야만 했다. 그가 1,500동독 마르크를 지불했다고 해도, 그처럼 저렴하게 작품을 구할 기회는 다시는 없을 것이다.

K와 슈튀브너 두 사람은 오랫동안 찾다가 마침내 만나게 된 사람들 같았다. 두 사람은 강박적 특성을 지녔다는 점에서 서로 닮았다. 수집은 두 사람이 서로를 알아보게 한 열정이었다. K는 1970년대 말기에 마오쩌둥 어록을 팔아서 처음으로 100만 마르크를 벌었고, '독일 공산당 마르크스-레닌주의자' 정당의 당원으로서 뛰어난 사업 감각이 있다는 것을 입증했다. 그러나 그렇게 생긴 이익금으로 스탈린 전집을 재정적으로 지원하려 한 생각은 별로 바람직하지 못한 것이었다. 그는 가끔 그런 과거가 부끄럽다고 말했다. 오늘날 그것은 사업가가 감수해야 하는 위험한 사업에 투자된 자본에서 특정한 자리를 차지하는 것일 뿐이다. 나중에 그는 약삭빠른 소프트웨어 전문가로 변신했다. 인터넷이 그의 세계관이 되었다. 대개 그는 터질 듯이 꽉 찬 서류 가방 두 개를 들고 왔다. 무엇이 들어 있는지 알 수 없는 그 서류 가방 속에는 노트북과 화가 리히터에 관한 기사가 적어도 한 편씩은 들어 있다. 그가 원하는 건 리히터가 그린 마이 그림일 것이다. 그것을 얻기 위해서라면 감당할 수 없을지라도 재정적 모험 속으로 뛰어들 것이다. 그가 마이와 맺고 있는 관계는 낭만적이다. 리히터와의 관계는 전혀 감상적이지는 않지만 강박에 사로

잡힌 관계다. 간단히 말하자면 슈튀브너는 그에게 초기 작품 5점과 스케치 2점을 넘겨주었다.

그 후 이 뮌헨 사람은 무한한 리히터의 세계를 컴퓨터로 정복해갔다. 세계적으로 리히터와 관련된 그보다 나은 데이터베이스를 소유한 사람은 없다. K는 곡선과 도표로 리히터의 호황을 표현할 수 있다. 한꺼번에 '한 해의 최고 가격', 최저 상태, 가격 동향을 가파른 붉은 곡선으로 나타냈다. 그 곡선은 그가 만족할 수 있을 만큼 위쪽으로 향했다. 일본 시장이 반응하거나 조만간 어떤 판매자가 리히터 작품을 싼값에 제공할 수도 있지만, 어떤 것도 K는 놓치지 않을 것이다.

유혹에 빠진 그는 비너 슈트라세 91번지 집의 먼지가 가득한 다락방에서 서류 봉투, 설계도, 치타우 공모전에 보내려고 준비한 커다란 편지봉투를 찾아냈다. 그는 1961년 4월 12일 리히터의 작업실로 이사를 온 H 씨의 집 초인종을 눌렀다. 이사를 온 집주인에게 그날은 역사적인 날이었다. 몰래 달아난 화가 때문이 아니라 가가린이 그날 우주 비행에 성공했기 때문이었다. K는 집안을 둘러보았다. 가구가 매우 친숙하게 여겨졌다. 그는 슈튀브너에게 넘겨받은 그림 <실내 풍경>에서 그것을 보았다고 생각했다. "그곳에 아직도 소파가 있습니다." 그 사이 소파는 사

〈실내 장식(드레스덴 비너 슈트라세 91번지)〉 1960년, 73×99cm

라졌지만, 그는 여전히 그림을 소유하고 있다.

　작업실에 남겨둔 리히터의 그림들이 어떻게 사라져서 유통되다가, 기름진 먹이처럼 최종적으로 베를린에 도달하게 되었는지는 추측할 수밖에 없다. 하지만 누군가가 리히터의 작품을 동베를린 가게로 계속 넘겨주었을 것이다. 그러는 동안 드레스덴에서 압수되어 보관하던 작품 중 특히 질 좋은 작품들이 비스바덴 슈타른베르크 호숫가에 있는 변호사 사무실, 치타우 근처의 여의사 병원에 걸려 있었다고 한다. 예전에 리히터를 치료했던 의사도 한 점 소유하고 있다는 소문이 있었다. 슈튀브너는 문화행정관에게 집들이 선물로 <앉아 있는 여자>를 선물했다. 다른 그림은 동독 마르크를 받고서 드레스덴 동판화 보관소에 팔았다. 또 어떤 그림은 엘베 강가의 도시에서 개인 소유로 넘어갔다. 슈튀브너는 파울 빌헬름이라는 동독 작가의 작품을 얻기 위해 교환 거래에서 가격을 매길 수 없는 리히터의 작품을 싼값에 넘겼지만, 자신이 손해를 봤다고 생각하지는 않았을 것이다. 교환하거나 구입할 때마다 그들은 리히터의 장인 오이핑어에 관해 수군거렸다. 서독에서는 아무도 모르는 일을, 드레스덴에서는 거의 모든 사람이 알고 있었다. "암, 흠이 있지. 그는 3제국에서 거물 의사였어." 시기하는 사람, 사회주의통일당의 강경파, 남아 있던 사람들의 험담, 특히 아카데미에서 돌던 험담은 리히터가 나치의 인척으로 동독에서는 무엇도 할 수 없었기 때문에 서독으로 갈 수밖에 없었다는 주장으로 발전하기까지 했다. 나는 드레스덴에서 리히터가 그렸던 처녀를 찾는 일부터 시작했다. 나는 그가 오랫동안 살았던 91번지 집에서 시작했고 이 집의 실제 주인이 친위대 영관 장교였던 하인리히 오이핑어라는 것을 알아냈다. 서로 다른 것이 동시에 일어났기 때문에 한 발자국만 더 가면 바로 마리안네 이모와 그녀의 무덤에 관한 진실에 도달할 수 있게 되었다.

두 가지 척도

리히터의 아버지 호르스트는 당원번호 2452292번으로 드레스덴, 라이헤나우, 발터스도르프 지역 나치당에 등록되었다. 프란츠 숄체가 지구당 위원장이었고, 학생들에게 히틀러 식 경례를 요구했다. 그는 분명 순진했을 것이다. 사무실 소파에는 꿰매 놓은 나치 십자가가 있었다. 그것만 보더라도 러시아인들이 그를 데려갈 이유는 충분했다. 숄체는 두 번 다시 모습을 보이지 않았다. 보잘것없는 나치 당원이던 리히터는 동독 시절에 하층민으로 떨어졌다. 아마도 나치당원 신상 카드에 '라이헤나우 나치 교사협의회 의장'으로 적혀 있었기 때문일 것이다. 거물급 친위대 장교였던 오이핑어는 사회주의통일당에서 정중한 대우를 받았다. 능란하게 수완을 발휘해 살아남은 오이핑어는 새로운 상황에 매끈하게 적응했다. 사위 리히터는 1966년 오이핑어의 부르크슈테트 병원 전경을 전시회 선전 포스터에 인쇄했고 멋진 건물 위에 가로로 리히터라는 이름을 적어 넣었다. 내가 보기에는 주임 의사 오이핑어에 대해 잘못된 판단이 내려졌던 것 같다. 1950년 2월 1일 시작된 계약은 1956년 12월 31일에 끝났다. 개인 기록 서류에 그렇게 적혀 있었다.

이 산부인과 의사는 나치에 봉사했고, 사회주의자에게 봉사했으며, 자본주의자들에게도 마지막 순간까지 봉사했다. 전선을 바꿀 때마다 같은 여비서가 한결같이 그의 옆에 있었다. 그녀는 없어서는 안 될 재산목록에 속했다. 오이핑어는 보호를 받았던 사람의 긴 삶을 살았고, 자신의 역할을 정직하게 성찰하도록 강요받은 적도 없었다. 일정한 기능을 담당했던 엘리트의 대표자이던 그는 이 병원, 저 병원, 다시 다른 병원에서 결정권자로 일했다. 그는 행운아였다.

훗날 오이핑어가 나치 시대를 되돌아보게 되었을 때 그의 기억 속에서 친위대 부분은 완전히 사라졌다. 그는 그것을 의사로서 지켜야 할 비밀로 만들었고, 과거의 것을 어두운 심장 속에 감춰버렸다. 1945년 중반에 올바른 민주주의자로 서서히 변화하기 위해 드레스덴 시장이 요구한 문서에 꾸며낸 내용을 적었다. 전출입 명부를 보면 그는 '1945년 5월 7일' 나치당을 탈당했다고 분명히 기록했다. 하지만 "친위대 대원이었나……?"라는 질문에는 회피하는 듯한 거짓 답변을 했다. "1936년부터 민간인 친위대 대원의 여성 가족을 위한 산부인과 조언자 역을 명예직으로 수행했다." "친위대 신분에 맞게 열성적으로 힘을 쏟았기 때문에" 상관들의 도움으로 진급했으며, 그 과정에서 친위대 영관 장교와 히틀러를 결합시킨 충성의 맹세는 이미 깨졌다. 자신의 행위에 책임지는 태도는 그에게 어울리지 않았다. 그의 뚜렷한 자아는 어떤 회의도 용납하지 않았고, 이것은 눈앞의 심연으로 추락할 뻔한 그를 구해냈다. 오이핑어의 마지막 의지라도 되는 것처럼 다시는 누구도 그 금기를 건드리지 않을 것이다. 대신 드레스덴 시기가 '활력 넘치는 병원 일'로 가득 찼던 것처럼 상상되었고 나중에는 거기에 일상의 겉모습까지 부여되었다. 여류화가 로제 베히틀러가 연관된 특별히 악명 높은 사건에서처럼, 그 시기에 오이핑어는 자신이 신뢰할 수 있는 사람이라는 것을 증명했다. 그는 당의 노선에서 벗어난 적이 없었다. 드레스덴에서 강제 불임수술을 거부한 적이 단 한 번도 없다고 알려져 있다. 그가 인생의 정점에 도달했던 것은 나치 시대, 프리드리히슈타트 병원의 M 병동이었다. 그 병원에서 그의 전화번호는 25101이었다. 그는 부분적 기억 상실이라는 재주를 부려 이 사실을 자신의 인생 대차대조표에서 언급하지 않았고, 극단적으로 거부했으며, 오히려 그가 지닌 의술의 전설로 감싸버린 부끄러운 사실들이 있다. 오이핑어는 왜곡해서 회고하면서도 동요하지 않았으며, 시립병원 산부인과에서 재직한 시절이 "가장 행복했던 시기였다"고 선언했다.

의사가 눈에 띌 정도로 부족했을 때 동독은 하인리히 오이핑어가 비밀에 부친 사실을 확인하는 것에 흥미를 보이지 않았다. 부르크슈테트의 주임 의사는 자신의 이력을 이리저리 계속 고쳐댔고, 비록 몇 개이기는 하지만 결정적으로 진실에서 벗어났다. 그는 나치 시대에는 '지원병'으로 제1차 세계대전에 참여했다고 강조했고, 전선에서의 경험을 직접 강조했다. 연대 기록에 의하면 그는 '산전수전 다 겪은 예비역 소위'였다. 정확하게 그렇게 표시되어 있었다. 제복 상의 없이는 생각할 수도 없는 예전의 장교의 자세는, 이제 사회주의에서는 어울리지 않았다. 오이핑어는 영리하게도 군장을 풀고, 복무 사실을 재빠르게 조심스러운 미사여구로 언급했다. 충분히 그럴 이유가 있었다. "제1차 세계대전 발발과 함께 나는 군복무를 하기 위해 소집되었다!" 유사하지만 약간은 차이가 나는 변형된 이야기 속에서 그는 오해의 여지가 없이 명백한, 그에게 내려졌던 친위대의 지시·진급 통보·증거를 수정했다.

이렇게 교묘한 수정을 통해 곧 드레스덴 프리드리히슈타트 병동 41, 즉 강제 불임수술을 받아야 하는 환자들이 대기했던 장소의 복도에 깃들어 있는 답답한 진실이 감춰졌다. 녹색 수술복을 입은 오이핑어는 항상 같은 속임수로 사실을 비껴갔다. 그는

'산부인과 업무를 완수했을 뿐'이라고 말한다. 제국이 망한 뒤, 나치 '당원 신분'이었기 때문에 드레스덴 병원 과장직에서 해고 되었고 밀베르크 수용소에 수감되었다는 진술도 역시 거짓이다. 러시아 원본 서류에 의하면 그가 '친위대 대원'이었다는 것은 분 명한 사실이기 때문에 수용소로 가게 된 것이다. 이렇게 보면 그 의 90번째 생일을 기념하기 위해 빌헬름스하펜의 지역 신문에 실린 축하 인사말도 정확한 것은 아니었다. 축사에서는 그를 박 해자로 단순화해서 묘사했다. "그는 도시가 점령되자 3년 동안 러시아 군인들에게 포로로 잡혀 있었다." 오이핑어는 그해 여름 에 자유롭게 활보했고, 가을에 특정한 이유로 체포되었다.

교수는 전쟁 후 자신의 손으로 직접 나치 전력을 벗겨냈다. 3제 국이 그와는 아무 상관이 없다는 듯이, 그는 새로운 이력을 만드 는 데 몰두했다. 그와 같은 사람들이 상류층에 속해 있던 당시는, 매우 이상한 시기였다. 그는 간단히 잘못을 덮어버리고 쉽게 추 악한 행동에서 벗어남으로써, 손수 잘못을 벗어던진 많은 출세주 의자 중 한 사람이었다. 서툴지 않게 진실을 회피하는 방법을 완 벽하게 다듬었고, 중요한 것을 언급하지 않거나 좀 더 밝은 색채 를 부여했다. 그러는 데는 오랜 시간이 걸리지 않았다. 곧 그는 이 전의 전투 질서를 다시 세웠다. 오이핑어는 늘 조직의 우두머리가 되었다. 부르크슈테트 '자유 독일노조연맹의 회원'이 되었으며 그것으로서 사회주의통일당과 연결되었다.

1933년, 정확하게 말하면 9월 8일에 이 전직 주임 의사는 기꺼이 다음 사항을 확인해주었다. "이것으로써 나는 결코 독일 사회민주당과 어떤 관계도 갖지 않았다는 것을 선언합니다……." 이제 오이핑어는 공산주의자들과 나란히 행진했다. 리히터가 그 집으로 이사한 1953년에, 교수는 '독일의 민주적 갱신을 위한 문화연대, 부르크슈테트 지부'에서 '뛰어난 공적을 쌓은 인민의 의사'로 추천된다. 그는 칭호에 부합되는 앞면에 로버트 코흐의 고상한 모습을 새긴 부착용 핀이 달린 메달을 가슴에 달았다. 심장이 뛰고 있는 '왼쪽 가슴'에, 예전에는 친위대 표시가 달려 있던 바로 그곳에 말이다. 1945년까지 친위대는 이 의사를 신뢰했고, 나치의 세계관에 대한 그의 태도가 '긍정적'이라고 평가했다. 이제 1954년 7월에 사회주의통일당의 지구당 서기는 예전의 친위대와 유사한 필체로 당의 지시를 발표했다. 오이핑어는 '아주 진보적으로' 생각한다고 말했다. 사회주의통일당 시 지도부는 '도브리츠와 프란츠가 서명하고 사회주의 식의 인사 문구가 쓰여 있는' 수상자 후보 제안서에 찬성했다. 마찬가지로 병원 직원들도 그가 선발되기를 만장일치로 기원했다. 그 근거는 '그가 민주공화국

건설에 활발하게 참여했다'는 것이었다.

1939년 나치는 오이핑어를 '친위대 의사로서 모든 자리에 적합한', '흠 없는 친위대원'으로 지위를 높여주었다. 1942년 친위대 장성인 보이르쉬는 그가 '합당하게 친위대원임을 드러낼' 수 있기를 바랐고, 그래서 칼 모양이 없는 2급 전공 십자훈장을 수여했다. 그 훈장은 전선의 철십자 훈장과 같은 것이었다. 나치 시대에 그는 다른 의사들보다 더 많은 봉급을 받았다. 이제 공산주의자들은 '전문적이고 인간적인 태도' 때문에 오이핑어를 치켜세웠고, 특별한 재정적 특권이 있는 그를, '개별적으로 계약을 맺을 자격을 갖춘 사람'으로 격상시켰다.

무엇이 더 남았는가? 부르크슈테트에서 오이핑어는 혈액은행을 세웠다. 그의 부하 직원들은 그가 '산욕열·성홍열 환자가 입원한 병실에 페니실린 치료'를 도입했으며, 병상을 50개에서 300개로 늘렸다고 칭찬했다. 그들은 '모든 사람의 마음을' 잡아끄는, 그의 '자애롭고 편안하게 해주는 태도'를 칭찬했다. 그는 환자들에게 '세심한 심리적 이해심을 보여주었다'고 했다. "위험에 처한 환자를 보면, 아무리 많은 희생과 노력일지라도 그에게는 감당할 수 없는 것이 아니었다." 표면적으로 상황과 화해한 그는 '도시의 지식인 모임'에도 참석하고, 그의 진술에 따르면

'로흐리츠 지역 평화위원회' 위원으로 활동을 했으며, '독일과 소련 우정협회'에 가입하기도 했다. 전체적으로 보면 전선을 바꾸는 것은 심리학에서 도약 행위로 표시되는 증후로 분류할 수 있을 것이다. 파시스트에서 파시스트 반대자로 변하는 것은 거의 자아 징벌에 가깝다. 이것이 기회주의의 대가로 오이핑어가 지불한 것이다. 다른 독재 체제에서 자신의 행위를 확신했던 그는, 정신병 환자들에게 불임수술을 하지 말아야 할 이유를 전혀 발견하지 못했다.

이 교수는 비록 일관성을 띠기는 하지만, 우습게도 희생자 속으로 살그머니 기어든다. 그는 뮐베르크 수용소에서 몇 년을 끔찍하게 보내야만 했다고 말했다. 아버지가 러시아인들에게 잡혀가면서 겪게 된 재정적 어려움으로, 엠마는 재단 기술을 배워야만 했다고 말했다. 오이핑어는 노년에, 호라츠에게서 차용한 구호 의역하면 "어려운 시기에도 자세를 유지하라"라는 구호를 인용하면서 비탄에 잠긴 채 간접적으로 그 사실을 언급했을 것이 분명하다. 그리하여 3년도 채 안 되는 구금이 하늘까지 닿을 만큼 부당했다는 인상을 불러일으켰다. 리히터는 식구들이 뮐베르크 수용소에 관해 하는 소리를 듣지 못했다. 그 대신 늘 '강제 노역장'이라는 말만 했다. 동독에서 박해받은 사람들에게 그것은 끔찍한 장소를 나타내는 주소였다.

하인리히 오이핑어는 전형적 독일인이었다. 히틀러에 관한 어떤 이야기도 듣고 싶어 하지 않는 인민의 열렬한 동의를 얻어, 그는 다시 혜택받는 위치에 서게 된다. 예순세 살의 교수는 올덴부르크 병원에 채용되었다. 그해에 친위대 상관이던 보이르쉬는 10년의 금고형을 받았다. 주립 병원 잔더부쉬에서 의사들과 간호사들은 "아버지와도 같은 오이핑어, 당신은 우리 직업을 대표하는 인물입니다"라고 경배했다. 그가 난관을 뚫고 성공할 수 있었던 것은 심오한 재능과의 연관만이 아니라 자신을 치료하는 주임 의사에 대한 환자들의 생각과도 연관된다. 여성들 사이에서 산부인과 의사들은 특별한 지위, 즉 분만 겸자鉗子를 이용해 좋은 일만 하는 영웅의 지위를 누린다. 이 같은 분위기가 오이핑어를 둘러싸고 있었고, 동독과 서독에서 그를 빛나게 했다. 모든 것이 정상으로 되돌아왔고, 교수는 도덕적으로 완벽한 사람이라고 자처할 수 있었으며, 그의 삶은 그의 말이 옳았다는 것을 보여주었다.

엠마와 리히터는 1957년 동독 니더작센의 잔데에 있는 오이핑어 집에서 결혼식을 올렸다. 오이핑어 부부는 보릅스베데로 떠나는 신혼여행 경비를 지불했다. 다른 때는 인색했던 의사가 이

때는 후원자였다. 예술가 부부는 한동안 그에게 의존했다. 그 뒤 리히터는 첫 성공을 이뤄냈다. 먼저 학위와 드레스덴 위생박물관의 벽화가 그것이다. 지금 쾰른 작업실에서 '개인적인 것'이라는 제목의 서류철을 펼친다. 그 안에는 결혼, 출신, 증명서와 같은 가장 사적인 서류가 들어 있다. 그는 증서를 꺼내 내 앞에 있는 탁자 위에 놓았다. '석사학위 취득 예정자 게르하르트 리히터'는 '최우수' 등급의 성적을 받았다. 그는 스물다섯 살에 국가의 지원을 받는 화가로 선발되었다. 이것은 예술 작품을 위촉하는 과정에서 정부가 실시하는 통제를 받아들이겠다는 것을 전제로 이루어진 것이다. 젊은 리히터가 찬탄한 한스 릴리히가 발터스도르프 초등학교를 위해 엄청난 구도로 그려진 프레스코 벽화가 빛나고 있다. 구름, 산맥, 물, 나무, 춤추는 아이들이 있는, 영원할 것을 염두에 둔 그림이 탄생했다. 아이들은 미래 사회를 바라보고 있으며, 마르크스가 생각한 프롤레타리아의 승리 이후 세 번째 단계가 마침내 실현되었다는 의미다. 정확하지만 지루하게 묘사된 낙원 그림은 동독에서의 직업적 성공을 겨냥하고 있다. '상징적 또는 학문적이고 교육적인 의미 없이 온통 삶의 기쁨에 대한 자연스러운 표현만'을 묘사하고 싶었다는 것이 벽화 제작 당시에 화가가 그림에 덧붙인 설명이었다. 정성을 들여서 모범

노동자를 그린 리히터의 산문 같은 그림은 선동과 구호를 넘어서지 못했다. "내 작업이 얼마만큼 좋은지, 올바른지 또는 잘못된 것인지를 판단하는 것은 관람자의 몫으로 남아야만 합니다."

오늘날에는 생각할 수도 없는 일이지만, 그 같은 미사여구는 당의 일반적인 비판을 받아들이겠다는 마음 상태를 알려준다. 지금 샌프란시스코 박물관을 위해 비교할 수 없을 만큼 대담한 방식으로 그리고 있는 9×9미터 크기의 거대한 벽화를 통해 이전 규모를 뛰어넘고, 활력을 과시하고자 하는 것도 이유가 없는 것은 아니다. 그것은 원천으로의 회귀다. 전형적이지만 리히터의 점진적 성공으로 오이핑어 교수는 리히터와 화해했다. 게다가 리히터가 폐병을 앓은 뒤 포동포동해진 엠마를 버릴 수도 있다는 근심으로 그는 괴로워했다. 리히터는 여자를 매혹할 수도 있었고, 대단한 전문가였으며, 우려할 만큼 매력이 있었고, 기회는 충분했다. 드레스덴 여자들은 매혹적이라고 알려져 있다.

심층의 천공穿孔

리히터는 바람기 많은 남자였다. 하인리히 오이핑어는 동독 시

리히터의 그림을 사진으로 찍은 〈리버만 방식으로 그린 오이핑
어 Eufinger à la Liebermann〉

절에 리히터가 '리버만 양식으로' 그린 그림을 위해 모델이 되어
주었다. 그 유화가 아직도 존재할까? 리히터는 '의심스럽다고' 한
다. 가족들이 보관하고 있을 가능성이 가장 크다. 우표처럼 가장
자리에 톱니 모양이 있는 증거 사진은 남아 있다. 화가는 아무에
게도 그것을 보여주지 않았다. 신 로코코 양식으로 만든 그림 틀
속에 담겨 있는, 특징을 뛰어나게 묘사한 산부인과 의사 오이핑어
는 짧은 소매 옷에, 오른손에 파이프를 들고 안락의자에 육중한

© Gerhard Richter

〈바닷가의 가족 Familie am Meer〉 1956년, 150×200cm

자세로 앉아 있다. 곁에서도 보이는 자족감이 친위대 사진에서 이미 살짝 드러났던 언짢은 기색과 싸우고 있다. 이제 그는 끔찍한 비밀 속으로 물러나 있는 사람이다. 그림의 인물은 "작업의 진지함을 의식했다"고 리히터는 말한다. 오이핑어는 "멈추는 것이 좋겠어. 그렇지 않으면 자네는 그것을 망치게 될 거야"라는 자만에 가득 찬 말로 리히터를 놀라게 했다고 한다.

가족을 그린 연작 중에서는 <바닷가의 가족>이 가장 잘 알려져 있다. 물거품이 일고 있고, 그 앞 모래밭에 두 명의 어른과 두 명의 아이들이 있다. 그의 장인은 활짝 미소를 지으면서 중앙에 있다. 장인의 두상을 스케치한 그림에는 약간의 반감이 섞여 있다. 둥글고 커다란 머리, 깊숙이 벗겨진 머리, 소유한 사람의 오만한 모습. 그것이 오이핑어였다. 하얀 사진 테두리가 효과적으로 둘러진 그림의 뒷면에는 '오이핑어 가족'이라는 손으로 쓴 글씨가 남아 있다. '쾰른과 뉴욕에 있는 오나쉬 화랑'이라는 스티커가 이 그림이 외국에 있다는 것을 증명하기 위해 붙어 있다. 작품 목록 35번인 그 그림은 엠마의 소지품 중에서 발견한 사진을 토대로 제작한 것이며, 그 사진은 1936년에 성공한 그녀의 아버지, 사진을 찍기 얼마 전 주임 의사로 승진하고 친위대원이 된 아버지와 북해에서 보낸 여름휴가의 기념물이었다. 그의 끔찍한 이마가 제대로 포착되어 있다. 그 이마 뒤에는 기분을 언짢게 하는 무언가가 숨어 있었다.

베니스 기차역에서 수상 버스인 바포레토 1번을 타고, 산타 루치아 광장에서 S자 모양의 대운하를 곤돌라로 지나, 나무로 둘러싸인 비엔날레 전시관들이 있는 지아르디니에 도달한다. 리도 섬 방향으로 남쪽에 위치한 유명한 독일 국가관. 1938년 히틀러의 재촉으로 기록적인 기간에 세운 건물이었다. 예전에는 신고전주의적 건물이 있던 자리에, 거대한 것을 좋아하는 파시스트의 전형을 보여주는 기둥들이 솟아올랐다. 나치는 특별하게

도안한 글자 '게르마니아Germania'를 가로로 놓인 돌에 새겨 넣었다. 그 기둥은 리히터의 고향 드레스덴과 구름다리로 연결되었다. 1945년 마리안네 이모가 죽은 2월 16일, 알트마르크트에 있는 전승기념물 '게르마니아' 아래에는 기괴하게 사지가 뒤틀린, 화장을 기다리는 공습의 희생자들이 산더미처럼 쌓여 있었다. 베니스 전시회에서 나치는 요제프 토락이 만든 철제 히틀러 반신 조각상으로 국제적 전시회의 전시 공간을 꾸몄으며, 다음과 같이 요란하게 떠들어댔다. "독일의 예술은 아직도 고상하게 게르마니아의 유물에서 영양분을 섭취하고 있다."

1972년 국수주의 분위기를 풍기는 독일 국가관 건물에서, 국제 예술계는 장차 세계적으로 유명해질 화가를 알게 된다. 그 당시에는 미술계 내부에서만 인정받던 화가였다. 리히터는 전시장 중앙 공간에 3미터 높이로 '초상화 48개'를 하나의 띠 모양 장식으로 보이게 배열했다. 그것은 일종의 정신적 거장들의 판테온이었다. 오이핑어를 둘러싼 수수께끼가 이미 존재했던 것처럼 전문가들은 리히터가 옆 공간에서 <바닷가의 가족>을 전시했는지를 두고 다투었다. 그의 전기를 쓴 작가 엘거는 전시하지 않았다는 '부정적 대답'으로 기울어 있었다. 하지만 본Bonn 미술관그 그림은 장기 대여 형식으로 이 미술관에서 관리했다에서 보여준 문서로 그림이 베니스에서 전시되었다는 것을 확인했다. 비엔날레 도록 50쪽에는 <4인의 가족>이라는 제목으로 그 그림이 실려 있다. 한 남자와 여자 한 명, 소녀 두 명 이렇게 네 명의 인물. 아무도 오이핑어의 친위대 전력에 관해서는 알지 못했다. 브뤼셀, 브레멘, <바닷가의 가족>이 전시된 어떤 곳에서도 그것을 알지 못했다.

오이핑어의 정체를 드러내기 위해 왜 고고학적인 심층의 천공이 필요한지를 사람들은 자문하지 않을 수 없다. 오이핑어의 드레스덴 시기는 많은 퇴적물과 지층으로 이루어져 있다. 이런 이름의 친위대 영관 장교가 그곳에 결코 존재하지 않았던 것처럼, 오이핑어에 대해 흥미를 느끼는 사람들은 따로 떨어져 있는 사항을 어렵게 하나씩 모아서 짜깁기해야 한다. 그것은 희미한 갈색 제복을 입은 사람들을 샅샅이 훑는 조사로 귀결된다. 그에 관한 정보를 발견하기까지 수많은 오류를 범했다. 가끔은 중간에서 누군가가 의도적으로 나의 관심을 목표에서 떼어놓으려는 것처럼 보이기도 했다. 올덴부르크에서 그를 마지막으로 고용한 병원의 문서보관소가 수도관 파열로 물에 잠겨버리기도 했다. 나는 조사를 하기 위해 고무장화, 고무장갑, 앞치마를 항상 준비했다. 그에게 호감을 가진 사람들이 그가 지나간 흔적을 지우기라도 한 것처럼, 몇 시간씩 자료를 뒤져도 흔적이 전혀 나오지 않을 때도 있었다. 매우 잘 알려진 리히터의 그림을 그들은 유심히 살피지 않았다. 그림은 오이핑어를 글자 그대로 표면에 드러냈고, 둘이 함께 보낸 먼 시간으로 다시 이끌었다.

1966년 리히터는 다시 여름 피서지에서 장인의 모습을 그렸다. 오버스도르프에서 휴가를 보내고 있던 오이핑어는 반바지를 입고, 배 앞부분에 망원경을 매고 있는 정직한 시민의 모습이었다. 그 실크스크린 작품은 밝은 녹색과 붉은색이 배경을 이루고 있었다. 다른 사람들과 달리 리히터는 명료하지 않은 특정 모습을 제작 원칙으로 삼았다. 관람자들에게 집중을 강요하는 그만의 방식이다. 그림에서 희미한 것은 기억처럼 스쳐가는 것이 아니라, 오히려 그가 알고 있는 사실이 그에게 섬뜩하게 보이고 현기증을 일으키는 것처럼 보였다. 뒤렌마트 추리소설 『혐의』에 나오는 형사 반장처럼 강박증에 걸린 초상화가는 '그림을 보면 볼수록, 그와는 닮지 않았어'라고 말하려는 것일까? 나치 범죄, 잘못과 죄에 대한 이 이야기가 '존넨 슈타인'이라고 이름 붙은 개인병원에서 벌어졌다는 사실을 특별히 강조해야만 할까?

퀼른에 있는 리히터의 거처는 더 조용해졌다. 마치 먼 곳에서 오래된 주제가 바람에 실려 온 것 같았다. 어쨌든 눈에 띄지 않는 연대기 기록자인 그의 흰 수염은 내향적 성격을 강조한다. "나치 시대의 지위에 대해 나는 아무것도 몰랐어요. 그의 가족들은 내게 그런 얘기는 하지 않았고 미화해서 말했어요." 오이핑어가 친위대의 명예 대원이었으므로, 유명인으로서 어쩔 수 없었다고 했다. 이 의사는 괴벨스나 괴링, 아마도 두 사람의 부인을 치료했다고 리히터는 말한다. "사람들은 오이핑어가 친위대에 소속된 것은 어쩔 수 없는 일이었다고 말했죠." 리히터는 분명하게 밝힌다. "나는 그가 아니라 엠마를 좋아했어요!"

그의 묘사는 아주 친밀하고, 매우 독일적으로 들린다. 그가 무엇을 예감했다고 해도, 마치 귀머거리와 벙어리의 나라에 사는 많은 사람들에게 언어가 부족하듯, 그에게는 그저 단어가 부족했다. 노인과 청년 사이에 본질적인 것은 언급되지 않은 채 남아 있었다. 91번지 저택에서는 암묵적 동의도 필요하지 않았다. 리히터는 질문에, 오이핑어는 대답을 회피했다. 그가 맺은 관계에서 이견을 배제했다. 그들 사이에는 비밀, 마리안네 이모와 비밀로 감춰진 안락사 정책에 대한 비밀이 놓여 있었다. 치욕을 피해 달아나는 도중에 승리의 만세를 부르던 사람과 아이들과 함께한 가정생활에서 3제국의 현실은 금기였다. "항상 내 자신은 제국과 전혀 관련이 없을 것이라고 생각했어요." 서른여덟 살의 나이 차이, 무엇 때문에 오이핑어가 미래의 사위에게 이전에 그가 어떤 사람이었는지를 드러내 보였겠는가? 거대한 잿더미인 드레스덴에서 그들은 생존자로 만난 것이다. 오이핑어는 다시금 바쁜 의사로, 직업 세계로 도망쳐서 온전히 직업에 몰두하고, 자아 성찰을 회피하고 임무를 부지런히 쫓아다니는 그런 유형의 인간이 되었다. 분명히 그는 자신과 훈장을 수여한 나치를 완벽하게 분리할 수 있었을 것이다. '탈脫현실화'라는 단어가 광범위하게 퍼져 있는 고통을 잘 나타낸다.

리히터가 오이핑어의 순수함을 의심했고, 그와 같은 배경에 대해 마음의 준비를 했을까? 오이핑어의 딸도 마음의 준비를 했을까? 오이핑어가 친위대와 맺고 있던 검은 끈을 그는 정말 인식하려고 하지 않았을까? 어쨌든 그는 리히터가 의존하고 있던 사람이었다. 예술가는 예감했지만 사랑과 자아 보호 때문에 맹목적으로 행동하지 않았다고 해도, 이를 고집하는 것은 능력 밖의 일이었다. 그는 지위를 얻기 위해 싸웠고, 엠마를 얻으려고 애를 썼으며, 교수의 딸을 얻겠다고 굳게 결심했다. 그녀는 그들의 공통된 끈이었고, 비너 슈트라세는 침묵과 묵살 위에 세워진 성곽이었다. 오이핑어가 리히터의 이모인 마리안네에게 무슨 일이 일어났는지 알고 있는데도 표면적인 관계를 유지했다는 것은

© Gerhard Richter

리히터가 그린 〈도시 풍경 Stadtbild〉 1956년, 60×80cm

전혀 상상할 수 없다. 야망을 품은 젊은이는 1956년 아마포에 템
페라로 그린 <도시 풍경>으로 91번지 집에 고상함을 불어넣었
다. 그 그림은 오이핑어 저택의 다락방에서 그렸다. 현재 수백만
유로의 가치가 있고, 뒷면에 활기찬 필체로 '게르트 리히터Gerd
Richter'라고 서명되어 있다. 'G' 자가 눈에 띄게 둥글다. 창문에서
내다본 풍경, 1959년 크리스마스 전시회에서 공개되었고, BBC
방송에서 언급된 적이 있는 그림이다. 지금은 최초의 틀에 끼워
진 채 뮌헨에 살고 있는 소장자 집에 있으며, '엘베 강 풍경'이라
는 잘못된 제목으로 소개되기도 한다.

이름도, 소속도, 역사도 없다. 불사조 같은 그 남자는 리히터의 작품에서 그처럼 자신의 자리를 주장한다. 가족이라는 관계 속에서 리히터는 오이핑어가 바라는 모습대로 그를 그렸다. 유령들은 쉬지 않는다. 나치 상징으로 치장한 교수 하인리히 오이핑어는 자신의 서류에서 기어 나온다. 모든 시기를 스스로 조절했고 고백할 것을 가지고 있지 않았던 악령 같은 존재· 흠 없는 사람처럼 행동하고, 아무것도 보지도 듣지도 못했다고 주장하는 이런 협력자들 때문에 대학생들은 1968년 기존 체계에 대항하는 반항을 시도했다.

탐사

1961년 이스라엘에서 아이히만Eichmann 재판이 시작되었고, 2년 후에 한나 아렌트Hannah Arendt의 책은 친위대 최고 사령관과 유대인 파괴를 조직한 사람을 예로 삼아서 '악의 통속성'을 연구했다. 1963년 12월 20일 프랑크푸르트 암마인에서 아우슈비츠 재판이 시작되었다. 유대인 수백만 명이 살해된 독일식 '살인의 세계'를 보도하지 않은 신문과 잡지는 하나도 없었다.

피의자 20명은 시청 건물 내 책상 뒤편에 끼어 앉아 있었다. 책상 옆에는 시 위원들이 자리를 잡고 앉았다. 재판정 벽에는 강제수용소들의 위치가 표시된 지도가 걸려 있었다. 창밖의 뢰머베르크 광장에는 저울을 든 법률의 여신 유스티티아를 부조한 정의의 분수가 있었다. 19개국에서 온 359명의 증인들. 6만 쪽에 달하는 서류. '물카와 다른 사람들에 대한 형사 사건'은 서독 연방공화국에서 열린 이런 류의 재판 중 제일 커다란 규모였다. ≪프랑크푸르트 알게마이네 차이퉁≫의 뛰어난 기자였던 베른트 나우만은 지금의 눈으로 봐도 월등한 집중력을 발휘해서 재판 기사를 썼다. 신문 ≪프랑크푸르트 알게마이네 차이퉁≫은 뒤셀도르프 아카데미에 쌓여 있었다. 리히터는 아침마다 쌓인 신문더미에서 한 부를 가져갔다. 이제 서서히 표면 위로 부상하는 주제인 과거 청산이 '내게도 도달했고 마음을 사로잡았다'고 대화 도중 화가는 확인해주었다. 두껍고, 모든 면에서 불가해한 그의 작품집 『도해서圖解書, Atlas』에서 리히터는 도표 16, 17, 20에 학대받던 강제수용소 수감자 사진을 놓았다. 드레스덴 아카데미 학생이던 그는 유대인 학살 사진을 보았다. 아마도 국민들을 계몽하기 위해 미군들이 엄청나게 배포한 기록문서 『강제수용소: 5개 강제수용소에 대한 사진 보도』에 실린 사진이었을 것이다.

그는 희생자를 그리려고 했다. 이미 계획된 전시회는 '섹스와 범죄'라는 도발적 제목이 붙었다. 그러나 형상을 저속하게 표현하지 않거나 오해를 일으키지 않으면서 가슴을 억누르는 공포를 포착할 수는 없었다. 그것은 단지 시도로 그쳤고, 채색 밑그림과 뒤셀도르프 화랑 니펠에서의 전시회를 위한 스케치 형태로 기록되어 남아 있다. 그것은 리히터의 가슴속에 여전히 빚을 남기고 있다.

1965년 마르셀 라이히 라니키는 ≪차이트≫ 신문에서 나치 범죄의 시효 만료에 관한 논쟁에 직면해 독일 작가들이 보인 '이해할 수 없는 침묵'에 대해 비판했다. 1965년 10월 19일 아우슈비츠 재판을 직접 보고 구성한 페터 바이스의 연극 <조사>가 동독과 서독에서 동시에 초연되어 신문의 표제를 장식했다. 기사가 1,000건 이상 발표되었다. 작가는 '창작 메모집'에서 '합창 서른세 곡으로 이루어진 오라토리움'을 예고했다. "여기서 조사될 것이다 / 이 수용소 중 하나에서 / 가장 커다란 수용소에서 / 일어난 일이." 바이스는 그것을 '독일의 과거 극복을 위한 나의 기여'라고 명명했다. 그 작품은 여전히 현실적인 결론을 내리며 끝맺는다. 그것은 '피의자 1'에 의해 언급된다. "오늘날 / 우리 민족이 다시 / 지도적인 위치에 / 힘들게 올라서게 되었기 때문에 / 오래전에 시효가 지난 것으로 간주해야만 하는 / 비난들에 몰두하기보다는 / 우리들은 다른 것들에 관심을 집중해야만 합니다."

동독에서는 힐마 타테가, 서독에서는 디터 보르쉐가 주역을 맡아 연기했다. 동독에서는 콘라트 볼프가 소속된 극단에서 집단으로 연출을 맡았고, 서독에서는 에르빈 피스카토르가 연출했다. 동독에서는 파울 데사우가 반주곡을 맡았고, 서독에서는 루이지 노노의 손에서 제작되었다. 리히터는 뒤셀도르프에서 바이스의 연극 텍스트에 대한 격렬한 토론을 경험했다. 쾰른 시립 극단들은 십여 곳의 공연장에서, 말하자면 그의 집 문 앞에 있는 극장에서도 그 작품을 공연했다. "나는 그 내용을 얻어 들었죠. 그들이 무엇을 이야기하고 있는지를 알고 있었어요."

더는 아무도 알아보지 못하는 시기에 자신들이 저지른 죄가 독일인들을 괴롭혔다. 가해자에 관한 논쟁에 불이 붙었다. 부정과 저항에도, 의식적으로 잊고자 했던 사건의 귀환을 막을 수 있는 마법은 없었다. 프로이트에 의하면 억눌려 사라진 것은 "무법 상태로 내몰리고, 자아의 거대한 조직에서 배제된 것"이라고 한다. 하지만 그것은 잠재된 형태로 남아 있고, 통제할 수 없게 숨어 있다가 나타나며, 나타나는 순간에는 주저 없이 움직여서 갑작스럽게 존재한다. 리히터가 경험했고, 그의 내부에서 장애물을 만들어낸 것이 그것이었을까? 그 문장은 화가인 동시에 작가였던 동료 페터 바이스로에게서 나온 것이다. 많은 단어와 그림이 깊숙한 곳에 쌓여 있기 때문에, '그런 것들이 이야기할 수 있는 재료를 내놓기 전까지는' 찾아내어 오랫동안 탐색하고, 서로 비교해야만 한다. 내가 드레스덴에서 마리안네 이모와 교수 오이핑어에 대해 조사를 하는 동안, 국립 극장에서는 페터 바이스의 <조사>가 공연되고 있었다.

기억: 계획

비너 슈트라세에서 밖을 내다보면서 대학생이던 그는 자유를 꿈꾸었을지도 모른다. 리히터는 '공화국 도주'를 감행하여 자유를 택했다. 그는 히틀러 콤플렉스와의 대결을 서독으로 가져갔다. 그러한 주제는 무시한다고 극복될 수 있는 것이 아니었다. 두려움으로 가득 차 있지만, 언젠가는 그림으로 그려서 털어놓아야만 했다. 단지 그들이 다른 가족보다 나치 정권에 더 많은 희생자를 바쳐야 했다는 사실만 제외한다면, 그때까지 리히터 가족은 아주 평범한 보통의 독일 가족이었다. 리히터는 서른 살이 넘었고, 경험을, 자기 자신과의 경험을 쌓았다. 이제 말할 수 없는 것을 표현할 시간이 무르익었다. 이유야 어떻든 그는 오랫동안 그것을 건드리지 않았다. 그는 이제 그것에서 달아날 수 없었다. 그는 그림자와 대면했다. 하지만 자신의 역사를 그림 속에 담아 남기고 있다는 사실을 전혀 예감하지 못했다.

1959년에 리히터는 '1945년 이후 예술'이라는 제목으로 열린 카셀 도쿠멘타 II 전시장을 어슬렁거리며 돌아다니던 무명의 화가였다. 작품을 전시한 200명 이상의 동료 중에서 폴록, 폰타나, 포트리에가 그에게 깊은 인상을 남겼다. 그는 파리를 여행하면서 많은 예술가들과 사귈 수 있기를 기대했지만, 실망만 안고 돌아왔다. 그는 동독 출신이었고, 서독에서의 전시회를 문화산업에서 벗어난 도시 풀다에서 열었으며, 협조자인 콘라트 뤼크과 함께 뒤셀도르프에 자리 잡은 '가구점 베르게스'에서 '자본주의적 리얼리즘을 옹호하는 시위'라는 해프닝을 연출했으나 대중의 이목을 끌지 못한 채 뮌헨에서 모습을 드러냈다. 리히터는 옷차림만으로는 큰 인상을 남기지 못했다. 예술은 예술가를 먹여 살리지 못했다. 그가 행운의 호의를 받으면서 새롭게 시작했다고 말할 상황이 결코 아니었다. 그의 요구에 비해 성과는 턱없이 작았다. 동독에서 전도유망한 아주 재능 있는 젊은이에게 그것은 너무 작은 성과였다.

어려운 시기였다. 리히터는 인정을 받기 위해 싸우고 또 싸웠다. 그를 기다리고 있는 사람은 아무 곳에도 없는 듯이 보였다. 미처 시작되지 않은 그의 직업 생활은 체념으로 얼룩져 있었다. 오랫동안 그는 성공을 찾아 헤맸고, 그의 작품은 아무 도움이 되지 않았다. 잘못된 곳에 와 있다는 인상은 뭔가에 회의를 품은 사람에게는 아주 낯선 것이 아니었다. 자신이 의미 있는 것을 만들어냈다는 사실이 천천히, 그렇지만 분명하게 그의 머릿속에 떠올랐다고, 그는 지나가듯 이야기한다. 이제 아무도 그가 생존하기 위해 어떤 긴장 속에서 그림을 그렸고, 그것이 얼마나 신경을 마모시켰는지 제대로 알 수 없다. 오늘날 리히터의 명성은 이론의 여지가 없다. 예술을 통해 다른 사람을 행복하게 하는 마력적 특성을 얻는 것, 그것은 성공을 이룬 발터스도르프 출신의 꿈이었다. 그가 자랑스러워하고, 쓰디쓴 경험을 헤치며 성공을 믿을 수 있게 되고, 비눗방울이 터지지 않을까 두려워하지 않기까지는 인생의 절반이 흘러야만 했다. 정점의 순간에도 그는 산과 골짜기의 관계처럼 성공과 실망이 서로 연결되어 있다는 사실을 결코 잊지 않을 것이다.

2005년 그를 기념하기 위해 사람들은 뒤셀도르프에 그의 창작 생활을 관통하는 주요 작품을 모았다. 개막식에서 그는 부인 자비네와 함께 전시실을 돌아다녔고, 미국인들과 일본인들에게 둘러싸였으며, 능력이 뛰어난 박물관 관장들의 찬사를 받았다. 리히터는 관람객 11만 명을 끌어들인 대규모 전시회에 대해 열광적으로 이야기한다. 전시회는 그를 몹시 즐겁게 했다고 말했다. 시간을 벗어나 젊음을 유지하는 것 같은 이 예술가를 가능한 한 많은 측면에서 알기 위해서 갖가지 사람들이 전시회에 왔다. 나는 일흔세 살에도 이처럼 젊음을 유지하기 위해 얼마나 많은 시간이 들었는지를 사람들이 잘 생각해봐야 한다고 반대되는 의견을 제시했다. 이 말은 그의 마음에 들었다.

샘이 날 정도로 확고한 자리를 자치했고, 냉정한 인상을 주는 리히터는 수단을 선택하는 데 더 이상 어떤 제한도 받지 않게 되었지만, 1960년대에 그의 작업의 진척은 지지부진했다. 오늘날 국제적으로 가장 수입이 많은 화가 중 한 사람인 그는 쉰 살이 넘어서야 제대로 돈을 벌 수 있었다. 자신과의 관계에서 만족하지 못하고 거의 고발하는 듯한 태도를 지닌 리히터는 아주 철저히 작업했다. 스스로 세운 요구 조건을 충족하기 위해 그는 항상 새로운 기법과 주제를 찾아야만 했다. 발터스도르프에서 익힌 어떤 상황에서도 굴하지 않는 태도로, 그는 악착스럽게 인정받으려고 했다. 리히터는 앵포르멜과의 추상화에서 벗어나, 팝아트 계열인 포토 리얼리즘을 과감하게 사용했다. 오늘날에는 그런 기법으로 그린 작품이 제일 인기를 끈다. 그를 열광적으로 지지하는 많은 사람들이 좋아하는 시기이기도 하다. 그는 시대의 신경을 건드렸던 것이다.

이전에 리히터는 내적 갈등을 해결하지 못했다. 그는 이제 오랫동안 소재를 찾지 않아도 된다. 자신으로 돌아가는 탐사 여행, 자신의 내면으로 들어가는 연구 여행이 있다. 리히터는 압력을 받는 것처럼 화폭을 하나씩 채웠다. 이때 소재들은 자전적 소재와 연결되었다. 꿰뚫어볼 수 없을 정도로 얽혀 있는, 그 자신을 가리키는 무수한 지시 사항. 불확실한 행운의 변증법. 그가 거둔 성공의 뿌리는, 더는 관계를 맺고 싶지 않은 몰락한 삶의 세계다. 직접 주제를 선택한 것인지 주제가 그를 선택한 것인지에 대한 추측은 여전히 남는다. 사건이 그의 심정을 직접 건드린 경우에 한해 그렇다. 달리 말하자면, 리히터와 같은 삶을 살아온 사람만이 리히터처럼 그릴 수 있다.

어떤 압박이 그림 언어를 향한 출구를 발견하기라도 한 것처럼, 갑자기 사건이 구체적인 형태를 띠게 되었다. 전쟁, 모든 것을 불태운 1945년 2월 드레스덴 공습이 있던 밤의 여운이 그의 공명 공간이 되었다. 광범위한 소재의 범위 안에서 그는 어린 시절의 원초적 장면들, 그를 따라다니면서 그를 옭아맨 주제를 뚜렷하게 보여준다. 그 주제들은 파괴, 상실, 덧없음, 죄, 희망, 책임, 탄생과 죽음, 공포, 아이들, 가족, 종말, 새로운 시작 등이었다. 리히터는 이미 어렸을 때부터 열광적으로 니체를 읽었다. 어머니는 니체를 신처럼 떠받들었고, 니체의 생각으로 리히터를 골탕 먹이곤 했다. 화가는 자주 스위스 휴양지 실스 마리아에서 여름을 보냈다. 철학자 니체는 1887년 그곳에서 『도덕의 계보학』에 다음과 같이 썼다. "끊임없이 아프게 하는 것만이 기억 속에 남는다." 리히터가 지닌 기억의 회랑에서 생겨난 모든 소재는 역사를 시각적으로 드러내고, 어떤 이야기를 담고 있다. 그 이야기는 새로운 이야기를 끌어내고, 이야기는 다시 새로운 이야기로 연결된다. 마치 상자 속에 상자가 들어 있는 원칙을 따르는 듯이 보인다. 모든 이야기가 다른 이야기에 끼어들기라도 한 것 같다. 이제야 동독의 리히터는 궁극적으로 서독의 리히터로 변했다. "인간은 진리 때문에 몰락하지 않기 위해 예술을 갖고 있는 것이다." 이것 역시 니체의 말이다.

예술가는 '비참한 나라에서' 왔다. "나는 독재 체제를 두 번이나 겪었어요." 리히터는 '이런 저런 이념'에서 치유되었다. 그는 스스로 침묵했고, '신중함'이 적절하다고 생각했다. 그는 '정치적 화가가 되기를 바라지' 않았으며, 어떤 것을 위한 증명서를 제공하고 싶어 하지도 않았다. 예술은 교육적인 것이 아니다. 선언서를 통해 자신을 정치적 거물로 만드는 행동보다 그의 본질과 동떨어진 것도 없다. 그런데도 리히터는 계몽에 공헌했다. 이는 그가 아무것도 설명하지 않은 채, 다른 사람들에게 해석을 맡기려고 했기 때문이다. 그는 외면적 중립성을 자신의 옷이 눈에 띄지 않도록 의식적으로 행동하는 데까지 발전시키는데, 그 결과 은행가처럼 차려 입게 되었다. 처음에 그는 거짓 발자국을 남겼고, 마리안네 이모를 <어머니와 아이>라는 제목 뒤에 숨겼다. 그 작품은 1969년 발간된 공식 작품 목록에서 87번을 차지했다. 사진 회화는 원재료에서 그림으로 변화되는 과정을 감추기에 아주 적합했다. 처음에 보았을 때에는 그 그림은 '통속적 일상'이라는 신문 특집 기사에서 택한 임의의 스냅 사진을 목판화 기법으로 그린 듯 보이지 않는가? 그림 속 인물들은 그에 의해 시간을 초월한 영역인 화폭으로 투사된 사람들인가? 개인적인 도상학은 그의 내부에서 발산된 감정을, 과묵함을 떨쳐낸 상태를 가리킨다. 그림을 그리면서 그는 '슬퍼하지 못하는 무능력'을 극복한다. 리히터의 대표작은 '미로 같다'고 언급된다. 사람들은 출구

리히터가 그린〈루디 외삼촌 Onkel Rudi〉 1965년, 87×50cm

를 발견해야만 한다.

동독에서 도망친 지 1년이 지나서 리히터는 히틀러의 초상화를 그린다. 히틀러는 그림엽서를 그리는 화가, 1907년 빈 예술 아카데미 입학시험에 떨어진 지원자, 백 번 양보해서 표현하자면 성공하지 못한 예술가 정도로 불릴 수 있다. 히틀러는 적어도 예닐곱 번 정도 『도해서』에 나타난다. 리히터는 곧 이어 뒤셀도르프에서 <루디 삼촌>에 몰두했다. 가족 사이에서 자주 언급되던 한 협력자를 그린 기록물이다. 루디는 드레스덴과 발터스도르프의 집에서 화제가 된 여러 이야기에 나오는 맹목적으로 숭배 받은 영웅이었다. 루디 삼촌은 리히터의 대부이고, 직업은 판매원이었다. 리히터의 어머니는 아들이 루디처럼 판매원이 되었다면 매우 흡족해했을 것이다. 1931년에 찍은 결혼사진 몇 장에서 '잘생긴 루디'는 눈에 확 들어온다. 그는 어깨 너머로 마리안네 이모를 쳐다보고 있으며, 판으로 찍어낸 듯 앞에 서 있는 아버지 알프레드를 닮았고, 반질거리는 머리카락을 뒤로 넘기고 있었다. 아버지보다 체격이 약간 컸던 그는 물론 항상 승리를 거두는 유형의 인물이었다. 약간 흐트러진 듯 편안하게 맨 넥타이를 굳이 하지 않았어도 그는 충분히 돋보였을 것이다. 그는 매력적인 남자이자 저돌적인 사람이기도 했지만 경박한 남자이기도 했다. 루디는 여자들에게 강한 인상을 줄 수 있다고 확신했다. 그의 조카는 오늘날이라면 사람들이 그를 플레이보이로 불렀을 것이라고 한다. 어린 리히터는 어머니가 리히터의 모범이 될 만한 인물이라고 칭찬하는 삼촌을 허풍쟁이로 생각했고, 전혀 멋지다고 생각하지 않았다. 삼촌은 눈이 감길락 말락 안락의자에서 졸고 있는 여자 친구의 뺨에 진흙 묻은 손을 갖다 대라고 리히터에게 시키기도 했다. 리히터는 사람들은 그런 짓을 하지 않는다는 생각을 했지만, 그의 말에 따랐다.

리히터는 거의 땅바닥까지 내려오는 무거운 독일의 제국 방위군 외투를 걸친 모습으로 루디 삼촌을 그렸다. 아주 젊은이답고, 성숙하지 않은, 둥근 뺨을 매끄럽게 면도한 모습에, 납빛으로 그린 초상화. 모자, 제복, 요란하게 꾸민 가죽 군화, 하얀 장식끈에 달린 단검, 모든 것이 흠잡을 데 없이 보였지만 한 치수 큰 것처럼 보인다. 장교 계급이었다. 무명용사 무리 중에서 선택된 개인, 보호받지 못한 그는 다른 동료들 뒤로 숨을 수 없었다. 루디는 희미하게 미소를 짓고 있다. 리히터는 그를 통해 전쟁을, 희생자 수백만 명을 인격화했다. 예술가는 그 유화를 리디체 마을에 기증했다. 1942년 친위대는 라인하르트 하이드리히를 공격당한 보복으로 학살을 자행하면서 200명가량의 남자들을 처형했다.

베를린에 자리 잡은 '독일 역사박물관'은 2004년 '각 민족의 신화'라는 전시회를 열면서 그 그림을 전시했다. 그것은 놀랄 만큼 크기가 작다. '기억의 보관소'에서 관람자는 자동적으로 미지의 장소에서 루디 쉔펠더를 촬영한 사람의 시각을 쫓게 된다. 사진을 찍기 위해 사람과 기계는 서로 눈을 마주보고 서 있다. 표현된 대상이 간직한 연상력은 그림으로 그려질 때 증가한다. 도발적이면서 아첨하는 것처럼 리히터는 말했다. "아마추어 사진이 세잔의 최고 그림보다 더 낫다고 생각해요."

영사기가 '고백'이라는 단어를 바닥 위에 투사하는 동안 나는 '방위군의 범죄'라는 전시회에 대한 논평과 신문 비평을 자세히 읽었다. 게다가 유리 상자에는 1997년 3월 10일자 ≪슈피겔≫지가 들어 있었다. 오른 편에는 "과거가 경고한다"는 글귀를 쓴 벽보가 붙어 있다. 가운데 자리 잡은 그림 <루디 삼촌>이 모든 사람의 시선을 끌어당기고 있다. 카메라가 감시하고 있는 맞은편 전시 상자 속에는 안네 프랑크의 원본 일기장이 있었다. 전시회 개최에 맞춰 발간된 글이 민족의 분위기를 설명하고 있다. "게르하르트 리히터는 그의 그림으로 …… 그 당시까지 …… 언급되지 않았던 문제를 주제로 부각시켰다. 그는 국방군의 일원이 전쟁 범죄에 참여했다는 것만 기억하는 것이 아니라 그것이 우리의 삼촌일 수도 있다는 사실을 기억하고 있다." 망각과 우려의 상태. 리히터의 작품 <루디 삼촌>은 전쟁과 평화 시대를 살던 평범한 사람들이 지닌 태도를 나타내는 상징이 되었다. 전시회를 본 8만 명의 관람객 중에서 그의 삼촌이 그림 속 인물이라는 것을 알아낸 사람은 한 사람도 없었다. 전시 기획자들도 알지 못했다. 하지만 리히터는 그림을 그릴 때 그것이 전투 직전의 정적이라는 것을 알고 있었다. 사진에 찍힌 그의 삼촌은 얼마 지나지 않아 죽을 것이다. 말하자면 그는 총에 맞아 죽은 저격수이다.

대서양의 높은 파도에 밀려 해변으로 내던져진 미군 4보병 사단은 1944년 7월 30일 노르망디에서 결정적 돌파구를 확보하면서 독일군들을 짓밟았다. 연합군 12만 2,000명이 희생되었다. 다음 날 벌어진 전투에서 생푸아 근처에 주둔해 있던 '921보병 연대 합동 참모부' 소속이던 루디 삼촌이 전사했다. 해변에서 25킬로미터 떨어진 곳에 있던 그는 바다를 볼 수 없었지만, 소금기를 맛보고 냄새 맡을 수는 있었다. 그는 전쟁 때문에 프랑스로 오게 되었으며, 공간의 심연에서 피할 수 없는 것이 그를 향해 다가왔다. 전쟁터에 있는 중위의 모습은, 조카 리히터가 전해주는 고향에서 '용감한' 군인으로 알려진 제복 입은 멋쟁이가 아니었다. 루디는 압도적으로 우세한 적군이 결코 바닷가로 쫓겨나지 않을 것이라는 사실을 확실하게 깨닫고 있었을 것이다. 서른두 살이 채 안 된 그는, 사랑했을 것이 분명한 나라인 프랑스의 땅에서 휴식하게 되었다. 그는 드레스덴 김나지움에서 프랑스어를 선택했다.

그 지역에서는 조용한 날이면, 다듬지 않은 돌로 담장을 쌓은 시골 교회를 쉽게 구경할 수 있다. 날씬한 교회 첨탑이 있는 쿠탕스 대성당이 그리 멀지 않은 곳에 있다. 중세 순례자에게 그랬던 것처럼 첨탑은 평화의 시기에 눈을 즐겁게 하는 한적한 오솔길과 울타리 곁을 지나서 바다에 불쑥 솟아오른 몽-생-미셸Mont-Saint-Michel의 화강암으로 그를 인도해갈 수도 있었을 것이다. 물레나물은 풍성하게 물결쳤다. 그 풀은 곧 그의 무덤을 뒤덮을 것이다. 패배자의 해안가에서 총탄, 집중포화, 전투기에서 투하된 폭탄의 파편, 탱크의 포탄에 루디가 맞았다. 더 자세한 것은 조사할 수 없었다. '독일전사자 무덤관리연맹'의 정보지도 위에 붉은색, 파란색, 검은색 화살표로 표시된 군대의 움직임은 모두 녹색으로 표시된 병사들의 공동묘지에서 끝난다. 병사들의 무덤은 현재 '평화를 호소하는 기념물'로 사용되고 있다. 루디는 고향에서 멀리 떨어진 침략 전선에서 의미 없이 희생된 11만 4,000명 중 하나였다. 생푸아에서 동쪽으로 1,350킬로미터 떨어진 슈바이드니츠에서는 여동생 마리안네가 그 장교를 사라지게 한 나치에 의해 죽었다. 루디가 죽던 달에 마리안네는, 그녀를 치료하던 의사들에게 열두 단어로도 충분히 표현될 수 있는 존재일 뿐이었

© Volksbund Deutsche Kriegsgräberfürsorge e.V.

우편엽서 '프랑스 마리니에 있는 독일 병사 묘지'

다. 7월의 검진 기록. "심장의 소리는 약하지만 맑음. 폐와 장기는 이상 없음. 정신병학적으로 판단하자면, 자폐 증상 있음!"

루디 삼촌은 먼저 르 슈스느에 묻혔다가, 1963년에 마리느의 떡갈나무와 너도밤나무로 둘러싸인 숲으로 이장되었다. 독일군인 1만 1,172명이 시골 교회를 모범 삼아 묘지 입구에 지은 건물 바로 옆에 서 있는 회색의 화강암 십자가 밑에 묻혀 있다. 인명록이 있는 철제함의 '매장 목록 공간'. 루돌프 쉔펠더, 3구역 1번 줄, 2번 무덤에 매장되어 있다. 리히터는 이 책을 통해 비로소 그 사실을 알게 되었다. 그가 나에게 맡긴 족보에는 날짜가 여러 군데 잘못 기록되어 있다. 루디 삼촌과 알프레드 삼촌은 1940년에 죽은 것이 아니었다. 1943년 역시 마리안네 이모가 죽은 해는 아니었다. 리히터의 여동생 기젤라는 족보에 예술적으로 자유롭게 적힌 1937년이 아니라 1936년에 태어났다.

루디 삼촌과 마찬가지로 리히터의 아버지 호르스트도 훨씬 더 전방에 있는 해변에서 전투에 참여했다. 7월 27~30일 사이에 루디의 형제 알프레드가 벨로루시의 보리소프 지역에서 실종되었다. 그는 '8군, 61연대 특공 중대'의 예비역 병장이었다. 알프레드는 결혼한 지 1년도 채 되지 않았고, 그 신혼부부는 서로에 대해 별로 아는 것이 없었다. 그는 실종되었고, 도라 쉔펠더는 자세한 내용을 알지 못했다. 기젤라는 당시 상황을 '조금은 자랑스럽게' 이야기했고, 삼촌의 학위 칭호와 이름이 적힌 가방 이름표를 유물로 받았다. 거기에는 '법학 박사 알프레드 쉔펠더'라고 적혀 있었다. '독일 방위군 전사자의 소식을 가족들에게 전해주는 관청'에서 꽤 공을 들인 흔적 찾기로 조사가 완료되었다. 그 기관은 베를린 아이히보른담에 있는 예전에는 '국영 탄약 및 무기 제조 공장'이 있던 건물에 자리 잡고 있다. 그 공장은 과거에 병사들이 사용한 총과 탄약 수백만 정을 생산했었다.

암호

  1960년대 리히터의 처지는 어떠했는가? 그는 한 발자국도 앞으로 나가지 못하고 있었다. 그러고 나서 서서히 변화했다. 예술가의 내부에서 끓고 있었지만 그가 결코 말한 적이 없는, 드레스덴 폭격의 밤에 그의 내부에서 준비된 모든 것이, 1965년 작품 <하이데 씨>의 배경이던 것이 앞으로 걸어 나와 모습을 드러냈다. 친위대 연대장이던 베르너 하이데는 안락사 계획의 핵심 전략가였고, 나중에 작성된 기소장에 따르면 10만 명의 죽음에 책임이 있었다. 이 그림은 리히터의 작품 목록 100번으로, 주요 회상을 억제하는 고전적 형태의 '부차적 회상'으로 기능을 한다. 프로이트는 꿈의 해석을 연구하면서 이 개념을 발견했다. 이 연구에서 그는 자신의 경험에서 어떻게 단 하나의 형상이, 내쫓긴 주제 전체를 대표할 수 있는지에 대한 추론을 이끌어냈다. 독일 출신 화가 리히터는, 이미 말했던 것처럼 최소한 소문을 통해서라도 장인 오이핑어가 친위대와 결합되었다는 사실을 알았을 것이다. 루네 문자로 만들어진 계급장을 달았던 히틀러 친위대에 관한 상상할 수 없는 사실이 매일같이 폭로되었다. '부차적 회상'은 화가가 어떤 것을 공공연히 드러내지 않고도 보여줄 수 있게

© Gerhard Richter

〈하이데 씨 Herr Heyde〉 1965년, 55×65cm

허용했다. 하이데를 소재로 한 것은 오이핑어를 겨냥했던 것이 었을까? 두 사람은 "친위대 대원이여, 그대의 명예는 충성이다" 라는 히틀러의 구호에 맹세했었다.

라우지츠 지역 포르스트에서 직물 공장주의 아들로 태어난 하이데를 살펴보자. 의학박사였던 그는 뷔르츠부르크 대학 정신과 및 신경과 정교수였다. '최우수' 성적으로 국가고시에 합격하고 「포낭이 있는 감돈탈장嵌頓脫腸에 관하여」라는 기이한 논문으로 박사학위를 받았다. 하이데는 의사 시험인 전 과목일곱 과목에서 최우등인 1점으로 합격했다. 그의 환자였던 테오도르 아이케의 권유로 그는 나치와 친위대에 가입했다. 그는 악마의 충고를 직접 받아들였다. 아이케는 훗날 강제수용소 감독관으로 승진했고, 놀랄 만큼 비슷하게 하이데도 나치 안락사 '최고 판정관'으로 승진했다. 전쟁이 끝난 후에 그는 프리츠 자바데 박사라는 가명으로 북부 독일에서 계속 활동했다. 처음에는 정원사로 일하다가 나중에는 체육과 관련된 의사로 활동했다. 독일 사법부는 체포 영장을 발부해서 전 세계적으로 그의 행방을 찾았다. 그러는 동안 그는 사법계와 의학계 내부의 협력자들의 도움으로 슐레스비히홀슈타인 주에서 안락한 생활을 영위하고 있었다. 법원의 자문 역할을 했고, 주 사회 법정과 주 보험회사를 위해 7,000건의 소견서를 작성해주었다. 그의 정체에 대한 소문이 떠돌았지만, 어떤 제재도 받지 않고 살았다. 이웃은 그를 친절한 사람이라고 생각했다.

1959년 하이데의 이중생활이 끝났다. 리히터는 화보 잡지나 신문 사진을 보고 간수와 함께 있는 그의 모습을 그렸을 것이다. 대개는 이모 렌히헨이 킬에서 읽을거리를 보내주었다. 그 당시 발행 부수가 꽤 많던 잡지 《퀵》에 실린 그림 제목은 다음과 같았다. '악마와 같은 정신병 치료 의사 베르너 하이데 박사, 감옥 입구'. "10년이나 지나서야 비로소 정의의 손이 그를 붙잡았다. 의사들, 교수들, 관리들, 검사 한 명이 정의의 손에 붙잡혔기 때

문이다……" 능숙한 문자 화가였던 리히터는 최고의 르포 수법
으로 "1959년 11월 경찰에 자진 출두하는 베르너 하이데"라는
글을 그림 아래 그려 넣었다. 자바데라는 가명을 사용한 하이데
는 1964년 2월 13일 재판이 시작되기 직전에 부츠바흐 감옥에서
라디에이터에 목을 매어 자살했다.

1965년 뉴스를 토대로 한 리히터의 범죄자 그림은 일종의 암
호다. 암호 속에는 모든 것이, 즉 생각·상상·감정이 들어 있다.
그 비밀을 풀어내는 사람은 화가의 비밀을 알 수 있다. 우리는
우리에게 닥친 사건으로 구성된 존재다. 대답을 요구하는 질문
이 있고, 예술로 구성되는 인식이 있다. "모든 단어, 모든 붓놀림,
모든 생각이, 시대, 시대 상황, 결합, 노력, 과거, 현재에 의해 우
리에게 주어진다. 결과적으로, 독립적이며 의지를 가지고 행동
하고 생각하는 것은 가능하지 않다……" 그것이 리히터가 전시
회 '좀 더 머물러 ……'를 위해 가다듬었던 단초적인 생각이었
다. 옮겨 이야기하자면 화가는 그 자신에게 어울리는 방식으로
색깔을 드러낸 것이다.

<마리안네 이모>, <장인 오이핑어>, <하이데 씨>, <루디
삼촌>. 첫 그림은 120×130센티미터이고, 두 번째는 120×200센
티미터, 다음 그림은 55×65센티미터, 네 번째 그림은 87×50센티

미터다. 예술가는 장송곡과 같은 그림을 그리기 위해 5제곱미터의 천을 사용했다. 인간 세계의 붕괴를 나타내는 거대한 그림들이었다. 겉으로는 아무 연관이 없는 것처럼 보이는 이 작업들은 서로 연관을 이루는 하나의 체계를 구성한다. 그 주변에 처진 상상의 경계선은 이제 진실이라는 대가를 얻기 위해 넘어설 수 있다. 그 해결은 슬픔을 대가로 지불하고 얻어낸 것이다. 과거와 현재에 존재하는 것은 드러나게 된다. 가족의 재난, 3제국의 몰락 속에서 일어난 개인적 몰락, 후손들에게 보내는 소식, 예술과 현실에 관한 영화를 위한 소재. 전지剪枝, 파기, 부서진 조각이 핵심 문제다. 각각의 부분이 전체를 가리킨다. 마지막에는 창백한 모국 독일에 대한 확실성이 생겨난다.

2004년 11월 미술사 박사학위를 소지한 뷔르츠부르크 주교 프리트헬름 호프만이 그와 같은 예식에 어울리는 조화가 넘쳐나는 음악 소리와 함께 리히터에게 가톨릭 예술상을 수여했다. 그의 특징인 부끄러워하는 듯한 즐거움을 보이면서 상을 받았다. 슬라이드 쇼는 그림을 연이어 보여준다. 축사를 하는 사람은 고린도전서 13장 12절을 인용했다. "지금은 우리가 거울로 영상을 보듯이 희미하게 보지만, 그때에는 얼굴과 얼굴을 마주하여 볼 것입니다. 지금은 내가 부분밖에 알지 못하지만, 그때에는 하나

님께서 나를 아신 것과 같이, 내가 온전히 알게 될 것입니다." 리히터는 기교적인 색채를 화려하게 사용하면서도 덧없는 것을 그리는 화가다. 그는 관람객들을 고통의 증인으로 세운다.

죽음을 표현한 인물인 <마리안네 이모>는 리히터의 유일무이한 그림자 박물관을 완성시킨다. 그녀의 고통을 아는 사람은 누구라도 그녀에게서 시선을 돌릴 수 없을 것이다. 능란한 기술로 나중에 지워졌고 약간 낯선 느낌을 주는 그림이다. 마치 나중에 느낀 감정 때문에 생겨난 것 앞에서 손이 떨리기라도 한 것 같다. 약간 낯선 느낌을 주는 그림이다. 그 그림은 충실하게 세부를 묘사하고 있지만, 리히터가 이모의 그림을 그릴 때 무엇인가가 그에게서 벗어난 것처럼 침울한 투명성을 지니고 있다. 이미 루드비히 비트겐슈타인의 저서에서 제기한 '불명확한 사진이 인간의 모습일 수 있는가'라는 철학적 문제는 '우리에게 종종 필요한 것은 불명확함이 아닌가?'라는 숙고로 귀결된다. 그처럼 불명확한 그림에서 가장 많은 것을 볼 수 있다는 것이 그의 핵심적 주장이다.

우선 목록 87번 작품은 리히터의 작업실에 있는 <개를 데리고 있는 호르스트>를 비롯한 몇몇 작품과 함께 벽에 비스듬히 세워져 있어서, 도록에 넣을 사진을 찍을 때 우연히 찍혔다. 침

〈마리안네 이모 Tante Marianne〉 1965년, 120×130cm

울하지 않으면서도, 그림 속에 그려진 비극을 통해 심금을 울리는 그림이다. 그 비극은 리히터를 억지로 고통 속에 밀어 넣었다. 그것은 원하지 않은 열정을 묘사한 그림이다. 현세의 삶에서 아무 도움도 받지 못했던 이모에게 바치는 존경이었다. 여러 가지로 판단하건대 광기를 그린 그림이며, 생각을 그린 그림이기도 하다. 리히터의 '멜랑콜리아'를 상기시키는 화환이나 묘지명이 슈바이드니츠에는 존재하지 않는다. 그 그림은 그녀의 삶의 역정을 알지 못한 채, 그가 왕성한 창조력을 발휘해서 1965년 그린

그림 60점 중 하나였다. 그 그림은 여전히 다수의 그림 중 하나로 남아 있지만, 그림 뒤에는 죽음이 서 있다.

내 자신도 그것을 설명할 수는 없지만, 계속 새로운 생명선이 예술가에게서 뻗어나갔다가 보이지 않게 그를 향해 돌아온다. 슈투트가르트에 있는 이름을 밝힐 수 없는 ○○○○ 슈트라세에 한 집이 있다. 그 집에 그림을 소유한 미망인이 살고 있다. 그림은 '아무 장식이 없는' 얇은 살로 된 틀에 들어 있다. 여든여섯 살인 G 부인은 그녀의 남편이 리히터를 제대로 이해했다고 말한다. 1965년 그 수집가는 1,000마르크도 안 되는, 지금 보면 우스울 정도로 적은 금액을 지불했다.

그러나 당시에는 최고 가격이었다. "커다란 크기의 그림이었다"고 당시 그를 돌보던 화랑 주인 르네 블록은 강조했다. 예술가도, 구매자도, 판매인도, 지금까지 말한 마리안네 이야기에 관해서도 알지 못했다. 그 그림은 전시를 위해 베를린으로 옮겨진 적도 있고, G 부인의 말에 따르면 빈에도 갔었을 것이라고 한다. 취리히의 '시티 갤러리'는 틀림없이 그 그림을 전시했을 것이다. 마리안네의 초상화는 그녀에게 허용된 공간보다 훨씬 더 먼 곳까지 돌아다녔던 것이다. 삶의 어떤 단계가 묘사되었는지를 별도로 논의한다면, 리히터는 그녀의 이름을 널리 알렸다. 죽은 자와 산 자를 함께 모으는 것이 예술이다.

위대한 죽음

그로스슈바이드니츠, 1945년. 마리안네 이모의 최후의 나날들. 회복의 기미도, 희망의 빛도 보이지 않았다. 급히 하늘을 지나는 구름도 그녀에게는 전혀 의미가 없었다. 환자는 굶주렸고, 굶주림은 고통스럽다. 일찍 시들고, 쉽게 부서졌고, 구부러지고, 팔로 몸을 에워싸고 있는 망가진 여자. 사라져버리는 에테르 같은 존재. '그림자 같은 존재'라는 말은 그 상태를 표현하기에는 너무 아름다운 개념이다. 역사학자 보리스 뵘은 정신병원에서 '약-기아-죽음'이 '완벽하게 수행되었다'라고 말했다. 인간은 짐승처럼 한 곳으로 내몰렸고, 절망적으로 '심하게 다루어진 사람들'은 간병인들의 발아래 몸을 내던지고 한 조각의 빵을 애원했다. 그들은 귀를 막고 있는 이들에게 구걸을 했다. 그들의 고통은 상상을 초월한다. 시대의 증인들이 끔찍한 세부 사항을 전해주었다.

리히터의 젊은 이모는 강했다. 거의 8년 동안 그녀는 그 가혹한 상태를 견뎠다. 곧 평화가 올 것이다. 하지만 평화는 3개월 늦게 그녀에게 왔다. 임종 침대또는 지푸라기로 만든 매트리스에서 그녀는 바짝 말랐고, 어린아이 무게밖에 되지 않았다. 그녀는 굶주린 사람들의 무관심 속에서 점점 조용해졌으며, 혼잣말을 중얼거리기에도 너무 쇠약해졌다. 마지막 힘이 소진되었다. 알약 몇 개만이 도움이 될 수 있었을 것이다. 잠에 취한 듯, 내면으로 기어들어간 듯, 노인처럼 늙어버린 스물일곱 살의 처녀의 모습은 누구의 마음도 움직이지 못했다. 비참함을 나타내는 가면, 수천 명 중 한 여자. 오래전에 그녀는 포기했고, 마리안네 쉔펠더는 온몸을 마비시키는 독약의 약효 때문에 애매한 삶에서부터 미끄러져 빠져 나갔다. 감시인들에게 826번은 이미 죽은 것과 마찬가지였다. 하지만 그녀는 아직 살아 있었다. 그녀의 여행은 아직 끝나지 않았다.

1945년 2월 슈탄커 박사는 '두통, 코감기, 설사혈액과 점액이 섞여 있지 않음'라고 환자 기록부에 기입했다. "병자: 마르고, 육체적으로 쇠약함. 조용함." 2월 9일에는 마리안네의 "심장 박동 소리가 약했고, 폐 윗부분을 타진했을 때 소리는 맑았다. 간간히 들리는 물에 젖은 듯한 개별 소음"이라고 적혀 있다. 상태는 늘 비슷했다. "환자는 마르고 긴장이 풀린 상태임." 3일 후 폐에 '정체 현상'이 생겼다는 언급이 있었다. 서류는 다음 문장으로 끝났다. "1945년 2월 16일 환자가 죽었다. 진단: 자아분열증, 그것 때문에 생긴 합병증: 심근질병·감기, 사망 원인: 순환기 장애." 1943년부터 병원에 채용된 러시아계 독일 의사 슈탄커가 다시 사망 통지서를 작성했다. 그가 작성한 신상에 관한 서류는 다음과 같이 강조한다. '그의 독일 통용어 구사력은 형편없다.'

아직 어두웠다. 수석 간호사 베델이 마리안네의 사망 시간을 양식 서류에 5시 45분으로 기록했다. 나는 그것을 라이프치히 국립 서류보관소 서류 더미에서 찾아냈다. 그녀의 비극은 관청의 서식으로 끝이 났다. 한밤의 무게는 마리안네 쉔펠더에게는 너무 무거웠다. 이른 새벽 시간에 영혼이 육체를 가장 쉽게 떠날 수 있었을 것이다. 해는 7시 17분에 떴다. 아침에는 구름이 낄 것이라고 예보되었다. 부서 담당 의사는 메모했다. 모서리에는 아무런 의미도 없는 '유전된'이라는 수수께끼 같은 문구가 덧붙어 있다. 죽음의 순간에도 히틀러의 간수들은 그녀가 평화 속에서 휴식하게 내버려두지 않았다. 오히려 추격은 종말을 넘어서까지 계속되었다. 마치 중요한 의미를 지니기라도 한 것처럼 그들은 정신병자의 죽음에 '진단 14'라고 도장을 찍었다. '유전병: 있음'이라는 문장이 사망 서류에도 되풀이된다. 호적 담당 부서와

그로스슈바이드니츠 교구청을 포함해서 '아버지'그는 오래전에 사망
했다!, 도시 복지부서, 도시 보건부서, 드레스덴 검찰에 우편으로
사망 소식이 전해졌다. 반쯤은 희미해진, 연필로 덧그린 기독교
십자가 표시로 428번 서류는 끝났다.

간병인들은 보통 베로날이나 루미날을 이용해 죽음을 앞당겼
다. 매일 0.3미리그램씩 투여되었다. 일부 경우에는 치료를 하기
위해 처방되는 양일지 모르지만, 그만한 양은 허약하고 체중이
얼마 안 나가는 환자에게는 치명적인 작용을 일으킨다. 그들은
인위로 폐렴을 일으켜 죽음을 유도하는 방식을 시험했다. 그들
은 동일한 틀에 따라 '자연적' 원인, 가령 '심장마비, 천식, 폐렴'
을 원인으로 들면서 가족들에게 '죽음'의 소식을 전했다. 사망통
지서는 다른 환자들의 것과 일치한다. 1947년 드레스덴 안락사
재판에서 수백 명을 살해한 혐의로 고소된 사람들이 환자의 행
동 방식을 무성의하고 얼토당토않게 기괴하게 이야기했다.

마리안네의 경우 '사망 원인이 의학적으로 분명했기 때문에',
다시 말해 살인이었기 때문에 분류가 생략되었다. 그녀의 '사망'
은 값싼 종이로 만들어진 서식에 적혀 있다. 그로스슈바이드니
츠에서는 일상적으로 사람들이 죽음으로 내몰렸다는 것을 입증
해주는 또 다른 증거가 있다. 1939년부터 1945년까지 사망자 명

부에 적힌 5,773명의 사망자 중에서 5,636명이 외지인이고, 137명만이 그 지방 토박이였다.

1945년 2월 16일. 화가 괴츠 베르간더가 그의 대표작인 <공중전 속의 드레스덴>에서 묘사한 것처럼, 마리안네가 죽은 날 드레스덴 하늘은 불꽃을 뿜어내지는 않았지만, 산발적인 화재로 생긴 연기가 드리워져 있었다. 추측컨대 '피젤러의 황새'라는 이름이 붙은 프로펠러 비행기가 정찰을 목적으로 낮게 날고, 소리를 내면서 불 위를 선회했을 것이다. 신경질적으로 하늘을 주시하던 생존자들은 그것을 다음 번 죽음의 사신으로 간주했을지도 모른다. 조종사는 맹렬한 열기 속에서도 15시 30분경에 지상의 주민들을 절망으로 몰아넣었다는 사실을 확인하기 위해 연속 촬영을 했다. 34번 사진에는, 리히터에게 매우 중요한 의미가 되는 브륄세 테라스가 황폐한 도심지와 파괴된 프라우엔키르히에와 함께 보였다. 불에 타서 없어진 구시가지의 엘베 강가도 보였다. 쾨니히스우퍼 1번지에 있는 심하게 훼손된 재무부 건물 근처에서 잿더미가 된 쉔펠더 가족이 살았던 옛 거주지도 찾아볼 수 있을 것이다. 공습 피해 지역 지도 1쪽 원본 4.2.17.136-1번을 보면 그로세클로스터 슈트라세현재의 쾨프케슈트라세 모퉁이 바로 옆에 있던 그들의 집은 지워져 있었다. 집주인은 전쟁 피해 신고 관청에

이 집이 완전히 파괴되었다고 신고했다. 현재 이 역사적인 거리 모퉁이에 예거호프민속박물관만이 남아 있다. 그 밖에 다른 모퉁이에는 새로 집이 들어섰다.

발신인이 불분명한 두 줄짜리 편지로 가족은 뒤늦게 "귀하의 따님, 마리안네 쉔펠더 양"이 죽었다는 것을 알게 되었다. 비교할 만한 다른 사례에서 확인할 수 있듯이, 당국은 사망 소식 통지서를 계획에 따라 의도적으로 늦게 보냈다. 죽은 자녀를 가족들이 볼 수 없게 하기 위해서다. 자녀들은 굶주렸고, 실제 나이보다 더 늙어버린 고양이처럼 강제로 잠들었다. 어머니가 언제 그로스슈바이드니츠에서 딸과 이야기를 했는지 조사할 수 없었다. 만약 방명록이 있었다 해도, 병원이나 드레스덴 국립 문서보관소에서 찾을 수 없었으리라. 하지만 분명 도라와 마리안네는 서로 눈물을 흘리면서 헤어졌을 것이다.

장례식은 1945년 2월 21일 12시로 정해졌다. 드레스덴에서는 수요일 14시 5분에 공습경보가 있었다. 뉘른베르크를 목표로 한 미군 8전투비행단의 전투기들이 지나갔다. 20시 25분과 21시 25분에 또 다른 공습경보가 있었다. 이번에는 영국 공군의 '모기'라는 별명이 붙은 다목적 전투기들이었다. 그 전투기들은 베를린을 목표로 삼았다. 작센 주에 구름이 잔뜩 꼈다. 최고 온도가

6.2도인 일상적인 겨울 날씨였다. 두 시간 동안 구름을 헤치고 햇빛이 비쳤다. 리히터의 이모를 무덤으로 옮길 때, 납으로 때운 유리창을 통해 우윳빛 광선이 해부실 옆에 있는 교회로 스며들었다. 벽돌로 지은 건물에는 조문객 50명이 충분히 앉을 수 있는 자리가 있었을 것이다. 하지만 슈바이드니츠에서 무덤으로 옮겨진다는 것은 무슨 뜻인가? 그것은 희생자 숫자와 보조를 맞춰 더는 무덤을 팔 수 없다는 의미였다.

드레스덴은 공습으로 생긴 폐허와 계속 싸워야 했다. 2월 27일 도라 쉔펠더의 답신이 랑에브뤽에서 슈바이드니츠로 전달되었다. 마음을 사로잡는 세 문장이었다. "금년 2월 16일 일어난 내 사랑하는 딸 마리안네 쉔펠더의 죽음을 알리는 소식이 오늘에서야 우편으로 내 손에 들어왔습니다. 장례식에 참석할 수 없었기 때문에, 그 충격이 나를 더욱 힘겹게 했습니다. 다른 조처를 취할 수 있게 장례식이 어떻게 진행되었는지를 알려주시기 바랍니다." 편지에는 '쉔펠더 미망인 도라'라는 서명이 있었다. 그녀가 밟고 선 땅이 흔들거렸다. 그녀는 이제 예순두 살이었고, 자식 네 명 중 세 명을 잃었다. 그녀의 말 속에는 고통이 신랄함과 함께 뒤섞여 있었다. 그녀는 다른 건 몰라도, 쉽지 않은 죽음을 맞이했던 남편이 이 같은 소식을 듣지 못한 것을 행운이라고 생각했을 수도 있다. 편지는 인사말 한마디도 없이 끝났다. 그녀는 이제껏 인사말을 포기하지 않았었다. 행정과는 그 편지를 무시하고, 아무 논평 없이 병원 목사 요하네스 악스트에게 그 편지를 전달했다.

목사는 1945년 3월 8일 애도의 글로 답장을 했다. 달변의 위로자가 쓰는 상투적인 어조에는 어느 정도 개인적으로 애도의 뜻을 전하려는 시도가 담겨 있었다. 악스트는 압력을 받고 있었다. 슈바이드니츠에서는 평상시보다 열 배 정도 빠르게 사람이 죽어 나갔다. 악스트는 벌써부터 확장된 묘지를 떠날 수 없을 정도였고, 쉬지 않고 추도 연설에 몰두해야만 할 지경이었다. 1943년부터 1945년까지 병원에서는 쉴 새 없이 운구 행렬이 이어졌다. 그 이후 땅 밑에 지하 통로를 만들었는데, '광포한 안락사'의 희생자들이 지하 통로를 통해 수레로 옮겨진다는 소문이 마을에 나돌았다. 공동 무덤만이 희생자를 수용할 수 있었다. 빠듯하게 할당된 땅 위에 몸과 몸을, 팔다리들을 차곡차곡 겹쳐 쌓아야만 했다. 악스트는 야외 예배에 익숙했다. 전직 사단의 군종 목사였던 그는 목자 한 명이 견딜 수 있는 것보다 더 많은 것을 보았다.

고통의 대리인

그에게는 견디는 것보다 도망치는 것이 더 쉬웠을 것이다. 직책에 내려진 무리한 요구는 히틀러 시대에만 한정되지 않았다. 그는 '해당 서류를 제시함으로써 그와 부인이 독일 혈통임을' 입증해야 한다는 요구를 피하지 않았다. 1939년 2월 '총통 겸 제국 수상'이 '2등 충성 명예훈장'을 그에게 수여했다. 1941년 11월 24일 마리안네 이모는 멀리 떨어진 비젠그룬트 병원에 갇혔고, 베를린에서는 독일 사법부 수뇌들이 하이데의 강연에서 '안락사'에 대한 정보를 얻게 되었으며 침묵하는 동조자가 되었다 그날 그가 할 일이 정해졌다. 목사의 직책은 무엇보다 '매장 예식과 그에 부속되는 행위'로까지 확대될 수 있다고 했다. '유전병 병동, 병원 부속 도서관', 강제 불임수술을 할 경우 '유전병 담당 법원의 심리가 이루어지는 동안 환자를 법률적으로 돌보는 후견인' 역할을 맡았다. 1937년 8월 이후부터 그는 행정재판소 뢰바우에서 "이 병원에서 불임수술을 받아야 하는 환자들을 돌보는 집단 후견인 임무를 맡았다." 그 외에도 악스트는 20명의 '피후견인'을 돌보아야 했다. 게다가 그는 제국 농부연맹에서 필요로 하는 '마을의 친족 명부를 만들기 위해 교적을 정리하는 일'에도 신경을 써야 했다. 즐거움은 거의 없고, 궁핍한 이들에게 베풀어야 하는 본연의 봉사와도 거리가 아주 먼 일자리에 대한 묘사다. 1942년 작센 내무부는 그에게 "병원 목사로 수행하던 모든 활동을 …… 중단하라"는 지시를 내렸다. 그의 직책은 죽은 자의 침상을 지키는 일이었다. 무기력하게 그는 무덤가로 걸어갔다.

요하네스 악스트는 호감을 불러일으키면서 도라 쉔펠더의 가슴속을 파고들었다. "당신의 따님 마리안네의 임종 소식이 그렇게 늦게 당신의 손에 들어가게 된 것을 몹시 유감스럽게 생각합니다. 가족의 관 옆에 머물 수 있다는 것이 환자 가족에게는 매우 중요하며, 그들이 큰 희생을 감수할 것이라는 사실을 저희는 잘 알고 있습니다. 당신에게 전보를 칠 수도 있지 않았느냐고 생각하시겠죠. 우리 지역의 우체국은 현재 그 같은 전보를 접수하지 않습니다." 몹시 애를 쓰기는 했지만, 고통을 겪고 있는 대리인 내부에 잠재한 피곤한 친절함이 이야기를 하고 있었다. 노넨휘겔 위에 있는 교회 첨탑의 그늘 속에서 그는 나치에 의해 공범자가 되었다. 그가 시선을 돌리는 곳마다 굶주린 자와 죽어가는 자들이 보였다.

요하네스 악스트는 일종의 공공 기관과 같은 사람이었고, 그의 이름은 아직도 사람들 사이에서 반향을 일으킨다. 1926년 그 목사는 그로스슈바이드니츠에서 목회를 시작했다. 그 마을의 황량한 상태 때문에, 봉사자적 기질이 뚜렷한 주 재판소 정리의 아들이자 동료들 중 달변가이던 그가 이 오지로 온 것일 수도 있다. 젊은 요하네스는 전에는 십자가 합창단에서 목청껏 노래를 불렀다. 그는 방안에 틀어박혀 지내는 유형이 아니었으므로, 공부를 마친 후 가정교사 신분으로 샤르트로이제 성으로 갔다. 750명으로 이루어진 공동체에 곤경에서 벗어날 길을 제시하는 것은 어려웠다. 기적만이 대부분의 사람들을 도울 수 있었다. 사람들 대부분은 이상하고 어딘지 모르지만 휘어지고 비틀려 있었다. 무거운 짐을 진 사람들에게 성서를 해설해줄 때면, 악스트는 설교대에서 몸을 내민 채 사람들의 시선을 벽에 걸린 석고 부조로 향하게 할 수밖에 없었다. 그건 올리브 동산 기슭에 있는, 기도하는 장소인 동시에 배반의 장소이자 체포의 장소인 겟세마네 동산에 있는 예수의 모습이었다. 예수가 제자들에게 말했다. "내가 가서 기도하는 동안 이곳에서 기도하면서 깨어 있으라."

드레스덴 태생인 그는 죽음의 수용소 그로스슈바이드니츠에서 적어도 환자들이 공감할 수 있는 사람이었다. 아무도 구할 수 없다는 고통으로 가득 차 있던 그는, 아마도 둔감한 주변 환경 속에서 고통을 함께 느낀 유일한 사람이었을 것이다. 병원 내 우체국에 보관되어 있는 편지들이 증명하는 것처럼, 표준화된 텍스트임에도 화환 리본에 있는 평범한 산문만을 읊조리지 않은 인간적인 목소리. 그녀를 위해 기도했고, 12시에 마리안네를 대지에 건네준 것이 정말로 요하네스 악스트였을까? 화가 이모의 마지막 사진을 묘지까지 들고 간 것이 정말로 그였을까? 죽은 자의 얼굴. "그녀는 아름다운 우리의 예배당에 아주 조심스럽게 안치되어 있었습니다. 그녀의 관 위에 화환이 여러 개 놓여 있었습니다. 예식이 끝난 후, 임종을 맞은 그녀는 공동묘지에서 대지로 맡겨졌습니다. 화장은 할 수 없었습니다. 당시에는 치타우로 가는 교통편이 없었기 때문입니다." 김나지움 학생이던 리히터가 발터스도르프에서 통학했던 그 치타우를 말하는 것이었다.

나치는 슈바이드니츠 교회에 있던 종 세 개 중 두 개를, 무기를 만들기 위해 징발했다. 제일 작은 종이 남았다. 1920년 '나는 부활이요 생명이다'라는 글자를 새긴 B형의 진흙 틀 속에 청동을 부어 만든 종이었다. 종은 황량한 풍경 속에서 소리를 냈다. 노란 판자를 댄 전시실에는 풍금이 침묵하고 있었다. 악스트가 편지에서 이야기한 마리안네가 누워 있던 관이 실제로 있었는지는 매우 의심스럽다. 1942년 병원은 많은 나무 관을 사들였다. 하지만 그 사이에 수천 명이 죽었다. 아마도 기독교인 악스트는 유족들을 위로하기 위해 무해한 거짓말을 했을 것이다. 신의 이름으로 그가 다른 무엇을 할 수 있었겠는가?

악스트는 서둘러서 타자기로 편지를 썼다. 서두르는 바람에 몇 글자를 틀리게 찍었고, 단수 대신에 복수, 쉼표 대신에 점을 사용하는 실수를 했다. 마리안네가 "갑작스러운 순환기 장애"로 죽었다고 그는 알렸다. 그녀는 "그렇지 않아도 심장에 고통을 겪었다." 목사에게 그와 같은 단어를 제공한 사람이 누구였는지는 알 수 없지만, 그녀가 병원에서 보낸 지난 8년 동안 단 한 번도 그와 같은 병에 관한 이야기는 없었다. 죽기 2주 전 진단서는 다음과 같았다. "차분함, 무관심함, 눈에 띄지 않음, 심장 박동은 맑지만, 낮음." 피할 수 없는 미사여구, "우리는 당신의 슬픔에 진심으로 공감합니다. 친애하는 쉔펠더 부인, 당신에게서 딸을 데려간 죽음이, 전혀 희망이 없고 더는 살 만한 가치가 없는 현재의 상태에서 따님을 구원해주었다는 것을 생각해보십시오." 이런 어법 때문에 그가 히틀러가 외친 인종 정책의 공범이라는 의심이 생겨난다. 게다가 죽음은 "운명이며, 그것에 대해 당신은 매우 감사해야만 합니다. 죽음은 무수한 불안과 걱정에서 당신을 벗어나게 해주었고", 죽음은 인간의 운명에서 최종적이며 결정적인 말을 하는 존재가 아니라고 썼다. 죽음은 "인간 영혼이 병든 육체의 장애에서 자유로워지고, 지상에서의 질병이 그녀에게 가져다준 고통으로부터 자유로운 존재로 이행하는 것"이라고 말했다. 그는 1945년 2월에도 여전히 "진정에서 우러난 애도의 말을 전하면서, 히틀러 만세"라는 맺음말로 조문 편지를 보냈다. 그는 히틀러 이름에 있는 T자에 의미심장한 동그라미 붙이기를 즐겼다. 그것은 분명 세속적 허영심에서 생긴 것이다. 어머니 도라는 전쟁의 혼란 속에서도 발터스도르프에 사는 딸 힐데가르트에게 새로운 비극을 전하려고 애를 썼을 것이다. 8개월 동안 네 번의 죽음을 겪었다. 자식 세 명과 남편의 죽음이었다.

마지막으로 목사는 사업적인 것, 중요한 문제로 넘어갔다. "원하신다면, 병원에서는 매년 6마르크의 비용을 받고서 마리안네의 무덤을 돌보겠습니다." 1945년 7월 3일 노이슈타트 지부인 시 사회복지과는 다음과 같이 적었다. "쉔펠더의 장례식 때문에 사회복지과에서 부담해야 할 비용이 있는지를 알려주시기 바랍니다. 그 비용이 얼마이며 누가 그것을 부담했나요? 즉시 답변을 주시면 고맙겠습니다." 그 밑에 담당자가 연필로 썼다. "70마르크 10페니히의 장례비용은 계산되었음." 시체 운반에 24마르크가 들었고, 공동묘지 강당을 사용하는 데 3마르크가 들었다. 최종 금액은 마리안네의 경우, 극빈자 매장을 해서 서둘러 묘혈 속에 던져졌다는 것을 말해준다. 보통, 관을 사용한 장례는

103마르크 10페니히가 들었다. 나무 관을 구입하는 것만으로도 33마르크 50페니히가 든다. 치유할 수 없는 시대와 상황 속에서 관을 메고 갈 수 있는 사람들이 더는 존재하지 않았다.

1945년도 흘러갔다. 미망인 도라 쉔펠더는 우편환으로 2년에 두 번 무덤에 꽃을 심도록 12마르크 50페니히를 슈바이드니츠로 보냈다. 1946년 3월 그녀는 '사랑하는 자식의 무덤'을 여전히 방문할 수가 없다고 불평을 했다. 그렇지만 그녀는 '그 일뿐 아니라 그 외 다른 일과 관련해서' 몇 가지를 협의해야만 한다고 했다. 그녀는 급히 증명서를 발급해달라고 부탁했다. "나는 기차여행을 허가받기 위해 증명서가 필요합니다." 1947년 2월 딸의 기일을 맞이해서, 지난 가을 딸의 묘지를 찾았을 때도 '무덤이 아직 완성되지 않은 상태였다'는 비난 섞인 말을 했고, '그들이 절약한 금액을 1947년에 사용할 수 있게 구좌로 입금시켜줄 것'으로 생각했다. 분명 그녀는 딸 힐데가르트를 옆에 거느리고 발터스도르프에서 왔을 것이다. 나치의 말살 정책의 광기는 이미 사라졌다. 은폐의 시기는 끝났다. 경찰이 책임자들에 대해 조사를 했다.

이상하게도 병원 정문 앞에 '반파시스트 저항가들'을 기리는 기념물이 서 있다. 이상하다고 한 이유는 3제국 시대에는 그로스슈바이드니츠에서 저항가들을 볼 수 없었다는 것이 이미 증명되었기 때문이다. 오히려 정반대였다. '굶겨 죽이는 것'에 반대하는 목소리는 전혀 없었다. 반대 목소리는 '병원에서 일자리를 얻고, 배가 부르게 먹을 것을 얻으면서, 입에 담기조차 어려운 끔찍한 이야기를 분명히 들었을' 촌락의 공범자들에 의해 무시되었을 것이다. 모든 슈바이드니츠 사람들에게 곤경이 닥쳤다. 역사가는 '심각한 의기소침'에 대해 이야기한다. 1946년 추수감사절을 기념하기 위해 성인에게 배급된 '갈아서 만든 고기를 끼운 빵'은 그들에게는 아주 특별하게 언급될 만한 가치가 있는 음식이었다. 경작지에서는 굶주린 사람들이 서로의 '손에서 이삭을 낚아챘을' 것이다. 국유지 주변에서는 사람들 800명이 '담벼락처럼 둘러서서, 저마다 괭이와 양동이를 든 채' 감자 수확 후 남은 감자를 캐가기 위해 기다렸다고 한다. 러시아인들은 발터스도르프에서 낟알이 든 수프를 배급했다. 리히터도 아버지와 함께 '이삭을 주우러' 가야만 했다. 식료품을 싸게 사기 위해 기차를 타고 시골로 가는 길은 며칠씩 걸렸다. 그들은 꽤 많은 나무공이를 마련해, 농부들의 집을 돌아다니면서 팔았다. 그들은 접시, 식사 도구, 양탄자를 싼값에 팔아치우려고 했다. "우리가 가지고 있던 모든 것을 팔았어요." 화가는 자신이 아주 형편없는 상인이었다고 말한다.

보복

뮌헨 광장 옆에 있는 드레스덴 지방 법원이 성채처럼 거대하게 솟아 있다. 르네상스 시대, 유겐트슈틸Jugendstil, 생활개혁운동 시대와 신즉물주의 시대의 건축물로 채워진 엄청난 규모의 요새 같은 건물이다. 측면에 건물 네 동이 있는 새로 지은 감옥 때문에 사람을 압도하는 건축물이 되어버렸다. 그 건물은 모든 악당들의 용기를 잃게 할 것이다. 맹세를 하는 손가락이 솟아 있는 60미터의 첨탑이 상징적으로 전체 지역 위로 우뚝 솟아 있다. 바깥에서 본 그 건물 전면부에는 지배의 상징인 사자와 독수리 머리에 사자 몸통을 한 날개 달린 상상 속 동물이 자랑스럽게 서 있고, 게오르크 성인이 용과 싸우고 있으며, 돌을새김으로 '범죄, 고백, 판결과 죄'라는 주제를 묘사하고 있다. 주 합각머리에서는 여인의 형상이 '진실'만을 말할 것을 약속하고 있다. 출입구 위쪽에는 "백일하에 드러나지 못할 만큼 은밀하게 이루어지는 범죄 행위는 없다"라는 표어가 새겨져 있다. 그 건물과 비스듬하게 마주보이는 곳, 뉘른베르크 광장과 바이로이터 슈트라세 사이에 있는 뮌히너슈트라세 10번지에 하인리히 오이핑어 교수의 또 다른 부동산이 있었다.

히틀러 독재가 끝난 지 2년 뒤인 1947년 6월 16일 특별 배심 재판부는 작센에 있는 살인 병원의 가해자들에게 판결을 내렸다. 엘프리데 로제 베히틀러의 아버지가 존넨 슈타인에서 가스로 살해된 서류번호 128번인 딸의 위조된 사망통지서를 받고 난 다음 퍼트린 표현처럼 '복수의 저주'가 마침내 이루어졌다. "명령자가 경솔하게 또는 과대망상 속에서 거칠고 무자비할 정도로 잔인하게 …… 행정 기술적 이유 때문에 병원 환자들을 무차별적으로 살해하라는 신호를 보냈기 때문에", 영원히 저주가 "그자를 짓눌러야만 한다"고 했다. 그는 자신의 편지를 히틀러에게 전달해달라고 부탁했다. 베히틀러는 그 후 며칠 동안 게슈타포 감옥에 갇혔다. 하지만 채워지지 않은 복수 욕구는 사라지지 않았다. 오이핑어의 이웃인 제국 대리인 무취만은 모스크바의 루비양카에서 총살되었다. 'T4 행동'의 입안자이고 제국 책임자였던 필립 불러는 자살했다. 병원과 요양소를 책임진 부국장 린덴도 스스로 목숨을 끊었다. 제국 의사협회 사무국장 콘디는 자신의 몸에 스스로 손을 댔다. 아이들을 살해한 혐의로 기소된 슈바이드니츠 의사 미탁 박사는 미결수 감옥에서 올가미를 선택했다. 간병인 아르홀트, 보이리히, 멘쉘, 아이힐러는 이미 목숨을 끊은 뒤였다. 피고인 펠페는 츠비카우 감옥에서 목을 매

죽었다.

그들이 유죄판결을 받은 사람들인데, 뮌헨 광장에 있는 건물에서 그들에 대한 재판이 열렸다. 재판이 시작되던 날 언론은 재판 보도가 "신경이 쇠약한 사람에게 나쁜 영향을 미칠 수도 있다"라고 경고했다. 의식적으로 열광적인 어조를 사용해 작성한 고발장에는 "진실하고 순수한 인본주의에 맞는 척도와 감각을 상실"했다고 혐의자들을 비난했다. "수천 명의 피가 속죄를 요구한다. 왜냐하면 그들이 모든 경계선을 넘어서서 통용되는 명령, '살인하지 마라!'라는 명령을 어겼기 때문이다."

재판은 피셔 박사가 재판장으로 참석한 가운데 대강당에서 열렸다. 현재는 경사가 가파른 150석 규모의 장소를 공과 대학 강당으로 사용하고 있다. 그곳에서는 마이크를 사용하지 않으면 목소리가 들리지 않는다. 동독 시절에 대학생들은 강의실 A251에서 '사회주의 경제학'을 들었다. 이전 시대에는 항상 그 과목이었다. 자본주의 시대인 지금은 그곳에서 '경제 교육학', '통계학 2', '계량 경제학'과 같은 강의를 듣는다. 바깥쪽 문가 벽에 붙어 있는 철제로 된 기념 명판이 1947년의 재판을 학생들에게 상기시키고 있다. 그 당시 법정 안은 엄청난 흥분에 사로잡혔다. 매일 전보電報가 왔고, 명백한 '살인자 패거리'의 변호인들에게 불만을 표출하는, 시민과 기업 동아리에서 작성한 성명서가 발표되었다. 제일 가혹한 형량을 요구하는 공공의 요구는 재판이 진행되는 동안 입장 표명을 강요했으며, 항의자들은 재판을 감시하기 위해 '대표자'를 보내라는 요구를 재판장 피셔가 발표하도록 강요했다. 재판은 '평화에 반하는 또는 인간성에 반하는 전쟁 범죄를 저지른 사람들의 처벌'을 규정하고 있는 연합군 점령위원회 법령 10호 2항을 토대로 진행되었다. 베히틀러를 강제로 불임수술한 지 10년이 지난 1945년 12월 20일에 작성된 이 법은 '집단적으로 자행된 대량 범죄'의 유형을 다루고 있었다. 말살, 노예화, 납치가 범죄 행위에 해당되었다. 지금까지의 법률 개념으로는 '산적한 끔직한' 범죄 사실을 제대로 다루지 못할 것이다.

피고 15명은 의자에 끼어 앉아 있었다. 또 다른 수배자 50명은 그들의 소중한 임무를 완성한 다음 뺑소니를 쳤다. 재판정 안에 배치된 경찰로 감시하는 듯한 눈초리를 하고 옆자리에 앉아 있는 여₤간수 탈러, 반팔 소매의 하얀 블라우스를 입은 공판 기록인들, 2층 난간 너머로 몸을 내밀고 있는 참관자가 되어 생각해야만 한다. 나무 의자 위에 서린 피의자들의 두려움과 비겁함의 수증기를 생각해야만 한다. 띠 같은 깃 장식을 걸친 재판장과 앞에 놓인 서류 더미. 그는 여덟 권의 자료를 처리했다. 나는 국립 문서보관소에 재고번호 11120으로 분류된 그 자료를 꺼내달라고 부탁했다. 별로 기분이 좋아 보이지 않는 담당자들이 한 권씩 긴 책상 위에 툭- 툭- 내려놓았다. 내가 그들의 태도를 그처럼 거칠게 느낀 것은, 독일의 과거 정황을 연구할 때 관료 체계가 사전 조사, 신청 기한, 면담 시간, 금지, 제한, 안하무인의 태도와 일목요연하게 볼 수 없는 '문서 목록', 꼬치꼬치 캐묻는 사람들이 지닌 끊임없이 가르치려는 태도로 연구자의 용기를 꺾고 마비시키는 행태를 보여주었기 때문인지도 모른다. 서류들은 등에 천을 덧대었고, 표지를 덧붙인 갈색 마분지 속에 묶여 있었다. 여러 장은 찢겨나갔고, 구멍이 뚫려 있었다. 보강을 하기 위해 투명한 종이를 뒤쪽에 붙여놓았다. 끼워놓은 열람자 명부에는 이제는 내게 익숙한 작가들, 괴츠 알뤼, 보리스 뷤, 하인츠 파울슈티히, 토마스 쉴터의 이름이 적혀 있었다. 이들은 독일인 특유의 망각에 빠질 뻔했던 역사의 뒤를 쫓고 있는 사람들이다.

한 무리의 범죄자들이 등급에 따라 분류되어 피고인석에 앉았다. 만약 그들이 유례없는 연속 살인에 적극적으로 가담한 사람들이라는 사실을 모른다면, 그들은 연극 극장 좌석에 앉아 있는 기대에 찬 관람객으로 보였을 것이다. 교수대는 그들과 단지 몇 발자국 떨어진 곳에 있다. 법원으로 가는 도중에 시선은 아치형 창문을 지나서 도망칠 수 있는 가능성이 전혀 없이, 사방이 막힌 사각형 공간으로 떨어진다. 그곳에는 피의자들을 처형할 이동식 단두대가 세워질 것이다. 미로 같은 건물 속으로 이끌려서 이송되는 동안, 그들은 피에 젖은 무대에 자신들이 세워질 가능성을 계속 눈앞에 두고 있었다.

살해된 마리안네 이모의 형상을 눈앞에 떠올리면서 사람들은 야수와 어두운 형상을 볼 것을 기대한다. 하지만 그 대신에 변호사의 보호를 받는 아주 일상적인 유형의 사람들, 평범한 외모를 보게 된다. 그들의 일상적인 외모 속에 들어 있는, 불안을 일으킬 정도로 무시무시한 범죄 행위. 혐오감만으로 그들을 관찰하는 것으로는 충분하지 않다. 외출하기 위해 차려 입은, 유복한 외관을 보여주기 위해 성장한 이 남자 피고인들. 그들은 수갑을 차고 있지 않았다. 이동 중에도 마찬가지였다. 그들은 외면적으로 결코 눈에 띄는 사람들이 아니었다. 그들은 마치 지상 전철역에서 기차를 기다리는 배심원이 범죄인 수송 버스 운전사의 권유를 받고 참석한 것 같은 모습이었다.

전 세계로 퍼진 긴 사진의 너비를 피고인석이 전부 차지하고 있었다. 사진의 제목을 읽기 전에 나는 이미 이 '의학 범죄자' 중

1947년 드레스덴 안락사에 참여한 의사들과 관련된 재판

에서 주요 피의자가 누구인지 알고 있었다. 파울 니체, 오른쪽 맨 끝에 있는 남자다. 그는 우연히 이곳으로 들어와서 흥미로운 연극을 보고 있는 것처럼 행동했다. 중앙에는 오랫동안 마리안 네 이모를 돌본 아른스도르프의 의사 에른스트 레온하르트가 있다. 앞쪽 여자들 중에는 마리안네가 죽은 11병동의 악령 같은 피의자 베델이 있었다. 풀을 먹여 빳빳하게 만든 모자와 간호사 복장을 한 그녀는 동료들과 함께 피보호자들에게 나쁜 짓을 자 행했다. 그것이 그들의 행위를 더욱 끔찍한 것으로 만들었다. 엄 격하게 가르마를 탄 머리카락이 나뉘어 있었고, 코는 작고 뾰족

하다. 모두들 뺨이 홀쭉했고, 광대뼈가 드러나 보였으며 창백했다. 그들의 스카프는 장뇌 냄새를 풍기는 것 같았다. 법정이 강조했듯이 "더는 총통의 말이 보호해주지 못하기" 때문에, 그들은 거짓된 참회의 모습을 하고서 보잘것없는 모습으로 앉아 있었다.

집단적 도취 상태는 끝났다. 단순하고도 청교도적인 치장 속에서 모든 사람들 각자에게 형량이 선고되었다. 그들은 직장 동료들이었다. 그들은 같은 생각을 지닌 사람들로서 서로를 알고 있었다. 공통의 치욕적 행위보다 사람들을 더 가깝게 결합시키는 것은 없다. 법정을 찍은 사진에서 그들은 거짓으로 순진무구한 표정을 짓고 바닥으로 눈을 내리깐 채 앞쪽을 응시하고 있다. 모두들 돌처럼 굳은 표정이다. 양심의 가책 때문이 아니라 공개적인 치욕으로 생긴 당혹감 때문이었을 것이다. 그들은 히틀러와 조약을 맺었다. 종교적 분파에서나 볼 수 있는 것처럼 그들은 복종적이었다. 나치 안락사에 관한 연구물이 이미 여러 종 출간되었다. 특히 괴츠 알뤼, 에른스트 클레 칼 하인츠 로트의 주도적인 연구가 출간되었다. 하지만 히틀러 국가에서 가장 힘없는 사람들에게 생긴 일은 여전히 이해할 수 없는 것으로 남아 있었다.

자기들끼리 모인 살인자들

"정신병 환자 살해 때문에 슐츠 박사와 다른 사람들을 기소한 사건 보고서 등 ……"에서 그로스슈바이드니츠 병원장은 만행의 중심인물로 간주되었다. 1946년 7월 12일. 볼프강 슈타우테는 힐데가르트 크네프가 주연으로 나오는 <살인자들은 우리들 가운데 있다>라는 영화를 촬영하기 시작했다. 그 영화는 1946년 10월 15일에 처음으로 상영되었다. 7월 12일에 사법부 소속 형사 지니는 체포된 자들의 핵심 진술을 기록했다. 1940년 슐츠는 드레스덴에서 하이데와 했던 협의에 참여했다고 했다. "내가 기억하는 한, 우리들은 …… 가스실에 가게 될 병자들의 선발에 관한 원칙을 알고 있었다." 마찬가지로 그는 솔직하게 심문자에게 털어놓았다. "우리의 행동 방식이 법률과 조화를 이루지 않는다는 사실을 우리들은 분명하게 알고 있었다." 슐츠는 이러한 범죄를 통해 이익을 취했다. 그는 봉급 이외에 '몇 년 동안 수천 마르크'를 받았다. '사망진단서를 발행할 때마다 10마르크씩', 1945년 초, 전선이 독일을 향해 밀려올 때 관청의 지시로 그는 직원들에게 "적당한 경우에 약품을 건네줌으로써 환자의 숫자를 축소하도록", "진정제를 여러 번 줌으로써 정신병자가 죽게 하라고" 요구했다고 진술했다. 아마도 많은 사람들에게, 또한 마리안네 이모에게도 그 요구는 사형선고와 같았을 것이다. 그녀의 마지막 병원 책임자는 확신에 찬 어조로 말했다. "도덕적인 측면에서 얘기하자면, 나는 우리 스스로가 심하게 병든 사람들을 살해한 살인자가 아니라 구원자로 간주했다는 것을 이야기하지 않을 수 없습니다."

보관 문서에는 테두리에 구멍이 뚫려 있는 이미 닳고 닳은 종이가 삐져나와 있다. 종이가 부족했던 것을 알 수 있다. 꾸미지 않은 솔직함 때문에 기억하기 쉬운, 플라우엔 상급학교의 전직 교사 로베르트 슈람이 쓴 편지는 1945년 10월 그로스슈바이드니츠에서 "내 딸 빌프리데 슈람을 살해하도록 사주한 자"라고 슐츠를 고소했다. 그는 자기 딸이 엄지손가락이 없이 태어났기 때문에 인종 광신자의 표적이 되었다고 주장했다. 병원에 있던 그녀는 매우 두려워했다고 한다. 그의 딸은 살해되었다. 전직 교사인 슈람은 병원에 아무런 항의도 하지 않았다는 것 때문에 자기 자신을 가장 많이 비난했다. 그의 고소로 그 사건은 다시 다루어졌다.

슐츠는, 의미심장하게도 리히터의 장인 오이핑어가 10년 동안 근무한 일터인 드레스덴 프리드리히슈타트 병원에서 음식을 넉넉히 제공받으면서 재판이 다시 시작된 것을 경험했다. 오이 핑어는 아직 뮐베르크 수용소에 갇혀 있었다. 서류를 살펴볼 때 한 사람의 인생이 다른 사람의 인생과 연결된다는 것을 보여주는 또 하나의 증거였다. 소설가 빌헬름 게나치노Wilhelm Genazino 였다면 그것을 알 수 없는 무명의 연출가가 연출한 '삶의 총체적 기이함'이라고 이야기했을 것이다. 슐츠는 츠비카우 미결수 감옥에서 1947년 11월 1일에 폐렴과 심한 심장 장애로 죽는다. 운명은 그에게 관대했다. 그렇지 않았다면 교수대가 그를 기다렸을 것이다. 마지막 계산서는 미지불 상태로 남았다. 공식 계산서 독촉장을 보면 치료 기간 164일에 대한 1,230마르크가 지불되지 않았다.

형사 사건 1 Ks 58-47에서는 파울 니체가 중심부를 차지했다. 좀 더 과장하자면, 그는 그들 중에서 유일한 지식인이었다. 의학 박사이며 교수인 헤르만 니체. 하얀 칼라와 목 주위로 맨 검은 끈. 머리카락이 없는 두개골. 처벌이 요구하듯이 네 번째와 다섯 번째 요추 사이가 갈라져 몸에서 분리된 머리통이 단두대 바구니로 떨어질 예정이었다. 이 정신과 의사는 위압적인 그의 아버지가 종사했던 직업을 선택했다. 아버지를 넘어서기 위해 외모를 잘 가꾼 70세가량의 이 노신사는 '안락사' 전략가로서 자신의 직업에서 성공을 거두었고, 정신병자를 희생양으로 삼아 열등 감에서 해방되었다. 변태적인 죽음의 대리인, 그 점에서 니체는 누구에게도 뒤지지 않는다. 강제 불임수술을 위해 그는 도식적 인 계산표를 고안했다. 마치 파괴의 대차대조표를 자랑이나 하 려는 듯이, 그는 기록하고, 파악하고, 조절하고, 순서를 매기고, 표시하고, 표를 만들도록 지시했다. 그것은 능력을 입증하기 위 해 체계를 광적으로 추구하는 것이었으며, 살인자들인 나치 관 료들이 자신들은 손댈 수 없는 존재이며, 그런 일은 발각될 위험 이 아주 적다고 여겼다는 것을 증명한다. 질서에 대한 편집증적 인 의지가 양심의 가책을 몰아냈고, 희생자들을 숫자로 변환시 켰다. 숫자는 영원을 위한 것이다. 니체는 희생자 숫자를 통해 자신을 불멸의 존재로 만들고자 했다.

그의 모습을 보고서는 아무도 그가 지금은 어떤 사람이고 과 거에는 어떤 사람이었는지를 알 수 없다. 겉으로 보기에 그는 아 주 호인으로 보인다. 그는 그렇게 그곳에 앉아 있다. 신체 언어 는 끔찍한 것을 억제시킨다. 교수는 '가스 살인이 고통스럽지 않 고 정말로 아주 부드러운 죽음의 방식'이었다고 한 치 의심이 없 다고 확언했다. 그만 그런 것은 아니었다. 전문가들은 딱딱한 관 청 용어로 의견을 교환했고, 정말로 무시무시한 문장 속에서 '친애하는 여러분'이라는 인사말로 서로 교제했다. 그리고 그들은 '관련 사항: 무가치한 삶의 말살'이라는 항목이 있는 '비밀' 통지서에서 형식을 중시했다.

파울 니체 뒤편에는 살인자의 길이 놓여 있다. '매일 세 번씩 0.3미리그램의 루미날을 3일 동안 투여'함으로써 정신병원 환자들을 '안락사'시키는 것은 그가 고안해낸 방식이었다. '최고 판정관'은 수천 명이 연관된 사건에서 '희생자의 운명에 대해 최종적인 결정권'을 가지고 있다. 그는 '…… 정신병 환자를 가스로 죽이기 위해서' 준비했다. 그의 변호사 헤닝은 공포심에 사로잡혔다. 그는 자신의 의뢰인이 어떤 범죄를 저질렀는지 알게 되자 즉시 변론을 포기했다. 거부 이유는 "나는 성실한 교회 신자입니다"라고 했다. 수석 검사 폴은 주범에게도 사형밖에 '구형'할 수 없다는 것을 유감스럽게 생각했다. "유감스럽게도 더 심한 처벌이 없다"고 그는 말했다.

1902년 니체는 '유기체의 두 가지 종류의 뇌질환에 드러나는 기억 장애'에 관한 박사학위 논문을 썼다. 바이마르 시대에 그는 주도적인 정신과 의사로 통했고, 진보적으로 생각했었다.

그의 삶은 흠집 없는 학자의 인생 경로처럼 보였다. 존넨 슈타인의 임시 병원장이던 그는 환자들을 위해 특이하다고 할 만큼 공개적으로 '율동 체조와 질서 유지 연습'을 하도록 지시했고, 자아분열증 환자를 위해서는 지리 수업, 슬라이드 강연, 춤 축제, 연극과 영화 상영을 지시했다. 그는 1929년 발행한 『정신병 기본 참고서』에서 '차분하고 친절하게' 환자를 '다루는 치료'에 찬성했다. 그들을 '정신적으로 동등한 권리가 있으며 온전한 가치를 지닌 인간'으로 간주해야 하며, "사람들이 환자를 …… 포기한 상태로 여기지 않는다는 것을 환자가 느낄 수 있도록 하는 것"이 중요하다고 했다. 또한 마취제 사용은 특히 신중하게 고려해야 한다고 했다. 그가 살인 동료인 베르너 하이데를 재판에서 '매우 민감하고', '아주 부드러운 사람'이라고 표현했을 때, 그는 자신을 그의 정신적 형제라고 생각했다.

그는 활동적이고 부지런했다. 정신병 환자에 관해 통계를 내면서 그는 강박증에 걸리게 되었고, 1938년 ≪정신병과 인접 분야를 위한 일반 잡지≫의 편집위원이 되었다. 그것은 좋은 징조가 아니었다. 그는 1938~1939년에 드레스덴 '인종 위생학 독일 협회'에서 함께 일을 했으며 '유전병 상급법원'에서 일을 맡았고, '민족 국가'는 '귀중한 인종적 특성을 유지해야만' 한다고 확신했다. 니체는 지킬과 하이드, 인간의 친구이며 동시에 살인자 같은 인간이었다. 그가 직접 진술한 내용을 보면 그는 "여러 번

가스 살인을" 참관했는데, 감정의 동요 없이 "갇힌 환자들이 때때로 문으로 몰려들거나 두드리는 것을" 들었다. <선별 기관에서의 촬영>이라는 선전 영화에서 니체는 운송 수단의 도착에서 '목욕 공간의 청소'가스실을 의미한다! 에 이르기까지 하나씩 차례대로 촬영하려고 했다. 이는 '죽음이 이루어지는 것을 확인'하고, 시체를 '냉장실에 보관하는 것'과 마지막으로 '화장'하는 과정을 포함한 장면이다. 1940년 5월 계획서 요약문 C 항목은 그랬다. 그 영화는, 영화사상 죽음을 가장 많이 떠올리게 하는 연출 지시 사항을 가진 영화다.

법정 서류 다섯 권이 하인리히 오이핑어를 암시하고 있는 것은 결코 우연이 아니다. 니체의 변호사는 1947년 6월 6일 피고인이 제국 의사협회 사무국장과 협의할 때 작센 정부가 정신병자에 대한 은밀한 안락사를 수행하도록 지속적으로 요구한 것에 대해 그가 저항했다는 것을 입증해줄 네 번째 증인으로 오이핑어를 지명했다. 드레스덴 국립 문서보관소에 쌓여 있는 오이핑어에게 보낸 변호사의 편지는 오이핑어가 안락사 주도 세력과 아주 친밀한 관계를 맺었고, 그들 속에서 행동했다는 사실을 증명하고 있다. 친위대 의사 노릇을 하고 사건에 깊이 관여했으면서도 안락사에 대해 전혀 몰랐다는 것은 있을 수 없다. 재판장은 '연락이 되는 한'

그를 증인으로 출두시키는 것에 반대하지 않았다. 오이핑어와는 연락을 할 수 없었다. 친위대 영관 장교였던 그는 여전히 러시아인들이 관리하는 밀베르크 수용소에 감금되어 있었기 때문이다.

공범자

작센의 화보 잡지 ≪차이트 임 빌트Zeit im Bild≫ 1947년 8월호는 재판 사진을 '포츠담 광장의 꽃 파는 여인', '아르헨티나 영부인 에바 페론의 교황 방문', '미스 로스엔젤레스. 그녀는 분명 늘씬한 몸매를 지녔다'라는 제목을 붙인 사진 사이에 실었다. 피의자 에른스트 레온하르트는 안경을 끼고 있었는데, 새 같은 얼굴로 모습이 쉽게 눈에 띄지 않았는데, 몸은 구부정하고, 뺨이 움푹 들어갔으며, 아주 넓은 칼라가 달린 옷을 입었고, 시체처럼 창백했다. 드레스덴 국립 서류보관소에서 찾은 그의 신상 서류는 진정한 충복의 여러 단계를 다시 설명하고 있다. 그것이 이 비열한 인물의 신상을 증명해주는 유일한 문서다. 그는 라이프치히에서 예과 과정과 국가시험에 최고 점수인 '1점'으로 합격했다. 1913년 정신병원에 응모하는 지원서를 "삼가 존경을 표하면서 줄입니다"라는 인사말로 끝냈다. '독일 혈통'을 입증하는 모든 '증명서'에는 단정한 나치의 갈고리 문양이 그려져 있었다. '의심할 여지없음'이라는 판단이었다. 그는 특별히 '인종과 건강을 유지하기 위한 국립 아카데미에서 개설한 강좌'를 수료한 사실을 언급했다. 그는 1937년 5월 1일 나치당에 입당했고, 신경질환과 정신병 전문의가 되었다. '가스 살해 행위의 전권 위원'이던 그는, 문학 작품에도 이름이 오르게 되었다. 연방 서류보관소에서 얻은 이 서류에는 이 같은 '주요 비난' 옆에 '범행을 자백했다!'는 글자를 휘갈겨놓았다.

젊은 시절, 금발에 콧수염을 기른 마리안네의 담당 의사는 근사한 외모를 지녔다. 그는 조끼를 걸치고, 당시 유행을 따라 재단된 폭이 넓은 칼라가 달린 옷을 입었다. 꽉 조인 넥타이는 정신병 환자들의 박멸과는 아무 연관이 없는 야심만만한 정신과 의사를 연상시켰다. 1946년 2월 28일 그는 피르나에서 체포되었다. '인간성에 반하는 범죄'가 체포 이유였다. 레온하르트가 자유 상태에서 마지막으로 본 것은 가스실 존넨 슈타인이었다. 살해 장소에서 그리 멀리 떨어지지 않는 곳에서 그를 체포했다는 사실보다 더 긴밀한 연관 관계를 보여주는 것은 없을 것이다. 경찰청 H 부서의 붉은 종이에 작성된 '범인 인도 서류'를 보면 그는 4월 1일 드레스덴 감옥으로 옮겨졌다. 그 서류에는 4월 2일과 서류번호 12C 448 / 46H라는 확인 도장이 찍혀 있었다. 그는 '경찰관 집단 주거지인 16번지'에 거주한다고 진술했고 '하루에 약 8,000마르크'를 번다고 했다. '그 외 증명서' 항목에는 "러시아인들이 발행한 신분증명서 압수"라고 적혀 있었다.

미결수 감옥에서 그는 '작센 검찰'에 보내는 애처로운 탄원서를 작성했다. "감옥에 갇힌 지 벌써 8개월째이고 끔찍한 고통과 자책에 시달리고 있습니다." 가죽처럼 질기고 양면에 글씨를 쓸 수 있는, 보존하기 위해서 강한 방부제에 담가두었던, 그 종이에 손대기 겁날 정도로 끔찍한 사건이 기록되었다. 최고 판정관 하이드와 니체처럼 그도 자신을 천성적으로 '다정다감'하다고 주장했다. 얼마 뒤 그의 부인이 그를 위해서 간청했다. "그는 건강상 이유로 구금 상태가 길어지는 것을 견디지 못할 겁니다." 그녀는 자신과 유죄 선고를 받은 다른 간호사들이 환자들을 '아주 이타적인 방식'으로 돌보았다고 고집스럽게 주장했다. 이 가족의 도주 계획은 적발되었고 실패로 끝났다. 레온하르트는 스스로 이렇게 변호했다. "나는 당에서 어떤 직책도 맡지 않았습니다. 내 상관 자겔 박사의 권고로 입당했습니다. 그때 약간 압력이 있었습니다. 나는 당에서 어떤 이득도 얻지 못했습니다. 정치적으로 활동한 적이 없으며, 히틀러에 반대했던 부류에 속했습니다.”

히틀러는 죽었다. 히틀러는 죽어서 사라졌지만 그의 충실한 관리 레온하르트는 아직도 살아서, 법을 준수해야만 하는 의무를 지켰을 뿐이라는 변명 뒤로 몸을 숨기고 있다. 러시아인들이 이 사건을 독일인이 책임을 맡은 형사소추로 넘기자마자, 드레스덴 경찰은 1946년 4월 8일 꼭두각시와 나눈 다음과 같은 대화를 기록해두었다.

결론적으로 말해 당신은 총통을 맹목적으로 따른 것이죠?

총통이 아니라, 상급 관청의 지시를 따랐던 것입니다.

당신은 그렇게 함으로써 잘못을 범했다는 것을 알고 있었죠!

아니요, 그것이 잘못된 일이라는 것을 알지 못했습니다.

당신은 사람들이 파괴되는 것을 알고 있었죠.

나는 수행해야만 했던 지시가 법적으로 정해진 일이라고 확신하고 있었을 뿐입니다.

결국 죽이라는 명령이었죠?

그것은 살인으로 볼 수는 없습니다.

수천 명의 사람이 살해되었는데, 그것이 합법적이라는 말인가요?

나는 그것을 올바른 일로 여기지는 않았습니다.

그런데도 당신은 그것을 수행했지요. 이유가 뭐죠?

나는 상급 관청의 지시를 따랐을 뿐입니다.

정권에 순종적인 충복이 아른스도르프의 자아분열증 환자들 중에서 하필 리히터의 이모가 달아나는 것을 허락했고, 그녀에게 얼마간의 유예 기간을 마련해준 이유를 나는 밝혀내지 못했다. 그에 대해 내 나름의 설명을 나에게 했다. 그녀는 치료할 수 없을 정도로 병이 깊었고, 독신이었으며, 분류기호 14에 해당했고, 가장 배척받는 사람에 속했으며, 아무 일도 하지 않았다. 모든 '가치 없는 식충이'들에게는 생존 권리가 박탈되었다. 당시에 그 처녀는 정신병원에 입원한 지 5년이 채 되지 않았으며, 마리안네에게는 그의 신경에 거슬리는 무언가가 있었음이 분명했다. 그런 까닭에 그녀는 관료적 표본에 100퍼센트 들어맞지 않았을 것이다. 1939년 7월부터 1941년 1월 초까지 그녀의 서류에는 아무도 관심을 기울이지 않았다. 마치 그녀는 선별 작업에서 잊힌 듯 보였을 정도였다. 마리안네는 레온하르트가 죽음과 벌이는 체스 시합에서 살아남았다. 그때까지는 그랬다.

안락사가 절정에 달했던 1940~1941년에 그는 아른스도르프에서 가장 강력한 경쟁자인 병원장 자겔을 대리했다. 이 대리인은 삶과 죽음을 결정하는 주인으로 빠르게 승진했다. 1941년 3월 20일 레온하르트는 베를린 총통 관저에서 열린 엄선된 병원장 회의에 참석했다. 그 회의는 "행동을 실행하는 것이 목적이었다." 레온하르트는 별로 대단하지 않은 정신병원 의사였다. 아무도 그의 논문에 대해 알지 못했다. 그런 그가 베를린 총통 본부에서 열린 비밀 모임에 초대되어 히틀러 부관들에게서 비밀을 전해들은 경험은 그의 허영심을 충족시켰다. 파멸 장소에 도착하는 새로운 수송 차량은 전부 총통에게 바치는 충성 서한이고, 인신공양이었다. 그 총통은 나치의 전문용어를 빌리자면 120년 이내에 독일 민족의 신체에서 '게르만의 순수인종'을 유전적으로 '추출'해낼 수 있기를 원했다. 겉보기에 안전한 쪽으로 자리를 정하고 난 지 1년도 채 안 되어 살인 행위를 완성한 이 공범자는 '1942년 1월 26일 총통 아돌프 히틀러가 서명한, 총통 본부의 명령'으로 의과 위원에서 최고 의과 위원으로 승진했다. 타이프 용지에 작성되어 '콘티 박사가 서명한' 명령서다.

레온하르트는 꾸며낸 개성은 있지만, 자신의 견해는 전혀 없는 것으로 드러났다. 그는 병자들의 건강을 책임질 의무가 있는 의사였기 때문에, 죽음이 그에게 무시무시한 매혹을 발산한 이유를 자문해야만 했을 것이다. 그는 '권위적인 성격'의 전형이었고, 비겁함 때문에 살인에 대해 침묵하고 복종한 굴종적인 기능인이었다. 노예근성은 제2의 천성이 되었다. 며칠간 자유 시간을 얻기 위해 그는 관청 상관 앞에서 굽실거렸고, 1941년 7월 "1939년 이후로 휴가를 가지 않아서 심한 업무상 과로로 건강이 많이 상했다"고 우는소리를 했다. 레온하르트는 그런 데서 살인 충동을 언급한 것이었다. 그 직후1941년 9월 30일에 관청의 지시는 그가 '특별 행동과 연관 있는' 모든 일을 '이후에도 독자적으로 수행할 수 있는' 권리가 있다는 사실을 확인시켰다. 그는 "일에 잘 적응했고 지금까지 모든 어려운 상황을 잘 처리했다"고 한다. 권력의 정점에 서 있던 그 의사는 마리안네 이모의 환자보고서에, 확신에 찬 필체로 엄격하게 '박사 L'이라고 서명했다. 그는 병원장이 되기를 갈망했다. 미결수 감옥에 수감된 나락에서 그는 심문 기록 용지의 미리 그어진 줄 위에 자신의 이름을 동그랗게 그려 넣었다. 두려움이 그를 괴롭혔다. '레온하르트 박사'라는 글자는 너무 커다랗고, 허풍을 치는 듯 보였으며, 불안정하고 흔들린 모습이었다.

레온하르트는 재판장을 연단으로 만들었다. 예견된 판결을 앞두고서 예순두 살의 이 의사는 '자신의 행동 뒤에 서린 끔찍함에 대한 이해력을 전혀' 보여주지 못했다. 결코 정치에 관심을 보인 적이 없다는 되풀이되는 변명에 염증을 느낀 재판부는 그를 "둔감한 심장과 스스로 책임지는 행위를 포기함으로써 파시즘의 만행을 가능하게 한" 사람으로 간주했다. 학자에게는 "어울리지 않는, 정신적이고 국가적인 생활과 연관된 일에서 보여준 방향 상실 상태와 어떤 입장도 없는 태도"가 그를 "나치 범죄 정책의 도구"로 만들었다고 했다. 사형 판결이 내려지기 전에 레온하르트는 신상이 공개되었기 때문에 파멸적인 판결을 경험했다. 그 판결은 잘못 산 삶 속에 감춰져 있던 진실 속으로 갑작스럽게 그를 몰아넣었다.

히틀러와 환자 사이에서 선택해야만 하는 갈등 상황에서 한쪽에 항복했으며, 환자를 죽이는 것이 승진하는 제일 간단한 방법이라고 생각했다고 인정하기보다 목숨을 구하기 위해 변명을 늘어놓았다. 레온하르트의 장광설은 법률이 정한 최고의 가혹함을 유발했다. 재판장은 그에게 결정을 통보했다. "어떤 경우라도 그는 그 행위에 동참하는 것을 거부해야만 했다. 그리고 거부할 수 없었다면, 자리를 내놓아야 했다." 그것으로 끝이었다.

몇 쪽에 걸친 자세한 선고 이유는 어떤 변명도 용인하지 않았다. 특별히 무감각한 가해자에 대한 판결은 독일인들을 향한 일종의 각서였다. 주 법원은 독일 민족의 잘못을 분명하게 지적하고 있다. "인간성의 본질이 인간이 결코 어떤 목적을 위해서라도 희생되어서는 안 된다는 데 있다고 보면, 인간의 생존 권리를 오직 사회적 또는 정치적 유용성에 따라 판단하는 것은 금지되어야 한다. 인간성은, 비록 손상된 형태로 드러난 인간의 모습이라도 그것을 존중할 것을 엄격히 요구한다." 이와 같은 이성의 목소리는 원한에 찬 것처럼 들리지 않고, 진솔하고, 인상적일 만큼 새로우며 인간적으로 들린다.

아주 독일적인 관리였던 레온하르트는 후손들에게 무거운 유산, 즉 서류를 남겼다. 전쟁 말기에 그는 자신이 가스실로 보낸 환자보다 더 중요하게 생각한 환자 개인의 서류를 소각하는 것에 분명히 반대했다. 그 덕분에 그의 이해할 수 없는 파괴 욕구를 보여주는 증거가 남게 되었다. 아마도 그가 했던 최초의 반대 행위였을 것이다. 시간이 지나면 그가 옳았다고 세상 사람들이 인정하게 될 것이며, 자신의 행위가 환영을 받을 것이라는 그릇된 생각에서 그런 행동을 했다는 점은 우려할 만하다. 어쨌든 이 서류가 없었다면 나는 마리안네 쉔펠더의 운명을 해명할 수 없었을 테고, 훗날 그녀가 걸은 길을 거슬러 표시하는 것은 불가능했을 것이다.

레온하르트, 꼬리에 해당되는 인물. 그들 모두는 믿을 수 없다는 듯, 드러난 자신들의 범죄에 귀를 기울였다. 그들은 환자 살해를 '구원 행위'로, 환자의 가족들에게까지 미치는 구원 행위로 재해석하려고 했다. 마지막으로 제브니처 로젠 슈트라세 5번지에 살던 늙은 니체만이 "충격적이고 거의 냉소적인 솔직함으로 낭독된 자백"을 받아들였고, 냉정한 느낌이 들 정도로 차분하게 자신의 행위를 광범위하게 인정했지만, '살인자'라는 고발은 인정하려 들지 않았다. 서른 살과 서른여섯 살이 된 두 자녀의 아버지인 그는 자신이 '주요 책임자'로 단두대에 누워야만 한다는 사실을 이미 알고 있었다.

2주 동안 진행된 짧은 재판이었다. 이 소송 절차는 법률 역사를 새롭게 썼다. 증인이 70명 이상 출두했고, 그중에 엘프리데 로제베히틀러의 남동생 후베르트도 끼어 있었다. 사람들은 증인 중 끝에서 두 번째로 나온 그의 증언을 들었다. 법정은 현장 조사를 위해 그로스슈바이드니츠로 갔다. 1947년 6월 24일 재판장은 주 정부에 '필요한 자동차 연료를 준비해달라'고 부탁했다. 재판부는 담당자 세 명에게 지시를 했고, 1947년 7월 7일 범죄의 중대성에 근거해 네 건의 사형선고검찰은 열한 건에 대해 사형을 구형했다와 한 건의 무기징역을 선고했다. 법정은 모든 면에서 사람을 우울하게 하는 가해자들을 다루었다. 여기에 '혐의 사실을 거부할 만한 근거'는 없었다. 판결을 내릴 때 '장엄한 침묵'이 지배했다고 한다.

죽은 자들이 여행을 하게 되면……

선고가 있고 난 다음날, 간수는 사형선고를 받은 레온하르트를 새벽 5시경에 발견했다. 슈바이드니츠에서 마리안네 이모를 살해한 시각과 거의 같은 시각이었다. 레온하르트는 창가에 박힌 갈고리에 양말 제조용 실과 손수건을 꼬아서 만든 줄에 매달려 있었다. 드레스덴의 미결수 감옥 의사는 그가 정각 9시에 '목을 매어 자살'했다고 확인했다. '사망 추정 시간은 약 4시경'이었다. 그전에 마지막으로 한탄을 하면서 이야기를 늘어놓았고, 마지막까지 사실을 회피했으며, 자신에 대해 근본적으로 착오를 일으킨 듯 행동했다. 자신의 죄를 스스로 벗어버리는 최후의 변덕스러운 행위로 그의 작별 인사는 두 장을 넘기고 끝이 났다. "판결이 내려졌다. 나는 결론을 내렸다. 나는 교수형을 받을 정도로 나쁜 짓을 하지 않았다. 나를 아는 모든 사람은 내면에서 그것을 느낄 것이다. 나에 대한 판결문에는 용서한다는 말이 한 마디도 나오지 않았다." 개선의 기미가 전혀 없었다. 눈이 먼 이 사람은 그가 환자들을 도와주려고 했다는 암시를 남기려고 했다. "나는 그들 모두를 구할 수 없었다." 마지막으로 재판장에게 '그의 희생만으로 만족을 느끼길 바란다고' 부탁했다. 그는 "부인이 내야 할 구금 비용을 면제"해주기를 바란다고 했다. 증명서 3905번을 보면 그는 135일 동안 구금 비용으로 202마르크 50페니히와 수수료 50페니히를 지불해야만 했다. 변호사는 계산서를 작성했다. '382마르크 34페니히'의 변론 비용, 그중에서 전보 비용 22마르크 8페니히와 부가가치세 40마르크 26페니히가 포함되어 있었다. 변호사는 국고에서 비용을 지불해달라고 부탁했다. 레온하르트 미망인의 재정 상태가 아주 좋지 않다고 했다. 신문은 다음과 같은 제목으로 자살을 알렸다. "괴링의 선례에 따라 죽다."

소나무로 둘러싸인 화장장 톨케비츠의 '화장 명부'에 1947년 7월 14일 11시 25분, '허가번호 9682' 항목 아래 에른스트 레온하르트의 이름이 적혀 있다. 그가 희생시킨 이들과 마찬가지로 매장 과정은 비공개로 진행되었다. 8월 11일 재를 담은 상자에는 우편 발송을 나타내는 약자가 표시되어 있었다. 그것은 드레스덴에서 아른스도르프 공동묘지로 보내졌다. 아른스도르프 시청에 있던 병원 부원장에 관한 모든 서류를 없앴으므로, 이제 공식적인 정보로는 레온하르트에 관해 전혀 알 수 없게 된 셈이다. 정보가 전혀 없다는 사실 역시 나치의 과거를 다루는 방식에 대한 정보가 될 수 있다. 마리안네 이모의 이야기는 리히터의 그림이 그녀의 존재를 증명하고 있기 때문에 이 세상에 남아 있게 되었다. 1964년 2월 처리 비용을 지불하고서 레온하르트의 뼛가루는 '우편을 통해' 아른스도르프를 경유하여 죽음의 국경선을 지나 한쪽 독일에서 다른 쪽 독일인 서독으로 이장되었다.

그의 딸이 자신이 살던 뒤셀도르프로 그를 데려갔다. 엘러 공동묘지에 있는 가족묘지에서의 마지막 안식. 남쪽에 있는 고속도로 진입로가 그 공동묘지 위를 지나간다. 나는 735번 버스를 타고 그 지역에 도착했고, 볼링연맹이 지정한 공식 규격을 갖춘 볼링장이 있는 '안락한 구석'이라는 술집에서 멀리 떨어지지 않은 곳에 내렸다. 여러 차례 물어본 다음에야 12구역에 도착했다. 자작나무 아래, 제2차 세계대전 희생자를 기리는 기념물에서 멀지 않은 곳에 붉은 화강암으로 만든 '레온하르트 박사'의 묘비가 있다. 1964년 3월 4일 뼛가루를 담은 상자가 도착했을 때 리히터는 이미 뒤셀도르프에 살고 있었다. 무언가가 그를 건드리기라도 한 것처럼, 그는 같은 해에 프리드리히슈타트 지역 퓌르스텐발 163번지에서 그의 장인인 오이핑어 교수를 그렸다. 인물, 장소, 이름, 날짜와 표식의 연결이 모든 경계선을 넘어 드레스덴 프리드리히슈타트에서 뒤셀도르프 프리드리히슈타트로, 동독에서 서독으로 기이한 매듭을 이루면서 계속 이어졌다. 1964년 3월에 주 의학 분야 최고 위원인 슈모를이 죽었다. 그는 드레스덴 유전병 재판소에서 심각한 결과를 나은 마리안네 이모의 참사를 촉진시킨 사람이다.

판결을 받은 파울 니체는 1948년 3월 25일 뮌헨 광장 옆 감옥에서 참수되었다. 참수되기 4일 전에 '통합본부'가 모든 사면 요청을 거절하고 난 다음, 그는 감옥 호에넥에서 슈톨베르크 지역으로 '이송되었다.' 검찰총장은 곧바로 형을 집행하라고 지시했고, 이를 담당 지방 검찰청에 '대외비'로 알렸다. 의미심장하게도 총장의 이름은 리히터였다. '다음 조처를 되도록 빨리 실행'하라는 지시가 그에게 떨어졌다. 처형되기 이틀 전에 담배 스무 개비가 특별히 지급되었다. 종교와 관련된 질문에 대해 '독실하다'고 대답한 니체는 '심한 내적 불안'을 보였고, 요하네스 운게튐 목사를 불러달라고 부탁했는데 그 목사는 '오랫동안 그를 돌보았다.'

막상 살인 행위가 자신과 직접 연관되자, 숫자에 사로잡힌 니체는 「포로 또는 죄수의 사망에 관한 보고서」 위의 작은 숫자에 불과했다. 분류기호 1 Ks 58/47. (S) 1/47, 처형 이유로는 "판결의 실행"이라고 적혀 있었다. 집행 감독관 케스트너가 작성한 서류 양식 'VollzO. A 27.' 처형의 외부 상황을 기록하는 데 들인 세심함은 나치가 이전에 환자들을 처형할 때 보인 정확성과 부합한다. 검찰의 서류철에 사형선고를 받은 자는 붉은 십자가로 표시되어 있었다. 그로스슈바이드니츠의 의사들도 파괴하기 위해 골라낸 환자들을 같은 방법으로 표시했다. 니체의 임종 전 식사는 빵 여섯 조각, 버터, 달걀 두 알이었는데, 그는 "고맙다"라고 말하고 받아먹었다. 그가 정신병 환자들에게 준 음식량의 몇 배에 달하는 양이었다.

공식 보고서에 의하면 그는 1분 1초를 헤아리게 되는 처형 전날 밤을 처형 장소 바로 옆에 있는 여섯 개의 작은 공간, 1층의 18~23번 감방 중 한 칸에서 보냈다. 나무 의자, 접는 식탁, 아마도 양동이가 있었을 1×1미터의 작은 공간이었다. 그는 다가오는 발자국 소리를 들을 수 있었다. 육중한 돌쩌귀에 매달려 있는 빗장이 열렸다. 니체는 결박된 채 '간수 두 명'의 손에 끌려서 옮겨졌고, 목깃이 없는 아마포 죄수복을 입고 있었다. 감독하기 위해 검사 슈판크, 지방 검찰청 직원인 사법고등 감사관 핑커가 참석했다. 그는 밖으로 나가야만 했다. 그가 재판받는 동안 매일 내려다보았던 리히트플라츠에서 얼마 떨어져 있지 않은 곳이었다.

건물 안마당은 죽은 듯이 고요했다. 처형 시간은 6시 7분이었고, '5초'가 걸렸다. 짧은 순간이었기 때문에 니체는 칼날 아래 목을 움직이지 못하게 고정시키는 장치를 인식하지 못할 정도였다. 공범자 게블러가 그의 뒤를 이어 사형집행인이 직접 만든 단두대의 비스듬한 칼날에 죽음을 맞았다. 피가 엄청 솟구쳤다. 사형 집행을 방해하는 사건은 '일어나지 않았다.' 사소한 문구에 이르기까지 나치 방식을 그대로 베낀 '처형 원칙'에 따라 선고를 받은 자들이 처형대 위로 올랐다. 첫 번째 공표된 원칙에는 아직도 '총통'이라는 글자가 적혀 있었다.

베를린 노이쾰른 지역 델브뤼크 슈트라세 64번지에 사는 본 직업이 영업 사원인, 사형 집행인 클레멘스 도박Clemens Dobbak이 왔다. 그는 첫 번째 참수형을 집행한 대가로 600마르크를 받았으며, 나머지 처형에 대해 400마르크를 받았다. 그날 아침 그는 1,400마르크를 벌었다. 사형 집행인이 검찰과 접촉한 것은 1946년 8월부터 1948년 말까지였다. 계약 종료 3개월 전에 계약을 연장할 수 있었다. 처형이 이루어지지 않는 경우에도, 그는 60마르크의 수당을 받았다.

대미를 장식하려는 듯이, 일행은 입관을 하면서 아직도 경련하는 몸뚱이의 다리 사이로 머리통을 넣었다. 수많은 처형에 관해 그 같은 내용이 기록되어 있다. 처형 기록문서는 다음과 같이 끝난다. "시신과 처형된 자의 머리는 좀 더 처리하기 위해 지방 법원 관리실로 넘겼다." 신문 ≪젝시쉐 차이퉁Sachsische Zeitung≫에 20줄로 작성된 기사는 사형 집행에 관해 보도했다.

참수된 시신들은 그날 리비히 슈트라세 13번지에 있는 '라이프치히 해부학 연구소'로 옮겨졌다. 아마도 덮개로 덮인 화물 자동차로 옮겼을 것이다. 니체는 '들어온 시신을 기록한 장부'에 9번으로 기재되어 있었다. 원본 서류는 아래층 시체 안치실의 '분류기법과'에 보관된 동안만 안전했다. 그 문서는 독일이 통일된 뒤 개인의 신상 정보를 보호하기 위해 여비서에게 맡겨져, 그녀의 사무실에 보관 중이던 증명 서류는 금고와 함께 도난당했다. 그 가택 침입 절도 사건은 해결되지 않았다.

전쟁 후 의학연구소에는 시체가 부족했다. 사법부는 처형된 사람들의 시신을 제공했다. 해당 의학자들은 처형된 사람의 이름을 알지 못했다. 그들은 니체의 잘못이 처형으로도 해소되지 않은 것처럼 다루었다. 의대생 25명을 위한 쿠르트 알베르디 교수의 '해부학 강의'는 폐허가 된 연구소를 복구하여 봄부터 여름까지 임시방편으로 진행되었다. 양철 지붕에 물이 스며들었다. 비가 오면 양동이를 대놓아야 했다. 그들은 니체를 '실습 대상'으로 삼았고, 상체를 골격까지 벗겨냈으며, 힘줄과 신경 뭉치가 있는 근육을 들추어내고, 심장을 떼어냈다. 그들은 그의 얼굴에서 입과 눈의 괄약근을 내버려두었고 코를 '들어내지'는 않았다. 나머지는 통에 넣었다. 내가 어지러움을 느낄 정도로, 라이프치히 해부학 담당 의사 볼프강 슈미트가 해부 과정을 여러 번 끈기 있게 마지막 힘줄까지 아주 생생하게 전화로 설명을 해주었을 때, 뒤편에서는 커다란 시계가 재깍 소리를 내면서 움직이고 있었다. "해부학은 멋진 직업이 아니죠." 교수는 마지막으로 말했다.

마치 균형을 맞춘 정의의 행위 같다. 니체는 안락사 희생자들을 '연구'를 위해 분해했었다. 이제 그는 해부대 위에 누운 '인간 재료'가 되었다. 그는 안락사 행위의 중추인물이었고, 「뇌의 단편들에 관한 연구」로 박사학위를 취득했다. 사정이 어떻든 이제 라이프치히 학생들은 악마적인 생각이 맴돌았던 두개골을 톱으로 잘라서 열었다. 그들은 하얀 조직을 떼어내고 그것을 수평으로 잘라, 자율신경계가 자리 잡은 조직 속에 있는 회색의 핵에 표시를 했다. 니체는 일기장에서 살해된 사람의 뇌를 'T4 판정관에게 넘겨준 것'을 인정했다. 하이델베르크에 있는 '뇌 목록'에 의해 증명된 바로는 그 배달 용기가 에른스트 아돌프 슈모를의 연구소에도 전해졌다. 그는 다른 사람과 함께 마리안네 이모의 많은 부분을 파괴했다. 그녀가 죽은 병원 그로스슈바이드니츠는 연구 표본을 그곳으로 보냈다. 왜 포르말린에 떠 있는 니체의 뇌가 먼지 낀 두꺼운 유리병에 담겨 보관되지 않은 것인지, 누군가가 유령의 집에 두어 영원히 보존하려고 병 속에 담아놓은 끔찍한 뇌를 훔쳐간 것은 아닌지, 내 자신에게 물어보았다. 물론 해부학자 슈미트는 이런 공상이 상궤에서 벗어난 것으로 간주했다.

그 밖에 살인자에게 무엇이 남았는지는 언급할 가치가 없다. 7월 1일 11시 30분에 라이프치히 남쪽 공동묘지에서 '드레스덴에서 온 해부학 시체'를 태웠다. 112917번으로 등록됨으로써 모든 것이 니체가 원했을 질서를 얻게 되었다. '원칙에 관련된 문제를 담당하는 사람'은 문서로 내게 '라이프치히, 녹지과 문서보관소, 공동묘지 관리과'를 정보의 일차 제공자로 간략하게 언급해줄 것을 부탁했다. 나는 이렇게 부탁받은 그대로 했다. 화장인 명부에 니체Nitsche라는 이름이 철학자 니체Nietzsche의 필체로 쓰여 있다. "산 것은 언젠가는 사라질 수밖에 없다"는 문장은 그 철학자에게서 나온 것이다.

가난함과 부유함

마리안네 이모는 아주 가난한 상태로 죽음을 맞았다. 그녀의 마지막 '물품 목록'은 1942년 9월 21일 작성된 것이다. 이날 어머니는 값싼 옷 전부를 좀 더 나은 옷으로 교체했다. 전쟁이 시작된 지 3년이 되던 그해에 상당한 비용을 지불했을 것이다. '의복번호 337, 마리안네 쉔펠더.' 그녀의 모든 소유물은 '상의 한 개, 팬티 두 개, 뜨개질로 짠 외투 하나, 옷 한 벌, 양말 한 켤레, 잠옷 한 벌, 여름 외투 하나, 모자 한 개, 속옷 두 벌, 앞치마 두 개, 펠트 천으로 만든 장화 한 켤레'였다. 많든 적든 간에 마리안네는 옷을 몸에 걸치고 다녔다. 그녀가 갖고 있던 모든 물품은 마분지 상자에 담겼다.

그것과 비교해보면 파울 니체의 유물 목록은 다음과 같다. "현재 수입과 재산은 없다." 감옥에서 그는 다음과 같은 '물품'으로 몸을 감쌌다. '가방 하나, 옷깃이 있는 상의 둘, 망사 상의 셋, 잠옷 상의 둘, 운동용 상의 둘, 뜨개질로 짠 외투 하나, 양말 네 켤레, 목도리 하나, 수건 한 장, 세수수건 한 장, 손수건 열한 장, 장갑 두 켤레, 짝이 맞지 않는 장갑 한 켤레, 책 열 권그중에는 「작센 정신병원 수용 환자의 사망률」에 관한 논문. 1936년 직접 작성한 정신병원의 통계 자료와 안락사에 관한 연구서 두 권이 있었다, 담배 곽 한 개, 분통 두 개, 비누 곽 한 개, 안경과 안경집 두 개, 담배 파이프 한 개, 경석 한 개, 칫솔 두 개, 버터 곽 한 개, 양철통 한 개, 면도 비누가 들어 있는 비누 곽 두 개, 피부 연고 한 개, 비누 두 개 반, 치약 한 개, 고무줄 한 개, 가죽 끈 두 개, 귀 덮개 한 개, 수저 한 벌, 칼 한 개, 탈지면 한 개, 다리미 한 개, 행주 한 개, 실내용 신발 한 켤레, 모자 한 개, 소포 포장용 종이 한 장과 필기용 종이 한 장, 두꺼운 유리컵 네 개, 사진 열 장, 식탁보 한 장, 인조섬유로 만든 헝겊 두 장, 목탄 연필 한 통, 의약품 한 통, 지우개 한 개, 클립이 든 편지봉투 한 개, 가죽 끈이 달린 회중시계 한 개, 끈 매는 검은 구두 한 켤레, 짙은 색 바지 한 개, 짙은 색 담요 한 장, 회색 외투 하나, 노동증명서 한 장, 우편증명서 한 장, 구금 비용 청구서 한 장, 우표 세 장, 증명서 한 장.'

그 아래쪽에 다음 글이 적혀 있다. "주 정부에 보내는 복사본, 회계과에 25마르크 63페니히." 그의 유품을 옮기기 위해서는 적어도 이사용 종이 상자 한 개가 필요했다. 법원이 명령한 '재산 몰수'에 관해 재판 서류에는 아무런 언급도 없었다. 소설처럼 긴 두 장의 목록이었다.

동독에서 이만한 규모의 재판은 이 건이 유일했다. 1950년대 초반 동독은 '안락사' 범죄를 종결지었다. 수십 년 후 통일된 독일에서 사람들은 거의 주목받지 못한 이 같은 희생자들을 생각하게 되었다. 오늘날 드레스덴 사법부 건물 1층에 '기념물 뮌헨 플라츠'가 들어서 있다. 그 건물에는 20세기 독일 역사로 가득 차 있는 많은 서류가 천장에 닿을 만큼 쌓여 있었다. 히틀러 치하에서는 1,000건 이상의 사형선고를 그곳에서 내렸다. 그 다음 나치 범죄자들이 그 건물에서 정당한 처벌을 받았고, 나중에 동독의 사회주의 통합당의 자의적 형벌에 대한 처벌이 이루어졌다. 1965년까지 동독 당국이 죄수 약 70명을 참수시킨 그 건물의 벽을 장식하기 위해, 리히터의 대학 동창인 빌란트 푀르스터는 열여섯 살에 감옥에 갇혔다가 1995년 '이름도 없고 얼굴도 없는'이라는 제목의 조각 작품을 만들었고, 그것을 '1945년 이후 부당하게 박해받은 사람들'에게 바쳤다.

살육 이후의 풍경

그로스슈바이드니츠 병원. 2층에 있는 주임 의사 볼커 호케의 사무실이 있는 복도. 새롭게 칠한 냄새가 나지만, 엄격하게 보자면 아직 옛 동독의 냄새가 난다. 문에 달린 이름표 위에 "문을 두

드리지 마시오"라는 글자가 쓰여 있다. 그것은 그냥 안으로 들어오라는 부드러운 요구일 수도 있고, '방해가 되니, 떨어져 있어!'라는 신호일 수도 있다. 그것은 전형적인 양다리 상황으로 정신과 의사라면 흥미를 느낄 만한 상황이다. 투덜거리는 그의 여비서는 분명 옛날식으로 교육을 받은 사람이다. 서독에서 온 의사의 대외 홍보 업무는 여전히 동독적 형식을 따르고 있었다. 그는 현재 무시무시한 역사를 간직한 병원의 책임자다. 그 병원에서 담당했던 일은 도덕적으로 최하의 상태에 있었기 때문에, 그에게는 특별한 감수성이 요구되었다. 그런데도 그는 자신의 행위를 이야기하고, 담당 사회복지부에서 직접 면담 허가를 받았다고 말했다.

그는 밝은 색 가구가 있는 사무실에서 팔짱을 끼고 다리를 꼬고 앉아 있었다. 때때로 손가락이 단추를 꼭 채운 옷깃 쪽으로 움직여갔다. 호케는 특별한 상황에 대한 감각이 없는 사람이라는 것이 드러났다. 우리가 있는 곳이 어디인가? 독일 한복판이지만, 동시에 세상 속에 있는 아주 낯선 곳이기도 하다. 우리는 다른 곳도 아닌, 바로 주립 병원 그로스슈바이드니츠에 있는 것이다. 그곳은 나치가 8,000명을 살해한 병원이다. 이런 사실을 알게 되면 모든 것은 의문의 대상이 된다. 사람들은 그로스슈바이

© Heinrich Völkel

그로스슈바이드니츠 병원 111병동, 2004년

드니츠라는 말을 듣고 싶어 하지 않을 것이다.

볼커 호케는 그것에 대해 할 말이 전혀 없으며, 해당 문서도 없고, 아무것도 알지 못한다는 말한 것 이외에는 이 범죄에 기여한 것이 전혀 없다. 그것은 내게는 너무 부족했다. 그와 만나기 전에 그의 부하 직원이 어쩌면 원장이 필요한 정보를 줄 수도 있다는 말을 했기 때문에 특히 그랬다. 20분 후 나는 대화를 중단하고, 방음문을 지나 밖으로 나왔다. 문 밖에서 '문을 두드리지 마시오'라는 글자를 다시 읽었다. 지금의 병원 복도에는 환자들의 그림, 낙담할 만큼 유쾌한 분위기 속에서 그린 다채로운 노력의 산물이 걸려 있었다. 시청에서는 호케를 새로운 시대의 실용주의자로 의심하고 있다. 서독에서 온 그는, 지역 사회와 주요 고용주 사이에 유대를 더욱 약화시켰으며, 지역을 이해하는 감각이 부족하다고들 했다.

현재 주립 병원은 현대적인 병원이 되었다. 그런데도 사람들은 바닥이 없는 심연으로 빨려 들어갈 수 있는 위험을 지닌 흐르는 모래 위처럼 위협적인 전원 속에서 움직이고 있다. 08 / 15 양식으로 병원의 역사에 대한 질문서를 작성할 때 병원장과 직원의 태도에서 분명하게 드러나 있는 불쾌함의 원인은 무엇일까? 치료 때문에 알려지게 된 표본에 의하면, 고통받는 사람은 감정의 힘을 제대로 조절할 수 없기 때문에, 심적 상흔에 저항하여 상흔을 더욱 견고하게 한다. 아주 초현실주의적인 섬들 속에서 마리안네 쉔펠더가 죽었고, 더는 아무도 기억하지 못하는 수천 명의 사람들이 그녀와 함께 죽었다. 우리들은 그들에 관한 단 한 점의 그림, 리히터가 자기 이모를 그린 그림만을 가지고 있다. 유명한 화가의 그린 이 그림이 정신병원의 애도 작업에 어떤 의미가 있는지 병원의 지도적 인사들은 이해하지 못했다.

옛 주소에 있는 건물에서 얻은 가장 집중적인 경험은 모든 것이 무無로 사라지려고 한다는 것이었다. 마치 숨겨야 할 무엇이 있거나 역사의 무게가 직원을 개인적으로 내리누르기라도 한 것처럼, 사람들은 병원 역사에 대한 물음조차 염탐하는 것으로 생각했다. 그것으로 자신이 속한 직업이 의문시될 수도 있기 때문에, 의사와 간호사의 상상할 수 없는 실패를 인정하려 들지 않는 것일 수도 있다. 볼커 호케는 훌륭한 정신과 의사일 수도 있다. 그런데도 나는 3제국에서 고위급 나치 인사였던 알프레드 슐츠가 병원장이 일하던 41번 측면 건물에서 자신의 행동을 곰곰이 생각했을지도 모른다는 사실에 대해 그가 어떻게 생각하는지 알고 싶었다. 또는 그것이 그의 마음을 움직였는지, 그리고 의학자들을 위해 그런 데서 얼마만큼 겸손함을 끄집어낼 수 있는지를 알고 싶었다.

오래된 나무뿌리로 만든 장 속에 주임 의사는 너덜너덜해진 사망자 명부를 감추었다. 그가 그것을 꺼내고 잠깐 들여다보라고 허락할 때까지, 나는 여러 번 그를 찾아가 명부를 볼 수 있게 해달라고 요구해야 했다. 그는 모든 질문을 공격으로 느꼈다. 여비서는 그에게 공감하면서 그의 주변에서 부산하게 움직였다. 부탁한 마리안네 이모와 관련된 기재 사항이 있는 서류의 복사본은 상급 기관에서 여러 번 경고를 받았을 텐데, 내게는 전달되지 않았다. 마찬가지로 뢰바우 호적사무소는 부탁한 사망 서류를 사생활보호권을 내세워 발부하지 않았다. 사람들은 자신들이 희생자의 편에 있다고 주장하지만 가해자에 대한 진실을 밝히는 것을 방해한다. 사망명부 16쪽에 마리안네의 이름이 있다. 그녀는 공동묘지 '8번째 줄, 42번째 무덤'에 숨겨져 있다. 널찍한 들판이다.

호케의 동료인 흘름 크룸폴트 박사는 그로스슈바이드니츠에 관한 최초의 전문적 연구서로 볼 수 있는 책을 쓴 저자다. 이 신경정신과 의사는 마리안네 쉔펠더가 죽은 건물인 11동에서 진찰을 했다. 그와 이야기를 하기 위해서는 휠체어를 타고 지나가는 중병을 앓는 환자와 함께 기다려야만 하고, 과도한 부담에 짓눌린 가족의 한탄을 듣고, 잠시 문틈으로 머리를 내밀었다가 사라지고 다시 머리를 문틈으로 집어넣었다가 사라지기를 반복하는 장애인을 바라보아야만 했다. 최소한 이곳에 앉아 있으면 마리안네가 입원한 병동에 대한 느낌을 어림잡을 수 있다. 그러고 나서야 크룸폴트는 몇 분의 자유 시간을 갖게 되었다. 업무에 쫓기는 대화 상대다. 짧은 시간에 대답을 할 수 있도록 그의 마음을 움직일 수는 없었다. 그가 원하지 않는 것일까? 그는 대답할 수 없는 것일까? 그가 쓴 박사학위 논문으로 모든 사람들에게는 그 사건은 완결된 것으로 간주되는 것일까? 마리안네 쉔펠더가 사라진 역사에 대해 그는 의견을 표명하지 않았다. "저는 신경정신과 의사입니다." 그는 달아나듯 환자들 쪽으로 황급히 달려갔다.

　　대량 살상에 대한 기억은 병원 앞에 널려 있었다. 평상시처럼 미국 가문비나무 아래 있는 무덤, 나치가 남겨둔 죽은 사람들의 팔다리로 가득 찬 무덤에 세워놓은 기념물· 볼품없는 베고니아

© Heinrich Völkel

데이지가 피어난 그로스슈바이드니츠 묘지, 2004년

두 포기와 화분에 담긴 형편없는 용설란 네 촉이 무리를 이루고 줄지어 있었다. 여름에는 서양물푸레나무와 너도밤나무가 지붕을 이루었다. 겨울에 줄기까지 가지가 잘린 모습으로 보리수가 벌거벗은 채 서 있다. 인간의 영혼이 존재한다고 믿는 사람은 즉시 답답함을 느낄 것이다. 그리고 영혼이 구원되지 못한 채 헤매면서 돌아다닐지도 모른다고 생각하리라. 마치 목소리처럼 공기 중에 속삭이고 중얼거리는 소리는 무엇일까? 통일 이후에야 사람들은 비로소 기념물을 세울 수 있게 되었다. 선의가 담긴 소리로 낭독되는 어떤 명패의 글도 이 명패의 글자보다 더 알맞게 들릴 수 없을 것이다. 비바람에 다소 닳아버린 명패에는 다음과 같은 글이 적혀 있다. "1940년부터 1945년까지 희생당한 5,000명이 넘는 '안락사' 희생자들을 위하여. 그들은 마침내 이곳에서 최후의 안식처를 발견했다. 환자였던 그들은 일반 환자들과는 다른 존재였기 때문에, 특별하게 표시되고 선별되었다." 대문자로 계속 적혀 있다. 영원히 건강한 사람들에게 보내는 경고와 같은 환자들의 운명. 서명자 "병원." 그것은 아주 답답한 광경이었다.

1만 5,757제곱미터의 교회 마당에서는 살아 있을 때 통용되던 균형이 죽었을 때도 계속 유지되었다. 토박이들은 왼쪽에 묻혀 있고, 살해된 사람들은 오른쪽에 묻혀 있다. 그 사이로 인도가 있다. 이쪽에는 이름 없는 나치 희생자들, 저쪽에 '보통 사람들'을 위해 꾸민 무덤이 있다. 그것으로 즉시 누가 어떤 무리에 속하는지를 알 수 있었다. 요하네스 악스트를 기리는 멋진 비석, "1883년 4월 21일생, 1970년 12월 28일 사망." 무덤은 미국 원산 가문비나무의 잔가지로 장식되어 있었다. 흙으로 덮여 있고, 죽음 속에서나마 그가 가지고 있던 미약한 수단으로는 도와줄 수 없었던 가련한 사람들과 함께 누워 있으며, 아무런 차별 없이 부서져 먼지가 되었다. 마리안네 이모는 살해된 많은 다른 사람들과 섞여 기념물 옆에 묻혀 있다. 6월에 처음으로 방문했을 때, 수많은 데이지가 초원에 무성하게 자라 있었다. 가지가 바람결에 물결쳤다. "그대의 심장이여, 무덤 위에 피어나라. 하지만 우리를 잊지는 마라"라고 새겨진 글씨가 부탁하고 있었다. 리히터는 한 번도 그곳에 가본 적이 없다. 이후 순례 여행이 그의 눈앞에 임박해 있을 것이다.

수상한 사람들

비너 슈트라세 91번지 집을 마지막으로 살펴보지 않는다면, 이 그림은 완벽한 그림을 이루지 못할 것이다. 리히터의 동독 탈출 이후 동독 사회주의통일당은 오이핑어의 저택을 1961년 8월 1일 '인민소유 지방주택 관리회사'로 넘겼다. 그 뒤 저택은 '강제 징수해야만 하는 초과 부채'라는 통상적인 구실로 인민 재산으로 넘겼다. 통일 이후에 슈타지 비밀문서를 관리하는 가욱 Gauck 관청에 슈타지 회합 장소를 나타내는 분명한 문서가 보관되어 있다. "작전 수행에 관한 정보를 권한 없는 사람이 보지 못하게 할 것!"이라는 글씨가 겉봉에 쓰여 있다. 지난날 젊은 리히터는 집에서 탈출하려는 갑작스러운 욕구에 사로잡혔다. 사회주의적 자유 속에서는 결코 어떤 존재도 될 수 없을 것이라는 정당한 근거가 있는 예감을 한 리히터는 탈출을 감행했었다. 정보

© Uwe Steinert

드레스덴 비너 슈트라세 91번지 2004년

부 국내 담당 부서의 영웅 중 한 사람이던 쾨르너 중위는 410 / 88 사업을 지휘했다. '분리된 출입구, 친한 사람들과 모르는 사람들이 빈번하게 드나드는 장소'인 그 저택은 '영사관'이라는 명칭을 얻었다. 그곳에 '게를라흐', '자이데', '빈터', '지히허르트' 등 가명을 쓰는 비공식 협력자들이 모였다. 쾨르너는 자랑하듯 다음과 같이 쓰고 있다. "면담을 하기 위해 방을 사용하는 것은 약 6시부터 21시까지 가능함." '전기난로 한 개, 안락의자 네 개와 탁자 한 개, 작은 조립식 벽장 한 개'를 사용할 수 있으며, 부억과 화장실을 이용할 수 있다고 했다. 정보원은 마지막으로 "방을 청소해야 할 책임이 있다"고 언급했다. 증명 서류에 의하면 동독 말기까지 슈타지 정보인인 '좀머', '에델', '하르퉁', '나우만', '장델', '엥엘만', '하인츠'가 '영사관'에 보고하려고 '91번지 집'을 이용했다. '선물', 아마도 정보원 '좀머'에게 줄 선물을 사기 위해 쾨르너는 '84마르크 25페니히'를 지불했고, 나중에 슈타지에서 그 금액을 돌려받았다.

통일 이후 몰수재산의 재반환을 규정한 법령에 의해 땅과 대지는 오이핑어의 딸 엠마와 레나테에게 되돌아가게 되었다. 화가 리히터가 1980년대 말 짧은 방문 중에 잠시 들를 때까지 25년이라는 세월이 흘러갔다. 요즘 부동산 회사는 유겐트슈틸 양식으로 지은 그 집을 '49만 유로'에 내놓았다. 최근에는 1960년대에 다락방과 남쪽에 있는 다섯 개의 공간에 '그 사이 세계적으로 높은 평가를 받는' 화가의 작업실이 있었다는 사실이 판매 정보에 추가되었다. 뮌히너 슈트라세 10번지에 있던 오이핑어의 두 번째 주거지도 반환 청구 소송을 통해 그의 자식들에게 넘어갔고, 공식적인 언급에 따르면 상속인들은 그것을 즉시 팔았다고 한다.

충족된 것과 충족되지 못한 것

하인리히 오이핑어 교수는 1988년 많은 이들의 존경을 받으면서 94세로 죽었다. 그의 80회 생일에 ≪빌헬름스하펜너 차이퉁≫은 그가 속한 직업의 '지도자상'으로 그를 추켜세웠다. 니더작센 의사협회, 빌헬름스하펜 시는 다음과 같이 축하를 했다. "당신은 의사라는 직업을 매우 존중했습니다." 90번째 생일을 기리기 위해 '빌헬름스하펜 산부인과의 대부'를 자세하게 평가한 글이 새롭게 신문에 실렸다. 거기서는 그가 한 다음과 같은 이야기를 언급했다. "나는 많은 성공과 실패를 경험했습니다. 하지만 돌이켜보면 내 인생은 긍정적이었습니다." 1988년 3월 15일 신문에 게재된 부고가 명사들이 묻힌 공동묘지에서 치른 그의 장례식 소식을 알렸다. '크나큰 성실함과 사랑, 호의'를 지닌 한 인간을 고마운 마음으로 기려야 한다고 했다. 지역 신문은 뒤늦게 그에게 최상의 찬사를 바쳤다. 신문에 실린 사망일자가 정확한 것은 아니지만, 그것이 중요한 문제는 아니다. 오이핑어는 "끊임없이 이웃을 위한 삶을 살다가" 죽었다고 쓰여 있다. 친위대 소속이던 그의 과거 경력과 약 1,000여 명에 달하는 정신적 장애인들에게 강제 불임수술을 행한 사실을 누구도 부인하지 못할 것이고, 오히려 쓰디쓴 사실을 덧붙이게 될 것이다. 충만하고 풍부했던 리히터 장인의 삶은 온갖 명예 속에 끝이 났다. 그는 다양한 삶을 살았다. 그 삶의 맞은편에, 자아분열증에 걸렸던 리히터의 이모 마리안네의 충족되지 못하고 가련했던 삶이 놓여 있다. 그녀는 스물여덟 살을 눈앞에 두고 사라졌다. 그녀는 죽을 수밖에 없었다. 나치가 그것을 원했다.

여러 갈래의 길

마리안네 쉔펠더에 대한 탐구는 나를 하인리히 오이핑어를 그린 그림으로 이끌었다. 그 교수는 나치를 위해 열심히 정신병 환자들에게 불임수술을 감행했다. 그는 깨끗하게 살 수도, 깨끗하게 성공할 수도 있었다. 세 명의 여자들, 즉 부인과 두 아이들을 최고로 돌볼 수 있었다. 전쟁 후 그는 아주 빠르게 부유함을 되찾을 수 있었고, 엠마와 리히터의 결혼 비용과 신혼여행 경비를 내줄 수 있었으며, 예술을 공부하는 두 사람을 지원할 수도 있었다. 극단적으로 말하자면 리히터는 1964년 후원자의 그림, 1965년 이모 한 명을 그리기 위해 드레스덴과 뒤셀도르프 아카데미에서 그림을 공부한 셈이 된다. 그리고 이후에 리히터가 통일된 동독으로 다시 귀향해서 그의 문서를 엘베 강변의 도시에 넘겨주는 것을 고려하도록 독일 내의 국경이 무너져야만 했다. 그의 점진적 귀환은 리히터 자신의 초기 창작 시대에 대한 조사에 추진력을 불어넣었고, 그 같은 조사는 그림이 그려진 지 40년이 지나서야 가족과 관련된 주요 작품으로 밝혀진 여러 그림으로 나를 이끌었다. 그 그림으로 예술가는 의도하지 않았지만 당혹스러운 관계로 맺어진 역사를 건드렸다. 그가 그림 속에서 본 것이 관찰자의 눈 속에서만 존재하는 듯, 그렇게 그려진 연관 관계는 그림 속에서 살아남았다. 역사의 장은 이제 그에게 다시 되돌아왔다. 마리안네의 아름다운 얼굴이 다른 수천 명의 운명을 알려주게 된 것은 모두 리히터 덕분이다.

　역사 속으로 침잠해 들어갈 때면 언제나 그렇듯이, 거의 모든 것은 곧바로 꿰뚫어볼 수 없게 숨은 관계와 얽힌 사건으로 연결되어 있다. 예를 들어 나는 비젠토어 슈트라세 5번지에 있는 마리안네의 집을 찾아서, 이곳저곳을 들여다보고, 그 지역을 지나치면서 전쟁 중에 파괴된 집들의 행렬 대신 보기 흉하고 노란 저층 건물들이 방치되어 있는 택지를 발견했다. 그 위에 '리히터'라는 상호를 붙인, 상가만을 전문적으로 짓는 건설 회사 표지가

서 있었다. 나의 시선은 그곳에서부터 엘베 강을 건너서 아마도 리히터를 가장 성공한 졸업생으로 배출했을 예술 아카데미 쪽으로 향했다.

이 같은 사고의 유희는 무엇으로 간주될 수 있을까? 독일은 분단되어야만 했다. 그렇기 때문에 리히터가 서독에서 스타가 될 수 있었고, 일흔세 살이 된 그는 이전에 그림으로 이야기했던 자기 가족의 비극적으로 엉킨 실타래에 대한 진실과 직면하게 되었다. 그는 단지 그림 뒤에 숨어 있는 우주를 예감했을 뿐이기 때문에, 그림 밑에 깔린 텍스트를 이해할 수 없었다. 그와 관련된 서류를 그는 여전히 가지고 있지 않다. 서류의 일부는 동독에, 바로 그의 아버지가 살던 드레스덴 옛집의 맞은편에 감추어져 있다.

끝에서 거슬러 올라가보면, 친위대 영관 장교였던 산부인과 의사 하인리히 오이핑어는 러시아인들이 관리한 수용소 뮐베르크로 추방되었고, 그에 따라 엠마는 재정적인 어려움으로 재단사 수업을 받기 시작했다. 이때의 경험이 그녀를 아카데미 의상학과에서 공부하도록 이끈 토대가 되었다. 이렇게 해서 그녀는 엘베 강가에서 장래의 남편 리히터를 알게 되었고, 풍성한 머리카락을 '꿀벌 통'처럼 틀어 올린 그녀의 머리 모양이 특히 리히터의 마음을 끌었다. 그는 1966년에 부인을 모델로 삼아 <계단 위의 나체화>를 그렸는데, 베티를 임신한 지 3개월이 되었을 때다. 엠마는 오만한 미인의 모습이었는데, 오이핑어가 독일 종족 담당 관청에 정식으로 신고한 어머니의 '하얀 피부'를 지녔고 옷을 불필요한 사치품으로 거부하고 맨살을 드러내는 대담성을 지니고 있었다. 그녀는 현대적 도상圖像, 성적으로 매혹적인 동시대 예술의 여인상이 되었다. 엠마에게는 소박한 명성이 아니었다. 왜냐하면 리히터는 한동안 그 명성에 빚을 지고 있었기 때문이다. '1982년 3월 17일' 환상적이던 이 부부는 리히터의 50회 생일을 보낸 직후에 헤어졌다. 신중을 기하기 위해 리히터는 집에 있던 옛날 달력에서 날짜를 확인했다. 일흔세 살이 된 엠마는 라인라트 지역에서 중고품 상점을 운영하고 있다. 여러 번 문의를 했지만 그녀는 아버지 오이핑어에 대해서도, '리히터 씨'와 함께 산 삶에 대해서도 말하려고 들지 않았다. 그녀는 그 일은 이미 끝난 일이라고 말했다. 그녀는 "그 사실을 인정해달라"고 부탁했다. 그들이 낳은 딸 베티의 핏속에는 가족 비극의 양극이, 희생자와 가해자인 마리안네 이모와 하인리히 오이핑어의 DNA가 혼합되어 있다. 나는 대화를 하면서 이것이 게르하르트 리히터에게 떠오른 첫 번째 생각이었다는 인상을 강하게 받았다.

사라진 시간

드레스덴 국립 문서보관소의 열람실, 화려하면서도 나무 널 빤지로 벽면을 꾸민 이 어두운 열람실은 천장이 둥근 과거의 지하 납골당 같다. 책상에 부착된 갓등 30개, 천장에 매달린 등 8개가 사라진 시간을 찾는 탐구 작업을 밝혀주고 있다. 담당자는 나치 안락사 주제에 몸을 뒤틀었다. 그리고 장황한 말로 개인정보 보호를 고집했으며, 그것은 가해자에게도 해당된다고 말했다. 동독의 곰팡이가 모든 기관에서 나풀거리면서 날아다니고, 해명 작업을 수월하게 이끄는 것이 아니라 몹시 어렵게 한다. 처형돼서 죽은 학살자 니체와 동료의 서류는 내어줄 수 없다고 했다. 그것은 2005년도 독일의 상태와 관련된 정보이기도 하다. 다음번에 찾아오면 볼 수 있게 해주겠다고 약속했던 문서가 보관소에 도착하지 않았다. 안락사 재판에서 유죄 판결을 받은 사람들의 '감옥일지'와 '사면일지'는 흔적도 없이 사라졌다. 담당자는 여러 번 재촉을 하고 나서야 "유감스럽지만 아직 조사가 이루어지지 않았고 찾고 있는 중"이라고 알려주었다. 그는 "서류가 다시 나타나면, 연락드리겠습니다"라고 말했다. 드레스덴에서 40킬로미터 떨어진 곳에 문서가 보관되어 있었다. 실험계수에 따라서 판단하자면, 그렇게 일그러진 과정이 다시 수면 위로 부상하기까지는 30년이 걸린다. 그 연구소가 동독 사회주의 통합당 치하에서 무엇에 몰두했는지를 다시 한 번 살펴보아야 한다. 하지만 그것은 다른 책에서 다뤄야겠다.

공간의 전면에 있는 높은 자리에 감독관 두 명, 즉 역사의 감시인들이 있다. 고양이 그림이 있는 달력이 일터를 꾸미고 있다. 기억의 고양이. 담당 여직원은 주립 병원 그로스슈바이드니츠의 재고품에 관한 '임시 목록'을 가져왔다. 알파벳에서 '쉔펠더'라는 이름은 '슈라이버' 바로 앞에 놓여 있다. 과거가 마치 슈라이버라는 사람에게 문의를 한 듯이, 그 때문에 무조건 기록되어야 했던 것처럼 두 이름이 나란히 나타난다.

반영

예술과 광기. 아른스도르프 병원에는 다시 한 화가가 살고 있다. 1934년에 태어난 빈프리트 디르스케는 수십 년 전에 입원한 환자로, 자아분열증을 앓고 있다. <파괴된 드레스덴에 대한 기억>이라는 그림이 그의 가장 인상적인 작품에 속한다. 그것은 새까맣게 타버린 강변 도시의 덩어리다. 그 작품은 리히터가 동독을 떠난 해인 1961년에 그렸다. 디르스케는 그의 친구들과 '유제품을 파는 작은 카페'에서 죽치고 앉아 있었다. 펭크, 바젤리츠, 슈트라발데가 그의 친구였다. "나는 리히터 주변 사람들과 교제를 하지 않았어." 그는 단골 술집이 없었고, 비너 슈트라세 91번지 집에 살았다.

빈프리트 디르스케에게 드레스덴은 모든 것이었다. 그의 사고는 강박적으로 공습 주위를 맴돌고 있다. <구름>이라는 그림은 고향 도시가 파괴된 것을 이야기하고 있다. 주걱으로 덕지덕지 바른 그림의 물감 층 속에는 1945년 2월 13일 일어난 공습이 저장되어 있었다. 괴를리츠 슈트라세 22번지 집의 지하실에서 살아남은 열한 살의 '비니'. "도시 지역에 폭탄 투하"라는 소식이 전해졌고, "그 다음에 지옥이 시작되었어." 디르스케의 병은 잊어버릴 수 없다는 것이다. 길게 늘어진 문장 사이의 정적, 일흔 살의 노인이 숨을 들이마시려는 것처럼 탐욕스럽게 담배를 빨아들이는 모습.

그는 B7 병동의 흡연실에서 방문객을 맞이했다. 나치 시대에 고통을 겪은 동료인 마리안네 이모와 베히틀러가 옆 병동인 B3에서 고통을 견디고 있었다. 디르스케는 살해된 여류 화가에 관한 이야기를 '예술 치료' 시간에 들었다고 했다. 병 때문에 재능을 잃게 된 화가에게는 아주 끔찍한 말이다. 나는 '마리안네 이모'를 담은 사진을 그에게 가져갔다. 그는 '초점이 맞지 않은 사진'과 유사하다고 자신이 지칭한 회화 기법에 대해 오랫동안 생각에 잠겼다.

디르스케는 양복 또는 로볼트 출판사에서 출간된 '미와 전율'에 대해 상세한 설명이 첨부된 쿠스타브 르네 호케의 『미로 같은 세상』이라는 소책자와 자신의 작품을 교환하기도 했다. 그는 내면의 시계가 전혀 다르게 맞춰진 자신의 삶을 담은 스케치를 단편적으로 구상했다. 그는 감긴 눈앞에 눈에 띌 정도로 마른 손가락을 들고 있었으며, 멀리 떨어진 공간, 그의 청소년기에 끝이 난 특별한 사건에 귀를 기울이는 것처럼 보였다. 그런 다음 『그림 1959~1964년』이라는 자신의 얇은 도록을 뒤적거린다. 그의 혀는 삐뚤어진 입에서 빠진 이를 찾고 있다. 그가 갑자기 멈춰서서, '통일동산' 옆에 있는 고층 건물을 가리킨다. 그곳에는 격추된 미군 전투기의 엔진 조각이 놓여 있었고, 보안 경찰기동대가 그를 데려갔다고 한다. 그에게는 드레스덴 폭격이 모든 사건 중에서 가장 커다란 사건이자, 결코 끝나지 않은 사건이었다. 리히터에게 그러했듯이 디르스케에게도 그 밤은 모든 것을 변화시켰다. 자신이 본 것을 어떤 책에서도 발견하지 못한 그는 그 장면을 그려내야만 했다. 리히터는 디르스케의 작업이 특정 부분에서는 매우 훌륭하다고 생각했다. 그러나 우리는 그 주제를 심화시켜 이야기할 수 없었다. 그 주제를 말하면서 우리는 그다지 기분이 좋지 않았다. 디르스케는 그림에 대한 칭찬에 대해 세상에서 가장 부드러운 목소리로 대답했다. "나는 그림을 그린 적이 없어요!" 그는 우울한 미소를 지으면서 헤어졌다. 리히터의 다음과 같은 말. "…… 모든 아이들은 그림을 그리고, 미친 사람들도 전부 그림을 그리죠."

마지막 모습

  내가 리히터를 조사한 기간은 5월에서 다음 해 5월까지 이어졌다. 그러고 나서 2005년 여름이 왔다. 나는 40년 동안 제작해온 100점 이상의 작품을 전시한 회고전을 보려고 뮌헨의 렌바흐하우스로 갔다. 개막식 전날, 나는 화가가 부인 자비네와 함께 3제국 시절의 열병식을 거행하는 광장인 쾨니히스플라츠를 가로질러 산책하는 것을 보았다. 거대한 주랑과 예전에는 나치당 중앙

본부였던 건물 사이를 팔짱을 끼고 이야기에 몰두하면서 걸어가는 비교적 작은 체구의 두 사람. 특별한 손님들이 참석한 전시회 개막의 혼란 속에서, 리히터에게 수백만 장의 나치당원증 속에 하인리히 오이핑어의 서류가 보관되어 있다고 말할 수는 없었다. 렌바흐하우스에서 열린 리히터 전시회에 걸린 여러 장의 사진 속에 그의 장인이던 오이핑어의 모습이 보인다. 조사의 마지막 단계에서 생긴 상황은 나에게도 영향을 끼쳤다. 그의 역사가 다시 한 번 최근의 그림에 나타나서 그를 향해 손을 내미는 것처럼 보였다. 좀 더 정확하게 말하자면, 현장에서 다시 한 번 그의 마음을 사로잡으려는 것처럼 보였다. 완결되지 않은 과거는 렌바흐하우스 1층에 전시된 아이들의 초상화에서 볼 수 있는 현재와 미래를 압박했다.

처음에 한 약속은 이루어졌다. 화가가 되고자 했던 그 아이는 이제 세계적으로 유명해졌다.

감사의 말

　게르하르트 리히터는 넓은 아량으로 나의 조사 활동을 여러 모로 지원했다. 나는 지나칠 정도로 그의 인내심을 시험했다. 리히터와 그의 부인 자비네에게 특히 감사하다는 말을 전하고 싶다. 이나 바이세는 이 집필 계획을 굳게 믿어주었고, 어려운 일이 생길 때마다 해결책을 찾아주었다. 나는 그녀에게 특별히 감사의 말을 전한다. 볼프강 프로징어가 이 원고를 가장 먼저 읽었고 중대한 자극을 주었다. 한스 울리히 외르게스는 이 원고가 책으로 출간될 수 있다고 확신했다. 드레스덴 시 문서보관소의 카롤라 슈아우어 부인은 규정에 정해진 임무만을 수행하는 많은 관리사무소와 나를 화해하게 해주었다. 피르나 존넨 슈타인 기념관의 보리스 뵘 박사는 언제나 전문적인 정보를 제공해주었다. 미술사학자 볼프람 뤼베케 박사는 조언과 행동으로 내 편이 되어주었다. 리히터 작업실에서 일하는 콘스탄체 엘은 내가 처한 곤경에 대해 넓은 이해심을 보여주었다. 마르키트 케터를레는 내가 방해받지 않고 일을 하게 해주었다. 내 아내 카틴가는 흔적을 찾는 일을 도와주었으며, 여러 가지 생각이 질서를 잡게 해주었다. 이름을 언급한 사람들과 미처 언급하지 못한 많은 사람들이 이 계획이 끝날 때까지 애를 써주었다.

괴츠 알리, 에른스트 클레와 카를 하인츠 로트 같은 알려진 작가들의 사전 작업이 없었다면 나는 결코 이 자료들을 극복하지 못했을 것이다. 단지 신문기자의 윤리가 그들의 책을 언급하도록 지시한 것은 아니며, 내 생각으로는 그것이 나의 솔직한 바람이다. 이 책을 출간해준 출판사 사장 크리스티안 슈트라우서에게도 고마움을 전한다. 그는 내 첫 번째 책을 펜도 출판사의 발행 계획을 짜면서 첫 책으로 받아주었다. 글을 쓰는 아버지는 참아내기 어려운 존재다. 내 아들 벤야민이 발휘한 인내심에 고마움을 전한다.

베를린과 뮌헨에서

2005년 7월에

위르겐 슈라이버

참고문헌

Birgit Töpolt. 2002. *Vorgeschichte und Praxis der Zwangssterilisierung im Dresdner Raum 1933~1945. Dissertation*. Dresden.

Christoph Weiß. 1999. *Auschwitz in der geteilten Welt*. Sankt Ingberg.

Claude Simon. 1999. *Jardin des Plantes*. München.

Dietmar Elger. 2002. *Gerhard Richter. Maler*. Köln.

Ernst Klee. 1986. *Was sie taten: was sie wurden*. Frankfurt am Main.

Ernst Klee. 1999. *Euthanasie im NS-Staat*. Frankfurt am Main.

Friedrich Lange. 1939. *Deutscher Seidenbau*. Stuttgart und Berlin.

Friedrich Nietzsche. 1999. *Jenseits von Gut und Böse/ Zur Genealogie der Moral*. München.

Götz Aly(Hrsg.). 1989. *Aktion T4. 1939~1945*. Berlin.

Götz Aly. 2000. *Karl-Heinz Roth: Die restlose Erfassung*. Frankfurt am Main.

Götz Bergander. 1998. *Dresden im Luftkrieg*. Köln.

Gedenkstätte Sonnenstein e.V.(Hrsg.). 2001. *Boris Böhm(Red.): Von den Krankenmorden auf dem Sonnenstein zur "Endlösung der Judenfrage"*. Pirma.

Georg Reinhardt(Hrsg.). 1996. *Im Malstrom des Lebens versunken ··· Elfriede Lohse-Wächtler 1899~1940: Leben und Werk*. Köln.

Gerhard Richter. Fred Jahn(Hrsg.). 1989. *Atlas*. München.

Heinar Kipphardt. 1978. *März*. Reinbeck.

Holm Krumpolt. 1995. *Die Auswirkungen der nationalsozialistischen Psy-chiatriepolitik auf die sächsische Landesheilanstalt Großschweidnitz im Zeitraum 1939~1945*. Dissertation. Leipzig.

Johann Peter Hebel. 2001. *Die Kalendergeschichten. Herausgegeben von Hannelore Schlaffer*. München.

Norbert Haase. Birgit Sack(Hrsg.). 2001. *Münchner Platz. Dresden. Die Strafjustiz der Diktaturen und der historische Ort*. Leipzig.

Peter Weiss. 1965. *Die Ermittlung*. Frankfurt am Main.

Reiner Pommerin(Hrsg.). 1998. *Dresden unterm Hakenkreuz*. Köln.

Rolf Vollmann. 2005. *Akazie und Orion*. München.

Staatl. 2004. *Kunstsammlungen Dresden(Hrsg.) Gerhard Richter*. Dresden.

Thomas Schilter. 1997. *Die "Euthanasie": Tötungsanstalt Pirna-Sonnenstein 1940/41*. Dissertation: Berlin.

W.G. Sebald. 1995. *Die Ringe des Saturn*. Frankfurt am Main.

지은이

•

위르겐 슈라이버(Jürgen Schreiber)

1947년 1월 30일생이다. 독일 신문 ≪슈트트가르터 차이퉁(Stuttgarter Zeitung)≫과 ≪프랑크푸르터 룬트샤우(Frankfurter Rundschau)≫에서 주로 일했다. 지오(GEO), 스포츠(Sports), 메리안(Merian), 차이트마가친(Zeit-Magazin)의 대표적인 기고가였으며, 지금은 폐간된 주간지 ≪디 보헤(Die Woche)≫의 창설 멤버였다. 남부 독일 지역에서 제일 큰 신문사인 뮌헨의 ≪쥐트도이체 차이퉁(Sueddeutsche Zeitung)≫ 기자로 잠시 활동했다. 1999년부터는 베를린의 주요 일간지 ≪타게스슈피겔(Der Tagesspiegel)≫에서 일을 했고, 2001년부터는 수석기자(reporter-in-chief)로 활약했다. 1991년에는 독일에서 가장 권위 있는 언론상인 테오도어볼프(Theodor Wolff)상을 수상했으며, 독일언론협회가 설립한 언론자유재단에서 시상하는 '일간신문 언론파수꾼상(Wächterpreis)'도 두 차례 수상했다.

옮긴이

•

김정근

1991년 연세대학교 독문과를 졸업하고 독일로 유학, 베를린 자유대학에서 독문학과 연극학을 공부했다. 문화 예술 전반에 대해 다양한 관심을 갖고 있으며, 2005년 귀국해 전문 번역가로 일하고 있다. 2002년에 박경리의 『시장과 전장』을 독일의 헬가 피히테(Helga Pichte)와 함께 독일어로 번역했다[Pak Kyongni, *Markt und Krieg* (Osnabrück: Secolo Verlag, 2002)]. 번역서로 『책 읽는 여자는 위험하다』,

의 안무』,『이 그림은 왜 비쌀까?』,『모든 것이 소비다』,『여자 그림 위조자』,『예술이란 무엇인가』,『베를린 거리의 아이들』 등이 있다.

옮긴이
•
조이한

1989년 성신여자대학교 심리학과를 졸업하고 독일로 유학, 베를린 홈볼트 대학에서 미술사와 젠더학(남성학)을 공부했다. 2005년에 귀국해 인하대학교, 성균관대학교 등에서 서양미술사와 현대미술이론을 강의해 왔으며, 한겨레교육문화센터, 상상마당, 서울자유시민대학, 양성평등원 등에서 일반인을 위해 미술과 젠더 강의를 하고 있다. 저서로는『천천히 그림 읽기』,『그림에 갇힌 남자』,『베를린: 젊은 예술가들의 천국』,『뉴욕에서 예술 찾기』,『그림, 눈물을 닦다』,『젠더: 행복한 페미니스트』,『칠레에서 일주일을』, 번역서로는『책 읽는 여자는 위험하다』,『이 그림은 왜 비쌀까?』,『여자 그림 위조자』,『아틀라스 서양미술사』,『예술이란 무엇인가』 등이 있다.

한 가족의 드라마
독일 화가, 게르하르트 리히터

지은이 | 위르겐 슈라이버
옮긴이 | 김정근·조이한
펴낸이 | 김종수
펴낸곳 | 한울엠플러스(주)
편집 | 최진희

초판 1쇄 발행 | 2008년 3월 20일
초판 2쇄 발행 | 2020년 2월 10일

주소 | 10881 경기도 파주시 광인사길 153 한울시소빌딩 3층
전화 | 031-955-0655
팩스 | 031-955-0656
홈페이지 | www.hanulmplus.kr
등록 | 제406-2015-000143호

Printed in Korea.
ISBN 978-89-460-6836-0 03600